甜蜜的哀愁

Sweet Sorrow

大衛・尼克斯
David Nicholls

李建興——譯

獻給漢娜、麥斯和羅咪

我們，或至少是我，有信心所指稱的回憶——意指某個原本被固定住然後從遺忘中搶救回來的片刻、場景、事實——其實是在我們心智中持續進行又經常隨著講述而改變的某種敘事形式。人生涉及太多矛盾的情感利益，永遠無法完全被接受，敘事者很可能出手重新安排事物讓它能跟結局符合。無論如何，我們談論過去時每一口氣都在說謊。

——威廉・麥斯威爾，《再會，明天見》

目錄

第一部

六月

這一年夏天她已經很久不當會員了。
她不屬於任何社團或世界上的任何東西。
法蘭奇變成了孤伶伶在門口徘徊的人，讓她很害怕。

——卡森．麥卡勒斯，《婚禮的成員》

世界末日

迪斯可舞會之後，世界會在星期四的三點五十五分終結。

在那之前，我們在莫頓葛蘭吉中學遭遇過最接近這類災難的，只是每學期發生一、兩次的末日謠言，每次情境都大致相同。不像太陽閃焰或隕石那些老套的事情。八卦小報只會報導馬雅預言、諾斯特拉達姆斯被忽略的某句話或日曆上的詭異對稱，會有謠傳我們的性命即將在連堂物理學上融化。屈服於集體歇斯底里的老師會嘆口氣，在我們爭論誰的手錶最準時暫停授課，然後開始倒數，女生們互相依偎，閉眼拱起肩膀彷彿要被冰水澆下，男生們硬著頭皮撐住，所有人都暗自想起錯過的接吻、未解的宿怨、尚未破處，或好友與父母的臉孔。四，三，二……

我們屏氣凝神。

然後有人會大叫「碰！」讓眾人大笑，鬆一口氣又有點失望地發現自己還活著，還在上連堂物理課。「滿意了吧？我們可以繼續上課嗎？」於是我們回到一牛頓的力讓某物體移動一公尺會怎樣。

但在星期四舞會過後的三點五十五分，情況將會不同。時間緩慢爬過了漫長的五年如今來到最後幾週，然後幾天，振奮和恐慌、喜悅和恐懼的氣氛開始瀰漫，還有狂熱的虛無主義；家長通知函和留校察看已經無法嚇阻我們，在這不計後果的世界裡有什事可做呢？在走廊上與教室裡，滅火器極具威脅性。史考特．帕克眞的會向艾利斯老師說那些話嗎？東尼．史帝芬斯又會放火燒掉人文學科的課本嗎？

如今，眞不可思議，最後一天來臨了，光明亮麗地從校門口的小衝突展開；制服領帶被當成頭帶和止血帶，打成緊得像胡桃或大得像拳頭的結，學生用大量唇膏和首飾與藍色染髮模擬某種未來風格的夜店場景。老師還能怎麼辦，趕我們回家嗎？他們嘆氣揮手讓我們通過。最後一週連如何定義河跡湖的理性都沒了，在散漫沮喪、稱作「成年生活」的課程中度過，其主要成分似乎是塡表格與編寫履歷表。今天我們學了如何收支平衡。我們望著窗外的好天氣心想，快到了。四，三，二……

我們下課時到點名教室，開始在制服白襯衫上用馬克筆和彩色筆塗鴉，同學們像俄國監獄裡的刺青師趴在彼此背後作畫，用感傷的辱罵「你這混蛋保重了」的各種變形塡滿所有空白。保羅．福斯寫了**保持聯絡，笨蛋**。克里斯．洛伊德寫了**你的襯衫臭死了**。我的好友馬丁．哈波以感傷的心情，在畫得很仔細的老二和卵蛋底下寫了**永遠好夥伴**。

哈波、福斯和洛伊德。都是當時我最要好的朋友，不只是同學而是**兄弟**，雖然外圍有些女生——黛比．沃維克、貝琪．波恩和莎朗．芬德利——這個小圈子自給自足，旁人無法滲透。我們沒人會演奏樂器，但我們會想像自己是一支樂隊。我們都知道，哈波是主吉他手兼主唱。福斯是貝斯手，低沉簡單的咚咚咚。因爲洛伊德自誇「瘋狂」，所以當鼓手，於是我只能負責——

「沙槌，」洛伊德說，大家都笑了，「沙槌」就這樣成爲我諸多綽號之一。這時福斯在我的制服襯衫上畫圖，骷髏底下交叉的沙槌，好像軍徽。母親是空姐的黛比．沃維克夾帶了一個裝滿我們喜愛的咖啡、奶油、薄荷和椰子口味的樣品酒，裝在巧克力盒裡的手提袋，我們把它藏在拳頭裡偷喝、皺眉、胡言亂語，同時安布羅斯老師雙腳翹在講桌上，眼睛盯著螢幕上播放的《威鯨闖天關 2》影片，沒有人理會他的好意。

小酒瓶正好充當我們在校最後一頓晚餐的開胃酒。九四年那場傳奇的食物大戰的記憶仍殘留在腦中：小包番茄醬在腳下爆炸，炸魚排像忍者飛鏢在空中飛來飛去，焗烤馬鈴薯被當成手榴彈互丟。哈波一面揑著尾端嘗試掂量一條強韌的香腸同時向福斯說，「來啊。量你不敢，」但因爲顧忌著活像獄卒巡邏走廊的老師們，以及沾到褐色的海綿蛋糕和卡士達醬，總之這個危險時刻平安過去了。

在畢業生集會中，帕斯科老師演講表示我們都肩負期待，鼓勵我們展望未來但要記住過去，設定高目標但要克服低潮，相信自己但要爲他人著想。重要的不只是我們學到了什麼——他希望我們大有收穫！——也包括我們成爲怎樣的大人，我們這些剛成年的大人聆聽著，困在憤世嫉俗與多愁善感，外表喧鬧但內心怯懦又難過。我們譏笑、翻白眼，但在走廊上其他地方我們哽咽地手牽手互相敦促珍惜彼此培養的友誼，彷彿是會延續一輩子的友誼。

「一輩子？天啊，希望不要，」福斯把我的頭夾在腋下說，用指關節親暱地磨蹭。現在是頒獎時間，我們癱坐在椅子上。獎項都頒給老是得獎的學生，他們下台站到地方媒體攝影師前面時掌聲早就消失了，圖書禮券舉在下巴底下彷彿在國慶日遊行。接著在所羅門老師帶領下，奏樂，莫頓葛蘭吉中學搖擺樂隊大聲叮叮咚咚地滿足我們對美式大樂隊聲音的渴望，歪七扭八地奏出葛倫·米勒的〈In the Mood〉。

「幹嘛？**為什麼**奏這首？」洛伊德說。

「讓我們進入**這個心情**，」福斯說。

「什麼心情？」我說。

「爛透的心情，」洛伊德說。

「就像是葛倫·米勒管弦樂團的〈亂七八糟〉，」福斯說。

「難怪他會摔飛機，」哈波說，砲火結束後，福斯、洛伊德和哈波跳起來大呼安可、安可。舞台上，表情瘋狂的戈登．吉伯特雙手抓著他的長號喇叭吹口往上拋，在空中停留一會兒才砸落在鑲木地板上，像鐵皮般變皺，趁所羅門老師當面大罵戈登時，我們逃出去參加迪斯可舞會。

但我從上述發現自己多麼心不在焉。那天我記得相當清楚，但我試著描述自己角色時，發現我只記得我的見聞，而非我說了或做了什麼。身為學生，我的鮮明特徵就是沒有特徵。「查理很努力達到基本標準，大多能夠完成」；頂多就這樣了，連這一點名譽在考試期間也黯然失色。沒人欣賞也沒人討厭，沒人喜愛也沒人畏懼；我認識幾個惡霸，雖然我不是惡霸，但也沒有出手阻止他們欺負別人，因為我不勇敢。我們這一屆充滿了強烈的犯罪元素，偷腳踏車、扒竊和縱火，雖然我避開最可怕的同學，也沒跟那些聰明、聽話、有圖書禮券裝飾的人交上朋友。我不從眾也不叛逆，不合作也不反抗；我遠離麻煩也不涉入任何其他事。喜感是我們的重大資產，我雖不是班上的小丑，但也不是毫無機智。我可能偶爾出醜讓大家發笑，但我的最佳笑話不是被聲音更大的人淹沒，就是太晚講出來，所以即使現在過了二十幾年，我還是會想起我早該在九六或九七年說的話。我知道我不難看——總會有人告訴我——也隱約察覺女生群聚時發出的耳語和竊笑，但對於不知該說什麼的人又有什麼用？我從老爸遺傳了身高，如此而已，我的眼睛、鼻子、牙齒都像老媽——老爸說，這樣剛好——但我也遺傳了他為了在世界上少佔點空間而容易駝背縮肩的習慣。某種幸運的內分泌與荷爾蒙異常讓我倖免於造成很多青少年疤痕的雀斑和青春痘，我沒有焦慮得消瘦，也沒有吃洋芋片喝罐裝飲料搞得發胖，但我對自己的外表沒信心。其實我對任何事都沒信心。

我周圍的同學們都在刻意調整他們的個性，改變穿著和髮型。我們的彈性很大，在定型之前，還有時間實驗與改變我們的字跡，我們的政治觀，我們發笑、走路或坐著的姿態。這五年間宛如某種盛大的混亂排練，地上散落著我們拋棄的衣服與態度，友誼與意見；爲參與過的事害怕或興奮，爲父母師長們因爲各種衝動行爲而小題大作，或被迫收拾善後而生氣或費解。

不久就到了該融入我們可能適合的某種角色的時刻，但當我試著用別人的角度看自己（有時候名符其實，在深夜盯著我爸的刮鬍鏡子看，把頭髮抹油往後梳），我……看不到什麼特色。好像我看著自己當年的照片，總不免想起初代的漫畫角色，跟後期版本很像但往往在某些方面比例不對、不太對勁。

如果以上所說都沒什麼幫助。那就試著想像另一張照片，人人都有，臉孔小到不仔細看就無法分辨的團體照。無論過了五年或五十年，中間總有個眼熟的人，沒有趣聞軼事或關聯，沒有醜聞或美名。你會猜想：那是誰啊？

那就是查理．路易斯。

鋸木屑

畢業生的迪斯可舞會素有古羅馬等級的腐敗名聲，僅次於生物課的野外教學。我們的競技場在體育館，空間大到可以輕易容納一架噴射客機。爲了製造親密的幻覺，牆壁欄杆之間綁了古老的布幕，還像中世紀流星錘似的用鐵鍊懸掛一顆鏡球，但是空間仍顯得空蕩又荒涼，前三首歌我們坐冷板凳，像戰場對峙的戰士隔著磨損骯髒的地板互相打量，傳遞啜飲黛比・沃維克剩下的樣品酒壯膽，直到只剩君度1，那是沒人敢跨越的界線。教地理的赫本老師負責播歌，焦急地從〈I Will Survive〉換到〈Baggy Trousers〉甚至〈Relax〉，直到帕斯科老師叫他別播了。還剩一小時十五分。我們在浪費時間……

但這時響起了 Blur 樂團的〈Girls & Boys〉，彷彿發出了什麼訊號，人群開始湧入舞池，大家都瘋狂跳舞，然後跟著接下來的流行浩室主題歌大吼大叫。赫本老師租了座閃爍燈，而他這時也無視健康和安全，收起反對態度，跟著陷入瘋狂。我們驚異地盯著自己彎曲的手指，像電視新聞上看過的舞客般縮著臉頰咬著下唇，揮手頓足直到汗水開始浸濕襯衫。我看到「永遠好夥伴」的墨跡開始暈開，突然感傷起來，我擠出人群回到放書包的板凳前，拿出舊運動衣，按在臉上聞一聞確認還可以忍受，再前往男生更衣室。

依我從恐怖片學到的教訓，如果某個空間的牆壁和地基吸收了所有經過者的情緒，那這間更衣室

1. 譯注：Cointreau，法國產的橙味甜酒，酒精濃度高達40%。

一定需要驅魔。這裡發生過可怕的事。有一堆發臭的招領失物，發霉的毛巾、像泥炭沼澤一樣古老又稠密難以形容的襪子，我們曾經把柯林．史馬特埋在裡面；還有，把保羅．邦斯的內褲猛力往上拉害他被送進急診室。這個房間簡直是鐵籠競技場，無論肢體或心理上，任何賤招都不是禁忌，最後一次坐在長凳上，謹慎地把頭靠在曾經害很多人掛彩的外套掛鉤之間，我突然感到哀傷莫名。或許是懷舊，但是我懷疑；懷念被裝滿肥皂乳的鉛筆盒和被濕毛巾拍打嗎？應該說是爲了沒發生的事情、未能發生的改變遺憾。像毛毛蟲做出一個繭，在那個硬殼裡，細胞壁溶解，分子翻攪重組，繭裂開露出另一隻毛毛蟲，長更多毛，卻對未來更不確定。

最近我常不知不覺陷入這種心靈上的沉思，我搖搖頭甩掉這種念頭。眼前就是夏天，在過去的遺憾與對未來恐懼的夾縫中，難道不能享樂、過生活，努力做點事嗎？此刻我的朋友都在附近，跳著機械舞。我迅速套上舊T恤，看看制服襯衫上潦草的字跡，在下擺附近，有藍色墨水工整地寫著幾個字：

你讓我想哭。

我小心折起襯衫塞進書包裡。

回到舞廳，赫本老師正在播〈Jump Around〉，舞姿變得更狂野、更兇暴，男生們互相衝撞，彷彿在撞門。「天啊，查理，」教戲劇的布徹老師說，「這也太激烈了！」一整天熟悉的激情，惡意和感傷，愛戀和色慾，都被放大到無法持續的程度。氣氛隨之震盪，我爲了找地方逃避，爬上攀吊架，身子勾在橫槓上，回想那幾個工整有含意的字跡。我試著回想可能寫下這些字的臉孔，發現一定是舞廳裡的人，但這就像那種人人都有動機的謀殺奇案。

這時展開了新一波熱潮，男生們騎在同學背上全速互相衝撞，像騎士的長槍決鬥。音樂聲中甚至聽得到背脊碰撞地板的聲音。眞實的戰鬥爆發。我曾見有人手上抓著一串鑰匙，爲了維持公共秩序，赫本老師播放辣妹合唱團的歌，對男生等於某種音樂式水砲，他們散開到邊緣，女生們補位，蹦跳著互相搖手指。布徹老師也在DJ台上取代赫本老師。我看到他向我舉起手衝過舞池，左顧右盼彷彿尖峰時刻過馬路。

「你看怎麼樣，查理？」

「老師，你入錯行了。」

「泡夜店不罩，所以教地理很罩，」他在我旁邊勾到橫槓上說，「現在你可以叫我亞當了。我們都是平民，呃，或者三十分鐘後會是？三十分鐘後你想怎麼稱呼我都行！」

我喜歡赫本老師，欣賞他面對冷淡的話語仍不屈不撓。**無意冒犯，老師，但是這有什麼意義？**在有志於此的眾多老師中，他最擅長顯得正直而且不需被討好、丟出「重大週末」和教員室陰謀的誘人提示、只表現出適度叛逆的微小跡象——鬆垮的領帶、鬍碴、亂髮——來暗示我們是同一國的種種訣竅。偶爾他還會咒罵，像丟進人群的甜點一樣粗魯。

但是，我絕對不可能叫他亞當。

「那——你很興奮要上大學嗎？」

我發覺他要開始發表激勵演說了。「老師，我想我不會上大學。」

「你還不能確定。你有申請，是吧？」

我點頭。「藝術，電腦科學，圖像設計。」

「好極了。」

「但我還不知道成績。」

「呃，只是還沒收到。」

「老師，我相當確定。我翹了一半以上的課。」

他用拳頭拍一下我的膝蓋，然後改變主意。「呃，即使你不上大學，還是有很多事可以做。重來一遍，做些非傳統的事。像你這樣有天分的孩子……」我仍然很珍惜他對我的火山作業的高度誇獎：那個字眼，終極的火山斷面作品，彷彿我發現了千百年來火山學家沒注意的什麼基本眞理。但這只是帶出「天分」這個字的小技巧。

「不，我會找個正職，老師。我給自己的時間到九月，然後——」

「我還記得那些火山。交叉效果線畫得很棒。」

「那是很久以前的事了。」我聳聳肩，意外又悔恨地發現觸動了某個開關害我想哭。我猜想，我該逃到攀吊架的遠處嗎？

「或許你可以改進。」

「火山嗎？」

「繪圖，圖像設計方面。成績出來之後，要是你想跟我商量……」

還是別爬攀吊架好了，或許只要把他推下去。這裡離地面不遠。

「眞的，我沒事。」

「好吧，查理，好吧，但是我跟你講個秘密——」他湊過來，我聞到他口中的酒味。「是這樣的。那不重要。現在發生的事並不重要。我是說有重要性，但沒你想的那麼重要，你還年輕，很年輕。你可以上大學，或等準備好了再去，但是你有。很多。時間。喔，天啊……」他搞笑地把臉頰貼著木頭框架。「如果我一覺醒來回到了十六歲，喔，天啊——」

謝天謝地，我正準備跳下去時，布徹老師發現了閃爍燈，打開讓它閃了好久好久，這時傳出尖叫聲，人群突然移動，形成一個恐慌的圓圈，搭配著〈MMMBop〉歌曲聲的閃爍燈光下，黛比．沃維克咳嗽吐出鎂白色嘔吐物，像來自地獄的停格動畫，以一連串迅速的靜止畫面灑在鞋子和裸露的腿上，她的手像堵住水管的手指擴大了分散幅度，直到她在同時發笑尖叫的一圈同學中央獨自駝著背。這時布徹老師才關掉閃燈躡手躡腳走進圈子，伸出手臂用指尖撫摸黛比背後。

「54俱樂部，」赫本老師從架子上爬下來說，「太多閃燈，懂吧？」同學們用粗紙巾刷洗腿腳時，音樂暫停，體育館工友巴奇去拿派對時手邊必備的鋸木屑和消炎藥。「各位先生女士，還有二十分鐘，」赫本老師回到DJ台上說，「這二十分鐘，是該稍微放慢腳步的時候了……」

慢歌給了我們機會，在校方容忍的限度下，倒在彼此身上。〈2 Become 1〉的第一段旋律讓舞池空無一人，但在舞池外圍，有些令人恐慌發作的談判在進行著。同時多虧實驗室技師幫忙，小量乾冰開始噴出，宛如隱形裝置，停留在腰部高度。莎．莉．泰勒和提姆．莫里斯率先穿過霧幕，接著是莎朗．芬德利和校內的性愛先驅派崔克．羅傑斯，雙手深深插入彼此的腰帶裡彷彿在掏彩票，然後麗莎「辣妹」波登和馬克．所羅門，史蒂芬「阿山」山克斯和「女王」艾莉森．昆恩，先後開心地跳過木屑堆。

這些人在我們眼中都是老夫老妻。群眾要的是新鮮臉孔。遠端角落傳出喝采和歡呼聲，同時小柯林．史馬特牽著派翠西亞．吉卜遜的手，眾人讓出一條通道讓她像出席受審的被告用空出來的手拼命遮臉，半推半就地走入燈光下。整個舞廳裡，男女生都展開最後一搏，主動追求的人有時被接受，有時被拒絕後轉身離開，在稀落的掌聲中擠出微笑。

「我討厭這個部分，你也是吧？」

海倫．畢維斯爬到橫槓上加入我，她是個藝術派的女生兼冠軍曲棍球員，高大強壯，有時被叫作「磚塊」，不過沒人敢當面說。「你看，」她說，「麗莎想要把她整顆頭塞進馬克．所羅門的嘴裡。」

「我敢說他的口香糖還在嘴裡——」

「只是反覆打來打去。像是小型羽球賽。啪、啪、啪。」

海倫跟我，我們尷尬地試過幾次交朋友，不過沒什麼成果。有藝術天分的人裡面，她是那種會畫巨大抽象油畫並命名為〈區隔〉之類的酷學生，陶器窯裡總是有東西在陰乾。如果藝術的重點是情感和自我表達，那我只是個「好畫手」；精細、很多陰影線的殭屍、太空海盜和骷髏素描，永遠有顆活生生的眼睛仍在眼窩裡，抄自電玩和漫畫書、科幻和恐怖的影像，會吸引教育心理學家注意的那種複雜暴力圖像。「我可以誇獎的一點是，路易斯，」海倫用拖音說，把一張銀河傭兵圖拿遠觀看，「你很會畫男性的軀體。還有披風。不妨試著畫些**真實**的東西如何。」

我沒回答。海倫．畢維斯比我聰明太多了，是低調且不需圖書禮券認證的方式。她也很逗趣，經常出於自娛低聲說些很棒的笑話。她的話總是有贅字，每兩、三個字就有反諷語法，害我永遠搞不清楚她是如此或相反的意思。字彙有一個意義已經夠難了，如果我們的友誼有什麼阻礙，就是我跟不上她。

「你知道這座體育館需要什麼嗎？菸灰缸。大量安裝在樓梯間的扶手末端。欸，我們可以抽菸了嗎？」

「還要……二十分鐘才行。」

如同我們的頂尖運動員，海倫·畢維斯是老菸槍，多多少少會在校門口抽菸，她發笑時萬寶路薄荷菸會像大力水手的煙斗上下晃動，我還有一次看到她用一根手指壓鼻孔把鼻涕噴過十二呎外的水蠟樹矮籬。我覺得她的髮型是我看過最糟糕的，頂上有尖刺，後方細長，兩鬢修尖，好像用原子筆在照片上畫出來的。在我五年級的神祕代數課堂上，醜髮型、藝術味、曲棍球加上不刮腿毛就等於女同志，當時這個字眼對男生影響力很大，能讓人對女生大感興趣或倒盡胃口。女同志有兩種——只有兩種，而海倫不是在馬丁·哈波的雜誌裡看得到的那種，所以男生們不太注意她，我相信她不在意。但我喜歡她而且想要討好她，即使我的嘗試通常只會令她不以爲然。

最後吊在鐵鍊上旋轉的鏡球出現了。「啊。眞神奇，」海倫往緩緩旋轉的舞者們歪頭說，「你有沒有發現，總是順時鐘方向？」

「在澳洲，做法剛好相反。」

「在赤道上，他們只會尷尬萬分地呆站著。」這時〈2 Become 1〉樂聲漸弱，切換到惠妮·休斯頓熱糖漿似的〈Greatest Love of All〉。「好嗯，」海倫轉動肩膀說，「爲了大家好，我希望小孩子不是我們的未來。」

「我想惠妮·休斯頓並沒有指明特定學校。」

「嗯，應該沒有。」

「我不懂這首歌的另一點是：學習愛自己——爲什麼那是世上最大的愛？」

「如果聽成討厭[2]自己會比較合理，」她說。我們繼續聽。

「學習討厭自己——」

「——是世上最大的厭惡。所以才這麼容易做到。而且好處是，幾乎每首情歌都適用。」

「她討厭你——」

「沒錯。」

「謝謝，海倫。現在我比較懂了。」

「不客氣。」我們轉回去看舞池。「翠許看起來很開心，」我們看著仍用手遮住眼睛的派翠西亞·吉卜遜彆扭地邊跳舞邊後退。「柯林·史馬特的褲子可滑稽了。幾何學積木放在那裡眞詭異。咻！」海倫對天發出怪聲。「我遇過一次。跟我不便透露的人去衛理公會聖誕迪斯可舞會。不太順利。好像腰部被鞋盒尖角頂到。」

「我想男生比女生容易有反應吧。」

「那就去蹭樹幹什麼的。這很粗魯，我是說沒禮貌。查爾斯，你千萬別那樣。」在別處，同學們的手在尋找屁股，不是膽怯地輕放在上面，就是像揉披薩麵團似的猛捏。「這眞是最噁心的奇觀了。可不是因爲我常被人傳是女同志。」我在橫槓上換個姿勢。我們不習慣坦誠開放的討論。最好別回答，片刻過後——

「那，你想要跳舞嗎？」她說。

我皺眉。「不要。我還好。」

「對啊，我也是，」她說。又過了一會兒。「如果你想去邀別人跳舞——」

「眞的。我沒事。」

「沒有迷戀的對象嗎，查理．路易斯？在最後的時刻沒什麼想說出來的話？」

「我不太做……那種事。妳呢？」

「我嗎？不要，我內心差不多死了。反正愛情是中產階級營造的幻想。這一切——」她往舞池歪歪頭。「那不是乾冰，那是隱密的費洛蒙之霧。聞聞看。愛情是……」我們嗅嗅空氣。「橙味甜酒和消毒水。」

一陣喇叭雜音，接著赫本老師的聲音轟然作響，他太靠近麥克風了。「最後一首歌，各位女士先生，你們只剩一首歌了！大家都要找個人跳舞——大家勇敢一點！」〈Careless Whisper〉歌聲響起，海倫歪頭看向剛推出一個人來的女生集團。艾蜜莉．喬伊斯往我們走來時開口講話，但是離太遠聽不見。

「……」

「什麼？」

「……」

「我聽不到——」

「哈囉！我剛說嗨，就這樣。」

「哈囉，艾蜜莉。」

「海倫。」

「呃，艾蜜莉妳好。」

「你們在幹嘛？」

---

2. 譯注：loathe，與love 諧音。

「我們在當偷窺狂，」海倫說。

「蛤？」

「我們在旁觀，」我說。

「你有沒有看到馬克伸手摸麗莎的裙裡？」

「沒有，恐怕我們錯過了，」海倫說，「但我們倒是看見他們接吻。挺誇張的。艾蜜莉，妳有沒有看過網紋蟒蛇吞噬小野豬？顯然牠們會把下顎搞脫臼，就在這邊——」

艾蜜莉惱怒地向海倫瞇眼。「**什麼？**」

「我說，妳有沒有看過網紋蟒蛇吞噬小——」

「欸，你到底要不要跳舞？」艾蜜莉不耐煩地戳戳我的膝蓋怒道。

「不用管我，」海倫說。

我想我好像鼓起臉頰吹了一口氣。「那好吧，」我說完跳了下去。

「小情侶，別踩到嘔吐物滑倒了，」我們走進舞池時海倫說。

我伸出雙臂，有一陣子我們不知不覺像午茶舞會的退休老人牽著手垂在身體一旁呆站著。艾蜜莉糾正我，把我的手放到她背後，我們開始轉第一圈時我閉起眼試著感受情緒。人工星光暗示我應該覺得浪漫，刺耳的薩克斯風，她的骨盆和胸罩扣的觸感應該足以激發慾望，但我只覺得尷尬，我唯一的渴望是曲子趕快結束。愛情、慾望跟笑柄太糾纏不清了，果然，洛伊德在舞廳邊緣淫穢地搖舌頭，同時福斯轉過身去，雙手交叉撫摸自己的肩胛骨。當我調整右手姿勢只露出中指，我覺得似乎挺好笑的，我們在薩克斯風音樂中旋轉著離開。**說句話啊，什麼都好……**

艾蜜莉先開口。「你有男生的氣味。」

「喔。是啊，這是舊運動服。我只有這套。抱歉。」

「不用，我喜歡，」她說完湊近我的脖子，我只感覺到像是被強吻或濕絨布碰觸的潮濕。除了跟祖母以外，我終於接吻或被吻了，以前有過兩次，不過形容爲臉部碰撞或許比較精確。第一次是歷史課校外教學在羅馬遺跡的陰暗影音展示場裡。人類實在沒理由憑本能就懂怎麼接吻——就像滑雪板或踢踏舞，無法看過就學會——但是貝琪．波恩從迪士尼童話中學習，把嘴唇嘟成緊繃乾燥的花苞狀，像鳥類從餵食器吃堅果般在我臉上啄來啄去。電影也教我們除非發出聲音才算接吻，所以每個接觸點都伴隨著像馬蹄滴答聲一樣假的少許咂舌聲。該睜眼，還是閉眼？我睜著眼以防有新發現或被攻擊，閱讀她背後牆上的展示物。我發現原來古羅馬人是地板下加熱的先驅等等，啄啄啄變得更用力更持久，好像有人想要拆掉訂書針。

另一方面，親吻莎朗．芬德利像被憤怒、狂暴的鯊魚張嘴攻擊，我們兩人擠在沙發背後。哈波有個巢穴，在他家地下室裡一處惡名昭彰的水泥碉堡，每週五晚上搖身一變爲花花公子豪宅的核戰避難所。哈波會在此主辦獨家、高風險的「DVD派對」，拿出自有品牌的啤酒摻可溶性阿斯匹靈——就像馬丁尼裡的橄欖——用吸管啜飲，效果強到足以讓我們躲到沙發後面，在吸塵球和死蒼蠅之中接吻。我從未這樣感受到舌頭是一塊肌肉，像海星觸手般強壯無皮膚的肌肉，當我的舌頭試圖反擊莎朗的，兩者活像走道上試圖擠過彼此的醉漢在扭打。每當我想抬起頭，就被榨葡萄柚汁的同等力氣和動作壓回到積滿灰塵的地墊上。我還記得莎朗．芬德利打嗝時，讓我臉頰鼓起，當我們終於分開，她沿著整條手臂的長度擦嘴。這個體驗害我虛脫又下巴很痠，嘴角有兩個小裂傷，第三個在舌根處，也因爲保守估計半杯份量的別人口水而作嘔。但我也詭異地興奮，彷彿搭乘了累人的慶典娛樂設施，所以我不確定我想立刻再來一遍或是這輩子再也不玩了。

當晚稍後她跟派崔克．羅傑斯湊成一對，解除了我的兩難問題。這時我們在舞池裡跟他們擦身而過，在閃光球下吞噬彼此。我感到脖子上另有一塊潮濕，她咕噥了一句話但我在音樂聲中聽不見。

「妳說什麼?」

「我說……」但她又往我的脖子咕噥，我只聽出一個詞，「洗澡」。

「我聽不到……」

又一次，什麼什麼洗澡的，我猜想，她剛才說我需要洗澡嗎?要是音樂關小聲點就好了。「抱歉，再說一次?」

艾蜜莉咕噥。

「好吧，」我說，「最後一次。」

艾蜜莉把臉移開我的脖子生氣地瞪我。「我操，我說我洗澡時會想到你！」

「喔。是嗎？多謝了！」我說，但這樣子似乎不夠，所以我回她——「我也會想妳！」

「**什麼？**」

「我也會？」

「才怪，你不會！就……唉，算了。天啊！」她呻吟一聲又把頭湊過去，這時的慢舞中有怒氣，曲子結束時我們都鬆了一口氣。在突來的寂靜中很尷尬，情侶們紛紛走開，面露燦爛的笑容。「散會後你要去哪裡？」艾蜜莉說。

「不確定。原本要去哈波家。」

「秘密巢穴？喔。好吧。」她垮下肩膀，嘟起下唇往上吹她的瀏海。「我從來沒去過巢穴，」她說，我可能邀過她但是哈波的門禁規定很嚴厲沒得商量。這一刻過去了，然後她在我胸口猛推一下——「再見。」我被打發了。

「好啦，各位女士先生！」赫本老師回到麥克風前說，「我們似乎還有時間放最後一首歌！我要看到你們每個人都在舞池裡，每個人都要！準備好了嗎？我沒聽到！記住，請避開鋸木屑。我們來吧！」

放的歌是 Blondie 合唱團的〈Heart of Glass〉，罕見地年代比〈In the Mood〉更接近我們，但顯然是好事，因爲這時大家都在舞池裡：戲劇社學生，陰沉的陶藝社學生，連梳洗乾淨、蒼白又腳步虛浮的黛比．沃維克也在。實驗室技師倒出剩餘的乾冰，赫本老師調高音量，在歡呼喝采聲中，派崔克．羅傑斯從頭頂上脫掉襯衫往空中一甩希望引發效仿狂熱——然後，一看無效，又穿回身上。現在的新紅人是洛伊德用手蓋在福斯嘴上假裝在吻他。戲劇社唯一的男生小柯林．史馬特主持了信任遊戲，要輪流跟著音樂及時倒在彼此懷中，剛摔壞長號角的戈登．吉伯特騎在東尼．史帝芬斯肩上，像溺水者抱著浮標擁抱閃光球，這時東尼．史帝芬斯走開讓他吊著晃蕩，同時工友巴奇用拖把柄戳他。「快看！快看！」提姆．莫里斯跳起霹靂舞時有人大喊，他倒在地板上，朝向鋸木屑和消毒水瘋狂旋轉，接著跳起來拼命擦拭他的褲子。我感覺有雙手放在我腰上，是哈波，疑似大喊著「夥伴，我愛你」然後大聲吻我的兩耳，啾，啾，突然有人跳到我肩上，我們都倒成一堆，只見男生們，包括福斯和洛伊德，哈波和我以及然後其他幾個我不太熟的男生，對一個沒人聽得清楚的笑話大笑。這幾年就是我們人生精華的概念忽然顯得可信又悲哀，我希望學校永遠維持現狀，我們互相擁抱，充滿一種流氓式的愛，我用不同的語氣跟這些人又聊了一會兒。我們爲何拖到現在才聊呢？爲時已晚，歌曲快結束了：嗚嗚喔喔，嗚嗚喔喔。汗水把衣服黏在皮膚上，刺痛我們眼睛接著從鼻子滴落，當我從人堆裡站起來，有片刻瞥見海倫．畢維斯在獨舞，像拳擊手般駝背，緊閉雙眼唱著嗚嗚喔喔，接著在她背後有動靜，消防逃生門突然被拉開。原子彈的強光照進來宛如《第三類接觸》結尾的太空船燈光。頭暈目眩的戈登．吉伯特從鏡球掉下來。音樂關閉，結束了。

時間是下午三點五十五分。

我們錯過了倒數，現在我們呆站著，被光線映出身影，暈眩眨眼同時被伸出雙臂的工作人員趕向門口。我們聲音沙啞、汗濕發涼，拿回各自的私物抱在懷裡——曲棍球桿和陶鍋，腐臭便當盒、壓扁的情景模型和破爛的運動服——像難民般蹣跚走進校園。女生們淚眼汪汪，圍成圈圈緊抓著她們的好友，腳踏車棚傳來消息，所有車胎都被最後一次瘋狂無意義的復仇行動戳破了。

在學校大門，學生們簇擁著冰淇淋攤車。我們慶祝的自由忽然好像是放逐——令人痲痺又難以理解——我們在門檻處逗留，像太快被野放的恐慌動物，回頭看著籠子。我看到我妹比莉在道路的另一側。這時我們默默無語，但我舉起手。她微笑回應然後走掉。

我們四人開始最後一趟走路回家，這一天還沒結束就已經變成傳說。在鐵路旁邊，在銀色的白樺樹林，我們看到一團煙霧，戈登．吉伯特和東尼．史帝芬斯以不分塑膠或尼龍的舊檔案夾和制服建造的火葬堆發出橘色光亮。他們像野獸歡呼嚎叫，但我們繼續走到我們慣例解散的平交道。我們猶豫。或許我們該紀念這個場合，說幾句話。擁抱？但我們迴避多愁善感的表現。這是個小鎮，失聯會比經常看到彼此更費力。

「那，再見了。」

「我晚點打給你。」

「星期五，好嗎？」

「再見。」

「掰。」

然後我走回現在跟我爸同住的房子。

無限

我曾經一直作重複的夢，我想是太早看到《2001 太空漫遊》裡在無垠太空中無依無靠的漂流所引發的。當時和現在的夢境一樣嚇人，不是因爲窒息或飢餓，而是那種無力感：沒有東西可以抓住或依靠，只有空虛和恐慌；深信現狀永遠不會結束。

夏天的感覺就是那樣。我怎能指望什麼去填滿無限長又無限多的日子呢？在最後一學期，我們作了計畫：去倫敦逛逛牛津街（只限牛津街），去新森林國家公園或懷特島進行頑童歷險式的野外探索，背包裡帶啤酒。我們稱之爲「灌酒露營」，但哈波和福斯都找到了正職工作，爲哈波的建築商老爸做現金收入的工作，計畫就作罷了。哈波不在身邊，洛伊德和我只能鬥嘴。此外，我有自己的兼職工作，也是收現金，在本地加油站當收銀員。

但這只能消耗一週的十二個小時。其餘時間都是我自己要——不知道幹嘛？工作天賴床的奢侈感很快便消退，只留下陽光照進窗簾的煩躁哀愁，眼前是漫長、慵懶又痲痺的一天，然後一天又一天，每天都像誇大虛假的國定假日。我從科幻作品而非科學課堂上學到，時間根據你的位置有不同的表現，從一九九七年六月底十六歲男生的雙層床下鋪看來，時間的速度比宇宙中其他地方更慢。

我們住的房子是新的。聖誕節後不久我們就搬出了以前全家的房子「大屋」，我很想念那裡：半分離式，像兒童畫般全是方形和三角形，有樓梯扶手可以滑下去，兩邊各一間臥室，停車場在戶外，庭院裡有鞦韆。我爸一時樂觀誤判買了這棟大屋，我記得他第一次帶我們參觀的情況，敲牆壁證明磚塊的品質，雙手平攤在散熱器上體驗中央空調暖氣的快感。有個我可以像年輕貴族坐在上面欣賞人車往來的凸窗，最厲害的是大門上有個彩繪玻璃拼成的小方塊；是金黃紅色交織的日出。

但是大屋沒了。現在老爸和我住在一座八〇年代社區，叫做「圖書館」，每條街都以強調文化的方式用大作家命名，吳爾芙路通往丁尼生廣場，瑪麗．雪萊大道跨過柯立芝巷。我們家在薩克萊月彎，雖然我沒讀過薩克萊，我知道他的影響力微乎其微。房子很摩登，白磚砌成，平面屋頂的單位，裡外都有顯眼特徵的弧形牆壁，所以從機場上空盤旋的飛機看上去，這些房子很像肥胖的黃色毛蟲。洛伊德稱之爲「更爛的塔圖因行星」[3]。我們剛搬進來時——當時我們有四個人——老爸聲稱喜歡弧形，比舊家的盒狀空間更加自由隨興地表現我們的家庭價值。就像住在燈塔裡！如果圖書館社區不再有未來感，如果餐桌大小的庭院沒有以前那麼整齊，如果偶爾有購物推車漂過寬敞寂靜的大道，還是會成爲我們家庭歷史的一個新章，而且過著財力範圍內的生活讓心情更加平靜。對，我妹和我會同住一個房間，但雙層床很好玩而且不會永遠這樣。

六個月後，搬家紙箱還是沒收拾，擺在弧形牆邊或堆在我妹的空床上。朋友們很少上門，寧可去哈波家裡混，那兒就像羅馬尼亞獨裁者的宮殿，但有兩台點唱機、划船機、四輪機車和巨大電視，武士刀、空氣步槍、手槍和折疊刀多到足以擊退殭屍入侵的家庭。我家只有瘋狂的老爸和很多稀有爵士黑膠唱片，連我都不想來我家玩。

或待在家裡。那個夏天的重大計畫就是迴避老爸。我已經學會從他發出的怪聲評估他的精神狀態，

3. 譯注：星際大戰主角天行者路克長大的沙漠行星。

像獵人般追蹤他。家裡牆壁像日本房子一樣薄，只要他沉默，就可以安全地躲在舒適的羽絨被底下，反正室內空氣像荒廢的魚缸水一樣靜止。如果到了十點鐘還沒動靜，那就是老爸今天又「待在床上」，我可以下樓。在我們家滿手銀行貸款的富裕年代，老爸看報紙廣告買了一台家用電腦，我確信，尺寸可以塞滿櫥櫃的機殼是用樹脂塑膠做的。要是老爸留在床上，我可以開心地在《毀滅戰士》和《雷神之槌》的走道和氣閘裡浪費整個早上，只要我準備好聽到他上樓時就關掉螢幕。大白天打電玩遊戲會讓我爸近乎不理性地生氣，彷彿我開槍的目標是他。

但是大多數日子，我九點左右會聽到他起身晃到在我床位隔壁的浴室。任何鬧鐘效果都比不上我爸在我的頭旁邊尿尿的聲音，我會跳起來，趕緊穿上前一天的衣服像忍者般隱密地溜下樓去看他是否留下了他的菸。只要有十根以上，偷一根迅速塞進我背包的口袋就很安全。我會站在早餐吧檯吃吐司——失去新鮮感的房子另一個特徵，在高腳凳上吃東西——在他下樓前離開。

但我若是失敗，那他會出現，帶著眼屎和臉上清晰可見的枕頭套皺紋，我們會尷尬地搶水壺和烤麵包機，慢慢準備活動。

「這是早餐還是午餐？」

「我想是早午餐。」

「厲害。快十點了——」

「你會講話耶！」

「我很晚才睡著——你可以用盤子嗎？」

「我有盤子啊。」

「那為什麼到處是麵包屑——？」

「因為我沒時間——」

「要用盤子！」

「這是盤子，在這裡，在我手上，盤子，我的盤子——」

「把那玩意拿走。」

「我吃完了就會拿走。」

「別丟在洗碗槽裡。」

「我不會丟在洗碗槽裡。」

「好。記住。」

沒完沒了，平凡無趣的諷刺與挑釁，算不上對話，比較像互相彈耳朵。我討厭我們講話的方式，但是改變需要我們雙方都缺乏的勇氣，所以我們陷入沉默，老爸打開電視。這可能曾經有偷懶的樂趣，但怠忽職守的定義是你在別的地方有工作，而我們父子都沒有。我只知道老爸不喜歡獨處，所以我會離開。

大多數日子我會騎我的腳踏車，不過那不是漂亮、現代的型號。我穿牛仔褲，而非人造纖維緊身褲，騎下壓式握把、鍊條生鏽有雜音、車架像焊接鷹架沉重又無情的舊競速車。我會趴低在握把上，慵懶地繞行死巷巡邏整個社區，丁尼生和瑪麗·雪萊，佛斯特和吉卜林，沿著吳爾芙大道轉到哈迪大道。我會察看遊憩區的鞦韆和溜滑梯尋找我可能認識的人。前往商店途中我會騎進步行區的小巷，在寬廣空蕩的路上衝來衝去。

我在找什麼？雖然說不清楚，我在找的是重大改變；任務，或許，接受考驗、學到教訓的一段冒險。但是獨自展開冒險有點彆扭，在大街上很難找到這一類的任務。我們這裡是東南部的小鎮，離倫敦太遠算不上市郊，大到不算是農村，開發程度太高也不算鄉下。我們缺乏可能把本地變成通勤樞紐的火車站和跟地區相關的傳奇繁榮。相反地，經濟仰賴機場和輕工業工商園區：影印機、雙層玻璃、電腦零件、混合材料——管他什麼東西。主要幹道就稱作大街，有幾棟或許算得上古雅的建築：名叫悠閒小屋的木構茶館，喬治王時代風格的書報店，都鐸王朝風格的藥房，中世紀風格賣蘋果酒的叉路口市集，但因為狹窄人行道旁的交通繁忙，道路飽受灰塵與煙霧之苦，購物客只能平貼著鉛框的櫥窗。「去採購」是鎮上主要的消遣，任何想把大衣捐給慈善機構的人一定是昏頭了。但電影院現在變成了地毯量販店，困在永遠在倒店大拍賣的時光迴圈裡。開車二十分鐘路程就有傑出自然美景的區域，再開半小時可到薩賽克斯海岸，全鎮被宛如劃界圍牆圈住我們的環狀道路包圍。

幾年後，當我聽朋友們感傷激動地談起他們的出生地，他們怎麼被諾桑伯蘭或格拉斯哥、大湖區或維拉爾半島塑造，即使最平庸、刻板印象的「歸屬」表達也令我不禁羨慕。我們沒有認同感，沒有真正的腔調，只有從電視學來的某種老套，加上一點鄉下的粗喉音。我不討厭我們的鎮，但很難對儲水槽、郊區、在荊棘底下藏色情書刊直到泛黃的破爛森林感到興奮或感傷。我們的休閒場地通稱為狗屎公園，像松樹造林版的某電玩場景「謀殺森林」；就我所知在軍械署普查地圖上的名稱就是這樣，沒有人會為它寫一首十四行詩。

所以我會逛大街，看看櫥窗裡，希望看到我認識的人。我會在書報店買口香糖看電腦雜誌，直到被瞪得被迫回到腳踏車上。我一定顯得很寂寞，不過我討厭這麼想的人。無聊是我們的自然狀態，但寂寞是禁忌，所以我裝出初生之犢獨行俠的氣息，難以捉摸又獨立自主，放開雙手騎車。但你要很費力才能在落單時避免顯得孤單，不快樂時顯得快樂。就像伸直手臂舉起一把椅子，當我再也無法維持輕鬆的假象，我會騎車出鎮。

要去任何算得上鄉下的地方就必須越過陸橋，下方車道好像大瀑布嚇人地轟隆作響，然後騎過黃色小麥和油菜的大片田野，經過保護超市草莓農作物的塑膠隧道溫室所構成的波浪形平原，再騎上圍繞我們的山丘。我不是大自然愛好者、賞鳥客、釣客或詩人，即使樹倒在我身上我也分辨不出名稱，我沒有最愛的景觀或某處斑點樹蔭的林中空地，但在這裡孤獨比較不可恥，幾乎是愉快，每天我都放膽騎離家遠一點，擴展我認得的地方範圍。

第一週，第二週，然後第三週就這樣過去，直到有個週四上午，我不知不覺間來到這片俯瞰我們小鎮的野生長草地上。

草地

以前我沒來過這裡。厭倦爬山的我下車，注意到右方有條步道，隱蔽又幸好很平坦。我騎著腳踏車穿過林地不久便來到一片斜坡牧場，草長到腰部高度，褐色和綠色點綴著罌粟的紅色和……我不認得什麼東西的藍色。柳葉菜？矢車菊？我不曉得，但是草地令人難以抗拒，我把車子扛過木造梯蹬，繼續穿過長草區。上方一棟木造豪宅映入眼簾，我從環狀道路上發現過這棟房子，在它下緣有座正式的花園跟草地鄰接。我突然有擅闖的感覺，丟下我的腳踏車，繼續前進到我發現一片可以日光浴、抽菸、閱讀暴力書籍的天然空地。

有了大量空閒時間，表示我生平頭一次開始認眞閱讀了。我從老爸收藏的驚悚和恐怖小說開始，折角的頁面因爲泡澡或泡海水有點模糊，內容性愛與暴力交錯，逐漸加快步調。起初，書本感覺像次級品——閱讀性愛與暴力就像聽收音機的足球賽——但我很快就能每天看完一本小說，除了《沉默的羔羊》和史蒂芬．金的作品以外幾乎看過就忘。不用多久，我也從老爸少量又有點嚇人的「科幻」部門畢業：艾西莫夫、巴拉德和菲利浦．狄克的破爛舊書。雖然我無法說明是怎麼做到的，我分辨得出這些書的寫法跟那些關於巨鼠的書不同，我背包裡日常攜帶的小說開始感覺像防范無聊、打發寂寞的用品。不過還是有點偷偷摸摸——在我朋友面前開讀書會好像學吹笛或跳土風舞——但在這裡沒人在乎，所以這一天我拿出寇特．馮內果的《第五號屠宰場》，選它是因爲書名裡有「屠宰」。如果側滾移動一下，可以好像軍事迴避動作，避開上方房屋和下方城鎮的視線。爲了激勵精神，我觀察風景，但它好像一切都太擠的模型火車造景：人工造林而非森林，儲水槽而非湖泊，馬廄、養貓場和養狗場而非農場與放牧的綿羊。鳥叫與快速道路的噪音、我頭上高壓電塔耳鳴般的嗡嗡聲爭鳴，但從遠處看來，似乎也不壞。只要保持距離。

我脫掉上衣躺下，用今天偷來的菸練習抽菸，然後，我用書遮陽光開始讀書，不時暫停拍掉我胸口的菸灰。高空中，從西班牙和義大利、土耳其和希臘來度假的飛機以等待模式盤旋，迫不及待要降落。我閉上眼睛感受著眼睛裡的纖維在我眼皮上漂動，努力盯著它們到視野邊緣，像溪裡的魚一樣快速游走。

我醒來時，太陽高掛空中，我感覺頭暈，還因爲上方山丘傳來打獵的呼嘯喊叫聲短暫驚慌了一下：是巡邏隊。他們是來抓我的嗎？不對，我聽到草的窸窣聲和他們的獵物的驚慌叫聲，正奔下山往我這邊過來。我從長草縫隙窺探。那個女孩穿著黃色T恤和不便跑步的藍色丹寧布短裙，我看到她雙手拎起裙子，看看背後再蹲下來喘息，額頭靠著她擦傷的膝蓋。我看不到她的表情，但突然激動地認爲那棟房子是某種邪惡機構，療養院或秘密實驗室，或許我能幫她逃脫。更多喊叫與嘲笑聲，她往後瞄，然後站直，把蒼白腿上的裙子再撩高開始直接跑向我。我再度蹲下，但我看到她又回頭一次，突然仆倒迎面撞到地上。

我很可恥地笑了，伸手摀住自己的嘴。片刻寂靜之後，我聽到她同時呻吟與竊笑。「啊！唉唷唷，你這**白癡**！唉唷喂」這時她在或許三、四公尺外，喘息穿插著自己疼痛的笑聲，我忽然想起我瘦削的胸膛像罐頭鮭魚一樣粉紅，胸前也積了黏膩的汗與菸灰。我開始扭轉身體穿上衣服同時繼續躺平在地上。

山丘上的房子傳來一個嘲弄的聲音——「欸！我們投降！你贏了！回來加入我們吧！」——我心

想，**這是陷阱，別相信他們**。

女孩低聲呻吟。「等等！」

傳來另一個聲音，是女性。「妳做得很好！午餐時間到了！回來！」

「我不行！」這時她坐起來說，「啊！可惡！」她試著站起來，測試腳踝之後叫痛，同時我更接貼近地面。我必須現身，但似乎沒有輕鬆的方法在草地上當著某人面前跳出來。我舔舔嘴唇，用陌生人的語氣大聲說，「哈囉！」

她驚叫，用沒受傷的腳轉身同時退後，消失到草叢裡。

「聽我說，不用怕只是——」

「誰在說話？！」

「只是通知妳我在這兒——」

「誰？在哪裡？」

「這邊。在長草裡。」

「但是你又是誰啊？**躲在哪**？」

我趕緊穿好T恤站起來，用彷彿躲子彈的蹲低姿勢，移動到她躲的位置。「我是不想嚇到妳。」

「呃，你**失敗了，怪胎**！」

「欸，我先來的耶！」

「你在這裡幹什麼？」

「沒什麼！看書！他們爲什麼要追妳？」

她側眼看著我。「誰？」

「那些人，他們爲什麼要追妳？」

「你不是公司的人？」

「什麼公司[4]？」

「就是**公司**啊，你不是成員？」

「公司」聽起來不太妙，我懷疑能不能幫到她。**想活命就跟我走**[5]。「不是，我——」

「那你在這兒幹什麼？」

「沒事，我只是，我騎腳踏車然後——」

「你的車呢？」

「在那邊。我在看書後來睡著了，我想讓妳知道我在這裡但又不想嚇到妳。」

她回去檢查她的腳踝。「呃，那倒有效。」

「其實，這是公共步道。我也有權利來這裡——」

「好吧，但是我有實際的**理由**。」

「那他們爲什麼要追妳？」

「什麼？喔。蠢遊戲。別問了。」她用拇指試試腳踝的骨頭。「哎唷！」

4. 譯注：雙關語，company 亦可指劇團。
5. 譯注：電影魔鬼終結者的台詞。

「會痛嗎？」

「會，媽的痛死了！跑過草地眞是討厭的死亡陷阱。我的腳踩到兔子洞了，正面仆倒。」

「是啊，我有看到。」

「是嗎？呃，謝謝你沒笑我。」

「其實我有。」

她瞇起眼瞪我。

「那——需要我幫忙嗎？」我爲了彌補說。

她上下打量我，眞的是從上看到下，像是在打分數，讓我不知不覺間想把指尖藏進口袋裡。「再說一遍，你來這裡幹嘛，鬼鬼祟祟的？」

「我只是……看，我在讀書！妳看！」我衝回我的藏身處拿了平裝小說遞出去。她檢查封面，對照我的長相，彷彿護照似的。滿意之後，她嘗試站起來，皺眉又癱坐下來，我不知道是否該伸手去扶，像握手那樣，但這似乎很荒謬，所以我跪到她腳邊，好不到哪裡去地，彷彿試穿玻璃拖鞋般抬起她的腳：藍色鞋帶的愛迪達貝殼鞋，沒穿襪子，蒼白斑駁的小腿。我感覺到新毛根的輕微刺感，顏色像鐵屑一樣黑。

「你在那邊還好吧？」她眼睛盯著天上說。

「對，只是在想是否——」我裝出外科醫師的口氣，用靈巧的拇指按壓。

「唉唷！」

「抱歉！」

「告訴我，醫師，你究竟在找什麼？」

「我在找疼痛的位置，然後試壓。基本上，我要看是否有穿透性骨折。」

「有嗎？」

「沒有，妳沒事。是扭傷。」

「我還能夠再跳舞嗎？」

「可以，」我說，「但除非妳很**想**跳。」

她仰天大笑，我感覺好開心又得意，我也笑了。「我穿這樣也是活該，」她往膝蓋拉下牛仔裙說，「虛榮。眞是白癡。我最好回去。你可以放開我的腳了。」我很突然地放下她的腳，在她嘗試起身時呆呆站在一旁。

「你能不能幫我一下……？」

我拉著她站起來，牽著她的手讓她用腳趾尖測試踩地，她再度皺眉，再試一遍，我試著觀察她同時別過頭去。她比我矮一點但是差不多，皮膚蒼白，黑色短髮但是把她的長瀏海撥到耳後，後頸仔細地刮過以凸顯出頭骨的曲線，不知何故地看上去既質樸又高貴，像剛出美容院的聖女貞德。我以前從來沒注意過別人的後腦。兩耳都有黑色小耳環，另有兩個額外耳洞以備特殊場合。因爲我十六歲了，我讓眼神失焦以掩蓋我在偷看她的胸部，很自信沒有女生看穿這招。愛迪達商標的鮮黃T恤袖子很短，所以在她上臂的柔軟肌膚上，我看得出她的卡介苗疤痕，特徵是在中間凹陷，像一枚古羅馬硬幣。

「哈囉？我需要你幫忙。」

「妳能走路嗎？」

「我可以跳，但是跳不回去。」

「妳需要我揹妳嗎？」我說，立刻後悔用「揹」。一定有比較男子氣概的說法。「或者，妳知道的，消防員肩扛法？」她看著我，我盡力挺直身子。

「你是消防員？」

「我比妳高啊！」

「但是我……」她拉低她的裙子。「……比較結實。你扛得起自己的體重嗎？」

「當然！」我說，轉身露出汗濕的背後加上搭便車式的豎拇指。

「不。不用，那樣很怪。如果你不介意我靠在你身上……」

下一個空前絕後的動作，我抬起手肘到側邊，向它歪歪頭，學土風舞客手叉腰。

「喔，多謝，」她說，我們開始走路。

長草的窸窣聲似乎響得不合理，爲了找平路走，即使內心很激動，卻很少有機會轉頭看她。她走路時瀏海遮住了臉，眼睛盯著地面，但有些瞬間我看得到她的藍眼睛，奇妙的藍色——以前我曾經這麼敏銳地注意過別人的眼睛顏色嗎？——眼睛周圍的皮膚也有種藍色調，好像隔夜的殘妝，被笑容皺紋，或蹙眉表情變皺——

「唉唷！啊，啊，啊。」

「妳確定不用我揹你嗎？」

「你**真的**很熱心想揹人。」

她額頭上有些斑點，下巴也有一顆，她可能會想要除掉，她的嘴似乎很寬，與蒼白皮膚相比顯得很紅，下唇有個隆起的小裂縫，皺摺狀，彷彿曾經做過手術，嘴巴緊閉看似即將大笑或咒罵，或兩者皆是，她現在就是，她的腳踝像鉸鏈往外張開。

「我真的可以揹妳。」

「我相信。」

走了不久就看見了花園的大門，這時那棟荒謬的豪宅反而顯得更加豪華且嚇人，我猜想：「妳住這裡嗎？」

「這裡？」她豪放地大笑。我的小偏見之一就是懷疑與討厭牙齒很漂亮的人；那麼健康有活力似乎是某種炫耀。我發現，這女孩的牙齒除了左門牙有個狀似書頁折角的缺損以外幾乎完美。「不，我**不住**這裡。」

「我以為他們或許是妳家人，追妳的那些人。」

「是啊，他們常這樣，我和我爸媽，每次我們看到原野——」

「呃，我不知道……」

「那是愚蠢的遊戲。說來話長。」她轉移話題，「你剛剛說你在這裡做什麼？」

「看書。這裡挺適合看書的。」

她有點懷疑地點頭。「熱愛自然的孩子。」

我聳肩。「只是想變化一下。」

「《第五號屠宰場》好看嗎？」

「還可以。屠殺不夠多。」

她笑了，不過我只是半開玩笑。「我有聽說但沒讀過。我不想貼標籤但我總認為那是男生看的書。是嗎？」

我再次聳肩。

「我是說，相對於愛特伍或勒瑰恩。」

……因為如果她要談文學，那我不如把她推進樹叢裡再逃走。

「所以。內容寫什麼？」

查理，你能告訴全班同學作者在這個段落裡的意圖嗎？請用你自己的話表達。

「是寫一個主角，退役老兵被外星人綁架，然後被送進了外星動物園，但他一直回想起戰爭的場面，當時他是個囚犯……」

對，就是這麼回事，但是主旨是什麼？請繼續說，查理。

「但是也在談戰爭，德勒斯登大轟炸，還有某種死亡率——不是死亡率，呃，宿命論？——關於人命重要或自由意志是否自欺、幻覺、妄想，所以有點恐怖，談到死亡和戰爭，但也有搞笑。」

「好吧。聽起來確實**有點**像男生看的書。」

用厲害的字彙。「超現實！就是這個。而且很好看。」

謝謝，查理，請坐下。

「好吧，」她說，「了解。通常聽到別人說『外星動物園』我會當機，但或許我會去讀。你看完了——？」

「還沒有，但我看過電影。」她斜眼看著我。「我開玩笑的，我只是說我看得不多。我不是書呆子。」

「呃，」她說，「那無妨，」接著，彷彿有所關聯地問，「你上哪間學校？」

這是個無趣但是合法的問題，我想最好是老實說。

「剛從莫頓葛蘭吉畢業，」我說完看著她，預期通常的情緒反應，或許保留給表示剛出獄者的那種臉色。不過老實說我看不出跡象，我感覺有點煩躁。「妳是切斯波恩的學生吧？」

她把瀏海撥到耳後接著笑道。「你怎麼知道？」

因爲切斯波恩的學生很優雅，像搞藝術的大麻吸食者，或嬉皮。切斯波恩的學生穿便服上學，意思是復古的花卉洋裝和在家自行印製的諷刺性T恤。切斯波恩的學生比較聰明、膽小，膽小是因爲他們聰明，全校都是由聰明的男女生構成，在以回收木材製造的桌椅上用自行雕刻的碗吃素食北非燉菜。房仲員在提到臥房數量之前都先標榜物件在它的學區內，富裕、自信和酷炫的圈子像輻射區似的標示在地圖上。在夏天晚上走過那些街道，你會聽到小提琴、大提琴和古典吉他以八年級的程度互相呼應。在我們的部落本能中，對學校的忠誠最強烈，超過球隊、品牌或政黨，即使我們畢業了情感也還在，就像刺青很難消除。即使如此，我早已錯過了能成爲莫頓葛蘭吉男孩或加入切斯波恩女孩的圈子的短暫時刻。

我們默默又走了一段路。

「別擔心，我不會偷妳的晚餐錢，」我說，她微笑但也皺眉。

「我沒說那種話，對吧？」

「沒有。」我聽起來刻薄了。我再試一遍。「我沒在這附近看過妳，」我說，彷彿我常在街上晃蕩找女生。

「喔，我住在……」她含糊地往樹林揮手。

我們又走了一段。

「你們學校曾經跟我們學校打過架，」她說。

「在行政區北邊，中餐館外面。我知道。以前我去過。」

「打架嗎？」

「沒有，只是去看。我從來不擅長**打架**。大家都會提到**刀子**，但其實沒有人用，除非圓規也算數。主要是學生互丟水瓶和薯條。」

「絕對別帶圓規去打水仗。」

「不過，莫頓葛蘭吉眞的老是贏。」

「是啊，」她說，「但有人眞的**贏過**嗎？」

「打架太爛了。」

「在行政區北邊打架；有些像鯊魚幫和噴射幫[6]，是吧？我討厭那種事。謝天謝地結束了，我不會懷念。況且，現在看看我們兩個，完全和平……」

「只是聊天……」

「相處，打破隔閡……」

「很感人。」

「那你的考試成績怎麼樣？」

幸好，我們已經抵達了豪宅的範圍，一道生鏽鐵門通往一片斑駁草坪，後方是木造大宅，雄偉到足以令人分心。

「我可以進去嗎？」

「進女主人的土地嗎？是，當然可以，小子。」我幫她撐開門，然後猶豫不前。「沒有你我無法爬上那個山丘，」她說，「你已經是我的枴杖了。」

我們繼續走，爬過一處下陷的土地，這裡被稱作「哈哈」，從一七〇〇年代以來就是爛笑話的來源。走近一瞧，這座裝飾性花園顯得破舊又枯萎；乾涸的玫瑰花壇，一片脆弱、頂端呈褐色的水蠟樹叢。「看到沒？那是有名的迷宮。」

「妳怎麼不躲在那裡面？」

「我又不是**外行人**！」

「哪種房子會有迷宮？」

「豪宅。來吧，我介紹你認識屋主。」

「我該回去了，我的腳踏車還在山下——」

「沒人會偷你的車啦。快點，他們人很好的。況且，這裡有你們學校畢業的人，你可以打個招呼。」

我們往庭院越過草坪。我聽見講話聲。「我真的該回家了。」

「打個招呼，不用多久。」這時我發覺她挽著我的手臂，為了支撐也可能要阻止我跑掉，隨即我們走進中央庭院，有兩張放著食物的支架桌和十來個陌生人，背對著我們；或許是某間公司的邪教儀式。

---

6. 譯注：出自《西城故事》的典故。

「她來了！」有個套著無領衫的花俏年輕人大喊，撥開遮住眼睛的一大片頭髮。「冠軍回來了！」他似乎很眼熟，但這時其餘人也轉身，歡呼鼓掌迎接這女孩跛著腳走向他們。「天啊，妳怎麼了？」年輕人說，扶著她的手臂，一名白色短髮的年長女士皺眉咋舌，彷彿她受傷是我的錯。

「我跌倒了，」她說，「這個人幫我走回來。對不起，我不知道貴姓大名。」

「他叫查理．路易斯，」莫頓葛蘭吉出身的越南妹露西．陳說，擺明厭惡地緊抿著嘴。

「我操，是路易斯！」另一個聲音大叫。海倫．畢維斯咯咯笑著用手背把生菜沙拉塞進嘴裡。「你這怪胎，怎麼可能！」

「我剛在騎車，在野地上，然後——」

「哈囉，查理，歡迎加入！」學校戲劇社唯一的男生小柯林．史馬特說，這時一位有瀏海的年輕人走向我，他腋下有一大片汗漬，伸出雙手，壓迫力大到我退後一步撞到牆壁。

「哈囉，查理，你是新人嗎？我希望是！我們**需要**你，查理！」他用雙手包住我的手上下甩動。「吃點沙拉，再來看看我們怎麼安排你的角色，」他說。我想起在哪裡看過這個人和他代表的意思了，我應該逃走的。

五噚劇團合作社

我們最終學期的最後幾週，都被趕進大禮堂參加有許多特別來賓的重要集會。通常這表示有悽慘的事，或許是有恐怖圖片的交通安全講習。最終學期，有個警察用木槌砸爛一顆花椰菜來說明快樂丸對大腦的影響，之後不久，有個和藹緊張的女士來跟我們談健康的交往關係中的性行爲。嚴肅地關上門調暗燈光。「大家可以安靜嗎，拜託？」她懇求說，在笑聲、喊叫與驚呼中逐一播放清晰的粉紅與紫色幻燈片。我常常在想有關工作的事，懷疑是什麼奇怪扭曲的職涯道路讓這女人來到這裡，焦急地帶著一盒幻燈片巡迴各校展示各式各樣的陰莖。「史上最糟的假日照片，」哈波說，我們彷彿事不關己地大笑。幻燈片喀嚓、喀嚓閃過。「就像雪花，」和藹女士說，「沒有兩個陰莖是完全相同的，」我心想——他們怎麼**知道**？

「他們怎麼知道？」

「他們用了顯微鏡，」洛伊德說，捶了我胯下。

所以當我們在花俏、傻笑、一大把頭髮遮住眼睛的年輕人與瘦巴巴、黑髮緊緊紮到腦後的同齡女子面前坐下，有股明顯的失落感。他們前方有台節奏口技用的卡式錄放音機，像黑暗的威脅擺在那裡。

帕斯科老師拍兩下手。「大家坐好。洛伊德，『大家』也包括你，或者你有什麼迄今還沒公開的豁免特質？沒有？那就坐好。馬上。我要介紹你們認識今天的特別來賓；他們的成就很特殊，理想很特殊——」

「需求也很特殊，」哈波說，我笑了。

「路易斯！查爾斯．路易斯，你有什麼毛病？」

「抱歉，老師！」我看向地面說，再抬頭發現講台上的年輕人正在向我微笑。他意有所指地眨眼。我討厭那個眨眼。

「我們今天的來賓是牛津大學畢業生！他們來告訴大家一個令人振奮的計畫，所以請來個大大的莫頓葛蘭吉式歡迎……耐心點……」他看看他的小抄。「伊佛和艾莉娜，來自……」再看看小抄。「五嘚劇團合作社！」

伊佛和艾莉娜猛力向前起立，他們的椅子在鑲花地板上往後滑了一下。「孩子們，大家好，還好嗎？」伊佛大喊，魯莽又瞪大眼睛像隻寵壞的查爾斯王小獵犬。我們咕噥回答，好，但伊佛那種狂妄、哄騙的態度我們在兒童電視上看過。他圈起耳朵。「我聽不到！」

「媽的他當然聽得到，」福斯說，「這是詭計。」

「是陰謀，」洛伊德說，「狡猾的陰謀。」

「我們再試一次！大家好嗎？」我們保持沉默。

「喔，你們聽起來好哀傷！」艾莉娜撇低嘴角說，向側面歪頭。

「天啊，他們有兩個人，」洛伊德說，但艾莉娜有著來自捷克還是匈牙利的歐陸腔，讓她好像吸血鬼般吸引了我們。

「我們是來告訴大家一個大好機會，」伊佛說，「就在今年夏天；讓我們感到非常興奮的一個大計畫。說說看——這裡有誰聽說過威廉．莎士比亞先生？就這些？哇，你們真害羞。好吧，試試這個：

這裡有誰從未聽說過威廉．莎士比亞？雅芳河的天鵝！吟遊詩人！新貴烏鴉！看吧——你們都聽說過他！」

「這裡有誰能幫我們引述莎士比亞作品？」艾莉娜說。有人火速舉手。是女生副班長蘇琪．傑威爾。

「要生存還是毀滅，」哈波低聲說。

「要生存還是毀滅！」蘇琪大喊。

「那是個問題！很好！《哈姆雷特》！還有嗎？」教室前排的資優生們紛紛大聲說：

「嗚呼，可憐的約里克！」

「這是不是匕首！」

「現在我們不滿意的冬天！」

「寧可愛過又失去，」蘇琪．傑威爾大喊，「勝過從來沒有愛過。」

伊佛安慰地皺眉。「其實，那是丁尼生說的。」

「對啊，那是丁尼生說的，你這蕩婦，」洛伊德說。

這時艾莉娜接手。「是這樣的——你們知不知道不論我們有沒有意識到，我們都會用莎士比亞的語言！」黑眼睛、五官分明、頭髮往後緊紮的艾莉娜似乎穿著兜帽衫和運動服不太自在，好像逃出開放式監獄的芭蕾舞者。「你們有在聽嗎？因為如果你們不聽我就不說了。很好，說說看——這裡有沒有人聽過『美麗新世界』這個詞？只有幾個。好吧，那麼『破冰』呢，像是『欸，我們去這個派對破冰吧』？」

「膽小呢？」伊佛說，「或是不可避免的結果？」

「你們知不知道——」艾莉娜說。

「不知，」福斯說。

「——當你用『不合常理的辦法』這個片語，也是引述莎士比亞？」

「有誰會說『不合常理的辦法』啊？」洛伊德說。

「還有當你說有人敲門的笑話，就是引用……蘇格蘭戲劇[7]！」

伊佛眨眼用手遮住嘴低語，「她是說**馬克白**！」戲劇社的小柯林·史馬特笑了。

「喂！史馬特，」洛伊德在行列後面低聲說。「別笑，你這笨蛋。」

「玩弄感情！」艾莉娜說。

「在心目中！」伊佛說。

「笑柄！」

「愛情是盲目的！」

「善良天性！」

「饒了我吧，」哈波說，「你證明你的論點了。」

但他們還沒完，因爲這時伊佛雙手抱胸擺個姿勢，同時艾莉娜按下錄音機的按鈕。他們蹲下，雙手扶膝，臉孔湊近。漫長得令人彆扭的暫停，接著微弱的嘻哈音樂響起。正如我們所擔憂的，這難道是想說服我們莎士比亞是史上第一個饒舌歌手。

「你像門把一樣死透了！」

「直到世界末日！」

「你把我全家都吃垮了！」

「這是高級貨色！」

「我們根本不愛饒舌歌，」洛伊德嘆道，「他們怎麼會以爲我們喜歡？」

「你玩弄人的感情！」

「已經說過了，」哈波說。

「你令我咬牙切齒！」

「不對，你才令我咬牙切齒，」洛伊德說。

「你的狀況不太好！」

「我會用善良殺死你！」

「讓我死了吧，」福斯說。「拜託！」

「你是惡魔的化身！」

「哈！嫉妒是隻綠眼怪獸！」

「這些人名符其實是世上最糟糕的人……」

這時帕斯科老師突然站起來。「哈波！福斯！洛伊德！你們在搞什麼鬼？」

「引述莎士比亞，老師，」福斯說。

「是我們不合常理的辦法，老師，」洛伊德說。

「馬上給我滾！」

7. 譯注：the Scottish Play，專指《馬克白》的隱語。

「無可避免的結果，」哈波咕噥。

「我們成了笑柄，」洛伊德說。

「一氣呵成，」福斯說，他們三人擠過我身邊，刮到椅子。搖擺門一關上，艾莉娜按下停止鍵，伊佛再次上前。

「所以。事情是這樣子——」

「有一齣戲——」

「關於**幫派**，關於**暴力**，關於歸屬、偏見、愛情和……」伊佛停頓一下才丟出關鍵句，「……也關於性愛！」他歪頭等大家竊竊私語結束。「是威廉．莎士比亞的劇本。劇名是——」

「**羅密歐。與。茱麗葉**。如果你自以爲很懂，相信我，差遠了。今年夏天，劇團合作社會在這裡，一個令人興奮的新場地演出。」

「而你們……」伊佛伸出雙臂，雙手各用兩根手指像幫派電影指向側面，「……會成爲明星！排練五週，演出四場。我們要學**跳舞**，還要學**打鬥**——」

「我們要學如何**存在**，」艾莉娜用黑眼睛掃視眾人說，我們第一次完全沉默，靜止不動。「如何**存在**，無論在舞台上或生活中。我們都會學到如何在這世界上行動，積極地參與。」

「記住，」伊佛說，「五噚劇團不是我們，是你們。」他雙掌合握，手指交叉，像學校鐘聲發出怪聲。「我們**需要**各位。沒有你們我們做不到。」

「拜託，」艾莉娜說，「來加入我們。」

「我不是來加入的，」這時我說。或許我是用喊的。

「好吧，」伊佛說，「但是你不知道錯過了——」

「無論是什麼，不關我的事，我只是幫她。」我來找那女孩，此刻的她站在桌上，彎著腳踩住一個紙盤。「我得走了。」

「好吧。你確定？因爲我們急需年輕男性。」

「對，不是我。我得走了。抱歉。露西，柯林再見。海倫再見，」不等他們回答我已經輕快地走出庭院，穿過草坪經過迷宮——

「等等！」

……跳下去躲到哈哈後面我掩蔽，繼續向前衝……

「不好意思！可以等一下嗎！喔，眞受不了……」

……我及時轉身看到她蹦跳著朝我過來，端著變形的紙盤灑落一道食物的痕跡。我在大門等著。

「你看，」她笑說，「你害我把粉蒸羊肉晃掉了。」她搖搖落在草上沾了沙子的最後一塊。「哈哈上面的粉蒸羊肉。見鬼了，眞是中產階級的極致——總之，我只是想說謝謝你。幫助我走回來。」

「不客氣。」

「你確定不想留下嗎？」

「我不是演員。」

「相信我，整個星期我都在這裡，我們沒人是演員，包括我。這只是……好玩，你懂吧？首先這只是劇場運動和即興表演。我了解這樣未必有賣點——」

「我真的不能——」

「我是說，『劇場』和『運動』，這兩個字通常你不會看到連在一起。」

「抱歉，我得走——」

「但我們下週就要開演了。是《羅密歐與茱麗葉》。」

「這不適合我。」

「因為是莎士比亞劇？」

「這整件事，不是我的……」

別又說「風格」。

……

……

「風格。」

「好吧。呃。可惜。很高興認識你。」

「我也是。或許後會有期？」

「如果你明天來就會啊！不要？好吧。」她開始擦刷她裸露的腿。「該死的粉蒸羊肉。我根本不愛吃。如果你改變主意就九點半來。你不會後悔的。也可能會。我的意思是，很可能會後悔，但至少——」

「呃，我最好——」

「我還不知道你的名字。」

「查理。路易斯。查理．路易斯。」

「幸會了，查理．路易斯。」

「我也是。那麼。」

……

……

「你不問我的名字嗎？」

「抱歉，妳叫……？」

「法蘭。法蘭西絲的拼法，有『e』的，所以是法蘭．費雪。我能怎麼辦，我父母是白癡；呃，他們不是，但是——反正。呃，我說過。謝謝。再見。」

她轉身離去，我看著她把紙盤折成楔形然後塞進牛仔裙的口袋裡。然後她轉回來，確認她顯然知道的事，就是我在看著她。

「再見，查理．路易斯！」

我舉起手，她也舉手，但是我沒回去，那是我最後一次看到法蘭．費雪。

不曉得她現在去哪裡了？

一見鍾情

其實我知道她在哪裡。我有回去，因爲當時我很難想像我不會再見到她，如果這表示要花半天玩劇場運動，那也是我願意付的代價。

但或許那也不完全正確。或許我會很快忘了她。講述這些故事——愛情故事——的時候，很難不把意義和必然性完全歸因於不痛不癢的巧合。我們會浪漫化；看一眼改變了一切，天雷勾動地火，某種巨大天意的齒輪開始嵌上。但是我懷疑「一見鍾情」中的「情」只適用於事後回想，像管弦樂團的樂譜攤開，這時已知故事的結果，眼神、笑容和互相碰手可以被安排出當下很少具備的重大意義。

我認爲她很可愛沒錯，但我每天都有五到十次對某人有這種想法，即使獨處，我看電視也會這麼想。初次邂逅時我腦中確實有個清晰堅定的聲音說：**專心點，這很重要**，專心，也沒錯，其中一部分可能只是性衝動，它的雜音在當下幾乎會破壞我跟女生的任何對話，就像沒人關得掉的汽車警報。另一部分是較不火熱，比較傳統的浪漫預感，暫時的跳接快轉畫面——牽手、逛便利商店或在狗屎公園的鞦韆上歡笑——我猜想跟那些**劇團**的人在一起會看起來怎樣，有何感覺。

我這輩子空前絕後，從來沒有這麼準備好愛上別人。在熱頭上，我感覺篤定，會讓我對所有擔憂和恐懼免疫。我渴望**改變**，發生一點事情，冒險之類的，愛上別人似乎比，呃，破解謀殺案務實多了。雖然我認爲她可愛，但我並沒有被什麼魔杖點到，沒有響起豎琴音樂，燈光也沒有改變。如果那年夏天我忙一點，或在家開心一點，那我可能不會那麼想念她，但我不忙也不開心，所以陷進去了。

我記得當時擔心自己無法記住她的臉孔。高速飆過那條林蔭小路的閃爍光線中，挺直在座墊上，風拍打著我的胸膛，我試著比對我記得的部分跟熟人的臉，或者可以當範本的電視名人。但沒人符合，在我抵達交叉路口轉向鎮上之前，她的臉已經開始像未修飾的照片般模糊——鼻子的形狀，藍眼的色調，缺損的牙齒，頭骨的漂亮曲線，痣和雀斑的精確位置；我怎麼記得住？我有個餿主意，我一回家最好把她畫下來——幾個線條，一個手勢，她拉扯牛仔裙背後或把瀏海撥到耳後的樣子。在那之前我主要專精殭屍和外星昆蟲。或許法蘭．費雪是第一個值得畫的題目，海倫叫我畫的「真實的東西」，我繼續努力輪番回想她的特徵，好像記住電話號碼一樣——**鼻子的形狀，藍眼的色調，缺損的牙齒，曲線，痣和雀斑的**——

電話號碼。我怎麼沒乾脆問她電話號碼？

我需要的就是這個。我下次見到她一定要問。

下次。

我記得對她的男友有股強烈的嫉妒感，卻不知他是誰或是否存在。她一定有男友吧，因為切斯波恩所有女生都有個登對又好看的男友，在他們父母的泳池或毒品助興的熬夜外宿時不斷做那檔事。莫頓葛蘭吉的某些學生有「關係」，但他們很快會安於某種諷刺的家居生活，茶杯放在腿上看電視，逛商店，彷彿困在一個特別投入的老夫老妻遊戲。另一方面，切斯波恩的學生像科幻片《攔截時空禁區》裡的有錢年輕人或外國交換學生，墮落、狂野又自由。成年之路的所有指標中——投票、開車、合法飲酒——莫頓葛蘭吉男生最難達到的就是看到胸罩肩帶忍住不去彈一下。別當個混蛋：這是我們尚未通過的重大成長儀式。即使她單身，法蘭・費雪怎麼可能對我這樣的男生有興趣？

最後，我發現我可能嘗試認定爲「愛情」的任何情感，就像一箱童年玩具一般無關緊要又過時。貝琪・波恩、莎朗・芬德利、艾蜜莉・喬伊斯——我在想什麼？這是全新的情感，如果稱作愛情言之過早，那麼我準備稱之爲希望。

這些事都不能大聲說——向誰說呢？——我也沒什麼時間深究，因爲我轉回薩克萊月彎時看到嶄新的紅色 Mini 汽車，後車窗出現我妹比莉的臉孔，從書本中抬起頭看我。

老媽來探視了。

老媽

在我小時候——那個說法聽起來還可信——我父母會告訴我他們如何戀愛。我媽在學生時代受護士訓練，我爸為了在各個良莠不齊的大學樂隊裡吹薩克斯風，心不在焉地攻讀會計課程，當年他在龐克爵士或爵士龐克風格的五人樂團 Goitre，前往樸資茅斯科技大學學生會進行他們最初也是最後的演奏。龐克與爵士似乎證明了並不相容，但我媽沒在看地上的時候，發現有個成員也同樣尷尬：薩克斯風手。他在主唱背後作出諷刺的表情令她發笑，她也發現他很擅長樂器，所以決定在吧檯擠到駝背站著、好像緊急卸妝的人，正在用毛巾角落狂擦化妝眼線的他旁邊。她抓住他手臂。「那個，」她說，「實在是……**糟糕**，」他仔細看著她一會兒然後笑了。「就是這樣，」家父曾經跟我說，「一見鍾情，」我媽會呻吟翻白眼把坐墊丟過來，不過我還是很喜歡這個故事：老媽在吧檯站到老爸旁邊，於是就有了我。

他們有張照片，在認識之後不久拍的，搭配香菸和皮夾克，站在戈斯波特市唯一類似東村的地方防火逃生梯上。矮小的家母的黑眼睛在黑髮瀏海下凝視遠方，看起來兇猛無敵，老爸站在她後面，高舉香菸彷彿正在她頭頂上寫她的名字，笑著露出一嘴爛牙；**我的天，看看這個神奇的女人**。每對夫婦都該有張這樣的照片，當作他們想像中專輯的封面。他們似乎天下無敵，對於共同的未來充滿熱情與希望。

老媽在一九九七年春天離開老爸，不過我懷疑她已經醞釀一段時間了。家父的生意——小規模連鎖唱片行——終於倒掉，在最終倒閉之後的那個悲慘冬天，我們不知不覺間越來越依賴她的決心、彈性和說服力。我們沒有她怎麼活下去？考慮離家的感覺像極了選擇從暴衝火車跳下去的時機：留在車上沒道理，跳下去又免不了疼痛。

所以她撐著。我記得她清理老爸最後一家店的可回收殘骸時散發的輕快積極能量，把剩餘存貨裝箱，收起地毯，就像水災後家家戶戶檢查損害的紀錄片。我也記得她在謹慎措辭的簡報時擠出的微笑，告知我們全家必須搬出當時的房子。賣掉可以釋出一些資產淨值，管它什麼意思，以償還部分債務。新家比較小、不一樣但也很漂亮，會讓我們有機會重新開始。調整呼吸，重新站起來：那是拳擊擂台的術語，而老媽是教練，在老爸癱軟、被打得全身瘀青坐在角落凳子時專心又堅定。

當晚深夜，我睡不著走下樓，發現她在廚房看文件。為了尋求安慰，我強迫自己說出那個詞。

「我們……破產了嗎？」

我看到她肩膀繃緊。「你從哪聽來的？」

「妳跟老爸的談話。」

「希望你不要偷聽。」

「妳在吼叫，所以……」

她從椅背上伸出手來示意我過去。「呃，對，嚴格來說。不是我們，更不是你，只有老爸因為公司在他名下，但其實——這不是災難！」我讓她的安慰流過我全身。「破產只是個法律名詞，生意失敗時解決債務的方式，不是**失敗**，是停止營業。那是重新開始；表示我們不會有債主來敲門。我們只是……清算一切把每個人的部分還給他們。」

「什麼部分？」

「資產，我們剩下來能賣的東西。」

我想起那張破爛地毯、貨架、標示「世界音樂」的那箱CD。我想欠債人沒什麼指望，但我知道我爸對債務有病態的虛榮心。他借了很多錢來挽救公司，隨著每家店逐一關門，還債的需要必須靠秘密信用卡借更多債，個人積蓄轉移到公司帳戶，直到再也無處可躲。小時候，我會把不想吃的蔬菜偷偷從餐盤掉到地上，我爸的策略也沒高明到哪裡去。他是老鼠會的工程師，既是騙子也是受騙者，當整件事無可避免地崩潰，他只能呆站著，對未付帳單、未付房租、未付薪資瞠目結舌。無法在酒吧裡買酒請客對他就是一種痛苦，所以無法付錢給員工⋯⋯不提破產帶來的歸零狀態，這個失敗讓他變成了罪犯、小偷。

老媽還是撐住了。「眞的，這是個被隱藏的機會。全盤考量，這其實是好事，」我不禁懷疑，如果發生壞事我們該怎麼應付？

所以搬來薩克萊月彎是一種悔過，感覺就是如此。下第一場大雨時，大塊灰色濕斑就出現在我們臥室天花板上。超高效率的儲藏室暖氣讓我們在半夜三點熱得翻來覆去，下午四點卻冷得發抖直流鼻水。我們第一次來看房時，老爸解釋過長時間擠在一起値勤的潛艦水手如何克服幽閉恐懼症，私物越少越好，用過立刻收起來，永遠放在正確的地方。但比起過著高效率極簡生活，我們一直在掙扎著找地方放東西。我們看過房子沒裝潢的樣子，現在那些弧形牆壁表示家具、洗衣機和電視都將大舉入侵我們的房間。一切都不整齊，看起來很不對勁。有上百個小毛病——關不緊的櫥櫃門，淺到裝不滿水壺的洗碗槽，小到連老媽的短腿都伸不直的浴缸。「我只想要平坦牆壁可以掛畫！一個我可以放椅子的角落！」她一向有對抗逆境的能力，無論在刮大風的埃克斯穆爾國家公園擠在帳棚裡睡或在高速公路路肩上等待修車工人，但那個天賦逐漸喪失，她會摔門、踢牆壁、丟鞋，「這東西爲什麼會在這裡？這裡不是我們放鞋的地方！」老媽稱之為Das Boot 8。難怪潛艦水手會發瘋。不是房子的錯，但即使如此，我懷疑另外還有多少穩定家庭因為雙層玻璃的瑕疵、支撐結構的創傷，以各種微小的怒氣展開每一天而破碎。

我們的父母變成了陌生人，像被綁架重新洗腦成為敵人。從他們，呃，廿一歲到六十五歲正式變老，我總是假設成年人大致維持不變，尤其是父母。這不就是成年的定義，改變的終點嗎？他們的職責不就是維持不變嗎？如今以逗趣、令人困惑的溫和聞名的家父變得越來越憤怒，是迄今我們很少目睹的情緒。他空閒的時間太多，變得執著於「住家改造」，拼了命替換起霧的浴室鏡子、漏雨的天窗、崩塌的浴簾軌道。他把書架用湯匙末端轉螺絲固定到石膏板牆面，結果造成的裂縫又用麥片碗調製補土，用奶油刀抹上，然後用剩下的補土塞住了洗碗槽濾網，於是越來越多摔門聲，更多隔著脆弱牆壁傳出的吵嚷聲。

老媽對這些壓力的反應是挺直腰桿衝破侷限。她似乎毫不費力地在本地高爾夫球場找到一份工作，協助舉辦活動，婚禮、結婚紀念日、老人生日派對。這是她曾經排斥為鄙俗又古板的那種機構，但她向來有效率、說服力和人際魅力，薪資又比她回去當護士能指望賺到的好多了。她告訴他們，如果你在擁擠的老人病房值過夜班，那麼扶輪社的年度大會就沒啥好怕的。其實，兩者大致是一樣的！這是她的訴求，結果有效，我們逐漸習慣她週六大清早穿上高跟鞋，在週日凌晨聽到車子回來的聲音。她開始在電視機前塗指甲油、燙衣服。女用襯衫！想到我媽擁有女用襯衫或套裙、直筒窄裙、高級記事本這類東西、自己的email信箱——我頭一次聽說這玩意——很古怪，但如果可以減緩繳電費的焦慮，我們可以接受。或許我們還能夠習慣目前老爸在家令人不安的存在，他做早餐、檢查我們家庭作業、進行大採購時勉強又瘋狂的搞笑。我們鬆了一口氣，逐漸站了起來。

但仍有種深層的不安揮之不去，比莉和我會躺在我們的雙層床上，焦慮地翻身同時聆聽各種聲音，穿插的吆喝、喊叫、安撫。「我想老爸要發瘋了，」某天晚上比莉說。「瘋狂老爸。」這成了我們發現他站著一直凝視遠方時的秘密代號。

老媽撐住了。她交了新朋友，工時加長。她獲得誇獎與加班費，改變了衣服和髮型，老爸看了變得異常地刻薄又諷刺。她一向是堅定務實的左派。現在她想的是——新娘的直升機是否可能降落在第十八洞球道上？現在他們迴避彼此的目光，除非我媽在下班時間接手機——手機耶！——這時候他們會以難以抑制的怒氣互瞪，同時她以判若兩人的語氣說話。不只是愛意消退，尊重與諒解也不見了，我們想阻止卻無能爲力，對可能結局的恐懼開始籠罩與模糊我清醒時的所有思緒。

就在最後學年的復活節前，我結束平淡的一天回到寂靜的家裡。我以爲家裡沒人，所以當我走到沙發發現老爸躺在上面，臉色漲紅，雙手縮在運動衣的袖子裡，嚇得叫出聲來。

「老媽走了，查理，」他說。

「蛤，去工作嗎？」

「她認識了別人。很抱歉。」

「老爸，你在說什麼？」

「拜託，親愛的，別逼我說出來。她走了。她跟別人跑了。」

「但她會回來，對吧？她會回來嗎？」我看過幾次老爸哭泣，但只限於派對或婚禮上，感傷的紅眼

8. 譯注：《從海底出擊》，描述納粹潛艇部隊作戰的電影。

眶，從來沒這麼糟糕的愁容。我相信曾經有，但會瞞著我們。如今他在這兒蜷縮成球狀，彷彿自保躲避攻擊，我希望我能說我出於本能地擁抱他或設法安慰。但我遠遠站著，像沒資格出手也不想涉入的旁觀者，慌得不知所措只能跑到屋外，跨上我的腳踏車逃走。

比莉放學回來，正要轉入圍牆裡。「怎麼了，查理？」

「去看老爸。」

她瞪大眼睛。「幹嘛，發生什麼事？發生什麼事了！」

「快去！」我大喊，回頭看到她拔腿奔跑。我的十二歲妹妹會知道該怎麼辦。我騎著車子，衝出社區，經過環狀道路，去調查她是否終於放棄了。

最佳表現

高爾夫球場是棟荒謬的建築，像它的會員一樣臃腫又浮華。白色粉刷與細圓齒裝飾，要不是旁邊黏著八〇年代的溫室，會很適合當作阿嘉莎．克莉絲蒂謀殺案的現場，去探訪家母時我逐漸討厭這個地方，刮鬍水加琴酒加蘇打水的氣味，吧檯傳出的哄堂大笑，有花邊的古典服飾，反覆播放的〈藍色多瑙河〉即使進廁所也聽得到，廁所的視線高度掛著難以理解的高爾夫球漫畫。我討厭老媽在職場的言行方式，她裝出來的聲音，可笑的背心。她會說那是「最佳表現」。我不偏好壞表現，但那些字眼讓我想要從大廳那些混蛋手裡搶過一根大頭球桿，打爛那些乾燥香花碗、小包餅乾、停車場裡寶馬和路華休旅車的照後鏡，這時我正把砂石噴到那些車上，跳下車把車一丟，衝進大廳時車輪還在空轉。

不好意思，有什麼事嗎？您在找人嗎？哈囉，先生！年輕人，站住！接待員猛按服務鈴，叮叮叮，同時我東張西望看到老媽從吧檯走來，喀喀喀，輕快的窄裙步伐，面帶微笑——微笑！——彷彿我是來討論公司聖誕晚宴兼舞會的費率。

「珍奈，謝謝，我來處理。哈囉，查理——」

「老爸說妳離家出走了。」

「我們到外面去吧？」她抓著我的手肘大步帶著我穿過大廳——

「眞的嗎？」

——好像警衛，彷彿我被逮到扒竊，同時逐一打開會議室和辦公室的門，尋找藏匿我的地方——

「查理，我留了信給你。你看了嗎，查理？」

「沒有，我直接過來了。」

「唉，我有叫他拿給你的。」

——她發現每個房間都有人，露出專業微笑乾脆地關上每扇門。

「媽，眞的嗎？」我把手肘從她手中掙脫。「告訴我！」

她的微笑消失。她牽我的手，緊握著，用額頭貼我的額頭，一會兒之後，她敏銳地看看左右再看我們背後的一扇門，用肩膀撐開把我塞進如籠子般炎熱密閉的儲藏櫃，衛生紙捲和擦手巾可以隔音。我們站在拖把和水桶之間。

「查理，你不能跑來這裡——」

「可是，妳要搬出去，眞的嗎？」

「對，暫時是。」

「去哪裡？我不懂。」

「信裡面都有寫。」她嘖舌說，「我叫他給——」

「直接告訴我！拜託！」

她彷彿洩氣的球嘆氣，讓自己在門板上滑落，跪坐下來。

「這幾年你爸很不好相處——」

「是嗎？因爲我沒注意到——」

「——對我們全家都是。我想，我已經盡力維持現狀了，我還是愛他，我愛你們所有人。但是……」

她停頓，皺眉，舔嘴唇然後謹慎地措辭。「我交了別的朋友。在這裡。是同事。」

「誰？」

「我信裡有寫，我不知道他爲什麼沒給你信——」

「好吧。我會回去拿這封有名的信……」我舉步跨過她，踢翻水桶，把拖把推到地上。

「別這樣，查理。坐下。坐下！我現在就告訴你！」她抓住我的手把我拉到地上讓我的們腿交纏在一起，擠在衛生紙堆旁。「他名叫強納生。」

「他在這裡上班？」

「對，他負責辦企業活動。」

「我見過他嗎？」

「沒有。比莉有，她陪我來上班的時候。還有，他今天不在，所以別動歪腦筋。」

「多久了——？」

「兩個月。」

「妳一月才來上班耶！」

「對，從那時起我們就成爲好朋友了。」

我盡力冷笑一聲。

「你的行爲很不成熟，查理。」

「**好朋友**。妳聽起來好像九歲——」

「好吧，那就**情人**。好一點了？」

「我的老天，媽——」

「因爲如果你想要我可以把你當小孩，如果你寧可那樣？」

「不，我只是要——」

「——我解釋怎麼回事，我就是想這麼做。我不介意你生氣，我知道你會生氣但我也希望你尊重和傾聽。好嗎？」她用腳趾把一個水桶踢走。「天啊，我好想抽根菸！」

我拍拍我的口袋。

「不好笑。你有抽菸？」

「沒有！」

「因爲如果有，我會宰了你——」

「我沒有。快說吧。」

「我在這裡認識強納生。他的妻子死了，有一對雙胞胎女兒。他是非常好的好人，我們會聊天。我告訴他老爸的事，他非常體諒，因爲他自己也有點低潮，所以他懂是什麼感受，我們成了朋友，然後我們……不只是朋友。別那副表情。這種事難免，查理，總有一天你會懂。結婚——不像終生愛一個人那麼簡單——」

「但是就是這麼回事！婚姻就該是這樣。妳看——」我抓住她的手，扳開她手指顯示戒指還在，她抓我的手緊握著。

「對，對，應該是，對，但是很難說，查理，這很混亂又痛苦，你可能對不同的人有強烈的感受，絕對眞心又強烈。你再大一點就會懂——」

即使說出口時我也看出她想收回，但來不及。這比「最佳表現」更令我生氣，我踢櫃門，她伸手按住我的膝蓋，安撫我。「住手！不要這樣！查理？聽好，我不懷疑你爸是我畢生摯愛，你也不該懷疑。但現在我成了他的護士，不是妻子或夥伴，是護士，而且有時候——有時候你可能真的討厭你應該在乎的人，**因為**應該在乎他們而討厭——」

「妳討厭他？」

「不！我不**討厭**他，我愛他——你沒聽我說嗎？這些我在信裡寫得夠多了——」

「直接告訴我！」

「喔，天啊！我——」

但她的聲音哽住了。眼睛出現一個油光，她閉上眼睛用指尖猛按眼窩。

「我累了，查理。我只是很累很累。有我在對他沒有幫助，我無法照顧他一輩子。我知道對你來說我很老，但我覺得還年輕不能讓人生就這樣……卡住。」

「所以妳要離開。」

「對，一陣子，我要搬出去。」

「妳要逃走。」

「他又不想要我在！他知道強納生的事，說了些話，不可能——」她惱怒地呻吟。「我能做的已經盡力了！所有事，你也清楚，除非你想要我跟你爸繼續年復一年，三更半夜大吼大叫和互噓——」

「我回家時，他蜷縮成一團——」

「喔，天啊——我沒有輕描淡寫，查理，這不是搞笑的事；我這麼做是因爲我認爲這樣最好！」

「或許對妳最好。」
「不，是對每個人！」
「殘酷的仁慈？」
「裡面也有元素是——」
「因爲這肯定他媽的殘酷——」
「夠了吧！」她嚴厲地說，然後低吼著用手指抓頭髮拉扯，彷彿想要把自己拉高。「天啊，查理，你讓我很爲難。」
「你要我放過妳嗎？」
「呃，對，老實說，對，我希望這樣，」她怒道，然後呼氣，花了一會兒自我糾正。「不對。你還是想說什麼就說吧。」她用雙手遮住眼睛，好像護目鏡。「你想知道什麼？」
「妳搬去跟誰住——」
「強納生。暫時這樣，對。」
「要多久？」
「不知道。再看看。」
「而我和比莉繼續陪老爸。」
「呃……」她咬咬下唇看向櫥壁，相當精準又謹慎地說，「目前的想法是讓比莉過來跟我住，你跟老爸住。」
片刻之後，屏住呼吸，我才再度開口。「我可以去嗎？」

「什麼？」

「我可以跟妳走嗎？」

「我不——」

「——跟妳和比莉。」

「喔，查理——」

「我說眞的！帶我走。」

「我不能！」

「因爲如果我住在家裡會瘋掉。」

「強納生有家人，他有兩個女兒。」

「我不介意。」

「沒臥室了。」

「我睡沙發沒問題。」

「查理，我需要你陪著你爸！」

「爲什麼是我？」

「因爲……你最年長——」

「不對，**妳**最年長！」

「你一向跟你爸親近——」

「不，我們不親近，妳喜歡這麼想是因爲這樣比較輕鬆。」

「你小時候，你們很親——」

「我不小了！」

「對，但你可以找回那個感覺，再度親近。」

「我跟妳比較親，我想跟妳和比莉走！」我很努力別驚慌，壓抑聲音裡的恐懼，但尷尬的是，這時我發現我在哭——

「查理，我不是要移民，我只是繼續前進，我會在附近的！你每天還會在學校見到比莉！——我哭得好像四、五歲大，哽咽喘氣。「我們醒來時妳不會在了，晚上妳也不在——」

「你沒問題的，你們兩個。你爸喜歡跟你相處——」

「會很可怕！我想跟妳一起！」

這時她也哭了，想要抱我但我想推開她。「可是我能怎麼辦，查理？我愛你但我很不快樂，你無法了解，你認爲因爲我們是大人——我知道這樣很自私，我知道現在你會恨我，但我必須作個**嘗試**。我必須這麼做看看結果怎樣——」

她突然向我俯身，因爲有人在推櫃門。一個男性聲音大叫，「誰在裡面？」

「葛瑞，走開！」老媽說，掙扎著關上櫃門。

「艾美？我需要拿一捲紙巾！」

「走，開！」

「妳跟別人在裡面嗎？好快活的女人——」

她用手掌猛拍櫃門。「葛瑞，我求你了，拜託……滾蛋！」然後用嘴型向我說，「抱歉！」

我們擠在地上等了一會兒，彷彿這個小空間是掉到地下室的電梯。我分不清楚哪條手腳是我的，哪條是我媽，但她在混亂中找到了我的手，捏捏指尖努力微笑。我們蹣跚地站起來。衛生紙捲像胖毛蟲黏在她的窄裙上，她開始用手背拍掉。「天啊，看看我。怎麼樣——？」她指著她的眼睛。

「像熊貓，」我說，她從外燴架上抓起一整捲衛生紙輕拍一邊眼睛，然後另一邊。

「我會匯錢給你，你隨時可以打來，我每一星期左右也會打回家，看看你過得怎樣。不只如此，我是說看你開不開心，有沒有好好吃飯。」她把紙捲像英式籃球丟回金屬架子上。「我眞的不認爲有那麼大差別。對你或許更好。男生在一起！你可以寫學校作業，安靜地修改。不然我幫你！我知道時機很不巧，但至少你不會住在戰場上。」

「我會住在精神病院——」

「別說了！」她怒道，「住口！」然後她迅速轉身，彷彿我面試失敗，以俐落動作伸手上去拿一捲紙巾，塞到腋下。

「你已經大到可以面對這些了，查理。」她撐開門，「如果你不能——唉。該長大了。」

角落

他們離開後那幾天，我立刻對家裡的未來有個清晰又無可避免的預感：房子變成洞穴，獸骨像 2001 男裝店開幕的紙屑散落地上，我爸和我用呻吟和嚎叫溝通。如果我們要避免淪落到全面崩潰，我必須努力，意料不到的維持秩序本能油然而生。很快地，我學會使用烘乾機，如何運作恆溫器，如何重啓鍋爐上的指示燈。第一批染成淡粉紅色的制服襯衫教了我有色與白色衣物分開洗的重要性，仍然大多是我媽的名字、越堆越多的未拆郵件，教了我怎麼僞造她的簽名。

我希望我能說我學會了做菜。但是，我只學會怎麼叫外賣。多樣均衡的飲食表示要嚴守印度、中國和義大利菜（就是披薩）輪流，我們以三天循環點餐，第四天則是「剩菜日」，某種重新加熱的全球化自助餐。我記得那些電話號碼，但連廉價不健康食物的樂趣也很快超過我們的負擔能力，所以好吃的世界美食要用所謂「老爸的麵碗」補充，一大鍋沒煮熟的義大利麵條，某些地方像懸吊橋的鋼纜黏在一起，在鍋裡加高湯塊和半瓶番茄濃湯，或有時候在深夜，一茶匙咖哩膏攪拌，把它變成「老爸的馬德拉斯麵條」。我相信有些伊莉莎白時代的水手吃得都比這個健康均衡，不過我們從未挨餓——我們在餐盤放到腿上之前就囫圇下肚，彷彿在比賽——我們很快長出厚舌苔，變成把香蒜醬當作蔬菜那種人的油膩灰黃膚色。我們落入在各方面都不健康的生活，但我不否認其中也有種悲慘的樂趣。「用盤子，」如果看到我從鋁箔盒吃冷咖哩，老爸會說，「我們不是原始人。」還沒有，但也差不多了。偶爾我們會反抗這種生活，多走點路到大賣場採購扁豆、蘋果、洋蔥、芹菜，加上白切吐司和便宜肉類。我們會走回家，滿心計畫做出營養豐富的湯品、大麥加燉菜，我們在電視節目上看過的食物：北非塔吉鍋、西班牙菜飯、義大利燉飯。老爸會模仿名鼓手金．克魯帕或巴迪．瑞奇瘋狂的手忙腳亂動作。「咱們把這地方整理乾淨吧，」他會說，就像以前我小時候，老媽快回到家時，我們擦拭水果碗再裝滿梨子、桃子、奇異果和鳳梨，要就一起做，不要就拉倒。把最後幾根菸丟到垃圾桶——晚點我會去撈出來——煙灰缸洗乾淨收到上層櫃子裡。

「我們做得不錯，對吧？」老爸會說，「男生團結。我們做得到，」然後他會放另一張唱片。音樂是判斷老爸心情的可靠指標，就像溫度計上的數字。我被迫要聽——不，是**真的聆聽**，挺直坐好，不准看報，不准分心——〈崇高的愛〉[9]或巴德．鮑威爾的〈驚世嚴選〉[10]，兩面都要，因爲「好電影你不會只看一半。」他會站在音響前搖頭晃腦，豎起手指——「注意聽，來了！」——再觀察我的表情看我是否也聽到了。有時候，非常罕見地，我彷佛感到潮汐的拉扯，幾乎會被帶著走。不過大多數時候，只是練習放縱，努力去喜愛他也愛的東西。「很好聽！」我會說，但我分不出好壞，只能聽到平凡的鈸聲，令我暗自聯想到頑皮豹音樂。

但老爸的樂觀是個不穩定狀態，我很快學到這種亢奮只是暫時，而且會有相對的低潮。陰沉像霧氣瀰漫回來，聽音樂變成看平板大電視，心不在焉又麻木地看。桃子腐爛時梨子仍會像石頭一樣堅硬。奇異果會冒泡爆開，鳳梨會乾癟，碗底出現無可名狀的黑色黏稠液體。我爸會一口氣倒進垃圾桶，他會爲

9. 譯注：A Love Supreme，約翰．柯川的專輯。
10. 譯注：The Amazing Bud Powell，巴德．鮑威爾專輯。

了恢復我們的生活品質、我們在世上的行動方式再度失敗而慚愧。然後他會出去抽菸。

至於老媽，我仍然恨她離開我們，但現在恨意有點純理論性，彷彿跟婚姻一樣是必須努力維持的東西。更直接的是每次見到她逐漸增強的遭背叛感，沒被選入她團隊的羞辱感。

不過，能當她在家中的代表，多少也感到某種驕傲吧。我從來不完美，但或許我能在家中演好這個角色，所以我高興聽到她要來，讓我能製造家中井然有序的印象，放好坐墊，清空冰箱裡的鋁箔盒子，確保老爸穿好衣服可以見人，如果當天做不到，那就根本別出現。因爲有預先通知，所以她的探視兼具檢查的性質。我會看著她的目光觀察一切。水槽裡沒有碗盤，很好；抹布乾淨，繩子上的洗衣夾乾淨，很欣慰。她的罪惡感對我很重要；我要像爐子般把它燒熱，因爲我希望她回來。但我又不希望她因爲我們無能而回來。即使在我努力恨她的時候，她居然以我爲榮似乎很重要。

我認識法蘭．費雪那天，老媽已經在廚房裡，正把雜貨塡進櫥櫃裡。我站在打開的門口看著她，她用指甲摳掉麵包箱裡的發霉硬塊丟進垃圾袋。家中某處有隻大青蠅在午後陽光下用頭撞窗戶，她喃喃自語地收拾東西，像私下的輕微批評與抱怨。

「哈囉，」我說。

她回頭看我。「你跑哪去了？」

不關妳的事。我們對話中的評論就像外國片的字幕般容易懂。「就出去啊。去騎車。」

「老爸也出門了？」

「看起來是。」**謝天謝地他不在家。**

「知道去哪嗎？」

「不知道。」**瘋狂的散步吧。**

「他睡很久嗎？」

「我想是吧。」**不在晚上。下午睡沙發。都怪妳。**

「有跟人往來嗎？」

「只有我。」**也怪妳。**

「有照顧自己嗎？」

「老樣子。」**他不刮鬍子又喝太多酒；好幾天不換衣服。妳的錯。**

「他有提過找工作的可能性嗎？」

「對，他有。」

這只對了一半。當我們都在家無法忍受彼此的日子，老爸會抓起紙筆把電視轉到BBC頻道的Ceefax系統求職網頁。我們之中有人能當瓦斯安裝工人嗎？保險推銷員？油井潛水夫？我們設想新職業的方式跟小孩子一樣：火車駕駛、牛仔、太空人，我們的長相適合那個角色嗎？答案永遠是否定的，這麼做令人洩氣又非常不舒服。找工作不該是父子一起做的事，比看A片更加彆扭，我們會很快轉回普通節目，轉移話題，不再提起。這時我轉移話題。

「**強納生**怎麼樣了？」強納生是個完美名字，很難用嘲弄的語氣說。

「很好，謝謝關心，」老媽平靜地說，用手掌猛力關上櫥櫃門，一次又一次直到它終於關住。**碰、碰、碰**。她休息片刻，雙手放在流理台上。「你知道住在那邊最大的好處嗎？沒有爵士樂和那些該死的角落！」

「呃，妳開心就好，老媽，」我說，但我知道如果她開口，我會跑上樓去在瞬間收拾好行李。或許她也知道，因爲這時她轉移話題。

「你這個夏天要做什麼？我是說大致上。」

「騎腳踏車。看書。」

「看書？你從來不太碰書本的。」

「呃。我現在會了。」

「這些年來我們一直鼓勵你閱讀……」

「呃，或許問題就出在這，你們催我。」

「嗯。對，現在我知道是我錯了。至少你有走出戶外。你有跟其他人打混嗎？」

我剛認識了一個很棒的女生；我說得出口嗎？我聽說有些人能跟父母公開坦誠地談，進行不只是漫長來回諷刺和自以爲是的對話。但老實說，那些怪胎是誰啊？即使我想講，現在也不可能了。我們聽到外面有老爸的聲音，裝出來的開朗響亮。「嘿，比莉！妳怎麼會在這裡!?」

我媽作好準備，轉回去面對櫥櫃。我低聲說「別吵架，」但老爸從門口探頭進來，臉上擠出挺難以做到的驕傲表情。

「妳還在啊？」老爸說。

「不，布萊恩，我十五分鐘前離開了。」

「我以爲妳走了我才回來的。」

「你沒看到我的車在屋子前面嗎？車子不大但我還是認爲你看到了。」

「妳這次拿走了什麼？」

「其實，我是帶東西來的——食物，不是鋁箔盤裡的東西。你不要我可以拿回去。」

「請便。」

「主要是給查理的——」

「查理沒問題。我們都是，謝謝。」

她的視線沒離開櫥櫃，看著頭上方一瓶打開的木莓果醬，瓶頸上已經出現一圈牙線狀的白色黴菌。她把整瓶丟進洗碗槽發出碰撞聲。

我已經已經知道會怎麼結束，拉大嗓門然後發飆甩門，所以我走出來到老媽的車子找比莉，她低著頭用手摀住嘴在看書。天氣還很熱但車窗關著，我必須用指關節敲兩下，光這樣就比當天發生的任何事更令我難過。我們親近嗎？我們同住時會以預期的方式互逗挑釁，但在我們父母轉變的黑暗期，鬥嘴反而變成了另類的結盟，像酒醉的無能軍官指揮下的小兵隔著雙層床耳語。現在同盟被打破了，連最空洞的家常對話也似乎別有含意。她在新家開心就是背叛，不開心又只是另一件令人生氣的事情。

比莉等到車窗完全降下來。「還好嗎？」

「是啊。」

「他們在吵架？」

「剛剛開始，」我看看錶說，彷彿是預定好的事件。

「這裡怎麼樣？」

「老樣子。妳那邊呢？」

「很怪異。」

「『**雙胞胎**』還好嗎？」在她的新生活把比莉設定成灰姑娘角色，是我們能找到的僅有的一點點樂趣。

「雙胞胎？她們很愛**運動**。打開櫥櫃門會有足球、曲棍球桿和羽球網子像下雨掉落。她們一直想叫我**加入**，好像我是病弱孤兒，她們希望我自在一點，所以我們可以當朋友之類的，打袋棍球培養感情。她們會說『比莉，出來跟我們打球！』而我會說『幹嘛，**在學校嗎**？我不運動的，除非在課表上。』每次我抬頭，她們都穿運動胸罩，朝上下左右做暖身。她們老爸也一樣，愛亂丟東西。『比莉！接住！』『不要——**遞給我就好。**』他沒向人丟東西時，他們會坐下看板球比賽，看很久。」

「什麼，老媽也看？」

「是啊，不過看得出三分鐘過後她就眼神呆滯。她稱之為**努力**，我稱之為**配合**。她還打高爾夫呢。這才叫跨入黑暗面。『在這裡作客期間，我們的努力很重要。』我是說，見鬼了——高爾夫咧！」比莉的咒罵倒是創新，雖然彆扭又偷偷摸摸。好像幼兒假裝抽菸，我覺得不太對勁，我們倆尷尬地看向屋裡。

「要進去嗎？」

「不要。隨他們去。老爸還是很瘋嗎？」

我打開車門，像個線民偷溜到後座上。「他大半時間還好，然後會有點瘋，熬夜喝酒，他有吃藥不應該喝酒。有些日子我完全看不到他。」我們聽見屋裡傳出老媽的大嗓門，櫥櫃碰撞聲。「我討厭這裡。我是說以前就討厭，但現在**更**討厭了。」

比莉往後伸手拍拍我的手。「**要堅強**，兄弟，」她用星際大戰的戲謔語氣說。我們都笑了，我嘗試了新台詞。「我很想妳。」

「喔拜託，」她說，然後，「我也是。」

但這時我媽走出房子，用力甩門，我爸立刻開門以便稍後他自己甩門。他會暫時站在門口，雙手抱胸，像牧場主人保護他的土地。我跳下車，猛力關上車門——我們還會輕輕關門嗎？——老媽立刻進入特技駕駛模式，轉方向盤，倒車再開走時加速過度了。

我瞥見比莉伸出食指貼著太陽穴轉動，我舉手道別，再回到屋裡，回到我自己的團隊。

姓名遊戲

好幾週來第一次，我設定了鬧鐘。

但不知何故我睡不著（**鼻子的形狀，藍眼睛的色調，漂亮曲線，精確位置**），在輾轉反側時，我作了計畫：我會在九點半出現，加入他們的各種胡鬧，休息喝茶時輕鬆地接近法蘭，最晚在午餐時間，問她的電話號碼，然後，一旦到手就像印第安納．瓊斯躲石球那樣狂奔。

我練習我可能要說的——**昨天很高興跟妳聊天，腳踝還好吧，欸，嘿**，我在想……我甚至可能出聲自言自語，試著說**我們可以喝咖啡嗎？**設法擺脫美國口音。**買咖啡？**去喝咖啡？**喝咖啡？來杯咖啡？**如果「咖啡」會引發這麼多痛苦，或許我該請她喝茶就好，但只有戴蘇格蘭圓帽的人會說**來喝茶**。喝茶乏味又不性感，咖啡才是比較黑暗、比較迷人的飲料。悠閒小屋茶館有賣法式咖啡壺，我想像法蘭手托下巴，在我講故事時把玩方糖，然後突然發笑抬頭，同時我像按引信般壓下濾網塞。欸，**我們要不要換地方續攤，好好喝一杯？**

但我們要去哪裡呢？我們肯定不能來我家，有小孩雙層床，室友還會在沙發上精神崩潰，法蘭．費雪不是能帶去狗屎公園邊鞦韆的那種女孩，無論有沒有蘋果酒。請她喝蘋果酒會不像紳士嗎？或許用進口淡啤酒，有格調一點，不要罐裝的？我該在旋蓋瓶裡加點伏特加嗎？茶或咖啡，淡啤酒或伏特加，瓶裝或罐裝？我在六點睡著，八點被鬧鐘吵醒，起床洗澡，努力不吵醒老爸，腦中命令水安靜地滴落，然後像外科醫師般謹慎地刮鬍子。我伸手拿 Lynx 牌芳香劑，稱作「阿茲特克」那種（老爸聞到氣味會說，「原來他們是被這玩意滅絕的，」），噴掉大半罐，足夠讓兩邊腋窩有層厚得像婚禮蛋糕的糖霜。我放下手臂時還發出關節劈啪聲。

我學監獄把腳卡進雙層床架邊緣底下，決心做五十個仰臥起坐並且希望立即見效，結果只做到二十個，每一下我的頭都撞到側板。我把兩片吐司塞進嘴裡匆忙寫了張字條，說我會整天不在但沒多作解釋——我能怎麼解釋？——然後騎上腳踏車沿著我離開薩克萊月彎的路線，佛斯特路然後吉卜林路，經過吳爾芙路然後蓋斯凱爾路，布朗特路然後湯瑪斯．哈迪大道，經過環狀道路與尖峰時刻快車道的怒吼聲。在外圍，有個市公所白色路標指出鎮上的速限，還有直白的標語，「好城鎮」（寫成拉丁文，Bonum Oppidum），這已經是他們能說服外人的極限了。

我選安靜的路騎車，經過塑膠隧道穿過麥田，這時不太確定方向。我太早轉彎，掉頭回來，在水泥公車候車亭對面暫停，有條小徑被低垂樹枝遮蔽了。我過馬路開始爬山。氣溫已經變熱，太陽正慢慢滑過樹林的天幕。爬山路氣喘吁吁時，我看到步道但想要作個比較正式的出場所以繼續爬，直到我看見一座仿都鐸風格的崗哨亭。過了兩扇五條鐵柵的大門，有條車道蜿蜒穿過樹林，因為被遮住，所以從小徑看不到房子。只見一塊牌子上寫著「佛雷莊園」。我腳踩在踏板上，但輪子下的砂石會滑，所以我決定步行。車道沿著樹林邊緣延伸，然後變寬，通往古老紫杉之間的一塊草坪。

那是首都周邊常見、典型的郡風格大宅，一千年來建築學的金曲大合輯——柱子和門廊，鑽石形鉛框的雙層玻璃，一九三〇年代灰泥卵石牆面加上覆蓋的都鐸式橫樑，藤蔓中冒出一個衛星天線碟。如果我有學問一點可能不會這麼佩服，但我只看到它的規模，它的孤立和明顯的年代。我從未感覺自己這麼像闖入者，滿心以為碎石輾軋聲會驚動看門狗。我尋找放腳踏車的地方，欣賞裝飾用金魚池塘，丟棄的槌球用木槌，一座鴿舍，唯一跟豪華氣派不搭的是一輛老舊 Transit 廂型車，側面畫了兩副面具飄在花體字裝飾的緞帶上，兩張笑臉底下的字樣是「五疇劇團合作社」。有個人影跌跌撞撞走出後門，拖著兩個大網袋。我愣住但伊佛看到了我立刻走過來，兩肩各揹一個袋子。

「唉唷。是咱們昨天的神秘人呢！我就知道，我知道你會**忍不住**回來。車子丟那邊就好，絕對安全，幫我揹一個，好嗎？」網袋裡面裝了保麗龍足球、布袋、雜耍瓶子，驚人的是還有各式各樣的帽子。「不想當個混蛋，但是我忘了你的名字。」

「查理。」

「我就知道差不多是這樣。查理還是查爾斯？不會是查克吧？你看起來不像叫查克的型。」

「查理。」

「好的，查理，走吧！」他用一撮頭髮指路說，「你常參加試鏡嗎？」

「沒有，這是……我只是……這對我來說是新鮮事。我只是試試看。」

「菜鳥！呃，你會**喜歡**的，我知道你會。來加入我們吧！」

我們走向一個聲音，緩慢有節奏的拍打與鼓掌，穿過庭院走到外面一片寬廣綠地，我猜想兩旁圍繞著的必定是東廂和西廂。

「大草坪，我們要在這裡創造美麗的維洛納。我知道難以置信，但你等著瞧——他們來了！」

劇團圍坐成一大圈，盤著腿，以穩定的四拍節奏交替拍打大腿與拍手，我走近時節奏亂掉。我快速地接連看到露西．陳皺眉向莫頓葛蘭吉的神祕戲劇社關鍵人物柯林．史馬特耳語，他驚訝地張嘴坐著。我看到海倫．畢維斯搖頭發笑，還有遠處側身的法蘭西絲．費雪，跟某個男生在笑。她笑得很開朗，用嘴型說，「你來了！」也可能是「萬歲！」，但我別開目光。這是我的策略：冷淡、厭倦，只是個想要來點劇場運動的人，如此而已。

「好啦，大家安靜，安靜。看著我！看著！各位，我要看到所有人的眼睛！」伊佛手指比出V型，指向他的眼睛。「好啦，我很高興宣布我們劇團有個遲來的成員。大家跟查理打招呼，查理……」

「路易斯。」

「哈囉，查理．路易斯！」他們同時說，我低著頭，舉起一隻手擠進圈子裡的陌生人中間。

「我們還不知道查理會扮演誰；晚點再討論。目前呢，我們要做些練習，好嗎？好嗎？」

「好！」

「然後今天下午，艾莉娜會教我們動作的部分！」

艾莉娜雙手放在膝蓋上把手肘彎成九十度。「我們會談到我們如何文雅有禮，我們如何壓抑情感，獨自或在彼此之間，我們如何呼吸，我們如何投入又積極地在世界上行動，自然又輕鬆地回應他人。因為我們不只用語言互相交談，是吧？我們不開口也可以說話。我們用我們的肢體，以及我們的表情溝通，即使我們沒有行動時——」她僵住，低聲說，「我們。仍在。行動。」

在普通情境下，我會找個人一起嘲笑，但環顧眾人我看到了真誠、著迷的臉孔。只有露西．陳迎上我的視線，用念力瞪著我，無言地說話。她似乎在說，你不屬於這裡，你穿著偷來的制服在敵後地區，你會被拆穿。如果我奔回我的腳踏車上，或許可以在二、三十秒之內離開，但一轉頭，我看到法蘭在看我。她在微笑，有一瞬間我好像看到她露出鬥雞眼。我笑了，不知不覺間大家都站了起來，甩掉我們手上的所有僵硬——甩，甩，甩，用力甩——然後開始玩起遊戲來。

我們玩了抓鬼和鸚鵡遊戲。我們玩了抓鼻子、烏賊和水果盤遊戲。我們玩了大風吹、橘毛猩猩、專注力考驗和鑰匙保管人遊戲，然後追蹤連鎖和心臟病，這不是我的帽子和哈囉小狗遊戲，其他人開心說笑比手畫腳的時候，我努力表現厭世疏離的氣息，像小孩生日派對上的大哥。我只想要電話號碼。我褲袋裡甚至有枝筆，不時會刺到我胯下提醒我。一旦拿到電話號碼，我就不再麻煩這些人了。

但在答非所問遊戲中很難扮酷，我們很快又開始激動起來，甩，甩，甩，然後配對假裝在照鏡子。我偷瞄看到法蘭跟柯林·史馬特配對，他們手掌貼在一起，同時在我自己的鏡中，我看到一個中年人，高個子，紅鼻粉頰，好像本地商店外面的快樂肉販真人版。「哈囉，我是基斯。你是鏡子。」練習開始時他拉起並搖晃運動褲確認內容物。「我要扮演勞倫斯修士，」他用嘴角耳語，把一根然後兩根手指放在鼻子上。我照做。「很可能因爲這個……」他一手放在禿頂但有瀏海的頭上，就像電影僧侶的髮型。我跟著做。

「從湖濱劇團被徵召來的。你看過湖濱的表演嗎？屋頂上的提琴手？控方證人？」他挎著下巴規律地拍打臉頰，我跟著做。「我不確定對這些摸摸碰碰的練習該作何感想。在湖濱劇團，我們現在應該已經排練到前三幕了。但是你得適應。」此時我們的鼻子碰觸，我聞到他呼氣的咖啡味。「必須保持開放心態，是吧？」

「請不要講話！如果你講話，你的鏡子就必須講！」

基斯拍打他的臉頰，拉拉耳朵，把手指插進鼻子，我心想，**我的倒影為何不能安靜站好？萬一她看到我呢？**

「好了，請更換不同的搭檔！」

但她沒看到我，連瞄一眼也沒，我反而被丟進下一個強迫親密的動作，這次跟一個名叫亞歷士的男生：很高的黑人，厭世老練的瘦子，像預科學生一樣成熟。這項練習是雕塑家與模特兒。亞歷士上下打量我。

「查理，我想，」他說，「如果我來幫你擺姿勢會比較有好成果。」

「好啊。」

「別抗拒我。」

「抱歉。」

「你在抗拒，你得彎腰維持姿勢。」

「我在努力！」

「你在往回推。」

「不是故意的。我在努力不要——」

「天啊，你脖子好僵硬……」

「抱歉。」

「……像打結的繩索。」他用拇指按了按。

「唉唷！」

「是我害你緊張嗎？」

「不是。」

「那就放鬆！」

「我只是沒有多少經驗。」

「對，我了解，」他捏捏我的小腿說。

「或許我可以當那種只要……躺在地上的假人。」

「那有什麼好玩的？況且，我才是雕塑家。放輕鬆！照我的話做！」

「好了，」伊佛拍手說，「各位雕塑家，我們來看看作品！先看亞歷士和查理。」

他們聚攏過來。我扮演愛神 Eros，搖搖晃晃單腳站立，手拿弓箭，而且從我的眼角可以看到法蘭和海倫．畢維斯都托著下巴在點頭，品頭論足。

「各位，休息十分鐘！請準時！」

庭院裡，劇團聚集在茶桶周圍談笑風生。今天在我的想像版本中，我可能大步過去，打招呼再融入團體，但自信心不是可以任意開關的，現實中這段路似乎太兇險又難測，而且超遠。或許我會被接納，或許我會不知不覺間掉下懸崖，旋轉著落入虛無中。最好站在這兒，盯著我手中的塑膠水杯。呆站著也會帶來危險，所以我開始端著杯子在庭院邊緣走來走去，像觀光客繞行教堂欣賞建築。在視野邊緣，我看到有人脫離團體快速走來，是前幾天對我嘖舌那個年長女子。這時她把手放在我下臂上可疑地咧嘴笑，露出看來比實際年齡年輕的潔白整齊牙齒，明亮的大眼睛，油畫裂縫般的皺紋，大量日光浴和遊艇航行的痕跡。「哈囉，神秘人，」她低聲說，聲音低沉混濁。她想必有七十歲了，挺矮的，白髮剪短往前梳，輕柔的白色女性罩衫底下看得出穿了白色長袖緊身衣，活像瑜珈教練的鬼魂。「說到早上的餅乾，恐怕是弱肉強食的搶法。你得動作快一點。」

「我還好，謝謝。」

「呃，你看起來很憂鬱，有領袖魅力，特立獨行，好像契訶夫小說裡的人物。我確定你是裝出來的，但你眞的不想加入嗎？」

「不，我只是在看——」我指指窗戶和排水管。

「房子。是啊，有點像科學怪人。主建物是詹姆士一世時代風格，但還有一堆……黏上去的東西。」

「我從鎮上看到過。我總以爲是精神療養院之類的。」

她笑了。「我猜以某個角度來看，算是吧。你也知道，我們住這裡。」

「喔。對不起。」

「沒關係，不知者不罪。我是波莉，那邊的是我丈夫伯納——」一名舉止像軍人的男士，正用塑膠桶往茶桶裡倒水。「你想參觀一下嗎？」從來沒人拒絕參觀過，所以她勾著我的手臂。「我們一輩子都住這裡，不過現在只剩我們兩人了。沒有小孩，開始感覺房子**挺大的**，所以看到你們這些年輕人在場特別開心。伊佛是我們的外甥。今年是第二年。去年我們演了《夢想》，你有看嗎？聽說他在創立小劇團，我們心想——有何不可！我說只有一個條件，我要軋一角！其實，我年輕時演過戲。伊佛臉色變白，我想他以爲我會要求扮演泰坦妮亞，但是不對，我是希波呂忒——很無趣——但今年我演奶媽。我**天生**適合那個角色。我用倫敦東區腔詮釋她。『**無論奇數偶數，在一年的所有日子裡，一到收穫節前夕她就滿十四歲了**』。我考慮過用格拉斯哥腔，但那個口音太困難了——連某些格拉斯哥人都講不好——所以至少目前就維持這樣。當然伊佛和艾莉娜對於製作有些**非常**秘密的計畫。『概念』——是這個字沒錯吧？我相信會設定在外太空或委內瑞拉的公車站之類的，我很擔心會有太多餘的**動作**。不只正常的走路，是另一種。我尤其不相信默劇，因爲當你有滿櫃子的東西爲何要模擬一個水瓶？我主要是希望不會刪減文本，因爲莎士比亞如果少了**特殊語言**還有什麼意義？」

我們都同意，莎士比亞**就是**特殊語言。她說，她是個「莎士比亞狂」。除了提議他是史上第一個饒舌歌手，我沒什麼可以補充的，因爲波莉很少停下來換氣，她也不需要，我們參觀了橘園、玫瑰園、假山和稱作人工洞穴的東西，一座家庭房車大小的空心水泥沙堡，突兀地鑲著貝殼裝飾。她用低沉沙啞的聲音問——你有夢想中的莎士比亞角色嗎？你上哪所學校？每個答案都對我不利，倒是我發現自己的語氣變成禮貌又流利的優秀年輕人，拿到電話號碼的機會再渺茫也絲毫不惱怒。等到參觀完畢，法蘭正在跟一個英俊、滿頭亂髮的男生講話，他們的頭湊太近了，他的手放在她肩上……

「羅密歐與茱麗葉，」波莉嘆道，「他們看起來很像繪畫吧？你想他們在現實生活中會深深相戀嗎？我相信這是傳統，至少在製作期間。算是一種演技方法之類的。」

「好啦，注意！」伊佛邊玩雜耍邊喊，「回來上工！」

玩球的遊戲，竹棒的遊戲，用眼罩、手帕和帽子的遊戲。我們在地板上攀爬懸崖壁，學營火上的枯葉蜷曲，爬到彼此汗濕的背上用我們的骯髒手指像黏土般揉捏搭檔的臉，從頭到尾我都在掙扎如何同時做這些事又不用眞的去做。然後是語言的遊戲，每次講一個字連成的故事——

曾經——

在——

海上——

那裡——

漂浮著——

十二個——

金錢桔！

眞是令人瘋狂，每當我們接近聯想的狀態，就有人丟出瘋狂胡說的東西讓大家陷入愚蠢……

我——

搔癢——

每個——

聞起來有——

催眠的——

袋熊——

氣味——

的人！

大家聽了又會歇斯底里嗨起來。朝鮮薊——電話——洗髮精！單峰駱駝——梯子——桶子！天啊，這些人眞愛這玩意，證實了我早就懷疑的事情：在劇場環境裡，人們眞的會對任何老梗垃圾發笑。

「好了，個人，甩手腳！甩，甩，甩！午餐時間到！」

這次我不會失敗。我謹愼計算走路的時間，手摸著口袋裡的筆。法蘭獨自站在庭院裡的桌子旁，可是——

「查爾斯．路易斯，你來這裡**幹嘛**？」海倫．畢維斯抓住我的手肘。「我早就料到了。天啊，你眞容易猜透。」

「我不懂妳在說什麼。」

「在那個完美女生的周圍蹭來蹭去。」

「其實，跟她沒有關係，海倫。」

「哈！是啊，你來是因爲你對**劇場運動**有興趣！」

「那**妳**又在這裡幹嘛？」

「我在做布景！**布景設計**。我去年就做了，很好玩；我不覺得羞恥，我有興趣，我在培養我的技能。我沒做沒必要的事情，路易斯，你是浪費大家的時間。」

「呃，或許妳誤會我了。」

「我不會看錯人。」

「我爲什麼不能有興趣？」

「對莎士比亞嗎？哈！」

「爲何不行？總比整天宅在家裡好。就……看看會怎樣吧。」

「好，」她把雙手放在我肩上說，「但如果你要做，路易斯，就得好好做。混時間嘲笑沒有用，你現在不是跟死黨在一起。你必須**投入**！」

羅密歐

法蘭消失在庭院和大草坪之間的某處。除了躲在樹林裡，我別無選擇只能加入大家，在陽光下躺著發懶同時聽羅密歐長篇大論扮演這個領銜角色的要求，他俊美的腦袋枕在健壯的手臂上。他指出，與劇名同名的角色未必是**最好的**角色，但他總是被指派領銜角色，這是他的詛咒，總是當主角，頻繁又強調地使用這個字，害我開始懷疑劇中是否有個角色叫做領銜了。**看啊，領銜公爵來了……**

「我是說，看看**奧賽羅**！」他說。

剛才雕塑我的黑人瘦小子亞歷士笑了。「邁爾斯，我會很樂意看你演奧賽羅。」

「欸，那是個好角色。身為白人演員，我會拒絕扮演——」

「你還真體貼啊——」

「——但伊亞戈是更好的角色。就像本劇中，標題裡有我的名字，但我懷疑自己天生比較適合演莫庫修。」

亞歷士又笑了。「喔，你是說**我的**角色？**我**被指派的角色？」

「亞歷士老兄，你會演得很好。但是領銜角色呢，有很沉重的期待，好像成敗取決於**我**。」

我厭惡地看著他。他很帥，我猜是吧，有那種跟停格動畫恐龍對打的B級老片裡常見的眞誠老派的美貌。我媽會用的說法是「英俊而且他自己很清楚」，他彷彿聽到這句話，轉向我，指著我而非叫我的名字。「哪個角色比較好，羅密歐還是莫庫修？」

我想要聳肩，但只抖了一下。

「你演誰？」他說。

「我嗎？還不曉得。」

「你上哪間學校？」

「莫頓葛蘭吉，」我說，羅密歐點頭，彷彿這樣也算提供了答案。

「跟我們同校，」從頭到尾一直抱著膝蓋望著他的柯林·史馬特說。

「對查理算是第一次，」露西·陳不屑地說，「他在莫頓葛蘭吉不太以演戲聞名。」

「我是邁爾斯，」羅密歐說，「我是哈德利希斯的，那邊的喬治也是。」

邁爾斯指指坐在稍遠處牆壁的陰影下，邊吃香蕉邊看舊企鵝版《包法利夫人》的駝背男生。

「嗯？」那個男生隔著鏡片厚到像水族箱玻璃的航空護目鏡抬起頭來。他穿著看似白色制服襯衫外加不必要的運動衣，頭髮像一頂烏亮的披頭四假髮，皮膚紅腫，口鼻周圍宛如木莓果汁的顏色。

「喬治算是我的手下，對吧，阿喬？」邁爾斯吼道。

雀斑男生搖搖頭。「不，邁爾斯，我不是你的**手下**，」然後回去看小說，「你這個大草包。」

邁爾斯發出響亮的蘭斯洛爵士笑聲再撲向他，一手按住喬治的胸口，另一手壓爛喬治手裡的香蕉。離城五哩外，在哈德利希斯自己的高牆範圍內，是那種學生名字會冠上「二世」稱號的私立學校。學生們有充分理由逃避去市中心，而且像雪豹一樣，幾乎沒人聽說過能近距離觀察他們的行爲。我們尷尬沉默地坐著旁觀直到——

「欸，邁爾斯，」亞歷士提高音量說，「邁爾斯，別鬧了吧？」

邁爾斯翻身離開，在草葉上擦手。「我們哈德利希斯的戲劇部門很強的。」

「你怎麼會這麼混蛋呢，派瑞許？」喬治咕噥說。

「優良的工作空間，多才多藝，我們在圓形劇場演過很多東西，你幾乎可以碰到觀眾的腿。我在那邊演過《酒綠花紅》的帕爾．喬伊，《可抗拒的崛起》的阿圖羅．維，《大鼻子情聖》的西哈諾——」

「學生報的頭條：『西哈諾火腿』。」

「別挑釁我，喬治！我們剛演完《大教堂謀殺案》——」

「邁爾斯演大教堂，」喬治說。

「**其實**，我演湯瑪斯．貝克特，好長的一齣戲。好吧，那不是丹麥人[11]，我真的很想演那個角色，但是挺費工的。」

「哪個丹麥人啊，派瑞許？」還在清理頭髮上香蕉渣的喬治說，「**領銜**丹麥人嗎？」

「別逼我過去，喬治，你這個跑龍套的。」

「你知道你不必一直說『領銜』，你可以說『標題的』。『我演**標題**的角色』——」

「那是個該死的重責大任，你知道嗎，撐起整齣戲？」

「除了，還有另一個叫茱麗葉的角色，」亞歷士說，「她也挺重要的。」

「嗯，」邁爾斯懷疑地說。

「邁爾斯，你最喜愛的莎士比亞獨白是哪段？」露西恭敬地說，我看到海倫和亞歷士翻白眼。

11. 譯注：哈姆雷特的別稱。

「你知道有件事很怪嗎？」邁爾斯揉揉下巴說，是真的在揉。「在戲裡找不到我最喜愛的莎士比亞段落。因為」——關鍵句來了——「其實是一首十四行詩！」

「我操，」海倫嘀咕。

「露西，」喬治低聲說，「妳**知不知道**妳放出什麼怪獸了？」

「我愛人的眼眸，」邁爾斯轉頭看著天空說，「一點也不像太陽！」我躺回草坪上緊閉自己的眼睛，嘴唇已經因為沉默和無知黏在一起了。如果創意這檔事應該要讓我們更自由有自信，那為何我從不曾感到這麼壓迫與尷尬？艾莉娜說了些學習如何在這世界上行動，自然地回應他人的話，我瞬間豎起耳朵；對不敢走過擁擠空間、無法跟父母同坐一張沙發或站在喜歡的女生身邊會喪失語言能力的男生，這是值得具備的天賦。但是從雕塑陌生人的臉或假裝我的骨頭逐一消失或聽某個自信、浮誇、會背詩的混蛋空談莎士比亞是學不到的。我只想知道雙手該怎麼辦，如此而已。我的手該放在哪裡？

如果我的任務砸鍋了，現在似乎又有點不誠實與可恥的成分。我參加了我不想加入，也不需要我的組織入會儀式。海倫說得對：浪費他們的時間不公平。基於禮貌我會等到這一天結束，然後不問電話號碼就離開。對法蘭的印象會消退，感覺也是，就像小感冒之後復原。也可能我會瘋掉；很快就知道了。盤腿坐地上的邁爾斯這時在講君王之死的悲慘故事，我邊聽邊讓陽光照在臉上。即使我無法引述莎士比亞，至少我能曬黑。

我感到陰影遮臉的涼意。「查理，我們可以談一下嗎？」我睡著了。其他人早就走了，此時艾莉娜和伊佛蹲著俯瞰我，像偵探觀察海灘上的屍體。

「好，」我說，站在他們之間有點暈眩，被護送走回屋裡時汗濕的背後發涼。他們看過我的證件知道那是假的，現在我要被帶去假山槍斃了。

「欸，今天表現不錯，」伊佛說，我不知道自己是哪裡做得好。演葉子，在陽光下枯萎？盡力把自己縮到最小？

我同時搖頭又點頭。

「我們希望你看看這個，」艾莉娜拿出一捲文件說，「是我們使用的文本。你當然熟悉這齣戲吧。」

「呃，星期一是我們的讀劇會。沒啥好擔心的，我們並不要求熟練的表演——」

「——但我們希望你注意名叫山普森的角色，」伊佛說，「他是卡普雷幫派的一員。」

「他有點像幫主，」艾莉娜說。

「不過很好玩。」

「有很多**猥褻**笑話。」

「而且他是本劇開場人物。」

「就試試看。」

「不要有壓力。」

這是我的機會：**謝謝，但我不會回來了，這不適合我**。但是伊佛看來期望很高，艾莉娜注視著我，害我錯過了時機，反正這不會是最後一次。我點頭答應——好，沒問題——剩餘的下午時間就花在假扮蒸氣動力機械。

這一天結束時我累趴了，全身出乎意料的痠痛，因爲大量奔跑和爬行而滿身塵土，卻還是沒拿到神奇電話號碼，連最簡短的談話也沒有。法蘭一定是在躲我，在其餘人分散著互相擁抱時，我收拾我的東西和最後一點自尊。

「各位，祝週末愉快！」伊佛喊道，「但是別忘了，星期一是莎士比亞日。我們要研讀文本，要深入研究。九點整橘園集合。但記住——不准演戲！我們要讀劇，只有讀劇……」

我的腳踏車還在原處，丟在車道旁的紫杉老樹下。我把劇本藏在樹的另一側，當作我的懇辭信，騎上車子離去，但是碎石打滑，我最後一次丟人現眼跌到地上。從背後，我聽到笑聲、鼓掌聲。「假掰的混蛋，」我喃喃自語然後轉身看到法蘭輕快地走在我旁邊。

「欸。」

「喔，妳好。」

「你忘了這個。」是我丟掉的劇本。

「喔，對。謝謝。」

「我希望是意外。」她遞出來，彷彿是要簽的契約。

「對，我一定是……」我左顧右盼，不願接過來。

「每天晚上我爸會在山下那頭接我。我是說，如果可以的話。如果你不急……」

我不急。

回家路上

我們默默走過車道，那條車道真長。然後進入天幕下通往山腳幹道的小路，唯一的聲音仍在我腦中，那個聲音命令我：**專心，這很重要**，專心點。

「抱歉我們今天沒機會講話，」她說。

「是啊，大家挺忙的。」

我們繼續走。

「我想或許妳在躲我，」我說。

「才沒有！我試過，但每當我抬頭你都在演貓，所以……」這時她笑了，我覺得笑太久，再把頭髮撥到耳後。

「喔，不好意思。」

「老實說，我才以爲你在躲我。」

「天啊，沒有！」我從來沒想到冷淡會被解釋爲冷淡。「只是我不太習慣那種事。」

「我看任何人都不曾習慣。」

我們繼續走。白天的熱氣仍殘留在天幕底下，靜止空氣到處出現照片上的指紋般的小塊模糊。我們聽到一段距離外快速道路的低鳴聲，我也發覺在我們後方有其他團員聊天聲，保持距離，像在跟蹤。

「那——老實說，」她說，「你**是不是**每一秒鐘都很痛苦？」

「看起來是這樣嗎？」

「有時候。你扮雕像的時候，我以爲你會突然，呃，發飆。」

「我不擅長那種事。」

「胡說！我認爲你的人肉蒸汽火車很棒，我不隨便誇獎人的。即使當時，你看起來很……憤怒！」

她又笑了，伸手掩嘴。

「呃，我說過，那不適合我……」

「那你爲什麼來？」

我直視著前方。「嘗試新東西。保持忙碌。」

「遠離街道。」

「遠離麻煩。」

「你**有**麻煩嗎？」

「不太算。只是在家很無聊。」

「你覺得今天無聊嗎？」

「不會**無聊**……」

「呃，那就對了。」

「是困窘。」

「是啊，每個人一開始都這樣。就像加入外籍兵團或特種部隊，必須揹著一個冰箱、喝自己的尿等等的。在這裡，你得玩帽子遊戲。我們就是這樣**培養感情**和擺脫拘束。你覺得跟隊友有感情嗎？」

「不是很有感情。」

「無拘無束嗎？」

「很壓抑。」

「呃，或許是我們一開始排戲……你演哪個角色？」

「我不曉得，山什麼碗糕的。」

「山普森。嗯，這就對了。很多罵人，很多猥褻笑話。他是個很粗魯的小夥子。」

「喔，天啊。」

「但是別玩抖腰那一套。交給茱麗葉就好。」

「就是妳嗎？」

「是啊。」她拉下臉來，「就是。」

「領銜角色。」

她大笑。「不過領銜角色未必是**最好的**角色。」

「理想上，妳會偏向演山普森。」

「那是我的**夢想**。」我們互相微笑繼續走過淡綠色海洋，光線像海邊潮池裡的水呈斑點狀閃爍。我偶爾會這樣子觀察，如詩如畫的事物，我考慮指出像潮池的景色，但不確定會讓我顯得像詩人還是笨蛋。兩者間有點重疊，所以我決定算了。法蘭倒是開口。

「今年夏天眞討厭，是吧？若是運氣好太陽出來，天空蔚藍，突然間會有一堆你該做什麼的預設想法，躺在海灘上、盪繩子跳進河裡或跟所有麻吉夥伴野餐，坐在草地上吃草莓瘋狂地發笑，像廣告片那樣。但從來不是那樣子，只有六星期時間感覺自己跟錯誤的人在錯誤的地方，錯過了什麼。所以夏天才這麼悲哀——因為你**應該**要快樂的。我個人等不及要穿回我的緊身衣，打開中央空調了。至少在冬天是**允許**你悲慘的，不是理應在向日葵花海中到處飄盪。而且夏天沒完沒了，不是嗎？永無止盡，而且從來不照你的希望走。」

「我想這話完全正確，」我說，她忽然抓住我的手臂。

「所以你應該來演這齣戲！新體驗，新朋友……」她瞄瞄背後，壓低音量。「我知道他們有點那個」——她正色說——「但他們一旦冷靜下來，其實還不錯。」

「我沒辦法。」

「為什麼？」

「我有工作。」

「真令人興奮。在哪裡？」

「加油站店員。」

「喔，你一開始怎麼會想去？」

「前院的氣味。我喜歡它滲透進你衣服和頭髮的方式。」

「還有糖果零食商品。」

「正是：洋芋片、甜食、A書……」

「你自己可以拿嗎？不是A書，是甜食。」

「呃，他們總是把A書封膠膜——」

「就像漂亮的禮物。」
「——但是甜食沒有。偶爾有特趣巧克力棒，我沒拿。」
「嗯，你是專業人士。薪水好嗎？」
我瞄一下自己的指甲。「每小時三點二鎊。」
她吹口哨。「上班幾小時？」
「十或十二小時。」
「呃，了解，我們可以設法避開。畢竟**這**不成藉口。其實任何藉口**都**不成立。」
這時我們抵達了山腳，跟幹道的叉路口，水泥候車亭就在旁邊。「我爸會在這裡接我。我們住在那邊，」她說，提到一個二十棟房子左右的小村，令人羨慕的茅草屋頂、灰泥白牆。對，我心想，**這很合理，很適合**。「你想要陪我在這裡等嗎？他還要一會兒才到。」
但我發覺這時其他團員經過我們身邊，鬼鬼祟祟、點頭發笑，我覺得彆扭、很想離開。「不，我還是走吧。今晚我要上班。」我爬上腳踏車，腿內側卡在坐墊上，忽然變笨拙。
「你還好嗎？有困難？」
「不，沒事，沒事。」
「呃。很高興我們講到話了。」
「我也是。」
「拿去——」她雙手遞出劇本。「不能說我沒努力過。」
我瞄向團員們露齒竊笑的候車亭，再回頭看法蘭用間諜似的低沉語氣緊張地說。

「欸，我老實說，星期一我不回來了。」

「爲什麼？」

我聳肩看看道路遠方。「我向來不太合群。」

「是啊，每個人都喜歡這麼想。從來沒人說，我的個性是，我很**合群**，我會加入任何老玩意。」

「對，但以我來說——」

「不合群這件事，是因爲你像初生之犢或孤狼嗎？」

「我傾向認爲兩者皆是。」

「我想也是。呃，那樣不好，」她再度遞出劇本說，「如果加入正確的事，合群沒什麼不對。」

「這次不對勁！我今天來的唯一理由……呃，我可以……我不曉得，請妳喝咖啡或喝茶之類的嗎？兩者都好，我不在意。或者我們試試混進酒館裡，我知道有些地方基本上**任何人**都收——我的意思不是，我只是——只要我們保持低調坐在啤酒屋裡，妳希望怎樣都行，但我沒辦法演這齣莎士比亞。我會丟人現眼，比我現在做的事更丟臉。」

這段期間，我看著她抬起眉毛、皺眉、瞇眼、把頭髮拉過來咬然後撥開，每個表情都令我分心，迫使我進入別的沒講完的片語，有些字微弱得像蚊子叫，直到話像水管裡的最後幾滴水滴完。

「所以。總之。妳說呢？」

我終於擠出來之後，她相當清楚地說，「不要。」

「不要？」

「不要。」

「喔。呃，好吧。」

她聳肩。「抱歉。」

「是男朋友的緣故？」

「不是。」

「是邁爾斯嗎？」

「什麼？**蛤？**不是！」

「好吧。」

「我只是以為——」

「為什麼是**邁爾斯**？」

「我不知道，我只是——或許妳不喜歡這個主意，沒關係。」

「也不是那個理由。」

「呃，請直說，因為一直猜錯挺尷尬的。」

「我沒時間！我要演戲，我有台詞要背……」她翻過劇本的紙頁。

「呃，畢竟是領銜角色嘛。」

「沒錯！我希望演好。」

「但週末肯定有……」

「不行，那是我跟朋友聚會的時間。你唯一見到我的辦法是……」

「繼續。」

「星期一回來。」

我看看左右，發現他們從公車亭看著。「只有星期一？」

「不，姑且說整週吧。你得撐到星期五。」

她伸直手臂遞出劇本，我像個詩人說，「幹。幹，幹，幹。」

她笑了。「抱歉，這是條件。」

「但是星期五我們可以出去？」

「不行，到了週五我會慎重考慮。」

「並且決定？」

「對。」

「根據什麼？」

「照例。我們的進度……」

「我是否有用處？」

「不，當然不是。這不是試鏡。」

「呃，或許不是**那種**感覺。」

「不是那種試鏡。」

「但是不確定？咖啡？」

「協商到這個階段，我只準備做到這樣。」

「妳知道這是勒索吧。」

「如果你做感覺羞恥的事才算勒索。」

「什麼，像劇場運動嗎？」

「其實，比較像是賄賂。或誘因。」她再次遞出劇本，我接過來迅速塞進背包裡。

「我會考慮，」我說，把腳放到較高的踏板上準備騎走。「再見。」

「再見！」她說，這時她迅速把手放到我肩上，我轉身時，她趕緊湊近，把臉頰貼我臉上，我感覺到皮膚上的汗濕——我不確定是她還是我的——向我耳語。

「這就叫甜蜜的哀愁。」

接著她走向朋友們，停下來轉身。「星期一！」她說。

我騎車去上班，一路想著「甜蜜的哀愁」，一點也沒錯。「甜蜜的哀愁。」直到週一早上我才發現她是引述劇中台詞。

第二部

七月

我看過的一些舞台劇都比這個刺激。我對天發誓——舞台劇啊！

——荷馬．辛普森，《辛普森家庭》

婚禮

我們決定在冬天辦婚禮，並且善用劣勢。「獨特的小規模，但不是因爲沒人喜歡我們。」妮亞姆是我的未婚妻，不過我學會了避用那個字。「聽起來好夢幻，」她說過，「特殊口音和那麼多『e』。」

「很像妳的風格。」

「哦，是嗎？」

「即使結婚了，我還是會稱呼妳我的未婚妻。」

「好，試試看。」

我們交往這十年來，去過很多場婚禮：夕陽下的義大利橄欖園，宛如風景明信片的英國鄉下教堂，紐約摩天樓的屋頂。妮亞姆是都柏林人，我們站在颳風的愛爾蘭寬廣沙灘上，新娘從遠處騎著白馬抵達，像《阿拉伯的勞倫斯》片中的奧瑪·雪瑞夫，簡直不要太誇張，所以妮亞姆必須躲到沙丘後面隱藏她的笑聲。我實在無法想像我們兩人在這些情境中，妮亞姆也有同感：「當我看著你的眼睛想到你對我的意義，」她說，「我只想到『區公所登記』。」

「或許連那也不算。我們可以線上登記嗎？」

「我們也可以私奔，就我們兩個。不過我們必須帶上我爸媽。我們四個。」

「如果妳帶著父母還算私奔嗎？」

我們在一家紅極一時的倫敦東區餐廳認識的，當時是我年近三十大關、混亂靡爛的時期。我當酒保，妮亞姆是經理，沒多久她就加入了我可以誠實宣稱救過我一命的兩人、或許三人名單。當時我們的生活幾乎是晝伏夜出，浸泡在伏特加裡，我們朋友圈子的耗損率很高，但有幾個人後來經營餐廳有成，我們就是這樣找到婚禮場地，我們的小婚禮，在酒館的最佳包廂裡。小規模是我們的安全感與自信心的象徵。只有缺乏安全感的人才騎白馬，我們只是用嘴角咕噥「我願意」然後會見我們的朋友。我們打算只邀十個人，後來變二十，然後三十。如果我們採用方桌，可以擴充到四十人，這肯定夠用了。

當晚我們在床上看著名單。數字是三十八人。

「不過這些都是我的朋友，」妮亞姆說。

「他們也是我朋友啊。」

「但是你沒有想邀的老同學嗎？」

「沒有，我還好。」

「或者舊情人？」

「我幹嘛要這樣？妳怎麼會希望我邀？」

「我想要看看她。」

「誰啊？」

「你知道的……」

「不行。」

「莎士比亞少女。」

「她叫法蘭・費雪。」

「我還是不敢相信你眞的演過舞台劇。」

「**你仇家的僕人和府上的僕人已經打成一團了——**」

「別鬧了。」

「——**在我來這裡之前**——」

「拜託住口，我不喜歡。」

「——**我拔劍想分開他們。這時候個性暴躁的泰伯特來了**——」

「希望你不是這麼演的。」

「多多少少啦。但我再也沒演戲了。」

「戲劇界的損失。」

「我知道。那才叫**眞正的**悲劇。」

「你認識她時，像劇中一樣嗎？是一見鍾情嗎？」

「不是。頂多算一見暗戀。」

「一見暗戀。也是出自莎士比亞嗎？」

「我只是說稱作愛情太誇大了。當時妳也是另一個人，不是嗎？在那個年紀。那是……另一回事。」

「那就邀她！」

「我不會邀法蘭．費雪參加我們婚禮。」

「爲什麼不要？如果她那麼厲害。」

「我不知道她在哪裡！」我說，在當時是實話。「我已經……二十年沒跟她說過話了！」

「可是我想看她！」

「妳就不怕我在唸誓詞時跑掉？」

「這正是我希望她在的理由。來點《妳是我今生的新娘》氣氛，多點張力，多點冒險。」

「她現在八成結婚了，可能還有小孩。」

「那又怎樣？上網搜尋她，不可能太難。」

「我說過，我沒事。我根本沒想到她。」

而且我根本沒想到她，除了偶爾。

這些年來我看到科技助長的懷舊風氣蔓延，也注意到「過去」的概念本身如何陷入某種狂熱吹捧，導致朋友們回想起上次國定假日發生的事件會眼眶泛淚。我盡量不留戀自己的歷史，不是因爲我覺得比一般人更不快樂或有創傷，而是我不再覺得有必要。在另一次生活不太快樂的時候，我把懷舊宗教當作酒精一樣的依靠——難怪兩者密不可分——當我想起我在千禧年除夕酒醉打給法蘭母親的那通電話，仍會不禁瑟縮。她還好嗎？我可以要她的電話號碼嗎？「我這麼說吧，查理，」她溫柔冷靜地說，「明天早上再打來，如果你還是想要，我會樂意告訴你。」

我沒打回去，從此再也沒跟克莉兒．費雪說過話，既然生活終於穩定一點，有些成績，現在我有什麼理由回去？我沒有相簿，沒有日記，沒有舊通訊錄；我抗拒社交媒體。沒必要借助過去塡補現在的空隙。三十八個客人就很多了。

然後在婚禮前一個月，來了一封 email，一張臉書網頁截圖宣布五噚劇團合作社一九九六——二〇〇一年成員要在倫敦辦同學會。上方有我當伴郎時的註記：**非辦不可，你不覺得嗎？到時候見。**

蒼鷺

那也是我開始犯罪生涯的夏天。

加油站在市區邊緣，在快速道路之前又長又直穿過松樹林的路上最後一站。我透過麥克找到那份工作，他是常在高球場櫃台跟老媽調情、體格粗壯的本地商人。麥克有一家連鎖企業——他喜歡這個字眼——旗下三座小加油站。「連鎖企業的特點是，」我們在他的破爛辦公室小隔間初次開會時他說，「像家族一樣。大生意但是有人性的面貌。」麥克自己的人性面貌主要是下垂的鬍子，重量似乎把五官都往下拉，他講話時會用食指背面撫摸鬍子彷彿要哄它睡覺。我知道這份工作是他跟老媽調情的手段之一，因為我還沒滿十七歲，他勸我視之為「當學徒」。我會領現金，不會有麻煩的勞工保險、有薪假或傷病補貼。如果我想要，等學期結束之後也可以轉正職。麥克說這是雙贏，所以我從期末考最後一天開始上工，每週十二小時，時薪三點二鎊。

但如同每份工作必然帶來義務、責任和制服，每份工作也有自己的詐欺，不用多久就能找到辦法補貼血汗工資。作為連鎖企業的一環，麥克設計一種很受歡迎、可當場兌現的促銷刮刮樂卡片，但通常是安慰獎，廉價水晶效果的玻璃杯。我當收銀員會在每次合格交易後交出卡片，等他們用硬幣邊緣刮開，然後以某種儀式交給駕駛人六個精美的香檳杯。二十分之一的卡片附有現金獎，但我不敢想像我可以坐著刮獎。所有獎項都有紀錄，我肩膀上方的保全監視器會確保這一點。但我初次單獨值班時，因為突來的大量通勤客交易令我頭昏腦脹，我漏給了兩張裡的一張給不耐煩的顧客，然後三或四或五張。要是我計算準確並且用身體遮掩，就有可能暗槓這些額外的刮刮卡塞進自己口袋裡。

回到家裡，我鎖上臥室門，心臟狂跳，刮掉薄錫箔。很快就得手一套四個雕花玻璃白蘭地矮腳杯，接著四個啤酒杯，然後損龜然後——十鎊，超過三小時工資。自己去兌現就太魯莽了，但我可以假裝忘了交出，例如，四分之一的卡片。只要我小心計算漏給的量，只要我背對著監視器暗槓卡片，沒人能阻止我把它轉交給共犯。身爲我的死黨，馬丁．哈波是最佳人選。

幾星期過後，我只在顧客明確提醒時才交出刮刮卡，這種時候我會無聲地拍額頭假裝忘記。沒拿走的卡片我會像個業餘魔術師僵硬地藏到口袋裡，然後一股額外的卑劣偏執發作，到惡臭的顧客廁所裡憋著氣改藏到我內褲裡。我會每週一次把整疊卡片拿到馬丁．哈波的家，我們關上巢穴的門，大聲播放音樂，像老幫派分子計算收穫般開始刮，在我們最大膽的一週，賺到了七十鎊、三十六個香檳杯和二十四個調酒杯。

當然，這種事沒有正當的藉口，只有一個含糊不受檢驗的感覺認爲該有人給加油站一個教訓。對，我在賺外快，但是麥克一向對我友善又正直。另一方面，麥克或任何顧客不會損失半毛錢，他們絕大多數渾然不覺地離開加油站。有誰受害呢？這是機率遊戲，誰能說他們有比我更多權利獲得好運或杯子？就像哲學上而言，在刮開錫箔之前獎金根本**不存在**，所以顧客只損失了賺錢的**可能性**，而非獎金本身。就像森林裡倒下的樹或密閉箱子裡的貓，如果我要說服自己這是無人受害的犯罪，這些頭腦體操令我頭暈但有必要，這就是凌晨三至五點左右我度過許多愧疚時刻的方式。如果我把獎金用來濟貧，幫助某個高貴負責的小孩或許會感覺好一點，但這只是問題的一部分。老爸破產後一直在領救濟金，收到帳單或要求買雙新鞋很容易讓他陷入恐慌與憂鬱。我有時候想像自己交給他一卷鈔票——**拿去吧，老爸，補貼一**

點——但是戲還沒演完，我們雙方總會感覺羞恥或尷尬。我必須秘密貢獻。要是老爸給我錢買雜貨或外賣餐，我會出錢然後把錢放回他皮夾，這樣給我一種美好且自滿的孝順感，好像偷偷行善的耶穌。

但是樂趣在消退，大多數時候我把錢花在買酒、電腦遊戲、運動鞋；自保免於「我付不起」的羞辱。偷竊讓我不再感覺貧窮，我的愧疚與擔憂也換來了大搖大擺。我可以請客喝酒，額外的錢都緊緊捲起藏在雙層床的空心鐵管裡，好像藏在牢房內的逃獄工具。

在那個星期五晚上，我離開法蘭，繞過環狀道路，換上我的綠色尼龍制服，一邊跟同事瑪喬麗聊天然後接替她坐櫃台。六點到七點半是最忙的時段，而空閒時只有附近社區的孩子群湧進門來拿架上的糖果點心：不是扒竊，比較像無恥的打砸搶。我照例說教——**拜託別這樣。請放回去。你們得付錢才行**——他們蜂湧而出站在前院的櫥窗邊，把巧克力和洋芋片塞進嘴裡哈哈大笑，同時我假裝報警。

接著又一段空閒。我從背包裡拿出劇本盯著封面一會兒。翻頁感覺像翻開我不懂的語言的試卷，文法詭異、豐富又奇怪的語言。我看著演員名單，在下方找到了山普森，再翻到第一幕，第一景。**兩個家族，同樣地尊貴**。

我闔上劇本，走到零食貨架，站在監視器的盲區迅速吃掉一根特趣巧克力。

我翻閱《FHM 男人幫》雜誌。

八點五十分，一輛破爛的福斯汽車駛來。哈波走出他哥哥的車子，左顧右盼。我把劇本藏到櫃檯下切換到角色裡。面無表情冷靜地執行接下來的表演，宛如在柏蘭登堡門陰影下的衛兵。

「哈囉。」

「哈囉。」

「你好嗎？」

「我很好。」

「我哥的刮刮卡贏了點錢。請問我可以在這裡兌換嗎？」

「當然！卡片借我看一下？」

「好。就這些。」

我用專業的細心檢查卡片，從收銀機拿出現金。哈波的嘴唇露出傻笑，眨個眼收起錢，走回他哥哥的車上駕車離去。接著是一段暈眩焦慮的時間，我坐著聽有沒有警笛聲，想像一群警車衝進前院，手銬的碰撞聲，一隻大手護著我的頭把我押進後座。

但是什麼也沒發生，我有時候懷疑——這是完美犯罪嗎？就我所知，這樁詐騙只有一個缺陷：每十鎊現金獎可能產生足以供應一家小酒吧用的玻璃杯。一開始我會用背包把剩餘品夾帶回家，直到所有櫥櫃空間擠滿超過我們能用到的加油站杯子。那不是能當傳家之寶的東西：造型像個鳳梨手榴彈，而且「水晶」的品質爛到如果用在像是裝冷飲的非傳統方式，就會嚇人地啪一聲爆裂，把大熱天享用冰啤酒的樂趣變成了某種俄羅斯輪盤。我還是繼續帶回家，直到那天我發現老爸趴在地上，用畚箕和毛刷掃玻璃碎片。「我敢發誓，下次它會把我的臉炸掉。查理，拜託，別再拿回家了好嗎？」

我需要別的計畫。我九點鐘關掉加油機和前院的燈光，拍拍內褲裡那疊卡片，在黑暗的儲藏室裡，裝滿等同一組小吊燈的份量連同《羅密歐與茱麗葉》劇本，謹慎地爬上腳踏車離開，一路避開障礙或震動，深怕爆掉一個會引發連鎖反應。我想像我的屍體，調酒杯和香檳杯的碎片像劍龍的骨板鑲嵌在我脊椎上。我想像那疊染血的證據被交給我父母，他們會既哀傷又尷尬。「我們在他的內褲裡發現了這些刮刮卡。」

我騎車前進，一哩路的人造林之後道路經過一座破爛小樹林，謀殺森林，我在此轉向，搖晃地騎過木屑小徑，藏好腳踏車，像突擊兵那樣蹲低，走另一條小路到淡褐色池塘岸邊，那是半工業式的蓄水池，腐臭的死水，水面是錫器的銀黑色，被死人的手擾動的機率還高於有鱒魚跳動。去年夏天，作爲畢業大冒險，我們看著哈波的哥哥嘗試游過黏答答的池水，幾乎立刻爬出來，眼睛紅腫流淚，皮膚像水獺發亮，裹著一層再多肥皂也洗不掉的瀝青狀物質。如今，在夏夜的光線中，有隻蒼鷺在站崗，像卡通裡的黑道駝著背，一腳卡在污泥中。我蹲在岸上的蚊子群裡，聆聽有沒有人聲，然後站起來打開背包。第一個杯子落水時蒼鷺從沼澤中抽腿振翅飛走。另一隻跟著飛走，然後又一隻。我的瞄準很連貫，我想像各種杯子在池底形成一座金字塔，緩緩被腐木的黑漿覆蓋，在那底下，是長毛象和劍齒虎的骨骸。我想像遙遠未來的考古學家對此發現大惑不解——好多相同的玻璃杯，是怎麼來的？——作夢也想不到是個擔憂的青少年獨自帶著內褲裡的一疊刮刮卡丟的。

還剩四個啤酒杯。我會當禮物送掉。哈波要邀請朋友去巢穴，我們一定會被痛宰。

肉桂事件

繞過環狀道路，穿過零售公園到北側，哈波的家就在一片散落著建材與車輛的都市更新地段中央。我把腳踏車放在前院的四驅車、沙灘車、木材、磚塊、廂型車和哈波太太的馬自達小代步車之間。

「嗨嗨，」馬丁手拿啤酒，打開門說，「犯罪大師。」他拉我過去擁抱，然後推開我。「你確定沒被跟蹤嗎？拿去——」捲成密實圓筒的鈔票被塞進我手裡。「我給你五十因爲我愛你，」他又雙手像擠捏玩具般抱住我的頭，擠壓，吻我頭頂。「汽油味。你該洗頭了。來吧，大家都在巢穴裡。」

走道上放了幾支白色乳膠和幾袋石膏，寬廣的客廳裡左邊是奇蹟式的平板電視，像名畫般掛在佔了整面牆的熱帶魚缸旁邊。成熟時髦的哈波太太像《疤面煞星》裡的蜜雪兒．菲佛躺在一連串白色皮革模組沙發上。在我們例行的最性感媽媽民調，哈波太太是毫無爭議的冠軍，讓她兒子百感交集又驕傲。

「晚安，哈波太太，」我用好青年的語氣說。

「我說過了，查理，叫我艾莉森！」

「別叫她艾莉森，」哈波說，「很彆扭。」

「這個送給妳，艾莉森！」我拿出保留下來沒丟進沼澤的四個啤酒杯說，哈波呻吟著翻白眼。

「謝謝，查理，很精緻。」

「只是修車廠的爛贈品，」哈波說，「如果裝冰塊會爆炸。」

「我想不是眞的吧，」艾莉森說。

「是眞的，」我說，「但是很稀有。盡量不要拿得太靠近妳的臉就好。」艾莉森大笑，我感覺自己也成熟世故起來。

「放到那邊去吧，小帥哥，」艾莉森說。

「對，我們晚點再把它扔掉，」哈波說，戳我的肋骨催我走過走道。「收斂一點，你這變態。」

「可是她眞的喜歡我。」

「她是我媽欸，怪胎。」

「我愛妳，艾莉森！」我回頭往門口耳語，我們爬過擴建用的爐渣磚到正在擴建中的地方。哈波伯父要不是自己動手，就是手下工人動手蓋了這棟房子，樓層平面任意擴張調整，彷彿是用樂高積木蓋的，我們擠過垂掛的塑膠布，穿過新的雙排車庫，走進地下的樂園。

哈波的「巢穴」概念出自美國電影，構想出那個藍圖：寬廣的地下空間，有撞球檯、全套鼓、電吉他、舉重器和划船機，另一台大平板電視、錄影帶和DVD構成令人目眩的娛樂圖書館，PlayStation遊戲，黑膠唱片和CD，全套Maxim雜誌和冰箱，聞名的自我補充冰箱無限量供應泡麵和巧克力棒。巢穴裡沒有自然光或新鮮空氣。睪酮素倒是從通風管注入，至少有時候似乎是，因爲你看洛伊德，歇斯底里地大笑，一面用靠枕摀住福斯的臉，同時有罐啤酒灑到了水泥上面的舊油布上。

「喂，別鬧了！」在某方面哈波是我們所認識最富裕的中產階級，他爸是戲劇學院之王，所以哈波成了戲劇學院王子，但他以最嚴謹演員的紀律保留著倫敦腔。我們都是，依情境調整腔調程度。在巢穴裡，我們完全是野獸。「喂喂！別想要互相吹喇叭，打個招呼。無名小卒來了。」

「無名小卒」是另一個綽號。叫姓氏也可以，但綽號常用多了，就像太陽王宮廷裡的一套複雜、儀式化又精細的制度。哈波很幸運：因爲他的貴族血脈、儀態和美貌而成爲王子，他不時撥開眼前光澤蓬鬆的黑髮讓他獲得綽號「海倫仙度絲」，或蒂沐蝶洗髮精的簡稱「蒂沐」。他有時候會戴灰白、粉紅和橘色珊瑚做的項鍊，又多了「小甜甜」或「海灘男孩」等稱號。福斯無可避免被叫成法克斯，但他有一次酒醉後，他承認曾經闖入高爾夫球場把他的雞雞放進球洞裡「看看是什麼感覺」，這段自白讓他成了「老虎伍茲」，或一桿進洞、皇家特倫球場、幹草王、管理員威利。有一次午休時間發生的出名的口臭事件讓洛伊德成了垃圾口臭王或垃圾桶，也因爲大鼻子被叫成開罐器、活動扳手或猴子，因爲短捲髮被叫成「泡沫」，但這一切只是可能持續很久的大量惡搞的起點。

「猴子，收斂一下！」哈波說。

「是他起頭的！」洛伊德說，「把我當成他幻想的高爾夫球道打量……」

「那是什麼味道？」靠枕底下的福斯大叫。

「把我當聖安德魯斯球場……」洛伊德說。

「今天是收垃圾日嗎？有人出去倒垃圾嗎？」

「我不是你的桿弟，福斯，」洛伊德用膝蓋壓住他說。

「夠了！」王子說。

「今晚你的頭髮好漂亮，」洛伊德說，「王子，你的美髮師是誰？」

「幫你燙頭髮的同一人，泡沫，別壓他了！」

「別鬧他了！」我說。

「誰說的？」洛伊德說，「那邊有人嗎？我聽到講話聲。」

「我聽到響葫蘆，」福斯說，「誰在玩響葫蘆？」

「沒人在玩響葫蘆，」王子說。

無名小卒，無人先生，隱形人，還有其他綽號。我提過一次我的名字源自我爸最喜愛的爵士樂手之一，查爾斯．明格斯，被誤傳爲查理．明格[12]，然後捲毛明格，最後只剩明格。另一個綽號是「公會」，因爲我住在名叫圖書館的社區，其他還有「雙層床」或「囚犯」，因爲我還在睡雙層床，不過這在交手的初階段不會用到。「公會」也是，要努力才爭取得到。

「公會在這兒，」洛伊德說，「他很興奮看到有樓上的房子。」

「我家有樓上，洛伊德。」

「雙層床上鋪不算是樓上，」洛伊德說，其他人嚇得猛抽一口氣。洛伊德容易玩得太過火。我有張我們在營火之夜的照片，在我學攝影的階段用長曝光拍的，哈波用仙女棒畫出一顆愛心，福斯寫出他的名字，洛伊德則是在夜空中塗鴉「操你媽」。我一向是這麼看他的，那種會用煙火寫「操你媽」，會在雪球裡藏石頭的小孩。

這下我別無選擇只能撲上去，小心用肘尖去壓洛伊德的肩膀，然後王子撲到我身上，利用撞球檯製造最大衝擊，我們呻吟著用手指互掐彼此的腋下，慘叫大笑直到我們喘不過氣來。我們都知道男生成熟比女生晚得多的理論，而且大聲反駁，但是看看我們：證物A。

向來是從啤酒開始的，我們用吸管喝，因爲「多吸氧讓酒性更烈」。如果有烈酒類，罐裡可能摻伏特加或琴酒和阿斯匹靈，謠傳阿斯匹靈能強化酒力並防止宿醉。幾年前，有個充滿野心的年輕食物技師成功結合了酒精的快感與令人卻步的冷飲甜味，做成漱口水的藍色、紅燈的紅色或樹蛙的綠色，但那是特殊場合飲用。毒品是爭論的來源——洛伊德和福斯很熱衷，但我只會想到木槌和花椰菜。天曉得，路易斯的大腦構造還不夠危險嗎？王子和他爸一樣，對毒品的態度像清教徒，認爲象徵嬉皮與軟弱。另一方面，酒醉則是男人的嬉鬧，只要沒搞到住院，任何玩法都可以。

但我們也很努力拓展酒精能達到的界線，有時候哈波的巢穴充滿了研究實驗室的誠懇氣氛。我們嘲笑或抨擊酒類，混合東西或以最快速度喝下以獲得類似毒品的快感，如果無效，我們會去廚房櫥櫃尋找不是毒品的藥物。入門香料肉荳蔻如果以工業化大量碾碎煙燻，應該會有神智恍惚的效果。或者是肉桂，還是牛至？未成熟香蕉的乾燥髓心？我們硬吞了一堆，又稠又油，把果皮掛在電暖器上過夜，然後隔天晚上收集來當菸抽，沉默又認眞地在籠罩的甜味煙霧中看《駭客任務》。可能是香蕉太熟或不夠熟，因爲從未見效，現在我懷疑何不乾脆吸毒。那會比大量香蕉心和肉桂輕鬆又便宜多了。

但我們堅持用啤酒與吸管，還有玩 PlayStation，像公園裡的狗歡笑著互相捉弄，我認爲很好玩。但我有時候不禁嘗試想像除了在彼此面前打嗝以外是否有其他表達友情方式的世界。我不懷疑我們喜歡，甚至很愛這群朋友，我也有個人的理由對哈波忠誠與感激，他在最近的一些災難中，很努力地照顧我而且假裝沒事。

但我們總是屈服於玩樂的暴政，進一步的緊張來自我想像中或許可以稱作「團體力學」的東西。從高三起我就認定哈波是我最好的朋友，私下把另外兩人當成我們的跟班，就像另外兩人認爲哈波是他們最好的朋友，其餘的是跟班，如此爭奪喜愛讓每次混戰平添危險，尤其是洛伊德，甚至會討厭不互相

12. 譯注：Minge 也是女性生殖器的俗稱。

喜愛的朋友。我能告訴他們法蘭的事嗎？莎士比亞這檔事讓狀況很棘手，我不是說謊就是當作笑話說出來，對我算是自欺欺人。如果讓他落單，我或許能夠告訴哈波，但或許更困難的問題是我能想像法蘭在這個房間跟我朋友相處嗎？似乎不可能，尤其現在哈波正拿著一瓶伏特加、一盒果汁和一個奇怪輪形物體站在門口：二十四個 Schwartz 品牌香料玻璃瓶，從瓶頸掛在一個缺口的木製轉盤上。哈波轉動輪盤。

「各位——時候到了。」

玩香料輪盤，藥草獵人的時間。我們莊嚴地就位排成一圈，各自手拿一支湯匙，福斯先轉動架子，閉上眼睛咕噥禱告等輪子減慢停住，他拿起最靠近的瓶子閱讀標籤。

「墨角蘭！」

義大利產品，容易入口的起點；只有芫荽比較乏味。他用湯匙裝滿古老粉塵狀碎片，我們拍打地板歡呼看他把整匙塞進嘴裡，愁眉苦臉地咀嚼然後用伏特加柳橙汁漱口。「好像披薩，」他聳肩。接著輪到我，我看著輪盤喀喀轉過龍蒿、羅勒、香菜、百里香、蒔蘿、細香蔥，然後停在……

「白胡椒子！」

「不會吧！」

無路可逃，哈波倒出小丸子，小心把它在湯匙上堆高。拍打地板開始，然後我放進嘴裡，像砂礫但不至於不舒服，我開始咀嚼著說，「沒什麼大不了，」直到一、二、三，每顆破碎種子好像釋出酸性蒸氣灼傷我的鼻腔黏膜，讓我流下黏稠熱淚，暫時失明，我緊抿著嘴幾乎無法嚥下伏特加橙汁，而且嘗不出味道，我的嘴麻痺了，耳朵裡血液奔騰，音樂變大聲……

……這時我邊笑邊哽咽，在粗糙黏液下肚時喉嚨灼熱，有些卡在我食道的皺褶裡。我無法吞嚥、呼吸或感覺到我的舌頭，洛伊德指著我笑得比別人大聲，我暗記著晚點要回敬洛伊德。

下一輪輪到王子。「拜託細香蔥，細香蔥，」他咕噥說，「最好細香蔥，」或許是伏特加的緣故，但這時我似乎覺得「細香蔥」這個字超搞笑，「細香蔥，細香蔥，細香蔥」但他抽到了……溫和高貴的香料肉荳蔻，他從瓶裡倒在手上，丟到空中像花生般接住，咀嚼，面帶微笑直到突然愁眉苦臉，伸出他的舌頭，上面佈滿了外皮碎片，所以他也狂灌伏特加直到喝光。

現在輪到洛伊德了。「來吧，來吧，來吧……」他咕噥，希望抽到芫荽，或者薄荷……

「番紅花！好耶。」

我們狂噓嘲弄，因爲番紅花有點平淡無味。「番紅花很娘，」福斯說，同時洛伊德把兩三撮紅色放到舌頭上再聳肩。

我們又玩了一回合，一路喝酒。福斯又抽到輕鬆的小茴香。「聞起來像腋窩，」他說完吞了下去。我抽到薄荷，味道像油膩的週日午餐吸掉我嘴裡的所有濕氣，我乾掉另一杯伏特加橙汁，因爲哈波捉弄，主要成分是伏特加，他抽到了詭異的綠荳蔻，不算難吃，像咖哩餐館的味道。現在吃咖哩無妨。輪到洛伊德。我挺醉的，所以光看輪盤轉動就頭暈。輪盤減速，張力累積，我們拍打地板，「喔喔喔喔喔，」然後瘋狂仰躺大笑，因爲……

「肉桂。混蛋**肉桂**。」

肉桂是殺手級的怪獸，香料架上的炭疽病毒，所以哈波小心地把湯匙裝滿到溢出，莊嚴地交給洛伊德，他以即將擊破磚塊的武術家的專注看著肉桂。他集中精神用鼻子呼吸，呼出一連串短氣息。湯匙在他手上……

……放入嘴裡，翻過湯匙再抽出來，沒有破壞密閉，睜大眼睛，雙手放在頭頂，嘟起嘴唇。幾秒鐘過得很慢，有一瞬間他似乎可能過關。但接著他的嘴巴爆開彷彿從裡面炸開，湧出一大團紅色粉塵，我們前所未有地捧腹大笑，手指著他在地上打滾，同時紅磚色粉塵瀰漫室內，他咳嗽哽咽著氣急敗壞地討水喝，這時我們拿走所有杯子和瓶子，躲開他之後他激動地彎下腰。我手上有一瓶水，他大叫，「給我！」

我把水高舉到頭上。

「快給我！」洛伊德撲向我，抓住我的腰際，把我往後推到撞球檯上，我感覺到球摩擦著我的脊椎，現在笑不太出來，因爲我也在咳嗽，但我即使粉末撲面刺痛眼睛還是繼續笑，還是高舉著瓶子，拿在他搆不到的地方，此時洛伊德漲紅著臉，像卡通裡的蠻牛兩個鼻孔噴出煙霧，快速短拳打我的肋骨，我設法推開他的手。「啊！好啦，拿去！」我遞出水瓶讓他清洗喉嚨。

但是議和的時機已經過去。我放下水瓶騰出手來推洛伊德的臉，但他繼續出拳，我被他的表情嚇到，好像我爸生氣的時候，突然間我抓起一顆沉重光滑令人滿意的撞球，我的膝蓋不知何故頂在洛伊德胸口，我起身遠遠推開讓他退後同時坐下，縮回手臂弓起手腕把球丟向他的頭。

有太多個夜晚像這樣結束。我們似乎玩過火了才停得下來。

在這瞬間，球打中石膏板發出空洞的悶響，短暫地卡在新的凹陷處然後靜靜掉落地上。肉桂粉塵像左輪手槍的硝煙瀰漫空氣中。我傻笑著看看四周，看到三個好友抱頭蹲著，一陣沉默直到洛伊德開口。

「我操，路易斯，你這神經病——」

「我又沒有瞄準你！」

「有，你有！你差點打死我！」

「哇！」福斯站在牆邊，用手指摸索凹洞的深度。「你們看！天啊，路易斯！」

「沒關係，」哈波說，「只是石膏板。你還好吧？」他伸手放在我肩上，撫慰又誠懇，那一刻我好愛王子，不知道該不該說出來。

「是，是。只是一時失控。」

「你當然失控了，」洛伊德說，「幸好你是個爛投手。」

「洛伊德……」

「你要是**真的**會投球，我已經掛掉了。」

「洛伊德！」

「我會賠償牆壁，」我說，「當然。」

「算了。」

「你這蠢蛋，你無法賠償**牆壁**。」

「洛伊德，住口。」

「你是**瘋子**，路易斯！」

「我要回家了，」福斯說。

「是啊，我也該回家了，」我說，彷彿這一切跟我無關，但我站直後發現我必須坐下，然後躺到沙發上，仰著頭，這時我發現巢穴開始天旋地轉，牆壁伸縮。我一閉上眼睛宛如坐上他們用來測驗太空人承受G力那種機器，等我睜眼向福斯道別時，時間也變得抽象，因爲福斯消失了，於是我又閉眼。我聽得見聲音但血流在我耳中大聲怒吼，我無法分辨文字，當我再度睜開眼睛嘗試站起來，沙發坐墊好像流沙把我吸下去，所以哈波只好把我拉出來。

「天啊，路易斯，你眞的醉了。」

「要回家了。」

「是啊，該回家了。」

我向洛伊德舉手。「老兄，再見。」

但洛伊德沒看著我。「嗯，再見。」

屋裡好安靜，哈波帶我走過走道回去時燈光變昏暗。

「欸。欸！現在只剩我們在，我要告訴你——」

「噓！」

「我本來想告訴你，我認識一個女生……」

「蛤？現在不適合吧？」

「好吧。我再打給你。晚安，哈波伯父伯母——」我抬頭向黑暗中大喊，然後被一副梯子絆到，我的腳被纏住，拖著它在走道走了一段。

「噓！他們睡了！」哈波低聲說。

「我想跟你媽道別……」

「噓。」

這時時間又捉弄人，我被傳送到門口台階，哈波的手又放在我肩上，支撐我站著。

「你還好嗎，查理？」

「什麼？**什麼？**還好。」

「你確定可以回到家嗎？」

我告訴他沒問題，只是有點醉。

「有點什麼？」

「有點醉。」

「你剛說『迷失』。『有點迷失』。」

「蛤？不，有點醉。」

「好吧。好吧。你的背包拿著。」

「老兄，愛你喔，」我說，咕噥這句失禮的話讓他好像聽得見又聽不清楚，然後我落單了。

我的車倒在車道上，但有人調整過坐墊所以我無法舉起腿跨上去，我咒罵著跌倒，再罵一聲，發現如果我跨坐上去然後舉起車子來配合我，就可以開始踩踏板。家在十分鐘車程外，我好想躺在床上，想要血管中毒素的解藥，或是輸血，被吸乾，清空再注入更好的東西，純粹的東西。如果我現在回家，即使能把鑰匙插進鎖孔裡，也不會入睡，我會閉上眼睛發現自己回到那台離心機上，萬一老爸醒著或睡在沙發上，萬一我想講話呢？我害怕這個念頭，暗自咒罵，不行，我不能再這樣生活了，明天我要重新開始，我會乾淨、誠實、親切、改頭換面、變得更好更好，像艾莉娜說的，我會**找到在這世界上行動的方式，積極又投入，找個方法存在**。

但是目前我似乎無法阻止前方的路面像吊橋般起伏扭曲。閉眼騎車沒有我想的那麼有幫助，我改盯雙黃線，用來當軌道，但發現我不再對物理法則有信心，或相信繼續騎車足以讓我免於昏倒，所以經過休閒公園時，我減速直到車子側翻，讓自己跌落再從車下爬出來，讓我休息一下。

我背後的草皮很涼，星星在天上盤旋留下殘光，好像跳躍到超次元，我張開雙臂嘗試用手指挖土防止自己被吸進虛無中。閉上眼睛，我尋找其他能抓住的東西，比如法蘭．費雪，我們道別的方式，我想說卻說不出話時她嘴角若隱若現的微笑，彷彿她真的了解我。以某種尚不明朗的方式，她似乎也是某個不明朗問題的對策。但我什麼都不清楚。最好休息就好。我鬆開手，翻身側躺，失去意識。

在半夜某個時候，我怪異地感覺老爸在，睡衣外披著外套，輕聲跟我說話。那輛車在他身後，開著門，引擎怠轉，頭燈照亮了公園。他像個消防員抱起我蹣跚走到後座，載我回家，音響播放查特．貝克的歌。還有一張我在馬桶嘔吐的快照，另一張是我坐在小浴缸裡，膝蓋縮在胸前，蓮蓬頭的熱水澆在我背上。一切都像夢的特徵，但我確定隔天早上我醒來時，一身瘀青、宿醉未消，我不知怎地在自己床上，乾淨的被子下，穿著我小時候已經很久沒穿的睡衣。

關於老爸

我人生的前十一年是老爸帶大的，不過這麼說讓過程聽起來太美化又籠統了點。

那段期間他是樂手，至少理論上是薩克斯風手。在老媽鼓勵下，他放棄了會計課程令我祖父大怒，改到幾個團體中每週演奏三、四個晚上，有時是爵士，有時是翻唱樂團，空閒的白天就「練他的音樂」。我們三人住在樸茲茅斯購物商場肉販樓上的出租公寓。老媽在醫院輪值，所以我最早的記憶是無窮的無聊時間，設法讓塑膠小兵站在地毯上，同時老爸一直跟著唱片練習薩克斯風和電子小鋼琴，當他坐在琴後面，好像小孩子的課桌。那算是升級版的卡拉ＯＫ，我爸遇到不會演奏的段落或找不到的和弦時會抬起唱針，所以經常中斷重聽一次，薩克斯風斜在胸前搖頭晃腦，然後再試一遍。據說常聽巴哈和莫札特的小孩發育比較快，有銳利的分析力，但沒人知道聽五、六個小時的咆勃爵士樂會怎樣。肯定不會讓我早熟變酷或放鬆——正好相反——但還是有些專輯對我像托兒所音樂一樣熟。《Blue Train》，《The Sidewinder》，《Go!》，《Straight》，《No Chaser》是我們在那三個小房間滿足於彼此陪伴的相處時間常聽的原聲帶。我爸不是戶外型的人。因爲遷就育兒規範，我們有時候會走到附近像軍用機場般荒涼無人的休閒公園。但是划船池裡總是沒人，溜滑梯不滑，還有可怕的男生霸佔鞦韆，在我慫恿下我們會很快回家，回到煤油暖爐的催眠光亮，開著電視但是靜音，播放加農炮艾德利的《Button Moon》，或戴克斯特．戈登的《The Flumps》。

有時候我也會看老爸演奏；他高大但不英俊，有點駝背，長脖子，喉結很顯眼，在發笑或演奏時會彈性起伏，好像吞魚的塘鵝。他只是理論上年輕，似乎跟時代脫節，是戰後年代、咖啡館和服兵役而非他成長的六、七〇年代的產物。他廿幾歲時的臉孔就像長久遺忘在口袋裡的東西一樣皺，皮膚有種令人不安的彈性——抓著他的臉頰拉開，臉會像傘蜥似的大幅延展；我猜想是大量練習的代價吧。但他眼睛很好看，柔和的棕色，在經常感性爆發時會盯著我們，他很受人喜愛又善良——能跟陌生人交談，幫助老婆婆，我很愛他，也愛全家一起住公寓的生活。

老媽下班回家之前，他會陪我坐在粗糙地毯上，在堡壘前面上演一段勤勞秀，用社工人員尷尬誠懇的語氣發問或匆忙地複習ＡＢＣ字母，卻還不到「Ｍ」就喪失興趣。我爸喜歡自稱自我教誨者，自我教誨者的特徵就是常用「自我教誨者」一詞，不過就算他自學有成，我媽依舊然認爲是代課教師的功勞。儘管如此，他始終堅信由天生好奇心所激發的教育才有價值，所以我用叉子戳烤麵包機學到了電力存在，吃樂高積木學到了消化系統運作，自己放洗澡水學到了排水作用。他不是那種做風箏的父親，但即使他做了，我也會跑掉去橋墩底下玩。他偶爾會模仿小丑搞笑橋段：切斷拇指，從我耳後變出東西，拔下鼻子再裝回去——我很容易滿足——然後他會回去練音樂。他不算怠忽但是……很隨意，容易分心。

後來在學校，我發現大多數爸爸是可怕的新兵教官，疏離又嚇人，每天結束時會衝進來檢查裝備和內務，他們在場令人不安。就我的記憶，我爸總是在場，大多數時候我們一起進行一些小計劃，用水壺裡的水做成的茶或果汁、便宜餅乾和化學色素的甜食果腹，我的童年很零碎、邋遢又混亂，但也算幸福。

他們在一九八四年結婚。三歲的我在他們的婚禮照片裡，穿著搞笑的燈芯絨三件式西裝，老爸打了窄領帶僵硬地刻意站直。我媽穿著名不符實的白婚紗，側身站著強調懷著我妹妹的大肚子，假裝生氣向老爸揮舞拳頭。至少我們把它當笑話。現在我的朋友一步步規畫成家，建立事業，貸款，買房子。但我父母在廿出頭時，還是選擇隨機應變。我還記得狂野派對，公寓裡擠滿音樂人和護士，像氮接觸甘油。我也記得幫陌生人點菸。

比莉，依爵士歌手哈樂黛命名，出生之後，我們變成四口之家，三不五時踩到玩具，然後吵醒彼此。本來還算舒服的混亂，漸漸變得令人焦慮又煩躁，所以開始上學幾乎算是解脫。幾乎啦；我爸在校門口哭得彷彿我是難民。「我想做的是，」他用修長手指抱著我的頭彷彿是獎品說，「我想做的是，如果你不介意，拆下你的頭帶在我身邊。可以嗎？」

老媽聲稱老爸和我很親近，我們一起住且沒問題時，這些都是她的回憶，而且坦白說，像這個週六的日子確實有閃現那份情感。我床邊的托盤上有熱茶，一罐冰可樂，有張紙墊上放了阿斯匹靈。窗戶開著，一方藍天顯示今天天氣很好，但是不到下午我沒打算下樓。老爸蹲在音響旁，照例把頭湊近喇叭，手指在原本薩克斯風位置的空氣中按來按去，同時歐涅．柯曼演奏著我腦中嚴重混亂狀態的爵士重現版。

「可以關小聲一點嗎？」

他轉過身，帶著寬容的笑意。「玩得很開心，是吧？」

「是，謝謝老爸。」

「我不確定，查理，你熬夜之後回家，滿身肉桂味……」

我如何回到家之謎沒討論到也永遠不會提，我很感激這一點。遲早我必須打電話給哈波。暴力只要看起來很好玩就無妨，但那樣子失控……我必須道歉。在暈眩中，石膏板上凹洞的影像回來了，我也想起了撞球離手時的強烈快感。我也得打給洛伊德，向他和我自己保證我本來就沒打算丟中。眼前，我只能蜷縮到沙發的角落設法不要移動頭。年輕人不是應該不會宿醉嗎？我接觸到沙發座墊，甚至空氣，也會瘀青。「你知道嗎，節制喝酒是做得到的。你不必喝到傷身。」

「我知道啦！」

我再也不喝酒了，或者只出於社交禮儀需要，像法蘭那樣用文雅成熟的方式喝；沒有旋蓋的葡萄酒，用正確的杯子喝。又是一陣愧疚；昨天我原本打算看完《羅密歐與茱麗葉》的。我沒指望討好她，但我不想丟人現眼，一想到翻開劇本……

幸好，眞巧，天氣變得烏雲密布，意思是老爸可能會問，「要不要陪我看電影？」

我們看電影時最放鬆。跟我朋友看的電影，很少不是設定在太空、叢林、未來或以上的綜合。但在這種日子我會想看我認爲老爸愛看的片，冗長、氣派又熟悉。我們從我小時候就看同樣的片單，有茱莉．克莉絲蒂和亞歷．金尼斯，約翰．米爾斯和李察．波頓的英國片，義大利產西部片和黑色電影，《萬夫莫敵》、《維京海盜》和《黑獄亡魂》。我們買不起片子但圖書館有一些，把架上的片子看完是老爸的非正式計畫之一。「我有《狂沙十萬里》、《血染雪山堡》和《教父第二集》。」

那至少要九小時，足以度過酒精的半衰期，讓我們喝著茶看到晚上。他陪我坐到沙發上，遙控器放在身邊。

「我們要上了，」他說，我們友善沉默地坐著，被熟悉的衝突、槍聲和爆炸催眠，同時酒精飛濺消散，這會是跟我爸相處愉快的一天。

山普森

星期一當天好天氣不再，我躺在床上，聽著整個夏天的雨量傾盆而下的喧嘩。《羅密歐與茱麗葉》第一次排演就在九點半，八點四十五分雨還是下得唏哩嘩啦，天色暗得像是十二月的下午。或許這是徵兆。我十六歲時，天氣的唯一目的是發給我的個人訊息，雨水敲打窗戶就像一隻手放在我胸口說，這肯定沒好事。你會丟人現眼。忘了她。留在床上。

我昨天下午都在努力理解劇情，爲了考試複習，一場得以爭取法蘭讚許的考試。在我們家花園的水泥長方形裡，我在摺疊躺椅上盡量正經地坐直，從背包裡拿出劇本開始閱讀前言。

兩個家族，同樣地尊貴，故事發生在美麗的維洛納城……

我決定了我會慢慢來，搞懂每句台詞再進到下一步，一開始，這還不錯，簡易又基本的正常英語，文字像握柄一樣串連，直到我感覺掌握不住了。

……文明的血在此讓文明的手玷污……

因爲血液怎麼可能「文明」，文明的手又是什麼意思？誰的手啊？文明是指「平民」，還是指「禮貌」或是「內戰」？一行裡有兩個「文明」，或許兩個「文明」含有全部三種意思；或許那是重點，或許那是「文字遊戲」。我想起以前的英文老師萊斯小姐叫我們不要把莎士比亞或任何詩歌想成需要翻譯的東西：「那不是外文，是本國語言，你的母語。」但要下點工夫才能夠理解；不盡然是翻譯，比較像是解謎。一個字一個字解讀，我的理解是：「平民的血玷污了在這場內戰中應該友善的手。」

嗯，聽起來沒問題。

但**這只是劇本的第四行**，現在我想起了那個漫長慵懶的下午，盯著**明天明天又明天**[13]，聽文字聲音的本能樂趣隨著每個片語都必須解說、釋義、在註腳提到、修復那些令人發瘋的尤達大師式倒裝句而轉變成挫折。「如果你有時候頭痛也別擔心，」她會說，「那很正常。就像你運動時肌肉會痠痛。」或許我太用力了。或許莎士比亞就像當年流行的那種「魔眼」3D立體畫：在專注與放鬆之間找到正確平衡，圖畫就會浮現。教室前排會有人大叫「喔，我懂了！」，但我不懂，只能呆坐著，感覺越來越愚蠢與挫折。法蘭．費雪也會這樣掙扎嗎？那些學生會嗎？

……**不幸又悲慘的破壞**。

三個很可能像「豬、傘、人造衛星」的隨機單字。我看看頁數——一百二十四頁。一輩子都不足以解開這玩意，如同先前世代的演員，我決定還是專注在我自己的角色吧。或許會有些東西逗法蘭笑。

山普森：**葛雷哥利聽我說，咱們可不能搬煤炭**。

葛雷哥利：**對，否則我們就成了礦工**。

山普森：**我是說，而且我們發起脾氣來，是會拔劍的**。

我把劇本摔到水泥地上。**我是說我們發起脾氣來是會拔劍的**；即使是伊莉莎白時代的英文，我想像牙齒塗黑的僕役們面面相覷問「**他剛說了啥？關於發怒的什麼？**」我聽說裡面有笑話啊。憤怒，領圈，礦工。這些就是笑話。還有「而且」(and)這個字爲什麼沒有「d」？爲什麼？

我閉上眼睛提醒自己，讀劇過後，我不會眞的演這個角色。這只是結束的一種方式。「對，這只是結束的一種方式，」我出聲說，從露臺撿起劇本繼續讀。有些東西我認得是「猥褻」，關於處女膜和女僕還有「我的赤裸武器出來了」台詞，讓我皺眉，因爲我知道我得指著我的胯下。「**幸好你不是一身魚肉。否則，你就是個可憐蟲了。**」我必須說這句。在法蘭面前，在露西・陳、柯林・史馬特和海倫・畢維斯面前。

山普森：**我會咬我的拇指**，看他們能否忍受這種羞辱。

亞伯拉罕：**老兄，你向我們咬拇指嗎？**

山普森：**我咬我的拇指，老兄。**

亞伯拉罕：**但你是向我們咬拇指嗎，老兄？**

總而言之，這也講太多次拇指了。我向莎士比亞咬我的拇指，用指甲鉤我牙齒背面發出喀啦聲。或許山普森稍後會有比較好的梗。我又瀏覽了幾頁，文字，文字，文字，發現我回到了教室，大腦像丟在厚冰上的小石子，只掠過皮毛而已。

我再次闔上劇本閉上眼睛。小時候有一次，我把壞掉的舊錶拆開，決心幫老爸修好，起初對複雜機件的滿足感轉變成無聊，然後挫折，直到我把尺輪和彈簧隨便塞回去，用膠帶黏合外殼再偷偷丟進排水溝裡。

星期一早上，九點鐘，大雨還在下。

要是我現在不去，可能永遠不會去了，如果雨是放棄的徵兆，也同樣可能是考驗我的決心，神聖

13. 譯注：《馬克白》第五幕第五景著名獨白的開頭。

的超自然力量丟給我一項騎士的使命，是任務！隔著牆，我聽到老爸在浴室裡。想到我們兩個看晨間電視，聊雨勢……

我趕緊穿衣服，套上我的舊制服，牽著我的腳踏車站在大門口，像滑水道上的小船衝進大雨中。我還沒出社區已經像是從湖裡撈起來的一樣全身溼透。細心抹上的造型髮蠟刺痛我的眼睛，每踩一圈踏板，挑選的緊身牛仔褲就燒灼我的大腿內側。雨落在夏季柏油路上造成了灰色的化學濃湯，每輛路過的汽車不斷把這油膩污水濺到我臉上，令我的眼睛灼痛視線模糊，在我面對通往莊園的窄路之前，我都想回頭了。任務都是狗屁。但我還是冒著暴雨騎上山通過大門，牽著車子穿過潮濕的沙礫，把它丟在草坪上，去找橘園，我記得是一棟空空如也的綠色大屋。我繞行莊園找到了，把臉貼在玻璃上隔著水滴看到有動靜，找到溫室的門一頭衝進去。

「……同樣尊貴，在我們設定舞台的美麗維洛納——」

他們坐在彎木椅上圍成一圈，這時所有人轉過來看我呆站著，垂著雙臂，衣服黏在身上，往赤陶地磚上滴水。

「他來了！」伊佛說，「掌聲鼓勵一下！」在雨滴敲打聲中有人拍了幾下。「不急，查理。我們重組再來一遍。休息幾分鐘，大家留在座位上。」我邊走邊踢開翻倒的雨傘陣，走向露西和眼鏡仔喬治之間的空位，伸手到腳邊背包裡拿劇本，不慎把封面從那疊混凝紙漿撕了下來。圓圈裡有人在笑。

「來——用這本，」艾莉娜說，圓圈裡有人傳遞一本新的來。我偷瞄法蘭，她的濕頭髮像八〇年代樂團的合成器操作員巧妙地往後梳。我很樂意欣賞這個奇景，但這時海倫摸摸法蘭的手肘伸出她的手，彷彿在要錢。法蘭往後靠，手指伸進口袋裡，遞給她一個硬幣……

「查理，商量一下？」伊佛和艾莉娜跪在我旁邊說，伊佛的手放在我膝蓋上。「呃，我們有個問題，」伊佛低聲說。

「好。」

「記得我們安排演班沃里奧的女生嗎？她退出了。」

「是喔。」

「我們在想，查理，」艾莉娜說，「你能不能補空檔，頂替她。」

「可以嗎？」

「至少在這次讀劇會上，」伊佛說，「然後再看看。」

「好吧。」

「你願意？」

「對。不對。我是說，我其實無法……」

「你看過劇本，是吧？」

「是啊！對，對，當然，對！」

「別擔心太高調，」艾莉娜說，「其實我們對你不抱任何期待。」

「我們這句話的意思是，賽門——」

「查理。」

「——查理，我們對你有很大的期待，但不是今天。沒人會賭在今天，好嗎？只要……走過場就好。」

「你們還是要我讀——？」

「山普森，對；用不同的聲音或——天啊！」

「蛤？」

「查理，站起來！」

「呃——幹嘛？」

「看，大家快看。」伊佛抓著我的雙手拉我站起來，站在我一臂之遙彷彿我們要開始跳華爾茲了。

「看！你在**冒蒸氣**！」

果然，沼澤霧氣沿著我的手臂，也從我全身上下冒出來，因爲淋濕的衣服被我的身體烘乾了，衆人大笑、驚嘆與拍手，同時我像陽光下的吸血鬼似的站著冒煙。

「各位，你知道這是什麼嗎？」伊佛大喊，「這就叫**投入**。」

表現焦慮

「我是邁爾斯，我演羅密歐！」

「……我是波莉，我演奶媽！」

「我是伯納，我負責讀序幕和王子。」

「哈囉，我是伊佛，我是導演，也會飾演卡普雷爵士。」

「我是艾莉娜，我是共同導演兼編舞，我飾演卡普雷夫人。」

「法蘭，茱麗葉。」

「亞歷士，莫庫修。」

「我是海倫，負責設計並飾演葛雷哥利，直到我們找到人接手。」

「大家早！我是基斯，我會飾演勞倫斯修士和其他角色。」

「我叫柯林，我飾演彼得和藥師！」

「我是喬治，我飾演巴里斯。」

「哈囉，我是查理。我負責唸，呃，山普森，還有今天加上班沃里奧。」

「我是露西，我演泰伯特。」

這時所有目光轉向兩個新來的，一對黑黑瘦瘦的中年夫妻，挺和藹的，好像夫妻檔的間諜。

「哈囉，大家好！我們是約翰——」

「——跟萊斯莉。」

「我們是基斯的朋友，」約翰說，「來自世界聞名的湖濱劇團！」

「我們被徵召來演比較高齡的角色，蒙太鳩爵士和夫人。」

「我是蒙太鳩夫人！」約翰說，引發哄堂大笑。「開玩笑的！其實不是！其實不是！」

「很好！太好了。好啦，我們重新開始，記住——我再強調也不為過——只要唸出來，不准演戲！」

「是啊，他們總是這麼說，」喬治說，「看著，每個人都會拼命表演。」

「伯納，你準備好就開始吧？」伊佛說。伯納清清喉嚨，在鼻尖戴好閱讀眼鏡彷彿在看購物清單，我們開始了。

「兩個家族，**同樣地尊貴／故事發生的美麗維洛納城……**」

曾經顯得緩慢又稠密的序幕，現在倏忽而過，前方我自己的台詞好像一道磚牆，這段時間我只想著班沃里奧是誰啊？快速翻過紙頁，我發現他第一段發言剛好就在我中斷閱讀的地方。班沃里奧是我放棄的理由。他第一個交談對象是我飾演的山普森，我猜想，我該用假音來區分這兩者，用腔調，顯示我的廣度嗎？

什麼**廣度**？我翻到下頁看到班沃里奧的名字後面有一大段文字，還有為什麼海倫一直向法蘭要錢，她為什麼在笑？這時她們為什麼都看著我？因為那是我的台詞。

「**葛雷哥利聽我說，咱們可不能搬煤炭**。」

葛雷哥利的角色是海倫唸的，跟即使不會更糟也肯定沒更好的人對台詞多少有點幫助。「**對，否則我們就變成礦工了**，」她咕噥說，我們艱難前進直到班沃里奧的角色該說話了。

我的策略是盡量簡單地唸出每個字，咬字清晰，就像過河的踏腳石，速度與重音沒有變化：**「分開。蠢才。收起。你們的。劍。你們。不知道。自己。在。幹什麼。」**

但有人向我喊叫：露西．陳，飾演的角色叫泰伯特，從她嘶聲唸每句台詞，用筆戳我手肘的方式判斷，也是不太喜歡我。

「什麼？都拔劍了還說什麼和平？我痛恨這個字就像痛恨地獄、所有蒙太鳩家族和你一樣！看劍，懦夫！」

露西顯然決定不甩伊佛的「不演戲」指示，但我繼續像投硬幣進販賣機似的唸字。

「夫人。在。尊貴的。太陽。從。東方的。黃金。窗。露面的。一個。小時。之前……」

接著直接進入跟羅密歐的另一景，似乎沒完沒了的對話中，邁爾斯嘆氣、嘲弄又大笑，硬擠出來的那種假笑聲，哈、哈，呵、呵。雨水已不再敲打窗戶，真的沒必要那麼大聲，但他繼續演，帶著忠心的班沃里奧進入下一景又下一景，台詞越來越多的我開始心想，我的天，這角色簡直是**主角**。為什麼我不能少點台詞？拜託，讓我輕鬆一點。

善心的女屋主波莉是下一個，帶著我們遊歷英倫諸島，從東端到密德蘭，紐卡索與外圍，我發現奶媽是「搞笑調劑」。接著是我描述泰伯特之死的棘手段落，像小孩玩字卡般唸出那些字，之後，謝天謝地，班沃里奧終於閉嘴，我可以放心旁觀聽戲直到，最後，我們開始的好幾個小時後：

「……**因為沒有比茱麗葉和羅密歐的這個故事更悲哀的了。**」

一陣沉默，尷尬地換姿勢。闔上劇本。伊佛以陰沉的語氣說，「呃——**好多**表演。顯然還需要努力。我們……我們必須把問題挑出來。好啦，各位。大家休息十五分鐘。十五分鐘喔。」

眾人站起來伸展手腳，我第一次對上法蘭的目光，她在閉嘴微笑：表現不錯！我尷尬得不敢過去找她，況且，還有羅密歐擋路。

「那麼，班沃里奧——你覺得怎樣？」

「很好。你很厲害。」

他揮揮手回應讚美。「第一次讀劇會，所以我還在揣摩，你知道吧？我會再改進。但是呢……」他把大手放在我肩上。「我們有很多同台的戲，是吧？我是說，**很多**。」

「是啊，我看到了。」

「所以我想確認一下——你不會真的**那樣**演吧？」

我根本**不會**來演。在讀稿之間的空檔時間我觀察了表演，連我這種非專家都看得出來，無論我參不參加，這齣戲完蛋了。

首先，有些非演員，扯後腿演員，乏善可陳的人——我自己、海倫和伯納。然後，最多數的人是明星模仿者，用優雅的聲音抑揚頓挫，怪異的停頓和強調，他們即使坐著也是姿態高傲。讓我想起小時候幼童在遊樂場興奮地扮演國王與王后的孩童。或許演戲就是這麼回事，扮演國王王后，但哪有觀眾出於自由意志會來看的？

至於法蘭·費雪，我可能不是完全客觀。但在當時，在那溫室裡，我認爲她絕對是我看過的最佳演員，在我看來，她的高明在於她沒做的那些事。她沒有擺姿勢、裝態度或緊繃，她沒有用截然不同的假音詮釋她演的人。不像邁爾斯，她沒有……停頓在……錯誤的地方然後假裝自然說話輕輕掠過，但她也沒有口齒不清或遺漏東西。不知何故讓我一直乾瞪眼，似乎胡說八道的文字，突然聽起來很流暢、急迫又真實。她說過，**你們這些火腳的駿馬，快快奔到太陽安息之處吧**！雖然我沒辦法告訴你馬匹是怎麼來的、牠們的腳為何著火或菲布斯[14]住在哪裡，在那當下我就是會想，對，我完全懂你的意思。

天賦不是會吸引我的東西——很可能正好相反，通常我會討厭、嘲笑或逃離擅長做某件事的人——但每當她開口，全場似乎為之傾倒。我腦中的角色原本只是插圖，陽台上的少女，現在顯得好笑又熱情，聰明又任性，叛逆又——十六歲的我會為此苦惱的字眼——性感。如果它們不是至少你個性的一部分，怎麼可能演出那些特質？沒有那些特質卻硬裝會像是表達一個你從來沒有的想法。僅次於茱麗葉的羅密歐是個愛抱怨的笨蛋。她對他有何看法？

這時她周圍聚集了一小群人，邁爾斯顯然不以為然。「如果她努力，不會有問題的，」他說，然後偷偷走掉。我怕得不敢跟她說話，決定到外面去。

「欸，查理，」我經過時她說，「幹得好！」我皺眉匆匆離開。

太陽已經出來了，跟它取代的大雨一樣強烈，艾莉娜跟伊佛站在門外，交頭接耳在爭吵一個問題，我的問題。

「哈囉，查理，」艾莉娜說，她的頭髮極力往後紮，拉高了她的眉毛好像發怒的樣子。「呃——你對新角色有什麼想法？」

「嗯，呃，我不太確定……」

14. 譯注：Phoebus，希臘神話的太陽神。

「對，感覺好像你在摸索自己的方式！」伊佛說。

「彷彿九個字裡你或許只懂一個，」艾莉娜說。

「艾莉娜！」伊佛說。

「你想過當舞台經理嗎？」

我要被開除了，我感到最美妙的解脫。「如果你們要改派給別人——」

「不是！不是，我們希望你試試看，」伊佛說。

「況且，這時候也沒人可換，」艾莉娜說。

「不過那不是理由！」

「呃……」

「我們希望你堅持下去，或許一星期。」

「好，」我說，急著離開。

「但恕我請問，」伊佛壓低聲音說，「你以前有沒有實際演過舞台劇？」

我笑了。「你想呢？」

「那麼，」艾莉娜說，「查理，你怎麼會來這裡？」

「嗯。認識新朋友？」我開始左顧右盼找遁辭。不遠處飾演莫庫修的亞歷士坐在長凳上捲紙菸，頭上的軟毯帽往後歪。新朋友。我向亞歷士舉手。

「呃，只要花點時間，」伊佛說，「你會很棒的。」

「如果沒有，」艾莉娜說，「相信我——當舞台經理！」

我又舉起手。我在學校學到男生不適合對其他男生長相有好評或甚至想起這種事，但亞歷士漂亮極了，像舞者般修長憂鬱。在角色裡或生活中，他都是同樣的想笑表情，嘴角一側有點上揚，我現在感覺他的笑意必定是針對我。但他用手掌邊緣撥掉長凳上的雨水。

「來陪我一下。」走近時我覺得，如同我對亞歷士一貫想法，我該向他討簽名。

亞歷士．阿桑特——他是另一個天賦異稟者。他開口的瞬間我們都感覺到了。在我們早年課程中，法文老師保證過如果我們夠努力學，最終會進入一種恍惚狀態，外語的感覺消失，我們會以漂亮的新語言說話、思考甚至作夢。我向來連這個狀態的邊緣都搆不上——我會在半小時後走出考場——但這個觀念挺吸引人，而且就像法蘭，亞歷士說話時有種同樣的直接感。我不知道梅布女王是誰，或她為什麼沒出現在舞台上，但我知道他要表達什麼，我覺得應該讓他知道。

「你很擅長表演。」

他打發地揮揮手。「只是相對上。」

「不，真的，我沒開玩笑。」

他聳起肩膀，又放下。「這是我標準的同志局外人表演，」他說，「你表現得很好。」

「我好爛。」

他笑了。「就把你自己想成……未成形的黏土。」

「我想他們會砍掉我。」

他當我的面吐出這串字。「你。表現。得。很好。何況，他們砍不了你，文藝委員不會准。重點是體驗！藉著莎士比亞改變年輕人的生命！只要你出席，你就是團員。只要你想要。」

「喔，他想要，不是嗎，查理？」這時海倫走過來說，「他很想要——法蘭和我還打賭呢。」她用手指亮出一鎊硬幣。「法蘭說你不會回來，我說你會，我下注一鎊所以我贏了。」她亂搔我的頭髮。「幸運！」

「怎麼回事？」亞歷士說。

「查理戀愛了。」

法蘭走過來。「海倫，別鬧了，」我懇求。

「他愛上了戲劇，不是嗎，查理？所以他才來。喔，嗨法蘭！我剛說到查理是個超級戲迷呢。」

「眞的？」法蘭說。

「是最近的事。」我聳肩，「主要是，妳知道的，當觀眾。」

海倫露齒而笑。「我跟妳說，在學校，查理和他朋友們經常會，我不確定，放火燒別人的家庭作業，其中一個會說，欸，這就像《海妲·蓋柏樂》裡面那一段。」

「海倫……」

「我們只好勸他：查理，一會兒就好，別再談戲劇了。但是不行，一下是品特，一下是史塔佩，契訶夫，契訶夫，契訶夫……」

「哦，眞的？」亞歷士歪著頭莞爾地說，「你最愛哪齣劇？」

沉默片刻。「很難選。」

「**櫻桃園**，不是嗎？」海倫說。

「果園不錯。」

「哈！**果園**，」海倫大聲說，「對，查理和死黨他們就是這麼簡稱：**果園**。星期六誰要跟我去倫敦？我有果園的日場票——」

「或許我們該去吃點東西，」我說，然後迅速走開。

起步

這是我們四人第一次相處的場合——亞歷士、海倫、法蘭和我——以我們後來的狀況來說，我沒記得更多眞是奇怪。我知道我們沒吃燉鷹嘴豆，打了場非正式的羽球賽，不組隊、沒球網，用我們在草坪撿到的廢棄脫毛舊球和脫線的球拍——其實是鐵箍，我也記得，我很驚訝自己居然上場而非跟著別人旁觀。巨大友誼就是從這種參與的小片刻開始的，這並不表示有任何隨興或輕鬆的性質。如果我無法唸出莎士比亞，那麼我在羽毛球獲勝就似乎加倍重要。「查理，你看起來好**嚴肅**，」我咒罵自己，用沒穿線的球拍揮空時法蘭說。

到了下午，我們回到彎木椅的圓圈把注意力轉向文本——永遠是「文本」而非「劇本」。「在我們開始之前，記住，」伊佛說，「雖然文本稱作《羅密歐與茱麗葉》，其實跟世界上每個人都有關。對羅密歐，當然，這當然是羅密歐的故事，對茱麗葉這是她的故事，但對巴里斯——呃，這是關於巴里斯的戲劇！我們都有很強烈的熱情，**迷人**的私人故事，秘密的愛恨。所以對奶媽而言，重點在奶媽，對僕人而言，這是僕人的故事，對班沃里奧呢？」

伊佛期待地看向我。「這齣戲重點是……班沃里奧？」

「對！就是這樣！因爲如同在現實生活中，沒有配角這回事！」

我身旁的邁爾斯發出懷疑的聲音。這種社會主義式總體論是很好聽，但大家都清楚本劇重點在羅密歐。八月的晚上誰會撥空來看一齣叫作《班沃里奧與藥師》的戲？我不確定我會，我還演班沃里奧呢。

作為角色，他似乎完全空白。沒有好笑話，沒有家人，沒有愛情生活，似乎讓每個交談對象無聊或惱怒。他說的一切都關於別人的行為，沒有告知別人的時候，就在懇求別人停止打鬥或提供觀眾已經知道的資訊。他是羅密歐的好友，但你看得出來羅密歐偏愛莫庫修，當班沃里奧在劇情中段突然停止發言，很難相信有人會介意。至少山普森還有關於拇指的梗。班沃里奧是個跟班，從眾的觀察者；角色們會告訴他事情，但不覺得有必要聽回答。好神奇，真的，與我素昧平生的這些人選角居然這麼恰巧。

下午以課堂的氣氛繼續，兩點四十五分發生同樣強烈的麻痺感。在維洛納的人有午睡，但我們繼續工作，我腦袋當機時，會坐直絞盡腦汁找聰明深刻的話去討好法蘭，顯露我沒有的洞察力。但我沒有把角色說得栩栩如生，彷彿我們是同一個人的技巧。「我的問題是，」露西堅稱，「我的生活就是戰鬥，」我試著跟連堂生物課坐我前面的沉默女生檢驗這句話，同時玻璃屋頂烤熱了靜止的空氣，對話變成鬼打牆，或許我乾脆閉目養神……

我再度驚醒。我決心不要看法蘭，除非她在發言，但是那些話最少的人總是說得最多，所以她坐著把下巴放在抬高的膝蓋上聆聽。

最後對話轉移到偏見與分化的主題，伊佛採用低聲與誠懇的方式，身體前傾，像個年輕教士雙手合握。

「所以——什麼會分化我們？作為社群？不是在劇中，而是廣義地在現實生活中，現在。分化我們，不只是情人，還有朋友的不滿和偏見是什麼？別忘了沒有錯誤答案。」

「沒有錯誤答案」也是大家常說但言不由衷的話。我們都知道有錯誤答案，或許邁爾斯例外，他在椅子上模仿伊佛的憂慮語氣向前俯身。

「是啊，呃，種族歧視，」邁爾斯說，然後說明，「以膚色評斷別人。」

「哈！」亞歷士笑道，「我想在選角方面，現在說太遲了。看看大家。」

「**這齣戲**裡沒有——因爲有你，還有露西……」

「所以全部白人對比兩個非白人，」露西說。

「白人對比**所有**其他種族，」亞歷士說。

「白人是預設值——」露西說。

「我只是說，這也是個主題。」

「——除非你們有些人變黑，」亞歷士說。

「沒有人會變黑！」伊佛說。

「我知道！」邁爾斯說，「但是不同的劇有不同的卡司。」

「在不只一個亞洲人的城鎮裡，」露西說。

「好吧，算了！」邁爾斯在身前舉起雙手說，「天啊，我還以爲沒有錯誤答案呢！」

「好啦，繼續，還有什麼分化人群？記住，我們是指概論，未必是指劇中。」

「我想說——年齡，」波莉說，「我想世代之間有代溝，在劇中和生活中都是。」

「好，好，好，」伊佛說，年長的卡司猛點頭，年輕團員似乎只急著繼續。

「階級，」喬治伸手掩嘴說。

「或許在生活中，」艾莉娜說，「但在劇中，莎士比亞很小心指出他們『同樣地尊貴』。」

「或者，有點關聯——文化，」喬治說，「品味，音樂。文化聚落。」

「布勒樂團對比綠洲樂團。」

「北方與南方。」

「不行！」艾莉娜皺眉，「我求你們，別再玩地方暗梗了。」

「東薩塞克斯對比西薩塞克斯。」

「況且，他們都是維洛納人，所以——」

「足球！」我們的勞倫斯修士基斯說，「所以就像曼聯與曼城，兵工廠與托特納姆之類的對比。」

「熱刺隊放馬過來！」柯林．史馬特喊道。

「喔，拜託，」露西說。

「教育程度，」海倫說，「例如我們求學時，莫頓葛蘭吉的男生總是會毆打同區的切斯波恩學生。」

「他們沒有**總是**毆打他們，」法蘭說。

「呃，不對，我們有，」海倫笑說，「一直都是。」

「欸！」法蘭踢一下海倫的椅子說。

「莫頓葛蘭吉，莫頓葛蘭吉，」柯林．史馬特喊道。

「成熟一點！」露西說。

「不，這點很好，」伊佛說，「我們可以利用這個侵略性，我們可以利用這感覺。」

「但問題不就是，」我很驚訝自己忍不住說，「抱歉——問題不就是沒有理性嗎？我是指在劇中。生活中大家爭鬥的事情，可能不理性但是你可以說得出來。在劇中，不是因為某一邊很豪奢或黑人或白人之類的，只是他們習慣了。打架，痛罵，砸東西。主要是男性。他們只是困惑又憤怒的孩子。」

伊佛思索之後點頭，我回去看地板。討論繼續，最後決定蒙太鳩家族或許可以穿紅T恤，而卡普雷家族穿藍色，這樣可能就足以表達論點。

嗜好與興趣：社會化

「你好，」她說。

「嗨。」

「我想跟你散步一下。」

「好啊。」

「除非你急著走。」

「沒有，我們散步吧。我很樂意。」

於是這成了我們的慣例，就像跟某人走路上學，一開始尷尬又僵硬然後變成習慣。沿著車道，在大門左轉，走下有樹蔭的漫長小徑，小心走在人群後面一點，不急著抵達山腳下。

地面已經變乾但樹林天幕下的空氣仍帶有雨後的清新，損傷樹葉和濕暖泥土的香味。我們從某些個人資料開始，填表格時可能看過的問題。我在男性雜誌看過讓女生喜歡你的含蓄方法就是讓她們談自己的事。「發問，」文章勸告，「讓她們認為你有興趣，」所以我很快發現她父母叫格雷安和克莉兒，她喜歡父母的程度差不多是頂天了。「我是說我不直呼他們名字什麼的，我們並不詭異。」格雷安．費雪在鐵路公司當主管，務實、嚴肅、工時很長——「但至少他讓火車準時開。那是他的笑話，唯一的笑話。他是眞正的**老爸**，希望你懂我的意思。」克莉兒是鄰鎭的圖書館員；她有藝術氣息、愛看書，也是她最好的朋友，「我知道聽起來很怪。或許我該多交朋友。跟我同齡的人，而非生下我的人。總之，老媽她很搞笑：我很幸運，沒有我不能告訴她的事。其實我很多事沒說，只是理論上啦。沒得抱怨，至少還沒有。我確定總有一天我會吧。」如同對於一口好牙與自信笑容的人，我會本能地懷疑跟父母關係好的人，想像他們必定有什麼秘密才綁在一起。或許是吃人肉。她還似乎喜歡她哥哥，年長又聰明，在雪菲爾大學唸數學。「他是全家最聰明的。他們就這麼稱呼他，聰明人，當作玩笑，你想像得到我很喜歡。」空檔時間，她會留空隙讓我填入我的表格，但我會用準備好的問題填補，像打牌時一張一張打出來，在她回答時準備下一題。這讓我們聊天有種緊張偵訊的氣氛，彷彿我希望她會意外承認犯了一連串當地竊案，努力的結果是我無法一直專心聆聽。

「欽查理，要不要——」

「所以妳想當女演員，是嗎？」她也可能發現了我在幹什麼。

「我嗎？天啊，不是。應該說我不確定。我是說我**喜歡**演戲，所以我才來。跟你的理由一樣——」

「當然。」

「但那是因爲我喜歡人群、排演和台詞。我喜歡所有老套的情節。就在這穀倉裡，上演一場秀！剩三星期但什麼都沒準備好！我喜歡這一切，但實際的炫耀部分，我如果說**討厭**就是在說謊了，我很**害羞**，但這有點……利己主義，不是嗎？有點愚蠢和虛榮，想著『看我，看我！』」

「妳眞的很擅長。」

「不，才沒有。」

「妳有。我是說我看得懂每個字，但仍舊一頭霧水。」

「我一點也不認爲這是眞的。但是總之，要不要——？」

「那妳想要做**什麼**？」

「我長大以後嗎？」

「妳長大以後。」

「你聽起來好像就業輔導員。」

「我讓妳無聊了？」

「不，我只是……我挺喜歡法文，但那不是工作，就我所知不是。希望它是——我不確定，只要抽菸和搞外遇就有薪水。這有點刻板印象。我有個念頭想從事法律工作，因爲可以戴假髮和演講，但如果那樣可以是理由，我還不如去演戲，我不想做這行因爲，呃，就不想。」她撇開這個話題。「那太遙遠了。只是突然間狀況變了，是吧？現在流行『選擇你的選項』，那只是『窄化可能性』的另一種說法。每當你作選擇，可以聽見遠方有門猛力關上。他們告訴你，你想當什麼都行，喔，除了下列這些……」

從來沒人說過我想當什麼都行。電腦科學、藝術、圖像設計——這些是我理論上的領域，我有時候喜歡幻想自己在放滿畫板的辦公室裡坐在畫板前，捲起袖子，雖然我不知道板子上是什麼，我喜歡做有創意但講究技術性的工作，很多自動鉛筆和漸層。但那個想法在六月時放棄了。現在，我若嘗試想像九月以後的事，又會感到對漂流的恐懼，我和老爸在沙發上，腿上放著馬德拉斯麵條，永無止境地看求職網找工作。就天賦來說，我可以畫網目線，可以玩毀滅戰士，我也在努力曬黑。最好轉移話題。

「那何不做妳最擅長的事，當個女演員？」

「你眞好心。」她聳肩把頭髮撥到耳後。「問題是，我在這裡可以演茱麗葉，在外面就只有，我不確定，**女工**和擠牛奶女僕。以前我有個英文老師，他很會鼓勵我；你懂的，精神導師，像電影裡的奇普斯老師之類的。我們會參加校內競賽，背誦莎士比亞和詩，他說，我逐字引述，我有漂亮好看的臉蛋，但沒人能透過嬰兒肥看出來。」

「可是你又不胖。」

「顯然胖到無法當女演員維生。」

「胡說。」

「因爲有很多胖子女演員？」

「不，因爲我認爲妳看起來……」在講話中的微秒瞬間，我掃描自己的同義字庫，放棄太強烈的**美麗**，太平淡的**不錯**，太流行的**很棒**。**漂亮**？太討好。**迷人**？太直接。

「……很可愛，」我說，一出口就心生懷疑。聽起來像三個音節的 luv-er-ly。

「喔，」她說，「呃，那好吧。」

不是應該 luv-ly 嗎？兩個音節？

「那你呢？」

來不及了。因爲分心，我讓她的問題搶先了。「妳要把演戲當職業，或者——？」她還沒講完句子就被突來的笑聲打斷。

「有點魯莽，」我說。

「我知道。對不起。」

「我原本自以爲挺厲害的。」

「你是，眞的是！很抱歉。」

「而且那是我第一次讀劇本。」
「眞的？那你就太神了。」
「不是太神，我只是想試試不同做法。」
「那也是個選擇。」
「是啊，我想把他演成每個字之間有空隙的人。像難聽腔調一樣。」
「頭部受到重創。」
「那是他的——你會怎麼說？」
「他的背景故事？」
「他的背景故事。我不確定，例如被泰伯特的馬踢到頭了。」
「這是新鮮大膽的方法。」
「我想也是。」我們笑著繼續走。「讀劇會之後，邁爾斯過來找我說，『你不會眞的那樣演吧？』」
她大笑。「我看到了。你朗讀時我看著他，他看起來很**生氣**。好像『別指望我接受這種事！』」
「我想是因爲他嫉妒。」
「因爲面臨新鮮的藝人。」
「面臨新鮮、沒被寵壞的藝人。」
「是啊，好像觀衆第一次看到馬龍白蘭度的時候。」
「沒錯。那不是**低劣**，只是新鮮，但他無法接受。」
「你太粗糙了。」

「說得好。我太粗糙了。」

「又危險。」

「太危險。」

我們前方的人群停下來，轉回頭看，我們放慢腳步避免趕上。

「那，」我說，「以我這麼粗糙……」

「請講。」

「我現在可以退出了吧？」

她用力捶我肩膀一下。「不行！你要繼續來！」

「沒有意義啊！」

「怎麼沒有？」

「因爲我做不到！」

「你可以學習，你會進步，你才第一次讀劇。」

「問題不是那個。我不懂我在說什麼。老實說我根本不喜歡舞台劇。」

她笑了。「喔，是嗎。那你爲什麼回來？」

「妳知道理由！妳賄賂我！」

我們默默走了一會兒，眼睛盯著前方。片刻之後她輕推我，我轉向她時，她別開目光，但不夠快，

我看到她在微笑。

「不是賄賂，是誘因。」

「隨便啦。」

「而且我沒說我會。」

「明明有。」

「我說我會考慮。我會在這星期排練過程中考慮。」我仰頭呻吟。「好吧，這樣如何——每次午休時間一小時，我們找個安靜沒人的地方，我們一起逐行研究整齣劇。」

「妳要**教**我？」我說。

「對。會**很**辛苦喔。」

我又呻吟。我不想再被人教了，尤其是跟我同齡、我喜歡的人，可是……

「相信我，我是優良老師。嚴格但很公平。來嘛。會很好玩的。況且，還有誰能像你這樣演這個角色？」

「呃，這倒是。」

「我們需要你。這是我們眞正走投無路的指標。」

這時我們走到路尾了。其餘團員在候車亭看著我們。「抱歉，我感覺好像只顧著說自己的事。明天輪到你講。」

「呃，再看看吧。」

「那就明天見，」她說。

「明天見，」海倫大喊。

「明天見！」亞歷士說。

「再見，查理，」喬治說。「明天見，」基斯、柯林和露西說，他們盯著我背後，我騎車離開時心想，**唉，這下沒選擇了**。

我就撐到這星期結束吧。

刀劍

生平迄今，我只看過剛好半齣舞台劇。

我們長相清新的英文老師萊斯小姐安排過搭公車到國家劇場去看白天場的《如此世道》（*The Way of the World*）。它對查理二世時代的社會習俗有很多機智的文字遊戲和狡猾諷刺的批評，對一公車的十五歲學生而言是個大膽的選擇，但我們很喜歡南岸的水泥階梯和步道，呼嘯通過隧道幫滑板客加油。那是很適合玩雷射槍戰的場地，等到我們在表演廳就座，因爲喝葡萄糖汁吃紅酒口香糖興奮起來時，已經完全進入了**蒼蠅王**模式。售票員不負責任地把我們放在看台的前排，沒多久就爆發了戰爭，一邊是四年F班，另一邊是演員和觀衆。我們人數較少但是演員受限於台詞和專業精神，成了壓倒性不公平的對戰，不久有些巧克力糖就突破了第四道牆亂飛，以致於每當巧克力被正確地踢下舞台，卡司群不知不覺間陷入了低聲歡呼的足球比賽。當康格里夫的笑話從我們頭上飛越，我們嘲笑那些紈褲子弟，不是高興而是嘲弄，所以看得出演員們開始懷疑自己的表現，眼神亂飄宛如酒館裡想逃避打鬥的人。其餘演員沒那麼容易被恫嚇，勉強壓抑怒氣繼續講台詞，即使愛情戲也是。

喔對了，戰鬥很長，長到中場休息好像你越接近跑得越遠的沙漠中的海市蜃樓，演員們隨著挫折感累積越來越大聲，我們的評論也喪失了幽默感。有人去投訴，休息時間萊斯小姐差點哭出來，召集我們說她多麼尷尬，我們多麼丟人，樂趣戛然而止。大多數學生沒回去看下半場——萊斯小姐再也不在乎我們做什麼，無法忍受看到我們——我們改去南岸亂晃，把碎石丟進泰晤士河裡。回家途中，公車後座感覺像警車後座，我們永遠不知道劇中風趣的年輕情侶後來怎樣了。

如果有戲劇癮這種東西，那麼我就免疫。問題不在演戲。我很樂意看別人在我來者不拒的電影和電視裡假裝成其他人。但是應該讓戲劇獨特又特別的那些元素——親近、高昂情緒、災難的潛力——對我而言似乎令人生氣。太過火，太赤裸與虛假了。

還有假裝、優越感和自滿的氣息籠罩著所有形式的「藝術」。在舞台劇或樂團中表演，把你的照片展示在走廊上，在校刊裡發表你的故事或你的詩（希望不要），就是宣示你的獨特性和自我信念，讓你自己成爲標靶。放在上位的任何東西都可能被踢下來，保持沉默並隱匿任何創意和野心只是常識罷了。

尤其對男生而言。唯一可接受的天賦是運動，在這方面自負與吹噓沒問題，但我的天賦不在這裡，很可能哪裡都沒有。我擅長的唯一事情，畫圖——其實是亂畫——只要純屬技術性不涉及自我表達就可接受。半剝皮的橘子靜物畫，映出一扇窗的眼睛特寫，行星尺寸的太空船中沒有我的成分；沒有美感、情緒或自我表露，只有畫技。所有其他表達形式——唱歌、跳舞、寫作、甚至閱讀或口說外語——不只被視爲娘砲還很假掰，在莫頓葛蘭吉很少東西帶來的污名超過這個組合。因此我們學校的舞台劇幾乎全部由穿褲子黏假鬍鬚，壓低聲音講話的女生包辦。好像伊莉莎白時代劇場的逆轉版，男生演舞台劇，尤其是莎士比亞劇有點丟臉。莎士比亞在詩歌中裝腔作勢，再多口技和鬥劍也無法改變這個事實。

如今我加入了邪教。我們看起來也像邪教，我們都在上午陽光下穿著寬鬆衣物站成一圈，赤腳站在巨大偏遠豪宅的草坪上。

「……現在我要大家從脊椎末端開始慢慢起身，一次一個骨節成站姿……現在向上伸手，往上，向太陽之處舉高……」

絕不能讓人知道我在向太陽伸手。我提醒自己我來的理由，但是站在我右方的人……

「查理！」艾莉娜喊道，「眼睛，拜託！專心！」

艾莉娜沒有伊佛的獵犬式活力。她總是帶著憤怒失望的氣息，像莫名其妙發現被請去唱小孩派對的酒館女歌手，她走進人群戳靜止的膝蓋，在骨節作響時把大家的頭推近地面，用手指挖胸腔檢查橫膈膜的震動時，我們會僵住。我根本不曉得我有橫膈膜。

「深呼吸！真正感受空氣。別忘了呼吸……再次向前傾。查理——你這樣子要怎麼自由動作？」

作爲最後一次微小又弄巧成拙的叛逆表示，我仍穿著牛仔褲而非其他團員穿的背心加運動褲，全身不是太鬆就是太緊。亞歷士簡直像穿著緊身褲襪，但韻律服是我不會跨越的界線。萬一我從單車上跌下來呢？

「你這樣沒法行動，如果無法動作就無法演戲。明天來的時候，請準備好目前的進度。」

從現在起這將是慣例，提早開始與全團暖身，然後檢討行事曆。排練在莊園內各處不同空間進行，所以當奶媽和茱麗葉跟伊佛在橘園裡，卡普雷和蒙太鳩幫衆會跟艾莉娜在果園裡，像豹一樣潛行，像眼鏡蛇一樣飛撲。每節課程結束就會敲響一個掛在樹上的大三角鐵。不允許其他時間的標示——不准戴錶，即使有手機的人也不准帶，在此是指六年級的亞歷士和邁爾斯。在不需要排練的「自由時段」，我們被要求去找馬廄裡的海倫和她的製作團隊，幫忙搭布景、染戲服或做宣傳品。

下週五下午，全劇團會在大草坪集合研討製作與佩戴面具。似乎不可能有好結果，這預感在整個星期裡揮之不去，像預約看牙醫似的。同時呢……

「蒙太鳩家，卡普雷家，請——選擇你們的武器！」

在果園裡，我們受邀從滿浴缸的掃帚柄和竹拐杖挑選。「試用你的武器，」艾莉娜用絕地武士的莊嚴語氣說，「看每一項的手感如何。讓武器選擇你。我要大家隨時盯好，無論你在這裡或在家——無論在哪裡。我要大家把姓名縮寫刻上去，晚上就放床邊，如果想要就裝飾握柄。我要大家給它命名！」我看著我手中鋸斷的掃帚柄，想在果園找人陪我一起嘲笑。但是露西在測試她的棍子重量，柯林在用指尖平衡棍子。亞歷士在用拇指測試他想像的竹棒刀鋒，同時邁爾斯似乎在向拖把柄耳語。連通常保守旁觀的喬治也開心地在來回揮舞細長的榛樹枝，想讓空氣發出咻咻聲。

無可否認，即使是舊掃把做的，拿著劍到處昂首闊步有種滿足感，我感覺到跟舉起哈波的空氣步槍抵肩膀、玩他老爸的利斧或把飛刀射進樹幹時，同樣的原始快感。更棒的是，我們各自拿到一條寬皮帶像西部槍手般垂掛在臀部。艾莉娜說，概念在於攜帶武器會改變你走路、站立、坐下和言行的方式，雖然有很多上午花在被這玩意絆倒，最後我向它投降，在等果汁汽水與餅乾時，手按著想像的劍鞘擺姿勢。我心想，或許爲了更好握，可以用粗繩索纏上再塗膠，或把刀鋒削尖另一頭磨圓，或許上亮光漆，

邪教就是這樣控制你的。他們就是這樣削弱你的意志……

稍後排練時會用外表逼真的劍作適當的打鬥訓練，但目前我們像飾演年輕活潑的義大利貴族般大搖大擺地走向戶外自助餐檯，從波莉和神祕手下提供的豐富素食餐點中挑選：堆肥似的全麥烘焙麵食加上油膩起司，好像一堆羊屎的鷹嘴豆，粗糙穀物蓋上豆子的沙拉，被太陽曬得溫熱發酵。在另一張桌子上，喬治駝背站在一條濃厚紅木色的自製麵包旁，彷彿鋸穀倉托樑般狂鋸。波莉很慷慨，但這座廚房把味道當作健康正常腸胃需求之外的次要配角，普遍的胃脹氣讓我們的收尾操更加辛苦。

「肯定有很多纖維質，」喬治邊鋸邊說。

「我敢發誓，」亞歷士說，用鷹嘴豆泥塗在芹菜棒的溝槽上，「總有一天我們會一個接一個骨節起身，同時拉了一身屎。」

我找到一根綠得像萊姆的香蕉和一小串葡萄，法蘭手拿著劇本來到我旁邊。

「你怎麼命名？」

「妳說什麼？」

「你的劍，怎麼稱呼？」

「棍子，」我說，「我就叫它棍子。」

「選得好。」

「我沒有選棍子，是棍子選了我。」

「那麼你和棍子要不要找個隱密的地方？」我一手按著劍鞘另一手端著葡萄碗，跟著法蘭走到草地上。

畢馬龍效應15

我們坐到枝葉低垂的樹蔭下，就在她初次看到我的地點附近。當時，我打赤膊拿著菸在看書，或許她以爲我是知識分子。若是如此，眞相沒多久就會浮現。

「我想我們最好一行一行，全部讀過，看看聽起來怎樣。可以嗎？」雖然我們努力避免拘謹，她的儀態有無可避免的教師味道。我沒料到再當一次學生，我感覺到在學校時才會出現的焦慮感。「你準備好就開始。」她雙手放在腦後再閉上眼睛。「我在聽。」

我舔舔嘴唇開始唸。**「在我走近時您仇家的僕人已經打成一團了——」**

「不要忽視逗點。標點符號是你的朋友。不是唯一朋友，但會有幫助。還有 ere 是什麼意思？」

「『在某個時候』？在我走近時——」

「或『在什麼之前』。」

「所以『在某個時候』是錯的？」

「兩者都可，但是『之前』比『時候』適當。」

「在我走近之前——」

「意思是『更早』。他這麼說是因爲……？」

「是藉口嗎？他不想被責怪？」

「他們在做什麼？」

「打架。」
「不對。」
「**打成一團**。」
「所以那是……」
「近身格鬥。」
「所以那是……」
「捅刀？」
「真的捅刀。所以……」
「你的敵人在這裡，我來之前就在互捅。」
「不只是敵人。」
「敵人的僕人。」
「所以他是……」
「勢利鬼？」
「或許。或許他——」
「文雅。比他們文雅。」

15. 譯注：畢馬龍 Pygmalion 原是希臘神話中愛上自己作品的雕刻家，衍生的畢馬龍效應則出自哈佛大學心理學教授羅伯．羅森索與傑柯布森兩人於一九六八年所作的研究，實驗證明老師對學生的期待越高越努力，學生的表現就越提升，形成良性循環。

「現在再唸一次，多點表演。」

「您仇家的僕人——」

「但不要用搞笑腔。正常講話就好。」

「我不是應該，那叫什麼……投射聲音？」

「對，但我就在這兒呢，」她說，沒有睜開眼睛，她舉手到頭頂上，手臂橫在我腿上放了一會兒。

「告訴我發生什麼事就好。」

「您仇家的僕人們，在我走近之前已經打成一團了。」

「接近了。再一遍。」

「您仇家的僕——妳知道這玩意有很多頁吧？」

「會越來越容易的。」

「妳來唸。」

「不要！」

「妳唸了我就照妳的做。」

「我不能替你演你的角色。」

「對，但妳唸了我模仿仍然是我的風格。唸吧！」

「不要！」

我用腳輕推她。「來嘛！唸吧。」

「只有一次，」她嘆道。**「您仇家的僕人們，在我走近之前已經打成一團了。」**

我學她的聲調和重音唸。

「好吧。我們繼續，好嗎？」

於是我們繼續，小心翼翼前進直到脾氣暴躁的泰伯特，他**「把劍在頭上舞得嗖嗖響，就像風在譏笑他的裝腔作勢。」**好吧。

「沒關係，慢慢來。」

「withal 是什麼意思？」

「我不太確定，但是別擔心。」

「是『以及』嗎？或『也』？」

「或『然而』。」

「但是是哪一個呢？」

「不重要，我懂。」

「所以風沒有受傷。」

「因為……」

我想起果園裡的喬治和他的榛木棒，對空揮舞時想讓它出聲的無助笑容。四百年前的男生也會這麼做嗎？

「他到處揮空，空氣聽起來好像是某種撒尿聲。」

「正是。所以……」

「所以？」

「字面上寫**這個**但意思是**那個**。其實所有表演都是這樣。知道你想說什麼但是以你方便的話說。」

我點頭，然後，「妳可以重複一遍嗎？」

「好。」她翻過身面對我。「好吧，我的意思是，想像我說，『我討厭你。』不是真的你，是角色的你。我可以這麼說，天啊，我真**討厭**你，我也可能在說我私下喜歡你，或我認爲你很噁心，或美麗，或，嗯，你**很吸引**我。我必須說『我討厭你』，因爲那是白紙黑字，但我可能也說了別的意思。如果我說『我討厭你』但我意思是『我好想吻你』那麼你——不是真的你，是角色的你——會知道我真正的意思。不以明顯的方式，但是能夠傳達，以我們根本沒察覺或不能控制的成千上萬小跡象——我們坐姿或眼神動作或是否臉紅等等……你會懂我真正的意思。不是真的**你**。是觀眾。這樣講合理吧？」

我尋找一個聽說過但從未用過的字。「所以，就像……言外之意？」

「不只言外之意。還有反諷和隱喻等等的，都是不明說真正意思，但還是說出來的方式。」

「我想如果大家都盡量簡短地直說他們的意思會比較輕鬆。」

「或許會。但那樣有什麼詩意？」她躺回去，把最後一顆葡萄放進嘴裡。「而且有多少人直說他們的意思嗎？人們說的話有七八成——不完全是謊話，而是……旁敲側擊。直接以情感發言，完全誠實，我想會讓人瘋掉。況且，去推敲眞相是怎麼回事好玩多了。」

片刻過去，我一直猜想這是不是我生平最深奧的對話。我不只用了「言外之意」這個字，而且關於言外之意的對話本身可能就有言外之意，其中複雜性跟站在電梯的兩側鏡子中間同樣令人暈眩。她推推我的腿。「再唸一遍聽聽。」

「**他轉過頭來把劍舉在頭上舞得嗖嗖響，就像風在譏笑他的裝腔作勢。**」

「看吧，那很合理。挺……聰明[16]的，不是嗎？」

「呃，不是會大笑那種。」

「我說『wit』是另一個意思。」

「好吧。」

我不曉得還有其他的意思，或許她也知道，因爲她繼續說，「不是哈哈笑的笑話，而是玩弄一個概念，隨機應變。所以他不是聰明就是自認聰明或想要蒙太鳩家族以爲他聰明。如果你想要。那才是你能用的東西。」

「我可以戴眼鏡。」

「像聰明人那樣？」

「妳認爲那太老套嗎？」

「不會。我喜歡。看看你，角色個性的選擇多麼大膽。」她突然住口，往手掌吐東西。「抱歉。這些葡萄眞難吃。繼續。」

16. 譯注：雙關語，此處為詼諧之意。

干擾

下午，法蘭跟她的羅密歐排練，而我們帶著叮叮咚咚的劍回果園去排練開場。咬拇指的橋段交給了湖濱劇團新來的約翰和萊斯莉，據基斯說，「簡直是半職業水準，本地劇場之光」。他們肯定有年輕的活力，休息時會互相攬著脖子，把手伸進對方的口袋裡。

「我想他們可能是天性浪蕩，」喬治說。

「半職業水準，」柯林說。

「本地劇場之光，」亞歷士說。

「他們肯定很愛摸摸，」露西說，「以他們的資歷來說。」他們或許卅五歲上下，但是積極不懈，我很樂意坐在樹蔭下看他們咬拇指，下午繼續過去，像老城維洛納般黏膩又催眠，直到回家時間。我們在車道上集合，露西用指尖平衡她的竹子，柯林像舞棍佛雷．亞斯坦倚著棍子左右搖晃，喬治用他口袋裡的墨水筆把名字寫在掃帚柄上；一群街頭無賴。

法蘭說過，等我，但她被羅密歐困住了。他累得精疲力盡，刻意脫掉上衣，這時倚在他的車子上，一輛破舊白色福斯 Golf，劍掛在腰間，只是停下來用隨身攜帶的大水瓶猛喝水；他像行進中的海豚，絕不允許缺水。邁爾斯有軀幹——那是唯一的名稱，肌群顯然像我的圖畫般互相交錯有陰影，而且他學會了青少年愛用的赤膊花招，用右手抓住左手二頭肌凸顯他深邃的乳溝。他喝水時，水從他脖子和胸膛流下，我聽到露西失手掉了棍子的聲音。

「把眼珠子塞回去，露西，」柯林說，露西用她的劍戳他。

法蘭一臉無聊地瞄向我。「等一下！」她用嘴型說，豎起一根手指。我看到邁爾斯抓住法蘭手臂，我的手摸向我的掃帚柄，但這時法蘭突然猛掐邁爾斯的乳頭彷彿關掉收音機。他慘叫，然後法蘭笑著走過來。

「天啊，我以為他不會……謝謝等待。我們走吧。」

我把劍橫架在單車握把上。「你以前就認識他嗎？」

「不，但是我好像認識他一輩子了，希望你懂我的意思。我想他算是無害，只是講話讓人聽不下去。你有沒有發現，別人說話時，他就喝水？這樣就不必浪費時間聽，我猜啦。」

「你們在談什麼？」

「**角色的要求**。顯然他缺乏安全感。『我只是不知道我適不適合。』他是這麼**說**的。他就是想要別人的肯定。」

「他很好看。」

「我不認為這個說法會令他驚訝。」

我們背後有沙礫摩擦聲，我們讓路給邁爾斯的車，他裸露的手臂放在打開的車窗上，播著巴布·馬利的歌慵懶地揮手。

「雷鬼音樂不怎麼樣，」法蘭說，「沒什麼京士頓市中心的氣氛。像泰晤士河畔的京士頓。」

「他在干老。」

「是『干擾』，鮑伯，你得發出『g』的音。誰會打赤膊開車啊？皮座椅很熱的。他下車時會好像烤雞的皮膚。欸，別說出去，但我認為他的胸部有做過熱蠟除毛。他第一個重大表演選擇：『提醒自己。讓羅密歐像鰻魚一樣光滑。』我是說他確實**很壯**，但是相信我，女生不像男生以為的那麼喜歡這種事。像肉店掛圖似的完美身體。沙朗、里肌、腿心肉、臀肉……」

「我想露西喜歡。我想她有點戀愛了。」

「喔，我**相信**，他是壯漢。但是像切達起司，像木頭。不是木頭——石灰岩。」

「那妳呢？」

「我？」

「妳……覺得他迷人嗎？」

她瞄我一下，似笑非笑，然後走開。「為了演戲我可以。現實生活？」她顫抖了一下。「那種男生，他們太……外露了。像會走路的履歷表。冬天打橄欖球，夏天打板球，參加辯論社，正在申請牛津或劍橋。還剩什麼能發掘的？我寧可——唉唷！」

我意外用掃帚柄戳到她肋骨了。「這太可笑了，」我說，準備把它當標槍扔掉。「我要扔掉。」

「不可以！你得跟它培養感情！」

「我不會跟它**培養**感情，我要把它丟到樹林裡。」

「萬一艾莉娜發現呢？拿著，我們換個方式……」

我們到了大門崗哨亭，車道與小路連接處燧石覆蓋的小屋。她把棍子藏在門框內看不到的地方，然後猶豫片刻。

「妳在幹嘛？」

她環顧四周確認附近沒人，再搖晃螺絲鬆弛到幾乎脫落的門把。油漆在剝落，木材在腐爛，用肩膀猛撞就能撞開。她卻向上伸手沿著門楣摸索——「賓果」——拉下一把沉重的鑰匙，像童話故事裡的東西銹成紅色。「來吧？」

鑰匙卡住但她搖晃門板，門突然打開露出一個陰暗小房間。地上鋪著褪色的地毯，高處小窗掛著骯髒的黃色窗簾。空間像冰箱裡一樣冷，唯一家具是巨大但老舊的褐色睡椅，皮革龜裂，露出馬毛。

「這裡是波莉關人質的地方，」我說。

「可能是去年《仲夏夜之夢》的團員。『救命啊啊！』」她把門關上。「不過，」法蘭說，「還是很高興知道，」接下來的幾週我常常回想這句話。

棕色藥瓶

我回家時感覺屋裡沉悶又寂靜，我必須壓抑轉身走出去的衝動。從那個週末以來，哀愁像霧氣襲來，設法滲透到每個角落，現在他在臥室裡，關起窗簾，躺在床單上背對著門。

「你睡了嗎？」

「只是打盹。我今晚很不順。」

「那就白天別睡覺。」

沒有回答。

「外面天氣很好。你確定不想要——」

「我沒事。」

「你要吃什麼東西——？」

「不用。沒問題。」

我在門口逗留。比我聰明親切的人會找到正確的語氣，坦誠又輕鬆，不帶恐懼、憤怒或煩躁。或許走進房間去看他的臉。但是空氣凝滯，夜晚燈光下粉塵飄揚，我沒說話也找不到話說，把門關上設法忘掉他在家裡比較容易。

我下樓去打開電腦玩遊戲。

有點憂鬱，那是我們會用的詞彙。失常，哀傷。有心事。擔憂，焦慮。有點低落，缺錢，沒話可講。失望，因挫折而痛苦，身體不適，挫敗，自信受打擊，擔憂經濟。我們構思含蓄詞彙和委婉說法的能力眞是驚人，就像不允許用特定字眼的客廳遊戲。

那個字還會跟其他詞彙類似——「臨床上」，「慢性地」——添加了令人不安的醫學氣息，因爲如果慢性病到必須上醫院，那麼精神病房和棺材肯定不遠了。我們綜合考量他的狀況和環境。盡量尋求安慰，生意倒閉，破產，婚姻破裂。面對這些衰事會有點暴躁、寡言、憂鬱是很自然的。當環境改善時，哀傷也會消退。

但這個疾病比較頑強。他的兩大愛好是音樂和我媽，兩者都拋棄了他。他放棄自己的野心和經商，爲了家庭妥協。現在他連妥協也失敗了。我們雖然想要，但這也不是你能擺脫或遺忘的事。

有時候我希望他能爲了我振作起來。哀傷和焦慮會傳染，十六歲的我已經有夠多事情煩惱了吧？而且那很無聊：麻痺，爭吵，一直關在緊閉的門後，紅著眼睛出現，閃現不理性和惡意的憤怒，還有隨之而來的尷尬。有個瘋狂老爸在家裡生悶氣很無聊，聽他的悲觀自憐和負面情緒很無聊，進門時檢查他的心情氣壓計很無聊。

最近兩個新發展讓預測心情越來越難。我爸一向是俗稱的「社交酒客」，有點嗜酒但只以適量的方式跟親友喝。他在表演時會喝，但只在演奏過後，也從不超過三杯，然後他會說故事講笑話，翻過杯墊用火柴變魔術。

現在他天天喝酒，烈酒啤酒都來，一個人無酒不歡，彷彿是私下嗜好。帶給我的警惕難以言喻，如果他叫我陪喝我向來拒絕，不是因爲我不愛酒——天曉得不是這樣——而是我不希望像他那樣。無論是陪伴或催化劑，喝酒就是自憐、反省、懶散和現在比較常見的憤怒。我很小的時候，他會緊張地發笑、氣憤地抓頭髮來回應我打翻果汁、在牆上用蠟筆畫圖或打破盤子。現在他彷彿發現了新情緒，以其他中年男士投入馬拉松訓練或散步的相同熱情擁抱憤怒。

最低限度的違反家庭規則，外套丟地上，馬克杯丟洗碗槽，馬桶沒沖，都會帶來可怕扭曲的憤怒，伴隨著幾乎同時的後悔變得更加糟糕。你可以從他發紅的眼眶，甚至他暴怒咆哮時看出自己失控的驚恐——**我怎麼會這樣？這不是真的我。**如同他發現憤怒，我發現了挑釁，還有感覺終於夠大可以當面跟他叫罵的樂趣。我們都發現了糟糕的新語氣，我承認我有時候爲了把怒氣當面奉還的滿足感故意挑釁他。那是卑劣、醜陋的樂趣，就像在動物園拍打玻璃驚嚇動物，我的唯一安慰是到了下午我們會特別有禮貌，全身躺在沙發上看老電影直到他睡著。

然後有另一個發展。現在他床頭櫃上放了一小堆棕色瓶子，他開始服用來「平衡一些東西」的藥物。比我更博學的人可能看到那些瓶子會高興他有幫手，有專業指引了。就像破產，處方藥似乎令人緊張但至少有所作爲。假以時日，我們會解決的。或許他就不再需要服藥了。

但是沒人這麼說，在電影、電視的影響下，我看到棕色瓶子總是忍不住想像物主仰頭吞下內容物。很少東西比我們父母的藥物更嚇人了，不久之後那些瓶子開始對我發出可怕的吸引力，他出門時我會去偷看，按下瓶蓋轉開，在掌中查看那種藥丸，尋找……我不知道什麼，但我會看警告標示。「請依處方服用。可能導致頭暈。勿與酒精混用。」眞的，他還不如在床邊放一把上膛的手槍。

現在這個可能性加入了我過夜時驚恐焦慮直到天亮的清單，當時我這麼想，現在也這麼想，關於年輕人的最大謊言就是無拘無束，沒有擔憂和恐懼。

天啊，沒人記得了嗎？

文化

「夫人，在尊貴的太陽從東方的黃金窗露面的一個小時前——」

「重來。」

我們每天在樹下的相同地點會合，逐步研究，進度像走過叢林小橋一樣，開心地從一塊橋板跳到下一塊，累積動能，然後我的腳踩穿腐爛木板而絆倒。

「**尊貴的太陽從黃金窗露面**——我沒辦法。」

「才怪，你可以！」

「我覺得好蠢！」

「我又不笨。」

她迅速起身靠在樹上。「但是你懂了！」

「我沒說你——」

「他的意思是天亮之前。」

「沒錯！」

「那我為何不能說『天亮之前』？兩個字。天亮之前。」

「因為劇本這樣寫而且比較好！想像一下——太陽的小臉從窗戶探頭出來……」

「好，那妳來唸，」我說，把劇本丟進草叢裡。

「那又不是我的台詞，」她撿回劇本說，「是你的。」

「只到星期五。」

「胡說。來吧。他在這一段跟誰說話？」

我拿回劇本。「蒙太鳩夫人。」

「正是，老闆的妻子，突然間他改變說話方式，或許是因為——」

「他想討好她。」

「也可能他怕她或暗戀她。」

「是哪個？」

「我不知道！由你決定。」

於是我嘗試討好法蘭。如果我無法用天賦或智慧做到，那就堅持努力，我的報酬將是每天陪她走路回家。

我延續用問題轟炸她的策略，很快我就知道了她在學校的好友：蘇菲（愛搞笑，最好認識），珍（很酷，我可能會喜歡她）和尼爾（無話不談，只是朋友）。我知道她最愛的音樂，不是很古老——她媽媽的黑膠唱片，尼克・德雷克和派蒂・史密斯，妮娜・西蒙和地下絲絨樂團和模糊的老迪斯可——就是新穎到我沒聽說過。她聽過很多次《羅密歐與茱麗葉》原聲帶，不是因為她「喜歡但不很愛」的電影，而是為了電台司令樂團的片尾曲，於是我在她面前模仿起電台司令——用肩膀畫圈，憂鬱的皺眉。她最愛的電影也是我認同的，由賈木許和阿莫多瓦導演的「大學電影」，戴大框眼鏡的好看年輕人，在東京、巴黎、馬德里或東村抽菸。她最愛的還有奇士勞斯基的彩色電影。她的讀書品味深受高中文憑英文課綱的影響，她也喜歡T．S．艾略特，珍．奧斯丁和布朗特姊妹。她也喜歡湯瑪斯．哈代，但認為他算是詩人而非小說家，我聽了只能點頭，因為我只在街名上聽說過他，所以認為他算是大道而非月彎。

簡單說，她是預料中做作的十六歲少女，我依此調整我自己的品味，把《鋼琴師和她的情人》拉到《魔鬼總動員》上面，泰國綠咖哩優於炸蝦球，同時把她討厭的東西——史瓦辛格、連續殺人魔電影、塔倫提諾——偷偷藏起來。在她的文化熱情中，她父母（尤其她母親）影響很大，我認為這很怪，因為我們不是應該跟上一代唱反調去形塑自己的個性和熱情嗎？我原則上抗拒爵士，用吉他音樂反擊，大量很基本又可預測、吵鬧4/4拍子的和弦，沒有省略、變調和隨興發揮。這是幼稚又可預測的叛逆形式，但假如我可能喜歡任何老爸喜歡的音樂，似乎保密比較好。我希望我的發現是自己做到的，即使私下知道那些沒有用。

但或許這是法蘭出身教養的指標之一。費雪家不富裕，但他們懂很多，他們會去度假健行，吃飯配紅酒，使用新鮮草藥，上劇院，這一切詭異神秘的知識會跟好家具與昂貴廚具一起代代相傳。我沒被嚇倒，應該說我決心不會，但除了爵士樂，我沒有同樣遺產可用，所以只能聽著直到我得知她最愛的地方（里斯本、史諾多尼亞國家公園、紐約）和想去的地方（柬埔寨、柏林），她的音樂成就（鋼琴五級，中提琴三級，但因為「誰會說，『法蘭，我們想聽妳演奏中提琴』？」想要放棄）和她跟朋友組的樂團，不是叫野蠻愛麗絲就是夏季哥德，看他們認真的程度而定。「我們在切斯波恩夏季園遊會演奏過，所以看來我們快要走紅了。」

「呃，如果妳們在園遊會演奏……」

「明年就是本地所有學校的校慶了。」

「哪種音樂？」

「我們擅長是沒人認得的翻唱曲。我大喊，『這是大家都認得的歌！幫我們唱和音！』每個人都看看左右聳肩。」

我喜歡走路回家，我們的步調一天慢過一天。我還是有被教導的感覺——默默被指點怎樣算是酷——但我不介意。音樂、書籍、電影、甚至藝術，在那個年紀似乎有種強大力量。就像新友誼，它們可能改變妳的人生，只要我有時間——我會擠出時間——我就能讓新東西進來。隨著時間，對話變得輕鬆，所以我會不時遭遇問題。

「你的爸媽是哪一行的？」

「嗯？」

「你不常提到他們。」

「呃，老媽在高爾夫球場工作。她以前是護士，後來幫忙老爸，現在她在幫忙籌辦婚禮和活動等等的。但是我沒跟她住。」

「你跟你爸住？」

「嗯哼。四月的時候老媽帶我妹搬出去了。」

「你沒說過。」

「沒有。」

「天啊，我眞失禮。」

「爲什麼？」

「一直在談，我不確定，前三名最愛水果，而你沒有阻止我。」

「妳有問過，我轉移話題了。」

「對，爲什麼？」

「轉移話題嗎？我不知道，跟我爸住——有點詭異，不是嗎？」

「呃，不一定。」

「對，但眞的是。感覺就是不對勁。」

「他是做什麼的？」

「目前他失業中。」

「他被裁員嗎？」

「破產。失去一切。房子，存款。」

「但他以前是……」

「在大街上經營唱片行。」

她抓住我手臂。「黑膠視野！我喜歡那家店！我都在那邊買。」

「謝謝。不過沒能撐下去。」

「我知道，聖誕節過後我看到了。太可惜了。等一下，我認識你爸——好人，挺高的，有點……皺紋。」

「就是他。」

「老是在店裡播很前衛的爵士樂，狂野的東西。我小時候，他會播瘋狂巧妙的黑人放克或老藍調，閉著眼睛搖頭晃腦，我拿著男孩特區之類的唱片去櫃檯結帳，他從我手裡接過去時會……哀傷地微笑。

『喔，親愛的孩子……』」

「對。我爸會這樣。」

她看著我的臉。「**難怪**我覺得你眼熟！」

「呃，大家都說我像老媽。」

「怎麼回事？」

「競爭。大型店有折扣。我想他高估了本地的爵士市場。」

「那他現在做什麼？」

「這個時候嗎？」我看看錶。「他不是在睡就是在看電視，」我說，接著對這手勢感到一陣自厭，那樣子看錶，糟糕的戲劇表演。老實說，我好幾天沒看到他了。因爲說不出口的理由，我不想回家。但我也不想留下，現在對話已經沾染憐憫和感傷了。

「呃。眞可惜，」最後她說，「我很愛那家店。商業眞殘酷，不是嗎？美好的事物最終都會被踐踏。」她挽著我手臂。「我們可以走遠一點。如果你想多聊一下？」

爵士部門

我們的家族企業，在它存在時也曾經風光。

我爸自己的音樂野心停滯了。他唯一定期表演爵士是跟 Rule of Three，跟比較心胸開放的本地酒館的三重奏團體一同表演，那種老是被要求能否小聲一點的成功又專注的場地。為了錢，他也跟一個平庸出名的婚禮樂隊巡迴表演，但他逐漸討厭這份工作要求的八〇年代膚淺媚俗薩克斯風模式，緊閉眼睛，往後仰頭，就像用兩根手指比手勢代表槍一樣虛假又愚蠢。他一直想參與英國爵士復興，不是陰鬱地在結婚週年宴會跟吃角子老虎機比音量，或在扶輪社聖誕餐會隨便地演奏〈Careless Whisper〉。

但他原本也不想繼承家族事業。黑膠視野是迷你連鎖店，在郊外小鎮的大街上有三家分店，我祖父母想要賣掉。「獨立唱片行」一詞暗示著奉獻與專精，品味可能好壞混雜，但我祖父母對音樂的感覺就像五金商人看待桶子。音樂是商品，每家分店同樣古板，賣大衆路線的音樂給無法面對「大型店」的本地人。在悄悄轉職之前，我祖父母是文具商而且內心仍是文具商，會囤積那個高貴行業的隨機品項——淫猥無禮的生日卡，皺紋紙做的圖騰柱，在批發行搜羅吸引他目光，覺得適合放在流行古典、新唱片和休閒音樂貨架上的任何東西。經過迪斯可與龐克，金屬與現代樂，後龐克與電音流行到早期的浩室時期，店裡最持久的暢銷王仍是鋼琴王子理查．克萊德門與《眞善美》電影原聲帶。如果你渴望風笛音樂卡帶與古老俗麗的東西，那麼黑膠視野是鎮上唯一選擇，不太在乎音樂的鎮民的唱片行。

郊區大街曾經是這種店的自然棲地，規劃不良又沒效率，櫥窗展示品積灰塵又褪色，不合理又雜亂，週三還只開半天。但是最近十年，零售環境惡化，尤其音樂零售以炫目的高速在變化。他們該放棄卡帶專賣CD嗎？放棄賣單曲？太複雜了，所以我祖父母找上老爸。他們說，帶兩個小孩住在租來的公寓裡太不負責任、太不成熟了。他放棄讀會計已經夠糟了，而且全國肯定頂多五到十人能靠吹薩克斯風謀生，他們全部在大學或藝術學院受過訓，有較多人脈。老爸是業餘人士，自認能成為其中一人就太傻了。況且，音樂零售是穩定的生意。民眾永遠需要音樂。何不回來接手生意，換取他們幫忙支付像樣房子的貸款？

面子的呼喚。每週五天，加上每兩週的週六，服務與收錢，會見業務員，整理員工薪資——真的有那麼糟嗎？他還是能追求喜愛的東西，但只在週末和晚上。而且不會永遠這樣；一旦生意站穩腳步，他可以退居幕後，雇用經理人回去玩音樂。老媽比較猶豫，擔心暫時很容易變成永久。她和姻親向來處不好，覺得他們霸凌與扼殺了獨子，而且要負起責任……我們出租公寓的牆壁薄到可以聽到鄰居的聲音。

但老媽讓步了，於是我們搬回我爸長大的鎮上，住進有厚實牆壁和彩繪玻璃日出的大屋。我祖父母退休去住南威爾斯海岸的度假屋，有兩張躺椅和海景大窗的平房。我當時十三歲，現在合理懷疑祖父母沿著M4公路一路笑呵呵，就像中古車推銷員終於擺脫什麼出名的爛貨。也可能他們是真心為我們好。無論如何，我爸在三十幾歲的年紀，不知不覺間成了他特別無力經營的企業的主管。

他以改革者的熱情接手，拉著我們下水把它變成路易斯家族的計畫。他一向不滿意店裡古板雜亂的氣氛，荒謬的櫥窗展示，照亮地磚污漬的侵略性走道燈光，破爛的宣傳品。在所有人記憶中，真人尺寸的詹姆士．拉斯特立牌一直站在櫃台邊，必須先換掉他，還有那些中庸路線的抒情歌手與怎麼打折也賣不掉的老舊珍奇唱片等無用庫存。最緊急的是，他渴望控制父母的「爵士部門」，裡面充滿銅管樂隊、被遺忘電影的原聲帶和非白人製作的音樂：艾拉．費茲傑羅、巴布．馬利、尼爾．戴蒙的《爵士歌手》原聲帶。

專精，那是未來趨勢。對，店裡還是會有流行歌、搖滾和暢銷榜，但從今以後重點會放在老爸喜愛的音樂。在令人毛骨悚然的一個月間，三家分店全部「裝修中，暫停營業」。大筆銀行貸款挹注下，庫存翻新為CD和收藏等級的黑膠唱片，全部展示在漂亮的訂做松木貨架上。我們週五向學校請假，利用週末巡迴三家店，跟時間賽跑依字母順序分類。用信用卡買了最頂尖的音響設備——讓顧客用最佳音質聽音樂很重要——我們順從地依照樂聲起伏和定義輕聲說話，同時播放邁爾斯與孟克、明格斯與柯川。「孩子們，聽聽這個，」他會以錶匠的精準動作放下唱針，發出一陣熟悉的鈸與宏亮號角聲，然後提出跟咖啡或橄欖一樣難以理解的訴求。我們像咖啡，像橄欖，逐漸習慣了爵士樂，同時他在硬式咆勃樂當中穿插我們聽的披頭四，老媽聽的大衛．鮑伊，我們彷彿聖誕節早上拆禮物般快樂地拆開貨品箱子，密封的CD像外科設備一樣清新又潔淨，老派又豪華的黑膠唱片；稀有日本180克壓製品與錄音室未公開片段的皮面盒裝版。即使我懷疑老爸進貨是為了他自己而非一般顧客，看到他這麼開心也很值得，老媽也高興。畢竟，薩克斯風是誕生於深夜與廉價夜店，怒吼、不體面、性感的產物；它絕不可能在薩里與薩賽克斯郡交界的大街上與商業園區興盛。他會傳福音，用熱情推銷，滿足顧客還不知道他們有的需求。我們在週日前往總店，在氣泡飲料與外帶餐驅動下工作十四個小時。我們終於收工後，他叫我們躺在走道間的地板上，頭部在中央相接，在唱機播放最後一張唱片。

「這太荒謬了，」老媽說。

「注意聽！」

「我站著也可以聽得清楚，布萊恩。」

「噓。閉上眼睛。」他放下唱針陪我們躺到地毯上。

約翰．柯川加杜克．艾靈頓版的〈In a Sentimental Mood〉。這首我喜歡，舊鋼琴的刺耳聲，薩克斯風柔和溫暖的聲音對比著快速鼓聲。原本有旋律但沒維持太久，不過仍然久到足以讓我妹挨在老爸懷裡睡著。沒有明講，但音樂用意在當作對我們新冒險的祝福，播完之後我們默默站著，鎖上店門走進一個新時代。

但是很難想像有比九〇年代中期更不適合咆勃音樂復興的時代了，當時只在紊亂的室內樂和弦聽得到鋼琴聲，唯一的薩克斯風是用電子合成取樣。眞不巧，我在聽吉他嘎嚓聲時，法蘭．費雪在買男孩特區CD，讓我爸的臉色垮下來。但獨立零售商的經濟學不允許擺架子，所以他也會咬著舌頭賣，一面調高現代爵士四重奏的音量。

有一陣子似乎行得通。大家都喜歡我爸，我看了也很高興。當時他走路有風，還有仍在掙扎當音樂人但我們沒發現的工作倫理。他的樂觀態度會傳染，我們被他的自信感染。這是我們家黃金年代的開始，如果我能選個我父母最像他們自己的時刻，我會選擇記住的父母，大概就是這個時候。

第一家店關門被解釋成集中資源，精明的商業操作。他們省下的房租與薪資可以用來減少貸款利息，忠實顧客會移轉，尤其現在店面更加吸引人了，庫存充足，又摩登。這是我在老爸打給逐平房而居的祖父母的漫長複雜電話中聽來的說法；他知道自己在幹嘛，不會讓任何人失望。因爲太不想令人失望，他無法下手裁減員工，只把他們轉調到剩下的分店。我們在週末巡視時看過其中很多人在收銀檯聊天，人數是顧客三倍，同時用昂貴喇叭播放邁爾斯．戴維斯的《Kind of Blue》專輯。

但第一次關店也是我們拒絕指名的狀況的開端。天曉得，他從來不是奧運選手，但咖啡和失眠讓老爸染上糊塗疲憊的氣息，彷彿不斷在掙扎要擺脫什麼。他的肩胛板之間似乎暗藏著大量壓力，某種物體，他會整天揉揉按按球狀的緊繃肌肉，轉動肩膀，壓爆關節。在上午準備上學，我有時候會看到他走進臥室門，靠在衣櫥上彷彿被某種可怕的頓悟釘住不動。沒什麼比那些困惑靜止的時刻更令我害怕了，我會站在樓梯上屏住呼吸，等他回過神來。至少表面上，他仍然慈祥關愛又有趣，但那種刻意的開朗幽默總會帶來壞消息。

六個月後，第二家店關閉。我媽開始扮演啦啦隊，說服我爸多樣化而非專精才是關鍵。我們開始賣電池和訊號線、精美包裝紙和賀卡。對我爸而言，這是文具的詛咒，糟糕的倒退，他覺得鬱悶。音樂還不夠嗎？愛與熱情到哪去了？他們爲何聽不出他播的音樂意義？自信變成了大膽抗拒，然後惱怒放棄。「查理，你知道我該賣什麼嗎？複寫紙。毛布襯裙，蕾絲桌墊，墨水瓶。賣墨水瓶比這賺得多。」

我媽一點也沒有自憐和挫敗情緒。她說，答案就是咖啡。在假日，她有時會逃到倫敦找老朋友，就在這裡，柏維克街市場附近一家咖啡店裡，她想到一個妙計。蘇活區基本上是一家巨大咖啡館。何不橫向經營，投資買台二手濃縮咖啡機、彎木椅、舊課桌，用喇叭播音樂。「現在播的是什麼？」顧客會問，我們就賣ＣＤ給他們。即使不行，賣咖啡的利潤也很大。競爭者只有老舊的優閒小屋茶室和一家歐威爾式廉價餐館，我們絕不可能失敗。

「查理，你會光顧對吧？還有你的朋友們？」

「我不喝咖啡。」

「那倒是。但你會喝的，到那時候——」

「艾美，我不幹！」

「為什麼？」

「因為那是餐飲！我又不是餐飲業者。」

「你本來也不是零售商，但你學會了，不是嗎？」

「呃，顯然沒有。」

「但你可以泡咖啡。把小麵包擺盤能有多難？」

「我不想賣**小麵包**，我想賣唱片。」

「可是沒人想買，已經沒有了，唱片太貴。試試看吧。我會幫你，全家都會。等著瞧。」

跟銀行安排了會議，申請進一步貸款。狀況跟前一年的風和日麗完全不同。光是多備貨險峻海峽樂團專輯已經不夠，我爸也不希望用買二送一優惠跟大型店競爭。所以他們改提供新東西，加點柏維克街的流行感，開在 the Millets 和 the Spar 超市之間。我還記得他們出發去見銀行經理，我爸穿著婚禮西裝，我媽穿了米色打摺上衣，好像盛裝打扮的小孩。我記得他們慌張出門，像大膽搶劫之後的罪犯對成功瞪大眼睛激動不已，我記得接下來幾週勤奮的混亂：客廳放了一堆二手椅子，很多包冷凍可頌麵包——緊實帶粉末的小塊，宛如農業用飼料——還有能把它變成金色的烤爐，也有商業用大包燕麥，讓老媽製造出工廠數量的薄煎餅，薄煎餅的利潤還高過咖啡和包裝紙，家裡再度有了勤勞的和諧。我記得那台 Santorini Deluxe 型二手咖啡機，一堆管線儀表和閥門，好像蒸汽火車模型。最鮮明的，我記得放學回家踏進瀰漫糖漿和融化巧克力味的廚房，每個表面上都有油膩的凝結塊。

他們克服錢的難關，但即使我父母肯定擔驚受怕，我們仍自認為穩定。「貧窮但快樂，只是沒那麼快樂」，這是我媽的笑話，我們的幽默感都是遺傳她的。當時我好愛老媽，因爲她的決心、彈性和企圖心，是維持我們前進的動力。少了她的家庭生活無法想像。她不在乎錢、地位或前院看起來怎樣，她只在乎我們過得好。我爸當然愛她也依賴她，或許太依賴了，但即使她常調侃老爸，我從不懷疑她仍然愛他。他們親吻或擁抱時我們呻吟移開目光，但是內心——好放心，好篤定。

藍調咖啡在我十六歲生日的九月的同一週開幕，我爸提議我們合併慶祝，爲家人、朋友和老顧客辦個開幕派對。有聖誕燈和蠟燭，老爸跟他的樂團來演奏，這是最後一次他公開表演，淡化了他的爵士風格改奏婚宴組曲。老媽唱歌，有人跳舞，酒館關門後，有些好奇臉孔貼在櫥窗上。我們感覺在鎮上出名了，成功了，像沉寂大街上的一座小燈塔。我也從別人用過的杯裡開始喝酒，我弄得到的任何東西，所以醉得記不得當晚最後一段了。

但我確實記得我爸拿著麥克風演講，裡面談到他的好兒子——十六歲了！怎麼會這樣！——他的漂亮女兒比莉，好聰明，老媽提供的啓發，談到他辛苦兩年之後對這樁美好新投資的希望。演講抄自電視上看到的各種儀式，很多愁善感，但我想，我確定，我有哭了一下。或許所有家庭都有這種短暫時刻，沒有明說，但我們彼此接納，心想我們努力團結一起，我們相愛，如果我們能保持這樣，一切就都沒問題。

但我爸的樂觀心態用錯地方了，好像爲了沒拿到的獎準備領獎感言。最後一家店在聖誕假期關門，無處可以藏匿他從一家店搬到下一家的毀滅性債務。

舞台笑聲

每天劇團都在膨脹，在大草坪的圈子裡引進新面孔。

「哈囉，我叫山姆，」穿無袖棉布衫和背心的英俊吟遊詩人說，「我會提供音樂並飾演許多個龍套角色！」

「我是葛蕾絲，」他旁邊的蒼白女孩說，她長髮披散超過洋裝的低腰，喬治說，是那種你會看到抱著獨角獸的女孩。山姆與葛蕾絲——亞歷士稱呼他們賽門與葛芬柯——是伊佛在牛津中世紀學會的朋友，不過這種學會在做什麼事和為何竟然有人加入，是另一種無法理解的大學世界現象。他們告訴我們，或許是讓他們能接觸庫存的低音鼓和錄音機，葫蘆琴和小鈴鐺，搭配又酷又現代的夜店節奏，能為這齣戲提供音樂吧。

「見鬼了，」亞歷士說。身為戲劇運動週的老鳥，我們對新人都很懷疑與謹慎。

「吟遊詩人，」海倫嗅一下說，她一直默默在召集自己的工程隊。

「哈囉，我叫克里斯，我會幫海倫作設計。」

「哈囉，我也叫克里斯！」（哄堂大笑——我敢發誓，這些人眞失禮）「我也會幫忙設計和舞台管理！」克里斯和克里斯有同樣的長直髮，同樣的蘑菇膚色，同樣的大串鑰匙和叮噹作響的折疊小刀，用典獄長似的銀鍊子掛在相同的黑色牛仔褲腰部。波莉的偏遠戶外小屋之一已被改裝成技術總部，由海倫在一張巨大建築師繪圖桌後面發號施令，他們在這裡講內幕笑話，被本身就像是布景的髒東西圍繞，活像電腦駭客或連續殺人魔的巢穴：可樂罐、輕木材碎片、骯髒發霉馬克杯和沒吃完的麵食，用光的強力膠空管，洋芋片空袋，剪刀、解剖刀和鐵絲網捲。他們在混亂中藏匿自己的烤三明治製造機和白麵包、加工起司和調味醬庫存，令眾人羨慕不已。但是有個漫畫字體的手繪告示說「演員們——不准進來！」，我們更被蠻族的吼叫聲（克里斯的選擇）和冒泡的催眠音樂（克里斯的選擇）嚇阻進入，他們的播放音量可是大到足以擊退圍攻。

私下授課持續到我預期法蘭會喪失興趣之後很久，回到草地上，翻開劇本，一景接一景，一行接一行。「我們在研究我的角色！」海倫拍掉我背後的乾草時我堅稱，但若發覺接近法蘭腰部或頭部，有時候確實會讓我注意力當機，妄想在她解說抑揚格的重要性時，如果我湊過去親她會怎樣。「**你的吻技真不錯**，」茱麗葉在劇中說過。如果成真，我很希望我的吻技夠道地。

「你有在聽嗎？」法蘭說。

「我在聽，」隨著日子經過我確實進步了。就像看外語片的字幕可以讓你以爲自己懂那個語言，跟法蘭一起讀劇帶來了能力的幻覺，我發現我比較少犯錯，有時候流利地唸完一大段，連我自己都驚訝。跟法蘭閱讀好像跟希望我贏的對手打網球，客氣地把球打回我的球拍前。彆扭和尷尬消散。我仍然手足無措，但我講話不再像判讀眼鏡行驗光圖表底端結結巴巴了。

當然如果我照預期被換掉，這一切就白費了。躲在群戲裡是一回事，但講台詞被聽見又是完全不同的事，我想像伊佛和艾莉娜在後台慌亂地跟湖濱劇團、天鵝業餘演員公會、註冊演員協會的人協商，徵求能取代我的任何男女老幼。在星期一，我不會在意。到了星期四，我不太確定了。

今天是我第一次跟羅密歐排練的日子，主要是點頭聽他講，還要笑幾次，所以我們練習，仰躺在果園的長草地上。

「啊哈哈哈！這樣嗎？」

「我喜歡。我喜歡稍微搖頭，」法蘭說。

「像是『羅密歐，你眞搞笑！』」

「對。我懂。但是你下巴要放鬆。」

「哈、哈！」

「唉，查理，你這樣不行。」

「好啊，妳來。」

「好，注意看。」法蘭非常自然地大笑，「怎麼樣？」

「不太好。」

「喔，因為我沒摸著下巴？呃，去你的，丹尼爾．戴路易斯。我不懂你何不乾脆徹底一點拍大腿。」

「像這樣？」

「沒錯。像小迪克．惠廷頓[17]那樣。」

「拍大腿。好吧，或許我會試試。」

「你也可以自然一點。做自己。」

「如果我做自己，就不會在這裡了。」

「可是我們在這裡，」她說，「我們在。」上方的屋子裡的三角鐵響了。「今天的課程到此結束。」

「謝謝。」

「爲什麼？」

「又教我一次怎麼大笑。」

「哈。」

我們一起走回去。「你覺得怎麼樣？」她說。

「有點緊張。我相當確定演完後他們會換掉我。」

「亂講。」

「每次我在第一景說話，總是看到艾莉娜捏鼻樑很緩慢地搖頭。我說，『**蠢才們，分開！把劍收起來！**』我發誓，她會用手指塞耳朵。」

「他們還是不會換掉你。」

「但萬一換呢？」

「那我就退出劇團。我們都會。我們不幹了。」

「妳會爲我退出？」

「不。不會，應該不會。」

「喔。」

「呃，因爲我已經記住台詞了。」

「好感人。」

17. 譯注：Dick Whittington，童書系列主角。

「但他們不會換掉你，所以放心啦。」

「萬一他們……」

「什麼？」

這時我們到了大屋，波莉清出來排練的大空間，有通往戶外的落地窗。「我們還要出去喝咖啡嗎？」

「你眞的**很執著**咖啡這件事耶。」

「或吃晚餐之類的？」

「晚餐。挺文雅。去哪裡？」

「我不曉得。釣客餐廳？」

「牛排之夜還是週日燒烤？」

「這完全由妳決定。女方選擇。」

「眞吸引人。」

「我們也可以……單純碰面。」

「你不認爲我們有碰面？」

「妳懂我的意思。」

「因爲我可是名符其實地就看著你。」

「我是說離開這裡，這些人……」

「他來了，」邁爾斯走近，邊走邊喝水，「英國含水量最高的年輕演員。他穿的是什麼啊？」是籃球衫，頸線低垂到胸骨以下，兩旁裸露。「那是籃網球衣。呃，祝你好運。欸，你最好的朋友叫什麼名字？現實生活中？」

「哈波。」

「想像你在跟哈波講話。想像你們都認識了很喜歡的女孩，你很想告訴別人。」

這又是言外之意嗎？「好。」

「你們會談這種事，不是嗎？」

「不一定。我們主要是互相打鬧。」

「呃，假裝你們會談。這場戲就是這樣，兩個年輕人誠實開放地討論他們的情感。他們在一五九四年做到了。想像如果發生在現代。想像一個你沒有這麼壓抑的世界。」

即興發揮

跟洛伊德吵架之後我就沒跟哈波聯絡了。我週一和週三會在加油站上班，多偷些卡片準備移交，但他沒出現。電話留言也沒回覆，我懷疑或許是我太過分了。多年以來我們互相施加肢體與情感暴力的大目錄裡——推落碼頭、丟爆竹、空氣槍傷疤——撞球事件肯定是小事。有一次我們在哈波家後方的野地上玩遊戲，我們稱之為「阿金庫」[18]，輪流戴上眼罩把三支專業用鎢鋼頭飛鏢丟上半空，其餘人選個位置站定不動，拱肩閉目，等著飛鏢落下。有人受傷遊戲才會真的結束，可想而知，沒多久就聽到一個悶響，福斯有支飛鏢垂直插在他頭骨上，同時丟出飛鏢的洛伊德蜷縮成一球，笑到無法呼吸。這些都是正常、「典型的洛伊德」，不會傷感情。但是拿撞球丟別人的頭……

現在我被迫想像沒有哈波的生活。在我們家自我毀滅的混亂中，他默默謙遜地陪伴，雖然我想不出有什麼對話可以算是私密或坦誠，在青少年怪異無聲的暗號中，他散發出的關懷感不知怎地能夠傳達給別人，像是無言的命令，即使不善良，至少不要故意殘酷。當時，我甚至會想像我有點愛上哈波了。在圖書館關於「人生真相」的某書摺角處，我讀到「同性的」迷戀在青少年之間相當常見。我知道在寄宿學校常發生，難道不會有莫頓葛蘭吉版嗎？認識法蘭後破除了這個推論，但我仍覺得我想念哈波。

他會知道法蘭的存在嗎？**是這樣的，哈波——馬丁——我被拉進了一個，呃，莎士比亞劇團，而且，別笑，裡面有個與眾不同的女孩，她很有趣、很聰明又很酷，我們很談得來……你該見見她！**但在我思索措辭時這個情境已經消失了，我被迫接受文藝復興時代的人真的比較擅長這種事。

「愁眉苦臉地告訴我，你愛的人是誰？」

「怎麼，要我呻吟著告訴你嗎？」

「呻吟？呃，不用，但是告訴我是誰。」

「好，很不錯，我們先暫停。那麼——說說看，你們兩個對這些男生的關係有什麼了解？」

邁爾斯似乎懂很多，我陷入課堂上的沉默讓他填補我的背景故事，我們一起在維洛納高中上學的年代，我如何仰慕他，或許，邁爾斯還懷疑我有點愛上他。

「這樣很好，」伊佛說，「現在我要你們想像先前的對話，你們兩個，在本劇開始之前，你們談論愛情」。

一陣停頓。

「在私下的時候。」

「抱歉，伊佛，」我說，「你是要我們……」

「脫離劇本，即興發揮。」

「以……角色的身分？」

「沒錯。」

「但是用古代的語言？」

「我可以，」邁爾斯說。

18. 譯注：一四一五年亨利五世以寡擊眾打敗法國的戰役。

「對，但別太拘泥，查理。保持輕鬆，未必要精確符合史實，重點是你們如何連結。就……捏造吧。」

「好，我們來吧，」邁爾斯拍一下手說。「曾經有人在《第十二夜》忘詞，我即興發揮了，嗯，一頁半，還用抑揚格，我發誓如果你寫下來，沒人看得出差別——」

「不行，」我說。

「不行？」

「我做不到，伊佛。」

「無論如何，試試看吧。」

通往露臺的門關著，但如果我用身體撞破玻璃——

沒時間了。邁爾斯已經過來，用裸露的大手臂擁抱我。「班沃里奧，你好嗎？我一直在這個美麗城市的大街小巷找你。」

「啊，親愛的羅密歐，」我說，臉頰被壓在他平坦的胸膛，「我……在家。跟我父母。」

「先別提父母，來談談愛情吧！」

「啊，愛情，」我說，「親愛的羅密歐，你的愛情觀是什麼？」

「你知道我討厭愛情，所有詩詞，所有歌曲。但是你，班沃里奧，是個謎。你沒有祕密情人嗎？你最喜愛的人？請說出來，因爲我不是你最親愛、最眞實的朋友嗎？」

「很好，」伊佛低聲說，「這樣很好！」這時他們都看著我，我望著天花板，然後地毯，再回到天花板想找話說。

「啊，愛情。關於愛情，我的經驗是……有得有失……因為愛情就像……我可以……拿起或放下的東西。親愛的朋友，我只能說這些。」

「可以，」伊佛嘆道，「別忘了我們學到的教訓。」

我學到的是，我聆聽和點頭時表現最佳。幸好這算是聆聽點頭的場景，隨著下午過去，我開始懂了。羅密歐聲稱愛上了某人而我的反應——班沃里奧的反應——是指出天涯何處無芳草。

「**別再想她了！**」

「**喔教我該怎麼忘了思念！**」

我不得不佩服邁爾斯，他很會表達「喔」，「啊，我」和「唉」，甚至能唱出來，同時在室內跑來跑去、蹲下、跨坐在椅子上，用窗簾或燈罩即興發揮。我盡力跟上。「盡量在講台詞時移動，查理，」伊佛說，「不要之前或之後，」但邊走邊說話好難，尤其還拿著劇本。另一手我無法插進牛仔褲口袋裡，好像輕佻牛仔癱軟地掛在腰帶環上。同時，邁爾斯會找到姿勢維持片刻不動，像攝影中的模特兒。他不是**跟**我演戲而是繞著我演戲，彷彿我是張咖啡桌。

但隨著虛榮與自利而來的是個迷人的自信，我們一旦「站穩腳步」又「討論一下」，我發現我不再怕他的手臂勾著我脖子，或捶我的肩。法蘭說過，想像你在跟好友講話，所以我照做，很快椅子上的伊佛就駝背前傾，咬著指關節專心投入。艾莉娜也加入我們，雙手抱胸一臉嚴肅，但沒有皺眉、捏鼻樑或搖頭。

「兩位，幹得好，」當天結束時伊佛說，「過程很棒，」我感到出乎意料的一股驕傲。走出戶外，邁爾斯捏捏我的肩膀請我喝他的神水。「我想我們會有默契。」我感到另一隻手放到我另一側肩膀，在她走過時輕摸一下。「有人作好了準備喔！」艾莉娜說，稍微露出笑意，我知道如果我想要，可以安全留下來了。

在假山庭院的牆邊等我，用腳跟踢著石頭發笑的法蘭．費雪，已經準備好走回家了。

別再想她了！喔教我該怎麼忘了思念！

到了加油站，我坐在收銀機後碎唸莎士比亞台詞。

「夫人，在尊貴的太陽從東方的黃金窗露面之前一小時——」

前院有人按喇叭，哈波走下他哥哥的車子，後座還有兩個人影，壓低躺坐。我藏起劇本確認我的劍不會被看到。哈波進來，我們開始演戲。

「我哥的刮刮卡贏了一點錢。可以在這裡兌換嗎？」

「當然！卡片給我看一下？」

「好。在這兒。」

我從收銀機取出現金。「恭喜！」我說，但他已經走開了。我看著他穿過前院，這時我終於跳脫角色繞過櫃台衝出去。

「抱歉！說句話？」我們僵硬地站在幾袋烤肉木炭旁邊，哈波不安地瞄向逃脫用車。

「什麼事？」

「只是在想——你最近還好嗎？」

「我還好。你不是說有監視器拍我們嗎？」

「是啊，沒關係，沒人會看。只是預防有人沒付錢跑掉。我好久沒看到你——」

「我剛經過你家。你爸說你出門了。他說他也沒看到你。」

「不，我只是……他還好嗎？」

哈波笑了。「我不知道，他是你爸。老樣子吧。我們該走了。」我聽到引擎怠轉聲，看到他哥指著手錶，後座的是洛伊德和福斯。我舉手招呼但沒人回應。

「那，洛伊德還在生我的氣嗎？」

「有一點。」

「好吧。呃，我晚點再過去拿錢。」

「不，別來，很晚了。」

「喔。好。」現在還不到九點。

「我現在給你，但我不想再做了。」

「好吧。」

「我跟老爸賺挺多的；我不需要這個。其實你可以全部拿去。」

「不行，你拿一半。」

「不用。你比我更需要。」

「這裡？現在嗎？」

「我就拿在手上。我偷偷塞給你，省麻煩。」

我想了一會兒。「好吧，小心點。」我們握手，感到我的手指捲住鈔票，直接塞進我的口袋裡。移交感覺挺順利，克制又謹慎，直到後來，這成爲對我不利的證據，我才想起曾經偷偷摸摸地左顧右盼，我還瞄了監視器，僵硬怪異缺乏動機的握手。一開始店員爲何要站在前院，跟他沒見過的顧客握手？

在鏡頭前表演時，一定要記得收斂一點。

展望

卡普雷家族跟蒙太鳩家族在玩軟式棒球，波莉代表卡普雷，蹲低，舉棒過肩，雙手姿勢活像斧頭殺人魔。

「妳舉太高了，波莉，」準備投球的邁爾斯說。

「邁爾斯，我六十八歲了，別教我怎麼打軟式棒球，拜託。」

「可是太高了，必須放在這裡。」

「邁爾斯，我會把球直接打到你臉上。」

「不行，別打臉！」亞歷士大喊。

「好吧。隨便妳。」球出手之後發出令人滿意的啪聲，被波莉打到空中，同時法蘭、柯林和基斯離壘狂奔，波莉也跟上，在吶喊歡呼聲中滑回本壘。

喬治最後上場，明顯不屑地撿起球棒。「團體運動。根本法西斯。我來的唯一理由就是迴避團體運動。」

他沒撐多久，接著輪到我。打羽毛球失敗之後，現在讓法蘭認為我擅長軟式棒球似乎很重要，但我只把球打出幾公尺就被露西接住。接著蒙太鳩家族其他人也很快出局，雙方攤開手腳仰躺在上午陽光下的草坪上。

我承諾過法蘭再留一週。我覺得一星期夠長，退出之後不會誤導任何人，但是退出的念頭一天天消逝——她必定早就知道了，讓我一直回來的不只是法蘭。隨著個別團員的臉孔逐漸熟悉，我慢慢喜歡上這些人，甚至想像未來我不再當他們是「這些人」。就像腔調會傳染，我不知不覺學會了劇團中反諷、狡猾、冷面笑匠的風格。他們說笑時**面不改色**，講話時彷彿希望有人把它寫下來，對話提升到對談，充滿了引號與內幕笑話。他們也互相捉弄但沒有惡意。我習慣了諷刺和污衊的粗魯工具，不確定我能學得會，但我不時會說出逗大家發笑的話，我會有**啪**一聲把球打上天的滿足感。但對話也經常轉向讓我跟不上，我會揮棒落空。

他們在談大學。考試結果會在排練最後一週出來，如果一切按照計畫——大家都知道會——到時法蘭、露西、柯林、海倫和喬治都會加入亞歷士的大學預校。不過他們喜歡假裝不會，我知道哈波和福斯也會去，新舊朋友都在一場我沒受邀的派對上。現在對話更加失控深入到他們假裝凶險不確定，但我們都可預見光明又篤定的未來，因爲他們都是領獎的學生，聰明、勤勉又有天賦。再過兩年他們會離鄉搬到以夜生活、音樂和文化，政治運動活躍與咖啡館聞名的城市裡。在燭光臥室裡，他們會進行有意義的對話，交新朋友介紹他們認識更多朋友，越來越多，放掉舊朋友在友誼之樹所騰出的空間給予新的人脈與機會。人爲的危機感令人難以忍受。這不是階級和教育的問題——應該說**不只**是階級與教育——而是另一個更寶貴的相關資產：信心。

我搞砸了加入這種對話的所有機會，現在我腦中聽到的聲音越來越諷刺與不滿。大學是比戲劇學院安全的選擇嗎？亞歷士懷疑過。醫學院學位太費力了嗎？露西問過。嫉妒有腐蝕性，但至少嫉妒你討厭的人會帶來活力，嫉妒你喜愛的人只會鬱悶與寂寞而已。與其顯露出鬱悶，我會起身走人，不誇大也不隱匿。腰上掛著掃帚柄很難做任何隱匿的事。

在果園裡，我躺到最遠的蘋果樹下閉上眼睛，不久就聽到長草的窸窣聲。

「你要是再不回來，你的甜菜根要冷掉了，」法蘭說。

「給妳吃吧。我說眞的。」

有些硬蘋果已提早從樹上掉落，卡在我背後不太舒服，但我原地不動，聽著法蘭盤腿坐在我旁邊。

「我不怪你逃避那個，」她拉扯草葉說，「挺無聊的，不是嗎？考試成績。希望與夢想。」

「不，沒關係。我只是沒話可說，就這樣。」

「我想大家都假設你會當職業演員，」她說，等了一下。「查理，這樣有沒有幫助，或者……？」

「多多少少。我喜歡你們。」

「我聽說你有困難。」

「誰說的？」

「露西、柯林……」

「喔，天啊。」當時沒有比被人議論更糟也更好的事了。

「他們講得很客氣，沒有幸災樂禍什麼的。他們只說……大家很擔心，如此而已。」

「呃，我確實搞砸了。」

「或許你做得沒那麼糟──」

「是啊，大家總是這麼說，好像我只是謙虛。但不是，我是說我眞的搞砸了。逃避，留下整頁空白。我在歷史試卷上畫圖。到最後我根本沒去考，所以除非，妳知道的，有人假扮我去考閱讀理解能力……」

她沉默了一會兒，對此我很感激。

「不過考試都是狗屁，不是嗎？我是說那只靠訣竅，好像學紙牌魔術。我跟你說，像邁爾斯那種人，從頭到尾都會是『A』，A——A——A，好像該死的……**慘叫**，但他還是……呃，他不笨，但肯定沒比較聰明。只是有人教他訣竅。我的意思是，亂七八糟的是體制，不是你。況且，能反抗事情是好事。我希望我可以。肯定有些時候我想要掃掉桌面上的一切走出考場，但是我太傳統了。」

我禮貌地聆聽，對她形容失敗的叛逆定調很滿意。老實說，我沒有故意去反抗任何事，不反對正式教育也沒有明顯動機配合。能在體制裡成長我就很高興了，肯定有些情境中我可能表現得比較好，甚至做得不錯。

「發生什麼事了？」她終於說。

「我以爲我在強調立場。只是現在我不曉得立場是什麼了。我們不是應該研究台詞嗎？」

「今天不用。所以怎麼回事？告訴我。」

「我想……我想我有點發瘋了。」

畢業考

我們多少會發點瘋，各自以不同的方式。

對我來說，在學校看起來最明顯。我曾經顯現的潛力已經流失很久了，但現在考試逼近，這個過程似乎在加速。「我們擔心，」赫本老師在老媽和老爸上次參加家長之夜時說，「查理應該會被當掉。」老爸更加癱垮在椅子上。老媽伸手牽我的手但是我抽走，回來把學校領帶捲成緊密的一小捲，反覆放開再捲回去。

「我們不懂，」我媽說，「他表現得很好啊。」

「以前是，現在不同了，我們努力過，我們眞的努力過。不是嗎，查理？你不認爲那很公平嗎？」

那晚，老媽在我妹睡覺後走進我房間，我躺著面向牆壁，她跪在我的床邊，伸手撫摸我後腦。「想談談嗎？」

「不要。我只想睡覺。」

但每晚我都醒著，世界上唯一的十六歲失眠者，在白天宛如遭受時差般萬分疲倦的暈眩，至少是我想像的時差。頭上有片烏雲，像鏡子上形成的蒸氣。我猜用霧氣形容很傻，不過這個字除了我從未有人使用，在我摸索到另一個答案時，逐漸耗竭成爲胡說的句子：**傻小子，真傻，真傻，真傻**。我會趴在書桌上睡著，然後半夢半醒盯著像梵文一樣難解的課本，我的目光會飄向邊緣，再到我木頭書桌的紋路，我會陷入同樣的癡呆凍結狀態，有時候我會看到我爸心想，**喔天啊，別讓我也變成那樣**。

對我妹而言，發瘋的表現是退縮到近乎啞巴；晚上在公立圖書館，午餐時間在校內圖書館，或者很少數例子我看到她在外面，獨自在操場的遠端。她一向很聰明，但這時書本會被她用來遮臉。她還不如把書顛倒拿。在比較順遂的時候，我們會搶電視遙控器或爭吵就寢時間不公平，如今看上去都是很瑣碎不重要的爭議，但我們沒找出替代方案，比如在走廊擦身而過不講話。有一、兩次，我看到她躲在角落迴避我。我也有一、兩次躲她。

老媽的發瘋就有點瘋狂，慌亂地想要糾正事物。她搬走之後每週三次，有時候四次，我會發現她在校門口的車上等候，放下車窗叫我過去，在悠閒小屋請我喝茶吃蛋糕。我會爬上車被我媽誘拐，同時我妹應該是獨自走路回家了。

在咖啡店裡，蛋糕一送來，喝茶的事就被推到一旁，拿出剛從本地書店買來的參考書。「那我們今天要做什麼？」

「老媽，我可以自己來。」

「法文怎麼樣了？你的生物學呢？」

「我不修生物學。」

「當然要！」

「不要。」

「唉那就浪費錢了，」她說，把參考書丟到地上。「好吧，英文。**蒼蠅王**，是嗎？」她拿出約克筆記[19]隨機翻開。「說說看……**蒼蠅王裡的小豬角色設定**。」

作爲教育者，老媽最大的天賦就是灌輸相當的恐慌與徒勞感。她一向安心把教學交給老師。現在她好像晚起趕不上飛機的人，把衣物塞進行李箱裡，不願接受飛機已經飛走了。

「動詞 voir……」

「想要。」

「不是『想要』。想要是 voulezvous 的 vouloir 。查理，那根本不是法文，只是阿巴合唱團的歌。

voir。快點，你知道的。」

「好吧，看到。」

「對！voir，過去式。來！」

「……」

「來！」

「J'ai……」

「快點，j'ai……」

「我不知道。」

「你知道！」

「噓。小聲一點！」

「但是**你知道的**！」

「老媽，妳說我知道也不會讓它成真！」

19. 譯注：York Notes，英語文學導讀參考書，類似克里夫札記。

「但你以前很、很擅長的！」

「老媽……」

「我們總是被誘導相信你的學業很好。」

「沒那回事！」

「至少比現況好。快點，你一定會法文。你這五年都在做什麼！放下茶杯。來，看看答案三十秒，我們再試一遍。」

她會這樣對我的缺乏知識感到恐慌，而我會因爲她恐慌而當機，她又會因爲我當機而恐慌，拉高音量，我們其中一人會衝出去，上演店裡沒聽說過的戲碼。我們會鴉雀無聲地開車經過舊店面，回到新家，讓我跳下車。幾星期過去，到考試剩五週，然後四週，三週，兩週，像炸彈上的計時器。剩一週時，她停車在家裡看不到的月彎末端，問道，「老爸還好嗎？」

「老樣子。」

她點頭，咬指節。「呃。他只是需要重拾對事物的熱情。」

「什麼，妳是說像嗜好嗎？」

「不是！他有考慮工作嗎？」

「有時候。我不認爲現在的他能工作。」

「爲什麼不行？」

「呃，他是瘋子，老媽！」

「別這麼說。」

「好吧，他的**精神不健康**。」

「他遭遇了困難。」

「對，很難起床，刷牙……」

「好啦，我懂！但我能怎麼辦，查理？講出個辦法我就照做。」

我不喜歡被父母質問該怎麼辦。即使我有答案，她也不會聽，只會趴在方向盤上，用掌根揉眼睛。

「我知道時機不對，我知道我應該在場，我討厭把狀況丟給你，**很討厭**，但如果我在也沒幫助，我沒辦法，不可能，最終演變成全面大戰。我會讓情況**更糟**，查理！你想那是什麼感受？知道你讓別人很不快樂。」她哭了起來，這時我才退讓伸手要擁抱她，但被我的安全帶拉住了。我慢慢轉身，想要騙過阻擋機制，又被拉住，我拉扯帶子——

「趕快解開！」

「好啦！」

「那邊，鬆開扣子拿掉！紅色按鈕！我的天啊，查理！過來……」

我轉身到排檔桿上，感到她的濕臉碰觸我脖子。

「我是個爛父母嗎？」

「不是。」

「但曾經是？」

「不是。」

「可是我當老師很糟糕，是嗎？」

「對，妳不是好老師。」

她往我的脖子磨蹭。「我好愛你。你會沒事的，」她說，「你是很聰明的孩子。」

但她也是個爛演員，這個謊話很明顯，她猶豫說出口的樣子讓我想爬出車外。我把書包背到肩上，舉手揮別，然後走一小段路回家，期待地拿出鑰匙面對每天我最害怕的時刻。

因爲我爸的瘋狂是最奇特的，這個觀念已在我腦中生根，可能性逐漸升高到確信，我爸會自殺而我會是發現他的人。我以前在晚上猜測過發生的情境，然後在白天學校裡，我越走近家就越焦慮。他會在臥室還是走道上，在浴室還是躺在沙發上？今天他的狀況好不好，在我上學時露出微笑，在門口感傷地擁抱我根本不重要。其實，這會讓災難機率更高——又是電視的老套劇情——因爲自毀行爲之前總是會有情感的展現，以呆滯麻木的平靜方式。「我愛你，兒子，永遠別忘了」然後你回到家——又是老套——桌上放著信封，壓在鹽罐和胡椒罐之間。對，沒有比父母說「我愛你」更能清楚預兆災難的了。

我的青少年心智對這種情節有無限的容量，我希望我能把心思導向其他方面。但這些灰暗情境變得逼眞可信到我轉鑰匙時經常手抖，同時大喊，「爸，我回家了！」有時候他會在沙發上看黑白老片，其餘時候他會在樓上或樓下睡覺，我會查看是不是正常的睡眠，棕色瓶子在，蓋子緊閉，周圍看不到酒瓶。如果他不在家，我就無法冷靜下來直到他回來，這時我才能進入我們平淡的家常閒談：今晚吃什麼，看什麼節目。

「你不是應該在讀書嗎？」他會說。

「我在學校念過了，」我會說。

「現在很重要，」他會說，我們就到此爲止。如果可以我會設法逗他笑，對電視上播的東西作出反諷評論。若是失敗，如果他似乎沒在聽我說，如果他側躺下來或給自己倒杯威士忌，我會冒險勸他上樓去。

「別在這裡睡，老爸。到床上睡。」

「我要看結局。」

「你以前看過了。上床去，別在沙發上睡。」

「你先上去吧，兒子。」

於是我會走向床，一面回想我看到的關於酒精和藥丸混用的警告，再度開始擔心。

經過這一切，我想我沒明白說過「憂鬱症」這個字。那是禁忌，我不會跟老師或朋友分享我的恐懼與困惑，就像我的性幻想一樣。誠實很危險，就算哈波不會用來對付我，我毫不懷疑洛伊德會。

多年之後，當我終於告訴妮亞姆一部份，不是全部，她說我聽起來像是我爸的照護者。我立刻不再用那個字。「照護」暗示著同情心、正直、無私和奉獻，這些美德我一項也沒有，眞的。我當然不是向她說這個故事引誘她對眞正**照護者**的那種仰慕。我爸需要越多安慰與同情，我就越憐憫與鄙視；他越需要我在身邊，我就越常消失。他嚇壞我了，我沒驚嚇時就只是憤怒；氣他偷走了我內心的平靜和我現在最需要的專注力，氣我被打開家門這種小事嚇到。我也感到無聊，對他的殭屍狀態感到無聊，對他身邊像蒼蠅群繞頭般永遠精神渙散的氣息感到無聊，對不可能改變無聊。我不需要庸俗的模範角色，我只想要一個每天早上會起床，能夠笑得不詭異也不勉強的人。

我爲老爸祈求的所有好事，都是爲了我自己。最重要的，我希望他恢復以前的樣子。在我童年大多數時候，他總是搞笑、開朗又慈愛。現在連他的好心情都顯得不自然——他有什麼好開心的？我怪他讓我們貧窮，趕跑了老媽，害我學業低落。他該擔心我的時候反而都是我在擔心他。他看不出情況不對勁嗎？所以不是照護者。有「憎恨者」這個字嗎？「住在家裡的憎恨者」？

妮亞姆安慰我，那很自然：有別的感受才奇怪。但在最後一次不慎發作時，我無法忍受肢體變化：他的肌肉鬆弛，好像塗了石膏的皮膚蒼白又潮濕，下垂的肩膀，他嘴角難以形容的白沫，腳趾甲像從動物的角刮下來的。就像微笑據說會點亮臉孔，不快樂令他醜陋，至少對我是，在某個時候，我再也懶得隱藏厭惡，皺起鼻子，聳肩打發他。因爲年輕氣盛，我懷疑——**這老頭為什麼不能照顧好自己？**當時我十六歲：人們爲這個人生階段寫歌，難道我沒權利享受喜悅、樂趣、不負責任，只能有恐懼、憤怒和無聊嗎？

從另一個角度，**照護**幾乎是相反的字眼，因爲有時候——這是我絕不會大聲講出的事——有時我心裡有點盼望災難。有人安慰我，所有小孩都會幻想他們父母死亡，但很少在這麼逼眞的情境中。至少如果他出事，那我會獲得我認爲應得的關注與同情；至少我可以繼續過日子，無論做什麼事。現在我覺得這些想法很駭人又可恥，我能想出的唯一辯解是我既恨又愛我爸超過世上任何人，前者的力量跟後者成正比。我只能那樣子恨他，因爲我曾經同樣程度地愛他。

我最好敘述另一個事件，發生在造成老媽在春天離開的衝突高峰期。那晚的爭吵簡直是世界末日：指控，反控，殘酷的個性批評充滿了輕蔑，一說出就無法收回的話，會讓未來一起生活變成幾乎不可能的事。我躲回我的房間去念書，或應該說盲目不解地盯著我的課本，一面用指尖揉太陽穴。我妹在我背後的雙層床上，開始戴著老爸的昂貴大耳機遮蓋那些難聽話，但今晚我們臥室地板的脆弱隔膜像喇叭似的震動。對我們鄰居的影響想必跟我們一樣，因爲第一次眞的有人報警了。

比莉最先看到藍色燈光。我們走到外面樓梯平台上，從頂端看著驚訝又丟臉的我爸開門，帶警察走進客廳。我父母像被逮到破壞公物的小孩子並肩站著。真的搞到這個地步了？我們真的是鄰居投訴的那個家庭嗎？這時樓下的聲音變柔和了，不，**警察先生，我們很清楚，現在我們沒事了**，我想要往樓梯下大喊，才怪，他們很有事，他們一直都是這樣！我卻大聲走進浴室，足以讓警員聽見，在櫥櫃裡乒乒乓乓找阿斯匹靈，猛力關上櫥櫃門，倒出兩顆，接著第三顆到手掌上，然後暫停。我又打開櫥櫃門，翻找各種乳液，陳年糖漿的黏膩瓶子，找到一瓶棕色的液態普拿疼。我把藥丸丟進嘴裡再喝一口污穢的液體，彎頭到水龍頭下喝水吞下去，為了最佳效果，打開我小時候吃的相同夜間咳嗽藥蓋子，已經過期了好幾年，所以應該更濃縮、更有毒。聽到樓下警員走了大門關上，我也喝下這個，對化學甜味皺眉，再把所有包裝盒排列在馬桶水箱蓋上，棕色瓶子側倒強調效果，布置成絕望抗議的小劇場。樓下，我父母以尖銳急促的耳語在交談。我妹躺在上鋪裝睡。我躺在她下方，期待地雙手合握放在胸前，好像墳墓上的雕像。

這個場面發生在我爸自己被開處方藥之前，我不知道是否有膽量打開那些特定棕色瓶子的蓋子。我懷疑。我想像自殺的方式跟想像殺人一樣，是當作一種思想實驗，如果我把奶油刀的鈍刀鋒壓在我手腕的藍色血管上，就跟想像把克里斯．洛伊德的屍體埋在哪裡是一樣的意思。在我喝下過期咳嗽糖漿時就知道去痰劑很少會致死。我父母的擔憂和悔恨才是主要目標。讓他們振作一點，維持下去。

但隔天早上我尷尬後悔地醒來，衝到浴室發現老媽在等我，一手拿著藥丸的氣泡袋，一手用指尖拿著黏膩的藥瓶。

「查理，是你放的？」

「是？」

「唉，查理，可不可以拜託你別這樣亂丟東西？」她把糖漿丟進垃圾桶。「**這個**過期了。還有如果你頭痛，吃阿斯匹靈或普拿疼，不能吃兩種。藥不是免費的。還有要把東西收好！」

如果這麼明顯的表演還被忽略，那就需要更戲劇性的事情。幸好，最佳機會就在幾個月後的考場裡。

這件事的一部份，不是全部，我在剩餘的夏季期間告訴了法蘭，但在果園裡我只證實了我的學業災難。

「F表示完蛋。我只是想最好讓妳知道。」

她沉默片刻。「你想我最好知道什麼？」

「我不希望妳誤解我眞正的情況。以爲我能做到我沒辦法的事。」

「好吧。所以你在警告我離遠一點。」

我聳肩。「我想是吧。」

「呃，通常我確實希望在認識某人之前知道他們的成績。其實這是個簡單的分數基準制度，但如果你在實務與口試表現得好——」

「沒有，但如果有人拿到F——」

「那是持續的評估，眞的。」

「——或者就是沒指望——」

「你唯一聽起來沒指望的一次，」她說，「就是你說你沒指望的時候。這樣合理嗎？」

「我想是吧。」

「呃，那就算是。」

我再次閉上眼睛，手臂遮在臉上，但我還是感到被陰影遮住，聽到她坐在我身邊時草葉晃動。

「今晚出來吧，」她抓住我的手說。

「只有妳跟我？」

「不是，一夥人。我們一起出去玩。」

「這不太理想。」

「對。但是別跑掉。」屋裡傳出三角鐵的聲響。「今晚結束時，沒有我哪裡都不能去，查理。你一定要了解。沒有我你哪裡都不能去。」

做面具

蓋著布的夾板箱子被克里斯和克里斯莊嚴肅穆地抬進來，彷彿十誡的法櫃。

「好吧，這是還在修改中的作品……」海倫說。

「我喜歡這個，」喬治說，「這個階段感覺很真實。」

「還有很多修改要做……」

「親愛的海倫，展示模型吧，」艾莉娜說。

布幕在驚呼聲中掀開。我湊上去。克里斯和克里斯是會在好必來連鎖店走道逗留的人，對把大東西做成小模型的特殊樂趣上癮，這模型很精緻，髒白色的微縮街角，歪斜扭曲讓建築物像酒醉往前傾。簡直是輕木的傑作，有青苔和細刷子的修飾，我們俯身觀看時海倫像傀儡師站在模型旁。

「這算是現代義大利小鎮，但在劇中的大地震之後。」

「從地震之後已經過了十一年，」波莉說。

「正是，所以建築物都扭曲了，好像隨時可能崩塌。忙著爭鬥沒空修理任何東西。這是個隱喻——懂嗎？有陽台和走道，但是有點不可靠。我是說會安全啦，我們不會害死你們，但是會有垂直移動的東西。看起來堅固，但主要是鷹架和防塵布。我們玩弄洗衣服的概念——我知道是老套——至於內部裝飾，我們會像船帆那樣拉緊布幕。看……」

海倫拉扯一根線，我們鼓掌。

「我們有些燈泡，裸露燈泡，會把它們串接在屋頂之間，像是派對場景的聖誕燈。爲了第三幕的大戰，我們在考慮義大利的足球，小孩子在鎮上廣場踢球，有國際大賽時他們會在晚上排列一堆椅子，像個社群一起觀看，我們希望這樣子呈現打鬥，像在新聞看到那樣摺疊椅滿天飛，還有人丟信號彈和爆竹——我們還在製作——至於勞倫斯修士的場景，我們會用到這棵樹，除了樹葉都是髒白色，那會是布景中唯一看到的綠色，因爲他喜歡大自然、藥草和園藝，總之，那是羅密歐和茱麗葉結婚的地方。而這是你們大家的造型……」

她拿出一疊超大紙牌。

「其實呢，我們希望每個人都很酷。」

「感謝上帝，」亞歷士說。

「我們認爲紅色和藍色太明顯了，因爲我們希望支持查理的論點說他們的差別只是想法不同，所以蒙太鳩家族會是這個灰白色，卡普雷家族是這個淡藍色。呃——我眞的很不會畫圖。準備好了嗎？你們這些混蛋，給我客氣一點。」

她翻開第一張牌。是法蘭，看得出來，她穿淡灰色女衫露出雙肩，像睡衣或罩袍。卡片輪流傳遞給大家看，揭露邁爾斯扮成羅密歐，翹起下巴，白外套掛在肩上，然後年長的卡普雷與蒙太鳩家族穿著僵硬銳角的西裝和宴會裝，逐一介紹每個劇團成員，臉孔只有寥寥幾條線。每幅畫都讓特定角色認出後露齒笑或大笑，期待擺出那個姿勢。「我們混合了現代和某種模糊時代感，所以你可能穿高級西裝外套但搭配伊莉莎白時代的靴子或皺領牛仔裝，因爲我們希望**有意義**，**男性化**，但也因爲現在大家都這麼做。基本上我抄襲了二十年來每個皇家莎士比亞劇團的製作。」

邁爾斯直到這時才注意到海倫的存在，拿著他自己的畫像伸長手臂彷彿欣賞古代大師作品。「演完以後我可以留著這張畫嗎？」他說，海倫拼命壓抑她的微笑。

幾年後翻遍舊東西，我找出了海倫畫的班沃里奧圖，戴著小圓框眼鏡在聆聽。我很多年沒看這張圖了，那天我第一次傻笑起來。那是你在每所學校美術教室會看到的東西，夾雜在巨大眼睛、鉛筆素描舊鞋和拿湯匙當鏡子的自畫像之間。即使當時我就看得出鼻子怪怪的，手臂彎得很彆扭，她眞的不會「畫」手，只能用抹刀。但那是第一次有人畫我而且沒有陰莖從額頭冒出來，重新發現這張圖，我笑是因爲我想起當時我多麼喜歡，我的朋友多麼驕傲，我們又多麼爲她高興。

「一定會很棒的！」露西說，對她要穿的紅色皮衣很興奮。

「海倫，」我說，「妳眞厲害。我都不曉得。」

「滾啦，查理，」她臉紅著說，又是一件我不知道她能做的事。

「請給設計團隊熱烈掌聲鼓勵！」伊佛說。

接著，預防我們太舒適，「各位，到面具工廠！」艾莉娜呼叫。

果園被改裝成了某種後宮，樹下放了地毯和枕頭，幾張棕色紙和幾鍋粥狀糨糊放在每個枕頭邊。面具是給卡普雷派對場景用的。

「這也是放鬆練習，」艾莉娜說，「所以我們會慢慢來。我們要聽鳥叫，聽昆蟲叫，聽樹發出的聲音。但不只如此，重點是仔細檢查臉孔，還有即使我們自以爲沒表達東西時，我們表達了什麼。現在——分成兩人一組。」

「兩人一組！」伊佛大叫，這幾個字總是引起一陣恐慌，因爲不能顯得恐慌而更加嚴重。禮節規定我們不能直接撲向我們喜歡的人。況且，整個下午把小濕紙團黏到法蘭臉上；那太痛苦了。她已經跟亞歷士搭檔，天賦與天賦的組合，讓我們剩下的人焦急地左顧右盼，每個眼神交會的瞬間都有沉重的意義。就像在音樂聲中搶椅子坐，混亂持續了幾秒鐘。奶媽波莉選了柯林．史馬特，海倫選了艾莉娜而且似乎很滿意。露西勾著邁爾斯的手臂，演波頓和泰勒的約翰和萊斯莉維持他們的搭配。演勞倫斯修士的基斯一向很想跟年輕團員互動，被迫和伯納湊和，前禁衛軍這時堅強忍耐地面臨他第一次做面具的命運。

只剩下喬治和我。

「我想這就叫抽到死籤。」

「別傻了，沒事的。你要先上嗎？」

他摘下眼鏡，鏡片跟他的手指一樣厚。少了眼鏡，他似乎暈眩又脆弱，眨著眼把它收進上衣口袋，彷彿準備被戴上眼罩槍斃。

他嘆道。「我就知道。」

或許我想像過，但我對喬治感到某種親和力。他保守又謹慎，雖然很少說話，開口時人人都會聽。邁爾斯在難得讚美別人的時刻，透露喬治「簡直是天才」，是好作家，無敵的辯論高手，也是聽得下去的小提琴家。或許因此我們沒說太多話，因爲我能跟這種人談什麼？但他很少顯露他的天賦或用智慧當棍子毆打別人。他只會安靜坐著觀看，一手抓著下巴或嘴、額頭和鼻側，總之當天他的粗糙臉孔上造成最大痛苦的任何部位。觀看他排練的場景，巴里斯的角色似乎成了某種反面羅密歐；世界上茱麗葉最不想相處的人——奶媽說，她會寧可「**看蟾蜍，無論怎麼醜，也不要他**」，而結婚真正會是比死還慘的命運。「**喔我寧可從任何高塔的城垛跳下，也不要嫁給巴里斯！**」茱麗葉說，我心想選角會有多困難，才能看著一個青少年暗忖：**對，我們找到蟾蜍了**。

在別處，專注冥想的氣氛籠罩著果園，伊佛播放弛放音樂的ＣＤ想要強化這個氣氛。他的頭放在枕頭上，手指交叉，眼睛和每一塊肌肉緊繃，喬治顯然需要刻意努力不把手放在臉上。「我的媽呀。」喬治從鼻子呼氣。「姑且不論做面具，我想世界上沒有比弛放音樂更讓我緊張的了。」

「我爸說那是給不喜歡音樂的人聽的音樂。」

「他是個聰明人。令尊是做什麼的？」

「他以前開唱片行。現在失業，那——你爸呢？」

「公務員。在外交部工作。」

「喔。我們開始吧？」

「請便。」

我開始用沾膠的紙團覆蓋他的臉，從小學就很熟悉的技巧，在汽球上塗混凝紙漿再用針戳破。這時喬治的額頭就是汽球。「不必抹油，」他說。

「希望能剝得下來。我不希望你這樣子回家！」我用努力輕快的語氣說，好像救護站的大膽護士。

「當然所有擔憂的最佳辦法就是弄個袋子。普通牛皮紙袋，套在頭上。」

我默默繼續。

「或是繃帶。像木乃伊一樣纏住整顆頭。」

我把紙漿抹在他鼻樑上。

「或許你摘下來以後我的皮膚會奇蹟地變透明。或許壁紙膠是我在找的療法——」

「喬治，你不該講話。」

「是嗎？好吧。不說話。」

「你應該要聽樹的聲音。」

「好。我會聽。」

我堆積了幾層紙漿。我們莫頓葛蘭吉也有這種同學，臉孔因為擦洗和漂白、熱毛巾和收斂劑變得粗糙又灼傷，在週末穿制服，在夏天穿太多，笨拙又害怕，午餐時間像羅馬競技場裡的基督徒擠在一起的男生。私立學校的苦惱有比較文雅嗎？他似乎不可能毫髮無傷撐過來。

「你跟法蘭的進展還好嗎？」

這個問題嚇我一跳，我構思答覆時偷瞄她。亞歷士跨坐在她胸口，把拇指塞進她眼窩的空洞裡。

「還不錯。」

「你們似乎很親近。」

「我們往這方向發展。」

「你喜歡她？」

或許是弛放音樂的有害效果，但是對話變得太私密了。「是啊，當然，」我咕噥說，「大家都喜歡。」

「查理，我用『喜歡』是委婉的說法。」

我保持沉默。

喬治舔嘴唇。「我的意思是——」

「我懂你的意思。喬治，我們不該講話的。」

「但是你喜歡。」

「喜歡她？是啊，我很喜歡她。」

「嗯，」他說，「我也是。」

「喔。是喔。」是真的，我有注意到他跟法蘭說話的樣子，小聲又專注，手指輪流遮住臉上不同的部位。我也注意到他逗她笑之後的隱約驕傲感，這很頻繁，比我所能承受的更頻繁。

「對了，我不介意。這不是競賽。我想她很喜歡你。」

「但是『喜歡』是委婉說法嗎？」

「我想你終究會知道的。」

我們再度沉默直到他的半張臉消失。他的鼻孔曲線裡有一團白膿，眼睛旁邊有顆青春痘大到改變了他的臉的形狀。被摸到似乎會痛，但我決心不要遲疑，我想我感覺很勇敢。

「抱歉讓你做這種事，」他說。

「我不介意。」

「我知道這挺噁心的。」

「沒那麼糟糕。」

「那個，你不該摸它的。」

「沒這回事。」

「我感覺得到它在**冒泡**。你知道嗎，我有時候想，我如果有刀子會把整張該死的臉割下來，」這時他愁眉苦臉嚴重到讓半乾的紙漿裂開。我發現真的得找別的話說。

「你的眼睛很好看。」

「是啊，他們想不到優點時就這麼說——」

「呃，喬治，我不知道該說什麼。這對我也很怪，但我認爲你長得很不錯，好嗎？很⋯⋯有表達力。」我心想，這是當時我對人說過最奇怪的話了。沉默片刻。

「你說得對，」喬治說，「我們眞的該閉嘴幹活。」

又一陣沉默。

「謝謝，」他說，接著我們不再講話直到完工。面具夠乾燥之後，我把手指慢慢鑽到紙漿底下，它發出令人滿意的吸吮聲脫落。喬治用掌根揉眼睛，草率地看了一下。「像安地斯山浮雕地圖，」他說，「趕快拿走。」我把面具跟其他的放一起，輪到我了。

整個過程花了弛放音樂組曲播兩輪的時間，之後我們全體眼神迷濛地站著，搓揉殘留在死角與皺紋的黏膠，檢查像是怪異穀物般排列在陽光下曬乾的面具。

「呃，這太變態了，」海倫說。

「你們看起來都很漂亮啊，」波莉說。

「眞是一群怪胎，」亞歷士說。

「我的挺好看，」邁爾斯說。

「你做的那個還是做你的那個？」我問。

「兩者都是。」

「邁爾斯！」法蘭說。

「眞是有趣的人物組合，」波莉說。

「我想我們都很好看，」柯林說。

「喔，柯林，拜託，」亞歷士說。

「死亡面具，」喬治說。

「好像連續殺人魔的地下室，」法蘭說。我從作品堆裡找出她的面具。在我看來好像博物館裡的稀有美麗古物，讓我很想偷走。

「查理，」海倫耳語說，「我們剛做的事絕對不能說出去，**永遠不行**。」

「好啦，大家做得很好，」伊佛說，「這星期表現不錯。但是星期一——我們要加快速度！離彩排只剩兩週半了。長時間排練，我需要大家丟掉本子，機靈一點。各位，要準時來！下週一見。走吧。解散！解散！」

但是氣氛變了。沒人想要離開，我們在車道上慵懶地徘徊，等著計劃浮現，延長這一天的什麼方法。

「有了。我們去釣客餐廳，」法蘭抓著我手臂說，「記住——沒有我你哪裡都不能去。」

釣客餐廳

爲未成年酒客供餐的本地酒館中，釣客餐廳是最聰明的。你比較可能在鐵鎚鉗子酒館喝到酒，在那家非法酒館看到穿校服、解開領帶、書包塞在桌底下的顧客簡直是稀鬆平常。但鐵鎚酒館是全鎮最好鬥的，在那裡喝酒令人心煩意亂。

釣客餐廳完全是更高級的提議，位在市區邊緣新建的都鐸式農舍，灰泥白牆和嶄新茅草屋頂；是附設大停車場的名店。天花板眞的很低，人造木材裸露著，在星期日，家庭客會擠在壁爐邊和小包廂大啖聞名的吃到飽燒烤，像有濃淡兩種不同肉汁的無底肉坑慶典。在比較幸福的時期，老媽老爸會帶我們去，我們坐著口乾舌燥地猛嗑洋芋片和粉紅火腿條，喝 Britvic 55 汽水，吃堆積如山的粗薯條。現在它對年輕酒客的最大賣點是啤酒屋，面向人工湖——其實只是個大池塘的一片破損斜坡草坪，周圍都是脾氣不好的釣客——我猜店名因此而來，他們駝背熬夜，喝著啤酒怒瞪任何膽敢走近「把魚嚇跑」的年輕人。那年春天，在我們應該要準備考試的工作天晚上，我有時候會跟哈波來這裡，夜間低溫冷得發抖，在無害的可樂裡偷加他外套口袋裡夾帶的蘭姆酒。我們從不覺得那有什麼不對或愚蠢。法律只是準則，十八歲規定是用來打發十四歲屁孩的。大家達成了默契：只要我們留在店後方的保留區就沒事。

那個星期五我們不知不覺來到這裡，五時劇團合作社不分老幼的每個團員圍坐在我們一起抬到草坪上的兩張木製野餐桌邊。基於負責的精神，伊佛拒絕請未成年團員喝比半杯薑汁啤酒更烈的東西，所以我們被迫快速喝掉，而且只有兩籃沒炸熟的洋芋片可吃，對話聲量很快開始拉高。在我們人生的那個階段，也是那個時代，所有對話都會演變成即興喜劇，於是我告訴海倫、法蘭和亞歷士先前即興發揮莎士比亞的故事——**我的愛情經驗有得有失**——對他們發笑感到滿足。我們喝越多越容易發笑，直到醉到某個程度，某個開關被觸動，對話變成了自白大會。

所以——基斯似乎正在悲慘的分居狀態中，是他自己的錯，跟去年的《屋頂上的提琴手》同僚團員，飾演他女兒的人搞外遇，信不信由你（亞歷士大喊「傳統！」），但他仍然愛他老婆，仍想要她重修舊好，露西則告訴邁爾斯她爭取好成績感到的壓力，邁爾斯說，對，我了解那個感受，因為如果他不是某方面最優的，就必須有充分的理由，而一向被視為無趣軟弱書呆子的柯林·史馬特透露，他弟弟因為販毒被關在少年監獄，我還來不及消化，竟然喝掉一瓶白酒的波莉則說目前在紐西蘭的孫子不在身邊，她和伯納多麼寂寞，他們多麼喜歡跟我們年輕人相處，年輕人如何讓他們保持年輕。在我右邊的艾莉娜以低沉專注的語氣告訴法蘭，她在維也納有個沒信仰的芭蕾舞者男朋友，同時我左邊的亞歷士在擔心如何告訴在迦納的父母他是同性戀。「他們是自由派，」他說，「但是**沒那麼**自由派。」

大多數時候，我坐著聆聽，彷彿坐在電視牆前跳來跳去。這些自白有點感染力，我懷疑該不該加入，提供一些話題？說我很久沒見到我妹，跟好友也越來越疏遠？說我討厭我媽但希望她回來？說我擔心我爸自殺，說我偷過加油站的錢和玻璃杯，考試當掉，晚上失眠，害怕我無法想像的未來？

這太超過了。我的內心世界很少不會讓聽眾尷尬地玩弄杯墊的事，我唯一覺得很想分享的無污點秘密就是我對現在坐我旁邊的女孩所懷抱的強大爆發的熱情，我們的臀部碰觸，她裸露的手臂摩擦著我，一手托腮——**喔，我那隻手戴了手套叭啦叭啦有的沒的**——俯身聽酒醉的波莉說話的同時，握著她另一隻手說她扮演茱麗葉多麼美麗，多麼有天賦。法蘭推辭讚美但那是實話。我身邊的是我所認識最聰明、最開朗、最漂亮的女生，我人生所有低劣雜質的解藥。我最大的願望是跟法蘭．費雪在一起，無論「在一起」是什麼意思，但我能跟誰說呢？肯定不是法蘭．費雪。

邁爾斯端著飲料托盤回來。「薯條！」海倫說。「你忘了薯條！」

「還有香菸！」亞歷士大喊。

「不行！」伊佛說，「絕對不准抽菸！」

「喔，我好想抽根菸，」艾莉娜說。

「艾莉娜，我們有監護義務！」

「或許再買點吃的來吧，」波莉口齒不清地說，「調和一下這些白酒。拿去，我有錢……」

「不，我去吧，」我說，從野餐桌下抽腿出來，搖晃地一手放在法蘭肩上，發現有一瞬間她伸手上來用指尖穩住我。我的天，我好想大叫！

可想而知。我走到吧檯時，腳下被烘烤的地面已經變成沼澤。鹵素燈開著，我發現飛蛾和蚊子在帶電的暖空氣中像燃燒的餘燼般飄浮。我就是這麼醉——醉到可以觀察事物。室內，沉滯的空氣有醋和熱油的氣味。我躲在木頭屋簷下，站直準備好開口跟老闆娘講話。「麻煩妳，我要薯條。兩份，不，四份，不，六份。還有八包花生。四包鹽味，四包原味。」我聽起來像酒醉的發聲法老師。「加四包鹽醋味薯條。」會很貴，但我皮夾裡有現金和刮刮卡，薑汁啤酒讓我天不怕地不怕。

「孩子，你幾歲？」

「十八？」講得像問句是我不對。別管了。專心。我行賄似的把錢塞進她手裡。「我們只要薯片！」

她嘆氣遞給我一隻木雕大魚，側面漆了數字九。「這是你的號碼牌。注意聽，我們不會叫兩次。」

「這次薯片可以炸熟嗎？上一批裡面還是生的。」

「小子，別太過分，」她說完揮手打發我。我撈起那些包裝。有這些零嘴——我會受到英雄式歡迎。我看到啤酒屋裡有五口之家坐在門邊的長凳上，三個女孩，其中兩個一模一樣，聽著父親說的話發笑，在我經過之前，就知道第三個女孩是我妹，跟我媽和她的新男友出門。

他們還沒看到我。強納生沐浴在他們的笑聲裡，用吃一半的薯條從他的乾酪蛋糕中撈起塔塔醬，我考慮繞路躲回酒館裡一下，但是——

「查理！」老媽喊道。

「哈囉，查理，」比莉板起面孔說。

「哈囉，年輕人！」強納生說，名牌襯衫裡的身材苗條結實（「他**有運動**，」比莉告訴過我），短髮和鬍碴好像我的舊玩偶。我們在高爾夫球場的唯一會面時，他把我的鄙視當成顧客投訴，現在又切入這個模式，耐心、謙虛、快速站起來在卡其褲上擦擦手，才伸出手握手。我雙手都拿著東西，所以他改指著女孩們。「你見過雙胞胎嗎？」

雙胞胎抬頭看我。在平行人生中，老媽帶著我走的版本，我會想像自己同樣鬱悶但迷人地叛逆，像個瘋子，我懷疑其中是否會有種詭異黑暗的張力，在她們父親的反對之下發生禁忌之戀。或許老媽才因此認爲最好留下我；家裡有我太危險了。如今幻想在她們傷人的冷漠面前瓦解。「你好！」其中一個說。「幸會，」另一個說。切斯波恩的女生，健康又誠懇，臉上泛紅彷彿她們剛打完網球。她們回去繼續吃配菜沙拉。

「你怎麼會在這裡？」老媽說，忙著收拾東西。

「只是出來！」我無禮地說，又為自己的無禮尷尬。比莉垂下目光用吸管喝飲料。

「你週五要上班。」

「我換班了。」

「那——你跟誰來的？」

「只是一些同伴。」

「死黨嗎？叫他們過來打個招呼！」

我瞄向我的桌子。音樂人山姆和葛蕾絲來了，山姆正把六孔小笛放到他唇邊。

「不是，其他朋友。」

「我認識嗎？」

「妳不必認識我認識的每個人，是吧？」

「對，但我可以對他們好奇。不行嗎？」

從長凳區，我聽到山姆甜蜜婉轉的笛聲，在吹捷格舞曲。老媽跟著我的視線。「老實說，誰會帶錄音機來酒館？」

「狗狗不會喜歡！」強納生說，女孩們笑了。老實說，誰會對父母的笑話發笑啊？

「那不是錄音機，」我怒道，「是六孔小笛。」

「我長知識了！」強納生舉起雙手說，我好想把他褲子的口袋扯下來。比莉大聲吸她的吸管。

「比莉，親愛的，」老媽說，「我看杯子空了。」在我們那桌，葛蕾絲用鈴鼓加入山姆。

「我得走了，」我搖晃花生說。

老媽難過地搖搖頭。「好，你走吧。我很喜歡剛才我們的小互動。」

「再見，比莉。」比莉露出人質般的緊張微笑，我匆忙逃離老媽的瞪視。

我不該來吧檯的。我失去了法蘭身旁的位子——她說過，**沒有我哪裡都不能去**——這時她跟海倫和亞歷士坐在桌子末端，跟新的笑話保持距離，葛蕾絲和山姆以中世紀吟遊詩人風格表演流行歌，正在唱薇格菲的〈週末夜〉。我在佛雷莊園大草坪上對這種劍橋式裝模作樣的嬉鬧或許有點包容力，但現在我們已經陷入那種專門看新來菜鳥的表情。我伸手拿我的飲料，什麼都好。除了花生，我也帶回了憤怒的厭惡，不只對老媽和她男朋友，還有比莉，週五晚上出來開心地跟——他現在算她的**繼父**嗎？我們變成遠親了嗎？

歌曲結束。「唱〈Stairway to Heaven〉！」

「不要，唱〈Firestarter〉！」

「〈When Doves Cry〉！」

「查理？」是法蘭，沿著桌緣伸手過來，用嘴型說：**你還好嗎？**

「查理？」老媽在我背後說。

所有人住口轉過頭來看。「哈囉，大家好，我是查理的媽媽！」

「哈囉，查理媽媽！」他們說。「妳好，」伊佛說，「妳要加入嗎？」我看向法蘭，她半站著在微笑。「對，請坐這邊……」

「不用，沒關係。只想說句話。查理？」她已經走開了。我跟著她走到池塘邊。

「呃——你還好嗎？」

「很好。」

水面上有俯衝燕子穿過蚊蚋群。

「出了什麼事嗎?」

「沒有。沒事。」

「因爲我**完全**不認識那些人。」

「呃,我認識!」

「查理,你不會認識演奏六孔小笛的人。」

我踢鬆地上的砂礫,撿起一些小石頭往池塘打水漂。「我認識露西.陳,我認識海倫.畢維斯和柯林.史馬特,他們都是我學校的。」

「雙胞胎說她們認識那個切斯波恩的女生。」她往法蘭歪頭。

「我們已經畢業了。」

「但你從來沒提起過他們。查理。這不……」她伸手放到我手臂上,壓低聲音。「這不是**宗教**團體,對吧?」我聞言大笑,她捏我手臂。

「哎唷!妳怎麼會這麼說?」

「他們有種**特殊表情**,像宗教狂熱。我不介意,如果那是你的永恆靈魂,我只是想知道!」

我丟出另一顆石頭。我猜我可以乾脆告訴她。十六歲嘗試新事物,沒有什麼好奇怪的。

「或者是邪教?因爲我不希望被迫幫你反洗腦,查理,我的事情太多了。」

但我沒準備好再度向老媽透露。我仍然渴望那個受傷的表情。「不是邪教,也不關妳的事!」

出現了。「是嗎？」

「對，已經無關了。」

我丟出另一顆石頭。「妳想要打那些可憐的小鳥嗎？」她說，見我沒回答，探口氣。「你爸怎麼樣了？」

我丟石頭。「我不常看到他。」

「從什麼時候？」

「從星期一。」下一顆石頭在水面上彈跳很遠，我瞄她，我猜是尋求讚許，但她表情焦慮又分心。

「爲什麼看不到？」她說，一手按著額頭。我畢竟是她的耳目，讓她安心用的。

「我不常在家，如此而已。他沒事，我們只是沒說上話。」

「爲什麼？」

「我回家時他在睡覺。」

「你跑哪裡去了？」

「去邪教。挺花時間的。」

「查理，認眞點——」

「有一堆儀式等等的——」

「我只是問你去哪——」

「我說過，我去哪裡不關妳的事——」

「誰說的？」她突然生氣說，「你在想什麼？」我想再丟一顆石頭但她從下方打我的手，石頭灑落在水上。「我想要幫你，查理。拜託，至少認清我在盡力，」她轉身，雙手抱胸低著頭，走回酒館裡。

我留在池塘邊，看著燕子，自以爲是的快感變成了後悔。在餐桌上，五噚劇團化身英國民謠合唱團，可能沒完沒了地多部輪唱著〈Rose, Rose, Rose Red〉。我不能回去。即使我能搶回法蘭旁邊的位子，心情也因爲承認不常看到老爸而動搖。他不像喜歡我陪伴的樣子，但也不喜歡被丟下獨處，四天一定感覺像關獨居房。我感到昔日的恐懼回來了。我要馬上離開，騎上我的腳踏車回家。我聽到也感到背後有腳步聲，有隻手放在我背後，把我推向池塘又拉回來。

「嚇到了吧！」是亞歷士，海倫和法蘭跟在後面。

「看看你，自己在生悶氣，」海倫說，「這些黑水裡有什麼秘密？」

「『我正在哀悼我的人生！』」法蘭說，不管那是什麼意思。

「結束了，」亞歷士說，「他要跟我們走。」

「亞歷士有個計劃，」海倫說。

「人生有個規則，」亞歷士說，「開始唱民謠，就是該走的時候了。你就這麼辦。查理，告訴大家你要回家：『大家晚安，明早要工作』，然後到這個地址。」他遞給我一張從他劇本角落撕下的紙。「我們叫了計程車。在外面等我們。」

「要幹嘛？」

「派對，」海倫說。

「但我的意思是**真的派對**，很特殊。」

「我誰也不認識。」

「你會認識**我們**，」法蘭說。

「我不用換衣服嗎？」

「最好是換，但是沒時間了，」亞歷士說，「這樣……沒關係。」

「還有誰會去嗎？」

「只有我們。我們要帶你加入我們的小圈圈。你該感到很榮幸。」

「我不確定是否該——」**他已經獨處三、四天了。**

「別說話！」海倫說。

「我必須——」

「閉嘴，閉嘴，閉嘴！」

「**來吧**，」亞歷士說，「**我們要浪費時間**。」

「我們在那邊見，」法蘭說，「你答應過。記得吧？」

這時亞歷士帶著我走回其他人，雙手放在我肩上，嘴巴湊在我耳邊。

「喔，查理。你看不出這是什麼狀況嗎？走！快走，趁他們唱起另一首歌之前道別。」

松樹之屋

那棟房子在大道旁，俗稱的百萬富翁大道，當時這個字還有一點意義。好像比較寒冷的比佛利山，各行業的領袖住在這裡，地方新聞節目主播，受敬重的黑道老大，幾個七〇年代靠偵探劇走紅的演員。門牌號碼對這條大道有失地位。每棟房子都改取了奇特、偽鄉野、帶點英國古蹟信託組織味道的名字：大理石屋，石頭小屋，山之屋，冬青之屋。我的紙條叫我尋找松樹之屋，我在寬廣寂靜的街道兩側衝來衝去好一陣子，查看藏在高大水蠟樹籬後面的豪宅門牌，直到我發現一大塊銹得很藝術的鋼板，很像太空貨船的空氣閘。

時間過去，二十分鐘，半小時，緩緩接近午夜，我像個偵察場地的小偷般徘徊。警方特別注意百萬富翁大道。我皮夾裡有加油站偷來的刮刮卡和現金。萬一我被審問時招供呢？我坐在路邊鑲石上，聽著自動灑水器的喀啦喀啦聲，看著蝙蝠在紫色天空中飛舞，有隻狐狸冒失地沿著大道中央走過，彷彿在找派對。分針跳到了十二，這時我清醒了，開始騎著我的車離開。

一輛迷你計程車駛近，亞歷士的頭已經探出車窗。「別走啊！停著別動！」他們停車陸續踏到寬廣的路邊草地上，改頭換面；首先亞歷士穿開叉到胸前的灰色綢緞襯衫，海倫穿著當天的粗藍布工作服但頭髮抹膠作成隨機的石筍狀，眼睛下可能用粗麥克筆畫了兩條粗黑線，比較像戰士妝而非化妝，最後的法蘭穿著黑色輕便洋裝，很像睡衣，上下端有蕾絲飾邊，下面是同樣的愛迪達運動褲。

「我們先回我家換了衣服，」亞歷士付錢給司機時說。「希望你別介意。」

法蘭拉扯下擺。「你看怎樣？」

「很好看，」我說。

「她看起來很美吧？」亞歷士說。「是我媽的**睡衣**。呼叫佛洛伊德博士！」

「我覺得有點不夠鄭重，亞歷士，」法蘭說。

「胡說。這是內衣外穿。」

「我都把外衣當內衣穿，」海倫說。

「我不確定是否該穿這個，」法蘭摸摸肩上的紅色胸罩肩帶說。

「不，不應該。脫掉吧！」亞歷士說，「妳跟朋友在一起。」

「我不認爲。」

「那就晚點再說。時間還早。」

「這也感覺很詭異……」她摸摸嘴唇，口紅是蝴蝶形，超出邊緣彷彿是用拇指邊緣塗上去的。「你看怎麼樣？亞歷士塗的。」

「很好，」我只能說，「感覺有點像……古希臘喜劇。」

「就是應該這樣，」亞歷士說，「這是歌舞伎風格。各位，這是嚴肅場合，不是《龍蛇小霸王》那種告別夜派對。你們必須努力。記住了……」他從特易購袋子裡拿出一塊整齊的白色長方形，像托盤平放著，接著像魔術師一揮，抓著一個角落把它變成一件襯衫。「給你的。」

「我不能穿這個。」

「查理，你看起來像送報童。這樣他們不會讓你進去。穿上。」

「在這裡？」

「你要是害羞可以躲到車子後面。」

我用指尖接過襯衫，走一小段路再轉過身。同時伸展每一塊肌肉並脫掉T恤很困難，我腦中閃過一個念頭，發現今天早上的腋下除臭劑早已失效了。我用舊T恤搓搓骯髒的脖子和腋下。穿上這嶄新衣服簡直是褻瀆聖物，它有烘乾機的氣味，觸感昂貴厚重，貼在我皮膚上很涼爽。我在學校穿的白襯衫是有破損、沒熨過、三件一組賣的人造纖維製品。標籤上品牌是迪奧。我正想把下襬塞進去——

「不要，那樣就好，」海倫說，「咱們來看看。」我轉身，轉動肩膀，試著把雙手伸到空中。

「只能湊和了，」亞歷士說，「大家準備好了嗎？」他示意我們過去站在保全監視器底下。「樂團合照！微笑。說『十八』！」我們整理儀容，作出最成熟的表情，亞歷士按下對講機按鈕。「哈囉，布魯諾！我是亞歷士。我帶了些朋友來。可以嗎？」時間流逝但我們維持姿勢，直到出現一個低沉的工業隆隆聲，大氣閘終於開始滑開。

被燃燒火焰照亮的漫長木屑車道盡頭，房子出現在地面上，低矮修長，煙燻玻璃與砲銅色活像一張昂貴的咖啡桌，我立刻認出這是在老動作片裡看過的毒梟之家。不明地點會有戴墨鏡、手指按著耳朵的警衛保護整座宅院，被拉進樹叢裡勒死時會伸手到外套裡。

「見鬼了，亞歷士，」海倫說。

院子裡——我相信會有好聽一點的名稱——時髦的男男女女形成時髦的小群，宛如建築師模型上的塑膠人偶，隱藏在樹林中的喇叭隆隆播放舞曲音樂，與之同名的松樹遮蔽了外界的視線。在房子一旁我們看到一片長方形磷光燈交叉變換成粉紅色、藍色、綠色和紅色；有游泳池，目前沒人但等待著。

「我再說一遍。見鬼了。」

「我知道，對吧？」亞歷士說。

「我們該帶禮物來嗎？」我說。

「四罐 Stella 啤酒和合輯錄音帶？」亞歷士笑道，「這不是那種派對。」

「這是狂歡會，是吧？」海倫說，眼睛一亮。「你把我們帶來狂歡會。」

「那要到很久以後。這只是我在本地娛樂場認識的熟人辦的好派對。」

「我不曉得我們有本地娛樂場所，」我說。

「查理，你本來就**不該**知道。要是有人問你們——應該不會——就說你們都是大學生，而且因爲某種統計學特例，你們都剛滿十八歲。」

「我不能假裝我是大學生。」

「當然可以！想像暴力較少、人人喝咖啡的高中。」他專注地逐一看著我們，宛如算命師。「法蘭，明年妳希望在德翰攻讀……心理學；查理——雪菲爾，地理學；海倫——拉夫堡，體育和政治學。妳想要當體育老師！」

「哈。」

「那，亞歷士，」我說，「我們是不速之客嗎？」

我以前闖入過派對，在全鎮各處的房子，像蒙太鳩家族混進卡普雷家的舞會。我們會說「我們是史提夫的朋友」，或「史蒂芬妮說我們可以來」。我去過被大批像維京人那麼殘暴、瘋狂又毀滅性的人闖入的派對：CD 和錢包被偷走，酒櫃的鎖被撬開，水槽從牆邊被扯掉，父母憤怒震驚地回到家時，滿地香腸亂滾，草地上還有人打架。我去過鬧上地方新聞的派對。有一次碰到直升機在頭上盤旋。所有住宅派對不都是這樣結束的嗎？靠警車燈光和地毯上粉紅鹽巴堆成的鼴鼠丘？

「我們會被趕出去嗎？」

「不會，因爲你們不是不速之客，是我在劇團的好朋友。我會去跟布魯諾打招呼。要融入！去吧！去吧！」他消失到屋裡時，我們三個被丟下，在這全新世界的邊緣目瞪口呆。我從未看過這麼多迷人的男女集中一處，五花八門又光鮮亮麗，我猜想，這些眞的是我在悠閒小屋茶室、Boots 藥妝店和 Spar 超市、Trawlerman 釣魚酒吧和金牛中餐館看過的鄰居嗎？男人的亞麻西裝裡穿著昂貴T恤或開襟襯衫，女人穿著時髦夏裝或反諷的復古連身服，好像我爸很不願意賣的浩室音樂 CD 封面。連飲料拿在身邊站著的中年賓客都很酷，置身在可能是溫水泳池的蒸氣或萬寶路涼菸的煙霧，或只是錢砸出來的悅目燈光造成的薄荷味霧氣中。「這跟衛理公會的舞會差太多了，」海倫說，我不知不覺間努力避免盯著一個穿紅色 PVC 緊身衣的雕像身材女子，同時另一個帥得像模特兒的男子走向我們，托盤舉在肩膀高度。

「他過來了！」海倫抓著我的手臂說。

「要蘑菇脆皮糕嗎？」模特兒說，我們乖乖地各自拿了一個再低下頭。

「我操，」拿著開胃餅乾停在嘴邊的海倫說，「**外燴業者！**」

「在我的老家，」法蘭說，「這叫做酥皮餡餅。」

「喔，**好噁**，」海倫說，把它吐到手裡。「味道像泥土。香腸捲或起司鳳梨有什麼不好？」她把吐出物丟進竹子盆栽裡。「該死的雅痞。我不能吃這個。我要去看看他們有沒有品客洋芋片。」

另一個托盤經過，淺玻璃杯裡裝了幾堆綠色外星雪花，我抓了兩杯希望外燴業者不要向我討證件。

這時獨處的法蘭和我摸摸杯子嘟嘴，往杯緣歪著脖子。我們啜一口，法蘭咬緊下巴瞪大眼睛。「看——我努力扮酷不要皺眉。別皺眉，別皺眉，別皺眉……」

「這基本上是萊姆味的冰沙。書報攤就買得到。」

「書報攤會在杯緣抹鹽嗎？」

「如果你要求就會。私底下，有大桶的 Saxa 食用鹽。」

她又啜一口。「龍舌蘭。你有沒有發現，如果你喝某種酒嘔吐過，它會永遠讓你想起嘔吐？」

「呃，我大概喝每種酒都嘔吐過，所以……」

「欸，詹姆士．龐德。你還是喜歡喝？」

「我不確定妳是不是應該**喜歡**。」

她拍拍我的手臂。「你真是**見多識廣**。」

「是啊。我很有經驗，」我說，拿掉吸管以免又被它戳到臉頰。「不過這挺高級的。」

「是啊，」她說，我們蹲坐在一大盆仙人掌邊緣觀察現場。「我感覺好像黛西．布坎南。」

「黛西．布坎南是誰啊？」

「她是傑．蓋茲比的初戀情人。他成爲百萬富翁後辦了很多高級狂野的派對，想讓黛西再度愛上他，拋棄丈夫。我不想告訴你結局，但是很悲哀。也有點討厭。」

「我下一本會看，」我說。我會讀法蘭提過的每一本書，看每一部電影，聽每一首歌。

「天啊，我需要派對。不過我對其他人感到抱歉。我們不能洩密。我討厭小圈子。你知道的，除了我被邀請加入時，那樣我就會覺得小圈子很棒。你們莫頓葛蘭吉也有嗎？小圈子。」

「當然。我們不用『小圈子』這個字。」
「你有參加嗎？」
「算有吧。其實只是一群男生。」
「是啊，柯林也這麼說。他說你的圈子算是稱霸校園。」
「是嗎？」
「露西也是。不過她說他們會給她一些稱呼。像是——什麼來著？四十二號。好像在中餐菜單上，根本沒什麼意義，不過她是越南人。至少她父母是。」
這倒是眞的。她在談話中幾乎都被稱作四十二，比眞名更常用。另外還有划船妹和越共，爲了我從來沒搞懂的原因，還有佛祖，雖然我不記得自己用過哪些稱呼，我知道我不客觀。
「柯林說了什麼？」
「他說他被叫同性戀軟腳蝦之類的。」
「我沒說過那種話——」
「他們沒說你有。」法蘭伸手放在我手上，「你以爲我在斥責你。並不是。」
「我也沒那麼說。」
「我知道。她只說是某些男生。」
「主要是洛伊德和福斯。」
「哈波也是。我記得，因爲我聽你提過他。」
「他是我朋友，不表示他就不可能是混蛋。」

「我知道。」

「而且洛伊德不太算朋友，他只是朋友的朋友，他常跟我們打混。但現在他根本不和我聯絡了。我不確定他們任何人還有聯絡。」

「眞的？爲什麼？」

「我往他頭上丟了顆撞球。很用力。」

她笑了。「你沒打中？」

「對啊。但我不是故意的。」

「爲什麼？」

「他跟我說的話。」我聳肩，「他說了些東西。」

「呃，你錯過很可惜，因爲他聽起來像個眞正的混蛋。」她笑了。「抱歉。抱歉。」

「不用，這很合理。」過了一會兒。「妳和露西什麼時候談到這些的？」

「不重要。你不能生露西的氣，她不是在講故事。提到它的唯一理由是……」

「繼續。」

「她說現在她比較喜歡你了。她說你第一次跟我出現時，她很討厭你，因爲……學校的那些事。但她看錯你了。」

「此一時彼一時。判若兩人，」我說，感覺這是眞的。

「我眞的不是想裝好人或說教，我也可能很討人厭——相信我，我眞的可以。」她啜飲料，皺眉之後笑了。「我只是想確定如果我們要做這件事，我沒看錯你。就這樣。我們忘了吧。」

做這件事，她說了之後繼續講話。我無法吸收。**做這**——

「……最好貞的融入……」

事，這件事……

「……拿不同的飲料。龍舌蘭從來不是好主意。」

什麼「事」？

「……即使在墨西哥，我敢說他們都是，你有柔軟的東西嗎？」

「什麼『事情』？」我說。

「『事情』？」

「妳剛說『如果我們要做這件事』，這件『事』，但是什麼事？」

我感覺她的手臂壓到我的手。「你知道是什麼。」

「說清楚。」

她發笑，伸展雙腿指著她的腳趾。「這不是能說的事情，只能做，」這時我知道當晚稍後我們會接吻，這只是如何做得對的問題——那件小事——還有正確的親吻。「來吧……」

「妳沒看錯我，」我說。

「對。我認爲沒有。我們進去吧。看看他們還有什麼好喝的。」

她挽著我手臂，我們穿過其他賓客，他們愉悅又寬容地微笑點頭，彷彿我們是穿著睡衣來參加派對的小孩，抽了點大人的菸並且偷喝酒。我練習我的僞裝：地理學，在雪菲爾讀地理學。對，那是所好大學！我非常興奮，多謝你了。通過玻璃滑門，進入好像水族箱一般四面都是玻璃的廚房，水槽和各種設備在房間中央，令人困惑的設計，所有鍋碗瓢盆器具都像精緻打擊樂器般很藝術地掛起來。拋光黑色大理石上，酒保正在排列更多雞尾酒，好像粉彩交通號誌的紅、橘、綠色，我們趁他轉過身去拿了兩杯紅色的，在安全距離外低下頭去舔杯緣。味道像冰淇淋攤車賣的火箭糖，我們謹慎地拿著走過玻璃台階進入一座好像挖掘工地下陷，而且也是玻璃牆的客廳，我猜想戲劇學院之王哈波先生會怎麼說。「這只是座該死的大型戲劇學院！」

生活區的邊緣好像格鬥士電影裡的羅馬元老院設有陽台，台階上散落著讓元老休息的靠墊和地毯，這時海倫雙手合抱著一大碗薯片彷彿在保護小孩，亞歷士正在說故事，群眾微笑或大笑著湊近。自信與天賦不盡然是同一回事——邁爾斯是我認識最傲慢無禮的男生，又很做作——但似乎有點關聯，我猜想讓群眾全神貫注而非在別人的話中空檔插嘴是什麼感受？這裡的音樂比較柔和，伊比薩風格的輕音樂，我們很樂意站遠一點喝飲料，假裝世故，聆聽——

「朋友們！」亞歷士突然說，「到這邊來，別害羞。」聽眾轉頭來看著我們。「這是我們的茱麗葉，才華洋溢的法蘭西絲．費雪。這是我們的班沃里奧，查爾斯．路易斯先生飾演。海倫和我正在設法打造一段夏日戀情，對吧，海倫？」

法蘭翻白眼。「亞歷士，收斂一點。」

「可是羅密歐在哪裡？」一個光頭男說，高雅的華人，戴著粗黑框眼鏡穿黑襯衫。「妳怎麼沒跟妳的羅密歐一起？」

「羅密歐不是茱麗葉的菜，」法蘭坐下說，男子向她伸出手來。

「我是布魯諾，」男子說。

「布魯諾，你家眞漂亮。」
「謝謝，我很幸運。歡迎你們來。你是……？」
「班沃里奧。」
「啊，漸近法！但在現實生活中你是……？」
「查理。」
「查理，法蘭西絲，你們都跟他一樣上大學嗎？」
「沒錯，」法蘭說。
「我沒有，」我無視謊言說。
「其實我們還沒放榜，」法蘭說。
「那你現在做什麼工作，查理？」
「我在打工。」
「在哪裡打工，查理？」
「呃，加油站。」
「喔。哪一家？」
「交流道旁那家。」
「我常去那裡。我很高興前幾天抽到了一些很漂亮的免費杯子。」
至少我沒偷他的刮刮卡。「呃，千萬別裝冰塊，會在你面前爆炸。」
「好建議；我會記住。下次我要加油——」

我想我最好轉移話題，用他的名字試試我的審問技巧。年長的人都喜歡這樣。

「那，布魯諾，你是做哪一行的？」

「我製造與經銷家用電腦，」布魯諾說，我不確定之後該怎麼接話。

「我們家有電腦，」我只能擠出這句。

「喔？哪一型？」

我講出品牌和型號。「老爸看報紙廣告買的。」

「嗯，他們是我們的主要對手。我們賣王安電腦。」

「不太好用。你們的好多了。」

「說得好。你會有前途，查理。我很高興你有潛力。你們似乎很登對。」

「喔，其實我們不是一對，」法蘭說。

「我們認識沒有很久，」我說。

「我不認為**那**有什麼關係。看看你們。動作快點！沒時間浪費了！是說——游泳池裡怎麼都沒人？」

「我們不確定給不給用，」法蘭說。

「當然給。游泳池就是讓人**用**的。」

「我沒有泳裝，」海倫說。

「我的天！年輕人怎麼這麼拘謹？」布魯諾喝乾他的酒杯說，「呃，我要去找個人把他推進池裡，」

他蹦跳著爬上陽台的階梯到外面的庭院去。亞歷士和海倫一臉賊笑，走向我們。

「亞歷士，」法蘭笑說，「你確定他接受我們嗎？」

「當然。但是別洩漏這件事……」

他伸出拳頭示意我們湊近，然後張開手指彷彿抓到了什麼稀有甲蟲。他掌中有顆小藥丸，有點斑駁又很圓。「我已經把它分成四份。大概不會有什麼效果，但是誰要吃？」

我們像酒友般互看了一會兒，亞歷士用牙齒啣起藥丸，我們各自拿了一個小碎片，看來好像浴室磁磚脫落的灰漿，白粉被口水沾濕了。我們用雞尾酒把它沖下喉嚨。很難相信這麼小的東西味道這麼糟糕，好像一團髮膠直接噴在舌頭上，於是我們又喝了些糖果味雞尾酒，去找人多的地方。

藥丸沒效，我們每隔十分鐘左右就互相確認一次。

只差現在音樂聽起來似乎還不錯。有種我們姑且當作剛性的沉悶古板味，朋友們和我一向對舞曲沒好感，因爲沒有吉他的東西就沒有技藝，無聊又重複，只會碰碰碰。哈波的巢穴不是跳舞的地方，是咬著下唇搖頭晃腦的地方。

但話說回來我們從未到過這種地方。戶外，陽台上的燈光圈出了像救生艇擠滿了人的一塊舞池，每個角落豎立一具喇叭把聲音聚焦，宛如放大鏡把光線聚焦。亞歷士歡呼，牽著海倫的手擠進人群中央，法蘭和我互看一眼之後跟上。海倫是意料之外的傑出舞者，非常認眞又激烈，幾乎帶著憤怒，閉著眼睛握緊拳頭，自言自語彷彿在恫嚇任何想打擾的人。跳舞對亞歷士而言是一種自我誘惑，不斷把手伸進他自己的衣服裡，解開自己的鈕扣，捏自己的胸部、屁股或胯下，讓我有點期待亞歷士把自己的手拍掉。我擺出姿勢——雙腳站穩，收攏手肘，雙手像擠牛奶似的活塞動作，即使在擁擠車廂裡也不會打擾人的那種舞，同時法蘭放很開，瘋狂傻笑，雙手舉在頭上，手指插進自己的頭髮讓我看到她腋窩裡的黑色毛根，她迎上我的眼神張嘴大笑，雙手放到我肩上說了句話。

「什麼？」

「我說這太**瘋狂**了。」

「是很瘋狂。」

她再說一遍。

「妳說什麼？」

她把我拉近，嘴巴湊到我耳邊。「我說我很高興你來了，」我們就這樣跳了一會兒，漂離其他人到救生艇邊緣，彼此拉近。提起別人的氣味很難不被當成心理變態，但我以前注意過她的氣味，像夏天一樣溫暖與青綠。幾年後，在某次糟糕又難過的約會中，我又聞到這個氣味，清晰且精確到我以爲法蘭必定躲在現場。「我的天，那是什麼？」我問道。「Gap 品牌的『青草』，」她說，我覺得有點失望這麼自然的氣味其實是體香噴劑，法蘭聞起來有天然青草味就像我聞起來有阿茲特克芳香劑一樣。不過在那一刻，在舞池裡，我認爲那是最棒最成熟的香味，我抗拒像隻獵猛嗅的誘惑，改用我的額頭貼著她，她的雙臂在我脖子兩旁，手肘交叉，像我在電影裡看過那樣。

但是音樂太快了，我們的額頭一直疼痛地互相碰撞，所以我們分開再穿過人群擠回中央。這時亞歷士和法蘭落入彼此懷裡，貼近跳舞，四條腿呈現老套的拉丁式交纏，我感覺有些嫉妒我們沒那樣子跳舞。海倫拍拍我的肩膀翻白眼，我們笑著一起跳了一會兒，用搞笑舞姿直到不再好笑，我們也用手臂互相勾著。轟轟轟的聲音感覺像軟木槌打在我胸口，過了不久我甚至敢舉手過肩，讓我的腳離開地板。

海倫在我耳邊說話。

「什麼？」

「我說你有什麼感覺嗎？」

「完全沒有，」我說。

藥丸沒效，不過時間感確實變得很奇怪，我分不清我們跳了二十分鐘還是兩小時，我判斷我最好退出一下，去拿杯酒。跳舞令我頭暈又愉快，所以我發現我敢跟陌生人講話了，對我而言是頭一次。我跟某個二十幾歲受訓當護士的善良女子在吧檯聊天，我說我媽當過護士，我們談了一下這個工作和母親，接著我和她男朋友聊，他人很好，是布魯諾的員工，我們談到電腦，不知何故我提到我唯一沒搞砸的考試或許是電腦科學和藝術，他說，欸，那就幹這一行吧，從事電腦科學和藝術，有何不可，如果那是你的專長，如果那是你的天賦所在，人人都有天賦，你必須找出是什麼，勇敢去利用它，這對我似乎是金玉良言，相對於你不擅長和討厭的事，人應該發揮專長樂在其中，雖然對老爸行不通，已經變成大災難，對我或許可以，畢竟是電腦而非爵士樂，我決心照他的話做，在通常不擅長這種事的時期，我認爲與人進行這些坦誠輕鬆的對話很奇怪，所以這位智者離開去找他女朋友，就是那個善良護士之後，我發現我也敢跟剛才那個穿紅色ＰＶＣ緊身衣的漂亮女子講話了，她用混濁低沉的義大利腔說謝謝，我們談到義大利的南北差異，更有趣的是，穿脫ＰＶＣ緊身衣的困難，那其實不是ＰＶＣ而是乳膠，接著談到乳膠和ＰＶＣ的差異與想上廁所時怎麼辦，她說那種情況很少發生，好奇怪，她說，你會變得像愛斯基摩人，如果你**不能**上，就**不會**想上，況且你懂的，衣服裡面會流很多汗，她稍微拉開拉鏈邀我用手指摸過她的頸線，因爲汗水加上爽身粉變得很滑所以同時又濕又乾，我心想，這在某方面算是我生平的最佳對話了，加上乳膠的摩擦聲，好像輕聲喊叫，直到話題轉向，她說你有沒有被綑綁過？我說沒有，只用過我好朋友哈波的浴袍帶子，讓他放屁到我頭上，但無關性行爲，她說，不對，小朋友，只是你**認為**沒有性意味，在我琢磨**這句話**時，海倫來到我背後，雙手抱著我的脖子說，這個人在騷擾妳嗎？查理，你死到哪裡去了，記住你來的理由，這是你的機會，查爾斯．路易斯，我說可是我們在談ＰＶＣ和乳膠的差別，海倫說是喔，你這死變態，但是快來，你在浪費時間，我轉身要向美女道別時她消失了，但是沒關係，因爲海倫把我拖回法蘭一直待著的舞池，她看到我時尖叫大笑彷彿我離開了好幾年，伸出手來，我們像她跟亞歷士那樣一起跳舞，她的手指在我腦後交叉，我雙手扶著她的腰，纖維的滑溜感，滑溜的纖維，四腿交纏，她的乳房壓著我胸膛，軟木槌在我肋骨裡面跳動，我看到她背後的亞歷士跟一個男生說話然後吻他，帶著他從舞池走向游泳池，我退後端詳法蘭，她閉著眼睛，濕頭髮黏在額頭上大笑，我說妳有什麼感覺嗎，她睜開眼睛說沒有，藥丸沒效，我說妳是什麼意思？她說喔，查理，我想我忍不下去了，來，她牽著我的手把我拉出人群外穿過草坪前往樹林，直到我們到達燈光邊緣——

——然後她停步轉身，即使在音樂中我也聽得見我們的呼吸和我腦中血液流動，她雙手抱我的頭說「吻我」，於是我們親吻，起初輕柔，她的嘴很軟，有酒精和檸檬味，然後變激烈，她稍微張嘴但這次沒有牙齒摩擦，完全沒有任何不對勁的感覺，無論在這裡或世界上任何地方，喔還有，那可是教科書等級的棒。

片刻之後她退開看著我，喘不過氣，手還在我脖子上。「我們有沒有地方可以去？」我們找到一道牆靠著，是房子沒燈光、沒玻璃的部分，靠近外燴業者有時跑出來抽菸的一道門。我聽到黑暗中有人指著我們大笑。她說「別停」，我把手移高一點，在她胸腔的兩側，阿桑特太太的睡衣絲綢末端，露出法蘭的皮膚，她抓著我的手放在她的乳房上，這時我以爲我的心臟要停掉了。這段時間我們更加激情地接吻，直到法蘭發笑退開，用她的掌根揉揉嘴唇。

「我想這叫做『飢餓親吻』。」

「還可以嗎？」

「你想呢？」我的手還在她乳房上，我們進行對話時這樣子似乎很怪。適當禮節是什麼？我該拿開我的手，晚點我們不再交談才放回去嗎？她會注意到嗎？她只把她的手放到我手上，停在那兒。

「我的唇膏掉了嗎？」

「很久以前就掉了。」

她說「現在到你嘴上了，」我們繼續親吻，我的拇指滑進了睡衣裡，接著一個扭轉，到她胸罩裡。照例，我等她撥開我的手，她的身體卻更用力貼著我的腿，但我無法忽略我手臂扭曲的感覺，我手肘往側面凸出彷彿倚在壁爐架上，又一個侍者看到我們，笑著大叫「小子，繼續啊！」之後她退開了。

「我們最好……」

「我知道。」

「但是我不想。」

「再等一會兒，」我說，我們親吻時，我懷疑——我該告訴她我愛她嗎？我沒說過這句話，其實我爛醉時向哈波，還有披薩或生日禮物等無生物講過，但從未在我很認眞的情境中。差得遠了。如今突然間，彷彿想起遺忘的字眼，在你腦中但偏偏想不起來，我想要大聲說出來。

我還是猶豫了。部分是因爲害羞；即使在如此激情中，我還是不太能擺脫這些詞彙的廉價熟悉感。姑且不論尷尬，我有個老派、幾乎騎士風格的感覺，認爲不該輕易到處講那些話。就像會召喚魔鬼的許願或北歐符文，使用這些詞彙必須極度小心，雖然我可能會說上千次，然而我只有一次機會說出第一次。但是我沒說。我只往後靠看著她。她的臉好像變了，五官比例不同，即使在柔和燈光下也更鮮明，好像驗光時眼鏡商在鏡框裡加了鏡片。我從未看過這種景象，我說了我感覺強烈的另一件事。

「妳好美。」

她沒發笑或嘲弄。她看來相當嚴肅。「你醉了，」她說。

「我眞的沒有，」我說，「就算我有，我也是認眞的。我從未認識稍微像妳這樣的人，一個也沒有。妳……是最棒的。」

她又吻我，這次較輕柔彷彿要安撫我。「我們去找其他人吧，」她說，然後牽著我的手，我們走回燈光中。

藥沒有效果，但當晚其餘時間確實在發生的事情也有種跳接感。我們走近舞池時看得出朋友眼中的疑問，所以我們回答，法蘭把我拉向她，捧著我的臉然後吻我。「看——**滿意了吧**!?」她大聲說，他們大笑時海倫翻白眼，我們四人抱成一團然後分開跳舞，直到我們的衣服被汗水黏在皮膚上。「游泳池！」亞歷士大喊，不知何故他竟能邊跑邊脫鞋，然後直接跳入池中濺起水花。海倫服裝整齊，沿著階梯走下去，當天第二次我脫掉上衣，這次比較不尷尬，鄭重地把它攤放在潮濕草皮上。「你穿那樣不能游泳，」法蘭說，於是我轉過身脫掉牛仔褲，不禁慶幸我有穿著最好最正常的內褲，我認爲算經典款的那件。我們牽著手，助跑，喊叫著跳入感覺清爽又美味，像琴酒般銀藍色帶點黏性的水裡。我們一起清醒地在池中央站了一會兒，不知接著該怎麼辦。當時我的泳技挺不錯，又很想宣傳任何最小的天賦，就秀了幾下。但似乎不對勁，改用狗爬式和仰式。

「當然，這基本上是所有人的洗澡水，」海倫說，「這些滿身大汗的老人。」

「海倫，別噁了，」亞歷士說。

「那我們就站在這兒發抖嗎？」海倫說，「就這樣？」她拍打水面，彷彿這是個暗號，法蘭翻身游向泳池最深處，我跟過去，潛水勉強睜開刺痛的眼睛看著她以慢動作翻跟斗一次、兩次、三次，睡衣的黑色像烏賊墨汁纏繞在她周圍。我呼吸一下，使力游近，模仿人魚的優雅但撞到了池底。我們浮上來，換氣，再度下潛在水下親吻，先閉著嘴唇再張嘴，因爲冒氣泡而發笑。我們浮上水面，我想再吻她，但任何激情總有限度——

「妳得擦擦鼻子，」我說。

「什麼？」

「妳沾到了東西——」我指指流到她上唇的翡翠綠色鼻涕。

「好。不好意思。挺性感的。」她用手背擦臉。「你有發現嗎？」她說。「在水下？」

「發現什麼？」

「算了。你聽這音樂！」陌生的迪斯可播放中，像熱鬧的管弦樂。「再潛下去！」她說，我們下沉時——沒有任何改變。某種精密調整的喇叭系統讓水的作用消失了，音樂照常響亮清脆。我們驚訝地嘗試跳舞，搞笑的迪斯可舞步，互相抓著讓我們保持在深水的池底盡力憋氣，她的睡衣又黑又滑，皮膚又涼又皺，讓我起了雞皮疙瘩。我把手放到她大腿頂端，只有一下子，感覺她杯狀的手夾在我的腿間，然後她發笑退開浮上水面。我抓她的腳踝，但她不見了，這時我面臨了如何不引人注意離開泳池的新問題。「不能撫摸，不能跑步，不能跳水，」亞歷士大聲說，所以我扮酷鬱悶地站著，勃起處用力抵著泳池磁磚，希望像被門夾到的手指那樣阻斷血液流動。

我們四人設法回到了屋內，拎著鞋子，衣服還是濕的，頭髮貼臉，一面到每個房間找酒喝。我們坐到低矮的模組座位時，其他賓客仍包容愉快地看著我們，彷彿這只是個平凡的週五夜晚，法蘭的頭靠在我肩上，她的頭髮有很香的氯氣味。藥丸無效，但我得到某種美妙的親切與放鬆感，亞歷士向一小群沉默觀眾小聲且平靜地背誦梅布女王演講時，我完全不覺得尷尬，而且驚訝地發現我聽懂了每個字。

可能有一小時或十分鐘，我們閉目躺著聽音樂，有一搭沒一搭的講話。派對進入了最終階段，法蘭和我想要尋找活力，走回戶外。此時聞名的松樹映著漸亮的天空。在無人的舞池，她的手摸到我背後；我摸著她的腰，她的肩胛板，但現在音樂太小聲無法掩蓋畫眉鳥叫聲，最好與最壞的聲音，所以我們只是依偎著。

「今天就是明天，」法蘭說，我想起劇中的一景，小情侶在抱怨天亮了，編藉口——雲雀只是夜鶯，黎明只是流星——我想引述那段對話或許是好主意。但我頭腦太昏沉想不起任何精確詞彙，解釋雲雀和彗星這些東西可能讓我聽起來像瘋子。

此外，我壓抑了整晚的一個念頭終於突破了防線，緊接在後是另一個更黑暗的念頭，我突然感覺空前的清醒。焦慮變成實體，彷彿發現我讓洗澡水流了一整個星期，法蘭感覺到緊張的氣氛。

「怎麼了？」

「我已經五天沒看到我爸了。」

「他去哪裡了？」

「哪裡都沒去。那是重點。」

「抱歉，我不該叫你來的。」

「妳開玩笑吧？我當然會來。」

「唉，走吧！反正我該回家了，趁他們醒來之前。」

「我們該跟其他人道別嗎？」

她吻我一下。「不，直接走吧。他們會知道的。」

我們拎著鞋子，穿過涼爽潮濕、散落著雞尾酒杯、香檳杯和空酒瓶的草坪。到了外面，我打開腳踏車鎖。法蘭住的村子在四哩外，我想到了我踩踏板時她可以坐在座墊上，不過就像水底之吻，這種事在銀幕上看起來比現實生活容易。況且輪胎沒氣了，我們相加的重量會把輪框壓進柏油路面，所以我們步行，法蘭會不時爬上車像個女王坐著，讓我推車。

我們越過快速道路時兩人第一次靜默無言，彷彿我們是地球上僅剩的人類，隨著街景轉變成鄉野，我們會間斷休息倒在彼此身上，在露濕又會刺痛的田野和路旁，腳踏車輪子空轉彷彿我們被什麼可怕車禍丟進了峨參花叢裡。我們一度同時尿急，法蘭輕鬆地跨蹲在灌溉水溝上，我站在不遠處，過程漫長得似乎不可能。法蘭說「天啊，我好像一匹馬，」我發笑心想，**哇，看看我們，骯髒又熟練地在彼此身邊尿尿**。亞歷士的精美襯衫此時當然已經成了破布，沾了草屑又發臭，後來，我把它夾帶進熱水洗衣機時，發現有顆稀有珍珠色鈕扣不見了，掉在某條二級公路邊，在做愛時被扯掉。

「做愛」的說法真蠢。我想得出來對我們所做的事最精準的詞彙是打空砲，某個程度上說明了語言和體驗之間的落差。「亂摸」很粗俗，「胡搞瞎搞」聽起來很輕佻，但無論怎麼稱呼，意思是一小時左右的路程花了將近三小時，我們走近時村子已經有人在活動了，股票經紀人出來遛狗順便拿周末版每日電訊報。這是法蘭的家，偏遠、白油漆、方格窗，庭院裡有玫瑰。

「那。你想進來見見我父母嗎？」

「喔。現在才七點半……」

「來嘛，我們叫醒他們，告訴他們這個消息！」

「喔。好吧，如果妳認爲這——」

「我開玩笑的，查理。」

「好吧。很好笑。」

「我是說你總有一天會見到他們，但……」

「妳會怎麼跟他們說？」

「我會說我在莎拉家。他們會有些懷疑，但他們不會介意。至少他們假裝不會。『在莎拉家』是『很抱歉但是別擔心』的某種代碼。」她牽我的手，在親吻的空檔說，「眞希望我能帶你去我的房間。夾帶進去，待在裡面。」

「我不會介意。」

「我們可以等到他們出門，然後我會撲倒你——我們可以整天賴在床上，聽到汽車聲再把你藏到衣櫥裡。」

「那我要吃什麼？」

「我會像小說那樣夾帶食物，從門底下塞進去。」我們邊計畫邊親吻，但我的下巴好痠，法蘭的嘴邊也有擦傷紅疹的跡象，好像小丑妝的一圈紅色。「妳該走了，」我說。

「我知道，」她說，接著更誠懇地說，「但是這件事我們愼重一點。」

「所以——妳要保密嗎？」我早料到了——我的大多數接吻經驗伴隨著嚴厲的保密誓約——但法蘭只是發笑。

「不用！那是狗屁。不，我要告訴每個人！我是說我們不會**登報紙廣告**，但我們也不用隱瞞。我們會……輕鬆面對。」她吻我。「除了彼此之外，我們都會輕鬆面對。」

「那——妳會怎麼跟大家說？」

「我認識了一個男生。我喜歡他，眞的，而且……我們會看看結果怎樣。聽起來沒問題吧？」

「好。我得上班到今晚九點，但是……晚點我們可以見面嗎？」這是開玩笑，但不完全是玩笑。

她笑了。「不行。」

「那就明天。」

「不行！星期一，排練之後。」

我知道，聽了不顯得失望很重要，但我的表情肯定露了餡，因爲她抓著我的雙肩。「別擔心。我們會找到辦法。」我們站著親吻擁抱，彷彿我被放逐到曼圖亞，我想我可能有危險。

「甜蜜的哀愁。」

「什麼？」

「甜蜜的哀愁？」

「喔。」

「你懂的。分離是多麼——」

「對，我懂這個典故，是我的台詞。我只是沒聽清楚。」她咕噥了什麼。

「什麼？」

「我說，『公開戀情很重要』。」

「是很重要。」

「是啊。」我們又親吻。「好啦，夠了。星期一見。」

「星期一。」

「再見。」

「再見。掰。」

這時我腳踏車的輪胎已經扁到不能騎回家，所以我帶著不盡然出於理智的新信念在夏日上午走回家，是這樣的：

如果我能跟法蘭・費雪在一起，如果她能夠接受我和我過去的所有錯誤，所有邋遢、古怪和憂慮，那麼我就會變成更好的自己，變成優秀模範到判若兩人的版本。我一直沒成爲我希望的樣子，但這沒有理由不能改變。人生的新階段開始了，彷彿按下碼表一樣精確，從現在起我不再經由缺席、我做不到的事情來定義。在劇中，奶媽列舉羅密歐的特質：誠實與殷勤、英俊、善良有美德，雖然「英俊」輪不到我來說，沒有理由不能效法其他項目予以強化。我也要變得睿智、勇敢又忠誠，對抗不義的鬥士。我會變有趣——這是你能決定改變的事嗎？——但不愚蠢，不是小丑。我會魯莽但也負責任，受歡迎但不逢迎。我會多看些好書，洗澡洗乾淨點，我會專心熱情地刷牙，擬定每日健身計畫並且遵守，培養不同儀態，自信而正直，早點起床以求度過盡量充實的一天。我會買新衣，弄個好看的造型，剪頭髮，不再偷竊，多包容老爸，多體諒老媽，當比莉的好哥哥。我會吃沙拉。魚。喝水——我會多喝很多水，每天兩公升；即使是邁爾斯，沒人會比我喝更多水。

在這溫暖晴朗的夏日上午，一次用光了一輩子份量的新年志願決心。全新的存在方式——不是能輕率決定的事，其實是個龐大的計畫，但我迫不及待要開始了，我開始希望我口袋裡有耳機和CD隨身聽，讓我能把這一切錄成原聲帶，自我改善運動的主題曲。有必要的話我會寫下決心，像宣言般把它釘在牆上並且遵守，因爲戀愛——沒有其他字眼——就像被推到舞台的聚光燈下受到那樣的檢視，我把每件事完全做對很重要。從現在起我會活得無可非議，我會以不同方式在世界上行動。路標上說「好城鎮」，Bonum Oppidum，我心想，**對，或許真的是，或許做得到**。

回到家，老爸睡在沙發上，窗簾拉上，周圍有一些馬克杯和碟子，電視在播週六上午的流行音樂。我把窗簾拉到一旁直到陽光照到他的眼睛，他眨眨眼舉起手，張開嘴發出啵的一聲。

「查理？」

「睡美人。」我動手開窗。

「你回來了！我熬夜等你呢。」

「我剛進來。我去了派對。抱歉，我該通知你的。」從今以後我會多顧慮別人。這個人擔心的事夠多了。

「跟誰？你的死黨嗎？」

「其他的朋友。我得陪他們回家。晚點我再跟你說。」爲何是「他們」，不是「她」？我會更誠實更開放，我會改變語氣像朋友一樣跟我爸說話。「我順便買了些麵包和雞蛋回來。」黑麵包，放養雞的褐色雞蛋。「我做早餐給你吃。我也買了這些。」塑膠袋裡是漂亮柳橙，溫暖又芳香，是我從超市買來的六顆小太陽。我要把發黏的果汁機從櫃子後方挖出來。從現在起我們每個週末會吃柳橙，像地中海居民那樣……

「你還好嗎？」老爸說。

「什麼？」

「你還沒酒醒？」

「不是。只是……開心。那是允許的，不是嗎？」我猜想，也希望，如果悲慘能傳染，或許快樂也可以。

我爸坐起來用雙手抹抹臉上。「眞難得。」

「是啊。」

「我不確定該不該喜歡。」

「別擔心，」我說，「不會太久。」

第三部

八月

你看到他時他在做什麼？ 他說了什麼？他看起來怎樣？他去了哪裡？
他來這裡做什麼？他有問起我嗎？他待在哪裡？
他跟你怎麼告別的？你什麼時後會再見到他？用一個字回答我。

——威廉・莎士比亞，《皆大歡喜》

愛情

但是愛情很無聊。愛情對沒參與的人很熟悉又常見，初戀不過是同一回事當中比較苗條、熱情的版本。莎士比亞想必懂這點；隨便拿一本全世界最有名的愛情故事，用手指算一算主角情侶眞正快樂的篇幅：不是之前的鋪陳，不是之後的爭鬥，而是相愛又不受干擾的時候。只有幾頁，頂多一本小冊，記載著期待與絕望之間的短暫插曲。新愛人的信心與親密感，私密笑話的形成，懷疑與不安的告白，安撫與誓言；任何人能忍受的玩意兒就這麼多，如果莎士比亞眞的寫了情侶談論最喜愛食物，或從肚臍摳污垢，或誠心解釋他們最愛歌曲的歌詞的場景，那麼他改稿時把這些刪掉是對的。

開始與結束，期待與絕望，故事就在其中，但是戀愛中的狀態，尤其戀愛中的年輕人，就像聽別人描述他們各自的跳傘或怪異夢境，太久以前拍的改變人生的表演的模糊照片。體驗越激烈，我們越不想聽，雖然我們很高興得知他們的人生的改變，一定很令人興奮——但我們可以辦正事了嗎？

所以最好假設我們獨處和沒在交談時，我們就在親吻或亂搞，這一切都很美妙，以至於我無法理解爲什麼成年人沒有整天談戀愛，我猜想，這是我們都將用餘生來思考的事情。假設當我們停下來夠久可以交談，這些對話會更加開放與深刻，流暢又強烈，比之前發生過的其他對話更有趣，且嚴肅又深奧；不只是交談，而是**真正交談**。假設我們比我們所認識的任何人更風趣，比如有一次我逗法蘭大笑的時候她笑到濕了，眞的笑到尿褲子，那可是我生平最驕傲的時刻之一。假設沒有心不在焉的感受方式，無論熱情或焦慮，慾望或恐懼；假設我們都誇獎與熱愛彼此的音樂，即使沒有也假裝有；假設我們嚴肅沉默地聽尼克．凱夫與史考特．沃克唱我們的故事，妮可和妮娜．西蒙即將爲我們心愛的歌，讓我們落淚的歌試鏡，而且先前被認爲愚蠢或討厭的其他行爲——牽手，公然激吻，口對口傳遞口香糖——不再令人作嘔。假設我們永遠不想去別的地方，或跟別人在一起，分開就是浪費時間，無法想像我們可能不這麼想的情境。這一切事情的發生，而且無法阻止，加起來也不超過一本小冊子的份量。最棒的部分不會被提到，但也不會被遺忘。

首先我必須再見到她，在我們下次碰面前的四十八小時裡，我重新發現了科幻式的時間感。週末慢得彷彿發生在遙遠星球上。「**因為一分鐘裡就有好多天**，」茱麗葉說，我逐漸發現她有一堆最棒且最眞實的台詞。那是劇中我會心想莎士比亞怎麼知道的時刻之一。

四十八小時，四十六，四十四。我的天，想像如果我被放逐到曼圖亞。我會怎麼塡補度日如年的光陰？我知道這有一部份是考驗，我得要保持足夠的自制力遠離電話或假裝路過她的村子。但我屈服於深入筋骨的疲憊、下巴痠痛和心癢煩躁的不安，在下鋪度過漫長潮濕的夜晚，一部分充滿心靈渴望，一部分像在軍隊營房裡那樣冒汗，慾火焚身、毫無詩意。「痛苦」：這個字似乎常被用來形容分開的情侶，但肯定也適用於盯著加油站前院熬過週六夜班的時間，只有我們回家途中在候車亭和樹籬做過的事，所累積的那些蒼白露骨的回憶能紓解我的情人偏執。四十二小時，三十六，二十四；或許不是我想出來的文字，但我忍不住想著**飛奔吧，你們這些火腳的駿馬**……

到了週日，令人悔恨的熱情發作，我想憑著記憶畫她好了。迄今，我畫過的大多數眼睛都垂在骷髏的眼窩外面，我嘗試畫她的臉，雖然有些像，有種我知道法蘭會排斥太籠統或太俗氣的神韻，眼睛太大太濕，嘴唇太飽滿。我告訴自己，要**真實**，但我嘗試性感的結果像是監獄囚犯用香菸換來的那種土製情色圖片。最佳的成果是她在水下翻跟斗的樣子，她的腳趾變尖，黑油油的睡衣漂浮在她腰臀周圍緊貼著她的胸部。這張圖的黑色我可是不遺餘力，特別滿意呈現她激凸的樣子，側面視角，用我的 Rotring 0.4 公釐針筆畫了個黑點。

四小時，三，二，一，星期一九點鐘她出現了，第一次推著她的腳踏車。似乎發生了什麼轉變，因為她看來比我記憶中更可愛了——你吻了女生之後她的臉會變嗎？——我也很在意她牽車的樣子，是台漂亮的細骨架舊賽車，壓在我車上的方式讓我覺得奇妙地興奮。

「妳好，」我說。

「哈囉，」她說，露出微笑。

我們說好互相冷靜對待，但不知何故消息傳開了，而且在我們開始排練之前。

「你們兩個，週末不錯齁？」露西說。

「哈囉，小情侶，」基斯說。

「呃，班沃里奧，你真是一匹黑馬，」我們走向橘園時邁爾斯說，捏捏我鎖骨上方的肌肉。

「呃，我覺得很好，兩個年輕人在一起，」波莉說，「每一季都會有一對。」

連伊佛和艾莉娜也似乎知情。「我想我們或許該把你們兩個隔離起來！」伊佛傲慢地眨個眼說，同時我們被配對準備卡普雷舞會的戲，全團出場的第一個場景。

艾莉娜的概念是用傳統宮廷舞開場，手叉腰並且高舉白手帕，然後隨著劇情進展越來越狂野與現代，接著所有人凍結，在羅密歐與茱麗葉終於看到對方時那樣保持姿勢不動。除了馬卡蓮娜和童謠舞，我一直跟不上舞步，此時左右前後的概念似乎比我猜想的困難多了，「哈囉」意思是「結束了」嗎？「我們晚點再談」意思是「不必多說了」嗎？一度在正式舞蹈中，我得牽她的手一會兒，我思忖，當手指交錯時，她的拇指在我掌中畫圓圈，我該解讀出什麼？我用自己的拇指找到她的掌心，用我希望很性感的方式揉回去。「晚點等我一下，」她回頭說，「好嗎？」

午休時，我跟喬治散步。「我聽說喜事要發生了，」他說。

「天啊，喬治，怎麼每個人都知道了？」

「風聲傳開了。人們說演戲是爲了理念和藝術，但全是爲了性愛。最後一夜的派對，基本上就是狂歡會。至少大家希望是。」

「呃，目前還沒什麼。可能，只是……你知道的……」

「只是夏日的幻想。」

「我本來想說『親熱』。只是派對上的親熱。我們再看看。」

「呃，告訴你吧，我不介意。嗯，其實我介意，但我不會大驚小怪跟蹤你們兩個回家。我……替你高興。」

「謝謝，喬治。」

「我也生氣。」

「很合理。」

「但什麼也別說，好嗎？別跟她說我的事。我也有點自尊的。」

我說我了解。

我們賣力工作──現在沒時間利用午休密會了──最後，漫長的一天結束時，我們在腳踏車交疊，踏板插進輪輻，剎車線纏著握把的地方找到了彼此。「看，我們纏在一起了，」她說，我心想，**呃，這太誇張了**。

「我在想我們可以去哪裡，就妳跟我。對台詞，」我說，我們開始推車，但這時海倫和亞歷士跑向我們。

「四人幫到齊了！」海倫說。

「你們倆覺得怎樣？」亞歷士說，「有沒有失望，或衝突？」

「沒有，我沒事，」法蘭說。

「有點痠痛，」我說。

「我想也是，」亞歷士說。

「亞歷士……」法蘭說。

「那現在我們要去哪裡？」海倫說，「我們**四個**。」

「其實，」法蘭說，「查理跟我要去對一下台詞，」他們的爆笑聲直沖樹梢。

「『對台詞』。呃，我從來沒聽過**這種**說法──」

「成熟點，亞歷士。」

「不過，我認爲是好主意。海倫和我會陪你們去。」

「抱歉，我們有腳踏車，」我說。

「我們跟著慢跑！」亞歷士說，「帶我們去嘛！」

「**真幼稚**。查理，上車。」

「但是誰要幫**我**對**我**的台詞？」亞歷士說。

「我們要跟你們去！」海倫說。

「我們要走了，」法蘭大喊，「掰！」

「明天見！」我在踏板上站高大喊，「可是我想要對台詞！」

「再見！再見！」

對台詞

於是接下來的兩個星期，我們都在晚上離開去對台詞。

在我看來沒有比法蘭·費雪騎低臥式義大利競速車更酷的事了，我們盡量並肩前進，陽光像舊投影機的燈光穿過樹林顫動，有時候只騎一小段我們就停下來，一面親吻，一面蹣跚搖晃地下車。我們在樹林與樹籬中對台詞，沒有傳統的乾草堆，而且是在黑塑膠布包裹的稻草圓柱陰影下，新割的殘梗插在我們背上簡直像釘床。某天晚上，法蘭帶了從她父母那裡偷來的紅酒，用原子筆把木塞推進瓶子裡，曬了一天太陽的酒液像茶又黏又熱。我們輪流喝這玩意，然後，暈眩又口乾舌燥地拼命憋笑，法蘭喝了一口傳遞到我嘴裡。「性感嗎？或只是噁心？」大部分的酒從我脖子淌下時她說。

前晚的記憶和未來的展望支撐著我度過冗長又越來越急的排練。我們一場又一場檢閱，看到的成果……不太好，但比先前的賣弄技巧和裝模作樣好些了，詭異的口語怪癖逐漸消失，故事和角色從陰暗中浮現。現在大家會看著對方，互相碰觸且不會畏縮，互相鼓勵。我從來沒有也永遠不會在管絃樂團演奏，但想像學習長篇大作就像那樣，期待你喜歡的部分，找事情分心撐過無趣的段落，期望以整體更好的心情扮演好你的角色，就算觀眾沒人會注意。我發現，尷尬比努力更丟臉，所以我盡力而為，沒怎麼注意到我在自己心中和他們眼中都成為劇團一員的時刻。我怎麼可能不想成為法蘭所喜愛的事物的一部份呢？

雖然很難想像比我更不客觀的劇評人，但我越來越相信她是史上最佳演員。我喜歡她眼睛和雙手彷佛追蹤飛入房間的鳥那樣追蹤一個概念的方式，我也喜愛她的靜止、絕對自制和自信，讓她說的話顯得很重要。我喜歡她讓文字聽起來新鮮，下次也還是新鮮的方式，我會從椅子上趨前欣賞，從不覺得嫉妒或不確定，只以她的能耐爲榮，驕傲又有點驚訝我們能在一起。

但在白天我們從不碰觸，只用平淡嚴肅的方式談話，遵守這個規則又更加痛苦，就像憋氣，只在我們能向其他人揮手道別，沿著無人小路衝出去尋找秘密的新地方來「對台詞」的時刻獲得紓解。有時候出於歉疚或恐慌，我們還會眞的對起台詞，我扮演她腦筋遲鈍的臨時羅密歐，談論聖人、嘴唇和禱告詞。

「難道聖人和朝聖者沒有嘴唇嗎？」我說。

「唉，朝聖者，他們必須用嘴唇來禱告，」法蘭說。

「喔那麼，親愛的聖人，讓嘴唇做雙手的事吧！他們禱告：承認你免得信仰變成絕望。」

「聖人不會動，不過承認是為了禱告。」

「那麼在我模仿禱告時別動。」

「接著舞台指示說『他吻她』。」

「對，但我們不必那麼做。我們只是對台詞。」

「我敢打賭邁爾斯有。」

「他有，但我們有約法三章。不准伸舌頭。」

「一定要他遵守。」

「我會啊，」她說，親我一下。「但是你看懂了嗎？」

「他想要說服她親吻跟禱告是一樣的。」

「老台詞。」

「而她太虔誠了。」

「或者假裝虔誠。如果她不想要就不會讓他吻她。老實說，我認爲她更想要。這是我能解釋這個角色的極限了。」

「茱麗葉是想要。」

「**很想要**，」她說，我們又親吻。「但是你看懂全貌了嗎？」

「什麼？」

「台詞。那是一首十四行詩。共十四行，結尾是對句。」

我算了一下。「我沒發現。所以……」

「所以好像他們見面開始用詩句交談——不只接完彼此的句子，還有完美押韻和格式。最後的對句就是那個吻。很厲害，不是嗎？」

我看得出厲害，但也察覺又被教導了。我知道邁爾斯可以認出十四行詩格式，這些讓我感到自己無知的事例比親吻更困擾我。如果我能教她東西當作回報，我不介意被教導。但教什麼？她連抽菸都比我拿手。

「我們要再來一遍嗎？從最上面。」

但即使在塡鴨式學習的不斷重複中，我仍然很愛聽她講話，雖然我不一定會承認，我也開始喜愛那種語言，跟期待歌曲的轉調或漸強音一般期待那些段落：不一定爲了意義——我還是常看不懂——而是爲了本身音樂性的理由，音高或速度或音調的改變，一種韻律。**我的慷慨像大海無邊無際！夜晚的面具就在我臉上！把他切碎成小星星！**我可以聽上一整天然後每晚我們對台詞時再聽一遍。當時我的心智可塑性較高，即使現在我也背得出漫長段落。我無法想像這些話發生的情境，但是記住了，就像刻在風乾水泥上的縮寫名字。她也是第一個說我很搞笑的人，是我生平獲得最大的讚美，因爲我最想要這個讚美。不像單口喜劇，而是跟朋友，小團體一起，這時搞笑才重要。

我們想要在天黑之前回到法蘭的家，但是小路沒燈光又太崎嶇無法騎車，所以我們走路。這時是八月下旬，我逐漸察覺白天加速變短，又害怕又討厭，彷彿我們在一起的夏季是被波浪沖垮的海岸線。太陽的移動不過是情侶時間的盜賊，就像秋天的海浪侵蝕掉當季脆弱的海岸；詩歌眞的有傳染性。我現在更常想起這種東西了，文字、概念和情感全部糾纏在一起，雖然我懂得不要大聲說出來，但我懷疑是否該寫下來。

或許劇本在這方面也是正確的：墜入愛河不只可能改變你的感受方式，還有思考與講話方式。不盡然是十四行詩格式，但是天黑之後，我們會用不同的方式說話；小自白，洩漏消息，各種微不足道的私密笑話。我們已經互相認識了；現在目標是**真正**互相了解。這種想多多少少有點自欺欺人；她會偏離眞正的自我很遠，而我自白的任何黑暗面都必須是合適的黑暗。例如，我沒告訴她我是小偷。

但我倒是告訴她我所願意透露的家庭破裂情況，我爸的崩潰和忍受這件事的感受。或許第一次我完全相信某個人。我們的對話並不輕鬆，但即使如此我仍察覺這是新的說話方式，沒有預先備妥的問題和答案。既是成年人也是「成年人」的可信模仿，有自覺的眞誠，努力扮演深奧。簡單說，我們很可笑，但內心一部份知道我們很可笑也不在乎，這時我想起了在童書裡看過的一幅插圖，好像是莫里斯．桑達克作品，小孩們穿著大人的衣服，帽子從他們後腦滑下來，空蕩的長袖垂在身邊。

在她家，我們聽到開啓的窗戶傳出電視聲音，在高樹籬掩蔽下花了點時間吻別。她邀我進去見她父母但我總是婉拒。隔天我們會重演一遍，偶爾我會休息一晚不對台詞，去加油站上討厭的班，仍然偷刮刮卡但有節制。或許我用這些錢來買個禮物好了——沃金市的 Argos 百貨公司首飾，或去泰姬瑪哈餐廳吃晚餐。

然後，對台詞第三週的週四晚上，她問我是否介意走遠一點。「我查過地圖了，」她說。

河流

「看——地形測量局。你知道的，愛丁堡公爵獎贊助。我想我們還有時間，」她抓起當天穿的棉布藍洋裝的裙襬，捏起來塞進內褲的鬆緊帶裡，我們出發，辛苦地爬上莊園後方的山丘陡坡，然後滑行下坡，進入一個陌生谷地，法蘭帶路，地圖在她的握把上飛舞撕裂，她背上暈出一塊深色汗漬。我們衝過一條又長又直宛如出自法國電影的白楊木大道，在路尾減速停下一會兒，讓她再度查看地圖——「妳的愛丁堡公爵獎後來怎樣了？」「我拿到銅牌之後放棄了。走這邊！」——接著越過一片草地，直排步行沿著田野邊緣一條雜草叢生的步道，擠過點綴著深紅色半熟莓果的荊棘叢。我們手臂和腿上有些擦傷，但是「會值得的，我保證。」果然，有個聲音變大，像悠長沙啞的嘆息，直到我們突然踏上了一處低岸，在黑色大河轉彎處邊緣的一片黑色沙灘。困在樹林天幕底下的空氣中有朦朧不清的蚊影，滯悶又帶著金屬氣味，好像暴風雨前的空氣，有鵜鴒在水邊行走，燕子和岩燕不時掠過水面。

「你看怎麼樣？」

「很美，」我說，猜想我該不該吻她。但她已經丟下腳踏車，脫掉她的運動鞋，邊走路邊抓著洋裝裙襬從汗濕的背上越過頭頂剝下來。眼睛盯著前方，她解開胸罩站在水邊拉下來，小心地脫下她的內褲。她驚呼一聲，跨出兩、三個大步踏入水中，佇立一會兒，一手摸著背後，另一手橫在胸前。然後舉起雙手過頭，她向前倒下，因爲水冷叫了一聲之後，沉默地完全消失，只剩下映在綠色上面的白色身影，隨著水流沖往下游。在這期間，我沒說話或許也沒呼吸，現在我只能說，「喔，天啊，」接著她又在下游處浮出來，瞇著眼捏著鼻子。

「你怎麼還沒下水？」

「很遺憾，我沒帶泳褲來。」

「『泳褲！』」她笑道，「呃，你不能穿濕內褲騎車，會擦傷！我數到十。」基於謹慎，她轉過身消失到水下，我利用空檔迅速脫掉衣服。我屈腿跑進河裡時腳踩到卵石，疼痛傳來，我一個踉蹌轉身濺起大水花，才碰到讓我的雞雞像蝸牛躲進殼裡般收縮的冷水，我立刻驚叫一聲。我告訴自己會暖起來的，不穩地半游半走到較深的地方，此處河床好像黑褐色泥炭，有點芳香的蔬菜味。水流帶著我經過幾個水溫忽暖忽冷處，直到法蘭站立的位置，在對面岸邊一塊陽光照亮的地方，蹲著讓她的下巴碰到水，肩膀變褐色，水面下的乳房像白色三角形。我漂過時她抓住我，纏在一起，我們親吻，在她口唇上嚐到河水的味道，我把她拉過來讓我們的腿交錯，我們蠕動腳趾挖進絲綢般的泥巴裡穩住重心，就這樣維持直到我們之間的水感覺溫暖，手指變皺，直到法蘭從泥巴中抽腳，抬起身子把雙腿夾住我的腰。

但這太刺激了，她驚叫一聲突然退開，大笑然後轉身游回上游處。我看著她離水，蹲下，抓著衣服貼在身上消失到岸上，進入上方的野地。我站了一會兒，接著像是想要清醒的醉漢，完全泡進水裡。我爬出來，解開我的衣物堆，穿好之後跟上。

我發現她躺在長草中，雙臂伸在兩側，內褲捏在左手上，洋裝還是濕的，像岩石上的海藻貼在她身上。我走近時她沒看我，我感覺似乎冒犯了她——她還在深呼吸，彷彿剛哭過——但她拍拍身旁的位置，我過去，牽著手，在低懸疲倦的太陽下盡量曬乾。

過了一段時間之後，她轉身側躺輕輕吻我。「我們差點做了那檔事。性愛。」

「嗯。」
「我一直在想，我希望等一等。」
「好啊。到什麼時候？」
「直到你二十一歲。」
「喔。好。」
「或是週末。」
「這個週末？」
「我想是吧。」她笑了起來換個姿勢。「你的臉。二十一歲了？！」
「對，很好笑。」
「但是週末，你能應付嗎？」
「就我跟妳？」
「我想已經暗示了。」
「這個週末？」
「要查你的行事曆嗎？」
「不，不，我可以。」
「好。」
「我是說，我得查一下電訊時報。」
「看有什麼事？」

「沒錯。」

「前提是你**想要**跟我做的話，」她說，「我不想把任何事視爲理所當然。」

「呃，我在保留給我喜歡的人……」

「但是現在？當作權宜之計？」

「這多多少少算我唯一思考的事情。」

她笑了。「我是說我們現在做的事，……胡搞瞎搞，沒關係的，不是嗎？」

「我想是吧。」

「我們只是進入——」

「——下一個階段。」

「好。」

「呃，那就說定了，」她說，「把它當作**終極**的對台詞吧。」

「好。一言爲定。」她吻我然後躺回去。「反正，水中性愛行不通。別問我怎麼知道，我就是知道。**你**會沒事，但我那邊會有蛙卵和水草跑進去。」

「還有刺魚。」

「水黽。像教室水族箱一樣的屁股。我不想錯過月經然後發現我要生小河鱸了。還有，我們需要保險套。」

我皮夾裡有一個，三件套組之一——我以爲夠用一輩子了——是我提心吊膽在老媽上班的高爾夫球場廁所裡買的。我選了「條紋」，好強力的文字，像是小木屋的牆壁或大型卡車的胎紋。他們要是有賣

「波浪」我就會買那種。但我對於這玩意像薄紗般脆弱心存警戒。爲了安撫自己，第一個已經浪費在我認爲的「試車」上；第二個「備胎」，藏在石玫瑰樂團第二張唱片的紙板封套裡，因爲我知道沒人會檢查那裡。第三個我會在似乎有搞頭的晚上隨身攜帶——碰巧去參加巡迴慶典，或哈波的巢穴裡的派對。我現在帶著，拋光包裝袋透出來的環狀好像銅模片。我們可能在河裡使用，但那就表示要游上岸去拿，走過卵石地回來，或許在游泳時含在我嘴裡，像狗咬著網球。不，現在時機不對。我猜第一次在流動的河水裡做會是個好故事，但我慶幸我們刹車了，因爲——

「我眞正想要的，」她說，「是床。」

「床是個好主意。」

「因爲帳篷或乾草堆或長凳，老實說……」

「不好。」

「有門就可以關上，沒旁人在場。」

但我們該去哪裡找這樣的場地？「我爸永遠在家。」有老爸在樓下不可能遮掩性行爲，還有雙層床的問題，我還是覺得很尷尬。

「而我的房間，每次有男生留宿——次數**真的**很少——我爸媽就會在樓梯爬上爬下，咳嗽或讓地板軋軋作響。」

「我該先認識他們。」

「適當的認識，而不是認識之後立刻跟他們的女兒上床。」

我們進入表演模式。「府上眞漂亮，費雪太太，」我說。

「叫我克莉兒。」

「你家眞漂亮，克莉兒，格雷安，容我們失陪……」

「還有，格雷安老兄——離樓梯遠一點。」

「但如果他們出門呢？」

「可能要等很久，」她說。「反正，我的是單人床。雙人床比較好，我父母的床並不理想。在那裡做可能需要一輩子的心理治療。」

「雙人床比較好。」

「就像摔角擂台。有空間移動。」她轉頭。「你還好嗎？」

「我沒事。」

她倚著我，臉湊近。「你看起來臉好紅。」

「不。我沒事。我們務實一點，那很好。」

「你確定嗎？」

「是。」

「你不認爲我是某種……蕩婦？」

「誘惑者。」

「勾引者，因爲我提議？」

「不會。」

「而且你不緊張。」

「不。有一點。我是說我希望做得正確。」

「是啊，我也希望你做對。」她笑了。「還有我。」過了一會兒，她翻身側躺。「好吧，有個可能性。」

「請說。」

「你可以跟你爸說你要住在哈波家嗎？」

「什麼時候？」

「星期五。」

「我從來沒有真的住過那裡。」

「但這個週末你可以，你可以待到週日晚上。」

「直到星期天？」

「或者說你去露營之類的。可以嗎？」

「我想可以。」

「好。那我有個計畫。」

星夜

我知道法蘭不是處女。她透露過她的情史，我們會爲這個字發笑，好像那是高中畢業證書：「我們學過那個，還有都鐸王朝。」我知道她的歷任男友，內心對他們每個人有病態的成見和本能的痛恨。相對地，我告訴她我和莎朗·芬德利在沙發後面差點發生的事。「你們沒有做成也好，」她說，「否則你就得告訴每個人你是在沙發後面失身的。」

「名符其實。」

「**名符其實**。」「名符其實」是我們的私密笑話之一。看吧，我說過了。

這段對話發生在幾晚之前，在一處俯瞰市區的斜坡野地上。法蘭和我喜歡尋找這些美景地點，尋找我們自己娛樂活動的場地。

「我根本不知道大家爲什麼要談論『失身』，」她說，「你只會遺失襪子或雨傘；那是某種被動或意外。我不確定，比方說**丟棄**你的童貞就好多了。主動的事。不是『跟誰失去』而是『丟給誰』。」

「也可能是『給』。」

「『給』。像個珍貴的**禮物**。你打算這樣處理你的童貞嗎，查理？」

「是啊，但要附收據。」

「以防他們不喜歡？」

「試過了，抱歉，不適合我。」

「尺寸不對。」

「不是我的顏色。」

「我可以折現嗎？」

「其實，」我說，「我認爲如果來自女方才是禮物。男方必須接受。」她向我皺眉，我趕緊澄清。「我是說，通常大家都這麼說。」

「有點性別歧視。」

「是啊。**很**性別歧視。」

「呃，我認爲你應該**給**人，查理。當禮物。贈與別人，就像香料，或高級鋼筆。」

「等我認識眞命天女。」

「等你認識眞命天女。」

我們沉默半晌。

「妳是失身還是給人？」我說。

「不，我算是……笨拙地弄丟了。喔，天啊。」她雙手蓋在臉上吐氣，拿開雙手，睜大眼睛。「前幾天我們在排練羅密歐與茱麗葉的春宵的隔天場景，伊佛要求邁爾斯和我有點糾纏在彼此懷中，好像我們之間有了神奇的體驗，醒來就變成有漂亮髮型和乾淨床單。我告訴伊佛，我懷疑羅密歐和茱麗葉的第一次是否很**糟糕**——很彆扭、笨拙的性愛。或許有流血，茱麗葉說很不舒服，或許只維持了十秒鐘，羅密歐道歉，又或許奶媽在門外一直走來走去，干擾他們。我想我有點對此生氣了，羅密歐和茱麗葉的性愛很糟糕的概念，如果很彆扭他們怎麼還會相愛。如果是彆扭或許更好更逼眞，因爲他們會一起解決，就該這樣。」

「開研討會。」

她笑了。「沒錯！開研討會。總之，伊佛看著我好像我瘋了。他說『這不是那種劇本，法蘭』，我說我不同意——如果莎士比亞對初戀的說法是對的，爲什麼他對初次性愛不能也說對？當然邁爾斯只是平淡地拒絕接受任何不是出類拔萃、改變人生的性愛存在，因爲你懂的，他是邁爾斯，而我只差一點點就告訴他們了。」

「什麼？」

「第一次。」

「繼續。」

「第一次——你眞的想知道嗎？對象是比我大幾歲的人。」

「當時妳幾歲？」

「十五。那是聖誕假期，倒數第二年。總之，以前我們在切斯波恩有個叫樂團大戰的活動——是啊，我知道——我一年級的時候，有個五年級生——他名叫派崔克．德瑞爾——上台唱了〈Roxanne〉，你知道的，『不插電』，只有一個男生和古典吉他，我們認爲那很大膽，因爲有紅燈什麼的，還要在老師們面前。很老套，但是當時觀眾都沉默了，好像我們面前的是《teller of tales》專輯。關於娼妓的。所以。三年後，我們自己參加了樂團大戰，演奏沒人認得的翻唱曲，大家跟著節奏聳肩，有人說他也在觀眾裡。所以我們唱完了三首歌——『晚安，切斯波恩高中，你們太棒了！』——事後的派對上，他也在，拿著一杯熱紅酒跟校長聊天，因爲他是那種假期總是會回學校的怪胎，成功人物，切斯波恩之光。

總之，他找到了我。『表演不錯，』他說，『可惜全是翻唱曲，你們眞的該寫自己的歌，』我心想，滾啦，〈Roxanne〉也不是你寫的，但即使如此，我還是喜歡這個人很多年，他看著我說，『我認爲妳會寫出好歌來，』我就說，『你怎麼會認爲我寫得出好歌？』他說，『妳看起來就像有話要說。』當然我應該立刻從火災逃生門離開，但我年幼無知，他告訴我關於大學的事──當然是曼徹斯特大學──那有多棒，多麼狂野又**瘋狂**，他下個學期必須自己小心，他太常混夜店吃快樂丸，老實說他看起來確實有點萎靡，有點髒，但他還是派崔克．德瑞爾啊！我把他的名字寫在我的作業簿上！還是立體字！派對在九點半結束，碰巧這也是派崔克．德瑞爾**活過來**的時間。他有個褲袋裝著酒瓶──帶酒瓶來參加學校音樂會，天啊，眞是混蛋──而且小題大作地把伏特加倒進我的柳橙味礦泉水裡。他說，『現在這叫做螺絲起子，』我知道並**不完全**正確但我不計較。『妳想要回我家嗎？我父母在家但我們有個祖母小屋。』唉，我只是凡人。『我可以帶樂團同伴去嗎？』我說。『不行，我不能帶太多人回去。』『你不想吵醒祖母？』我說。『她剛過世，』他說，『所以我才能使用小屋。』『所以是有得有失，』我說，他看起來不高興但是說，『妳要不要來？』總之，我找到我爸媽說我要去住莎拉家，我們在停車場會合再去祖母小屋，自給自足，很漂亮而且……那是我失去童貞的地方。一九九五年十二月十七日。」

「感覺怎麼樣？」

「祖母小屋嗎？」

「體驗。」

「呃，就是……體驗嘛。有個小起居區，很多花卉很雜亂，電視上還放著她的小飾品，他想要用蠟燭製造夜店氣氛，像休閒 Lounge，但是你知道的，也有小桌墊、小丑人偶和一直盯著我的祖母遺照。我們又喝了些螺絲起子，他一直抱怨在曼徹斯特的朋友們，我從沒見過也不會認識的人，用一種稍微鼻音的曼徹斯特腔讓我很煩，因爲我很確定他是在畢林赫斯特出生的。他的吉他在角落，他一面說話，一面伸手拿起來開始彈出小旋律，像爲自己的獨白伴奏，然後**唱起歌來**。」

「喔，天啊。」

「那首關於梵谷的流行歌，叫〈星夜〉或〈文森〉什麼的。我心想，**呃，這有點詭異**，因爲他眞的很投入，緊閉著眼睛。我什麼也不能做，不能起來尿尿什麼的，只能坐在那兒，突然似乎變成了很長很長的歌。結束時我心想，該鼓掌嗎？萬一他又唱〈美國派〉[20]怎麼辦？所以我只拍了幾下，他說，『妳知道這首歌是講文森‧梵谷的嗎？』我說，『眞的嗎？所以他才割掉耳朵？』

「他笑了但表情上顯得有點被冒犯。但他還是吻我，我提醒自己，是派崔克‧德瑞爾啊！所以我們吻了一會兒，我一直告訴自己他仍是那個男生，不是嗎？我曾經非常非常喜愛的人，所以我有點——豁出去，然後我們脫掉上衣，接著其餘的也脫掉，我們到了他祖母的床上。他問我，『妳幾歲？』，一般說來，這不該是前戲的一部分——你知道的，事前很久就該確認——我說十五歲，我不確定他怎麼想，因爲我們還是做了。就這樣。」

「那……怎麼樣？」

「喔，你懂的。很痛，每個方面都是。至少很快就結束了。」

「他知不知道妳是……？」

「處女？是啊，我告訴他的，他說的話我永遠不會忘記，『沒關係，我會墊一條毛巾，』這照例不是理想的回應，但還是做了。」

她沉默片刻。「反正。每個人都會說令人失望，但他事後若有所思，我心想，或許這就是男人該有的憂鬱反應，於是我說，『怎麼了？』他說──其實挺好聽的──他說，『妳應該知道，嚴格來說，這是法定的強暴吧？』然後──眞白癡──我說我不會去報警，別搞壞了你的聖誕氣氛，還有可以載我回家嗎，或至少叫計程車，他顯得非常掃興但是叫了計程車並給了我五鎊，我說，『太失禮了，我可不是你的羅珊，』[20]他一臉困惑地說，『不，這是車資，』我說，『對，我知道，我開玩笑的──算了，我有錢，』我在外面等車來的時候心想，我爲什麼開那些玩笑？我爲什麼讓他好過？總之，我一路哭回家，此後再也沒見過他。」

她打個冷顫，伸展手指。「有時候我希望當時有去報警，不是因爲我十五歲，只是要告發他是個自私的混蛋或唱歌之類的。我是說他**毀了**梵谷對我的意義。更別提唐．麥克林了。」

我們沉默片刻，她渾身散發受傷感，像某種顫動。我從未有過這種對話，很想要當那種男生──應該說「男人」──知道該說什麼，對故事中那個男生的解藥。我仍然保持決心，在她身邊要隨時當個模範，但做到這點的實際要求經常想不出來，只有回家途中才會想到正確的話。當然，我想要找到這個男的作出泰伯特式的憤怒報復。我也想要安慰她，但是擁抱感覺不太對，我能想到的只有牽她的手。她抬起我們交錯的手指好奇地仔細檢視，彷彿她從來沒看過。

「我很遺憾。」

「不必搞得太沉重，只是不理想。我永遠不認爲會，但我希望是跟某個善良的人──好蠢的字眼。

---

20. 譯注：原唱唐．麥克林，長達七分多鐘。

我不是指柔弱、畏縮又很**敏感**，那樣最糟糕了。就是……會注意你的感受。總之。幸好，過了不久有個來滑雪旅行的瑞士男生，巴斯卡，我們相處得**好多了**。我是說，**那樣**比較像話。不是靈魂的交流但是非常……順暢又專業。」

「那是妳的評價。」

「『高度推薦。我會再來。』但你不想聽這種話，對吧？」

「不盡然。但或許妳這一次可以參考。」

「我不認爲這次會這樣。但是你，我的處男朋友，你得等待特別的人，你可以和睦相處一起歡笑的人。」

「開研討會。」

「沒錯。開研討會。」

「要是有這樣的人就好了。」

「我知道，」她說，然後笑了。「如果有就好了。」

媒體與宣傳

但現在我們有計畫了。我從河裡回來，頭暈腦脹，滿腦子準備方案。這是個好計畫，超棒的計畫，我想著計畫在黑暗中回家，一路傻笑。

我到家時我爸八成會在床上，我會查看水槽裡的杯子，嗅嗅看是威士忌還是水。「請勿與酒精混用」這句話糾纏著我，我會在腦中預演對話，就事論事不說教，我會指出來。我們根本還沒承認藥物的存在，但等到時機適當，我們也會在現實生活有這段對話。現在我跟法蘭在一起，肯定沒有我不能說的話。

但在這個晚上，我們擬定計畫這晚，音樂大聲到從草坪上都聽得見，是約翰・柯川的〈Giant Steps〉，我每一秒都熟悉。我進門時，他站在唱機旁，手拿專輯封套，快速點頭彷彿在碎石路上彈跳。

「你在開派對嗎？」我大聲說，讓他知道我在。

他轉身，襯衫鈕釦沒扣，頭髮很亂。唱盤的蓋子上，有個加油站杯子裝了威士忌。「你回來啦！你錯過他們了。」

「誰？」

「你的朋友。叫什麼來著……」

「哈波嗎？」

我爸不喜歡哈波，認爲他油腔滑調又膚淺。「還有其他人。」他更不喜歡其他人，結果，我懷疑，老爸成了我朋友們好奇與嘲笑的來源。想起他嘗試表現熱誠還是會讓我渾身不舒服，他播放《Bird and Diz》專輯整個反面給他們聽，大家手裡的啤酒都退冰了，絕望地交換眼色，宛如即將搶奪劫機者武器的乘客。他們甚至給他起了綽號。他叫爵士人，想到他們沒人監督共處一室，令我心跳加速。

「你告訴他們我在哪裡嗎？」

「我說你出去排練了。」

「**排練？**」

「他們似乎都知道了。」

「因爲你告訴他們！」

「不是。你看……」

我們放外送店菜單的電話桌上有張又大又亮的紙，折成四等分，角落有個藍色圖釘。哈波的字跡寫著：「我們想你了，陌生人！好多秘密啊！」我不用打開紙張就知道是什麼。

我們在上星期拍了這張照片，艾莉娜逐一召喚我們在白床單背景前擺姿勢。爲了追求關聯性，用意是模仿《猜火車》海報，用同樣的字體和色彩，個別的黑白角色肖像像警局指認嫌犯般一字排開。「我需要一點領袖魅力，」艾莉娜要求，「一點虛張聲勢，像電影明星那樣。」結果是像學校大頭照的尷尬死魚眼，加上不爽地用劍指著鏡頭。我誤解了宣傳的目的，以爲沒人會看到。

「我認爲你看起來很酷，」老爸說，「有長劍等等的配件。」

在整晚派對之後的亢奮心情中，我告訴他劇團的事。當時我們站在廚房水槽邊，我在洗碗，老爸擦乾；我們看不到對方臉孔時一向比較好溝通，讓我不禁懷疑我們是否最好在不同房間裡，隔著門喊叫。

「班沃里奧。」

「誰啊？」

「一個叫班沃里奧的人。他是羅密歐的朋友。」我瞄向旁邊，看到他迷惑又愉快地歪頭。

「怎麼會去參加？」

「我不知道。只是認爲或許，你知道的，很好玩。」

「結果是嗎？」

「是啊。我喜歡那些人。」

「你剛說是演誰啊？」

「班沃里奧！」

他咕噥這個名字，彷彿班沃里奧可能是他以前的同學。「那是**大**角色嗎？」

「呃，不是領銜角色。」

「什麼？」

「相當大。」

「那——你有台詞嗎？」

「一大堆。還有兩次獨白。」

「嗯……我必須去看嗎？」

我笑了。「如果不想就不用，老爸。」

他想了一下。「戲很長嗎？」

「挺長的。我說過，你不必——」

「不，我要看。我要看，」他說，摳摳沾鍋的蛋渣。「我不曉得你都跑去哪了。我以為你只是在街上亂逛，等我睡覺。」我正是這麼做的。他把鍋子放回水中，我們沒再多說。

現在，騎車到哈波家，我告訴自己沒什麼大不了。我甚至練習了這句話。「沒什麼大不了」，伴隨著稍微聳肩。畢竟這是莎士比亞，不是芭蕾舞。大宅站在它的土地上，所有窗戶都有燈光。我把腳踏車靠在水泥攪拌機上跑到門口，作出自信的苦笑表示「沒什麼大不了」。

洛伊德來開門。「我的天，是你！」

「哈囉，洛伊德。」

「汝為何如此深夜到訪，大騙子？」

「欸，哈波在嗎？」

「是也，是也，他在，他在。上前……」洛伊德鞠躬示意我進去。「但請把劍留在屋外。」

我走進去。當天稍早，我們排練了羅密歐從茱麗葉家回來，被泰伯特捉弄慫恿，但突然睿智起來，以頹廢式，幾乎宗教式的平靜度過了嘲弄與攻擊，宣揚和平與妥協的場景。「**你不了解我**，」他向敵人說，「**我愛你超過你的想像**，彷彿戀愛讓他刀槍不入又無窮寬容。那正是我所渴望的，第三幕第一景的態度。

哈波站在大廳末端，福斯在他背後傻笑，期待地睜大眼睛。「路易斯！你真是充滿驚喜。」

「然也，先生，」洛伊德說，「彼真乃黑馬哉。」

「克里斯，你要一直這樣講話嗎？」我直呼名字說。保持冷靜。保持克制。

「怎麼了，先生？」

「他們正要走呢，」哈波說。

「對，對，吾輩不能耽擱！」

「因爲玩笑不好笑了，」我說。

「你在說什麼，無禮的騙子？」

「對，我懂，我第一次就聽懂了。」

「這不是玩笑。」

「你講的根本不標準。」

「好啦，別玩了！」哈波說。他背後的福斯笑了起來。

「別向我發怒，」洛伊德說。

「你好煩。」

一個高頻刺耳的笑聲……

「你也是，福斯。」

「汝言不能傷人，花花公子。」

「別鬧了，洛伊德，」哈波說，「福斯，回家去。」

福斯走到屋外但洛伊德不賣弄最後一次不願意離開。「我們見過你爸了，路易斯。」他迅速彈一下手指，好像憂鬱歌手。「爵士人，放爵士。吧噠吧、吧吧、吧吧噗！」

可怕惡意的預感，抓他的頭撞門框，或像羅密歐殺死泰伯特時那樣拔劍捅他。

「洛伊德！」哈波說。「快走！」

「夜安，甜蜜的王子！夜安！」稍後，門關上，笑聲逐漸遠去。

「太晚了嗎？」

「不會，」哈波說，「來吧。我們打撞球。」

「你開球。我意外認識了一個女生。她剛從切斯波恩畢業，法蘭·費雪，你認識叫法蘭·費雪的人嗎？你是條紋球，我是圓點球。她在演一齣舞台劇，莎士比亞劇，他們在學校提過的那齣。好球。唯一見到她的方法就是加入，我就一直在忙這個。舞台劇。倒楣，換我。你知道的，那也不錯，沒關係，我挺喜歡那些人——好耶！——有點做作，但他們從頭到尾絕不隨便，而且場地很棒。可惡！輪到你。我還認為這可能是一齣傑作呢。在戲劇方面。是海倫·畢維斯負責設計。」

「磚塊？」

「是啊，但沒人這樣叫她。他們叫她海倫。眞新鮮。還有，她在藝術和設計等方面很厲害——是露天的，場地特定，在一座大宅裡——」

「場地**什麼**？」

「什麼？」

「你剛說這齣戲……」

「『場地特定。』我是說不在普通劇院上演，專爲那棟房子設計。輪到我了嗎？」

「你爲什麼這樣說話？」

「我只是說明我爲什麼演這齣莎士比亞。換你了。」
「但你從來沒演過舞台劇。換你。」
「對，以後也不會，只是……夏天**太長了**，我沒別的事做，我不確定，你從來不想嘗試……新東西嗎？」
「會啊，但是，我不確定，高空彈跳。不是**舞台劇**。這球僥倖。」
「不是僥倖，是技巧。」
「你的演技不是很爛嗎？」
「我？對，我挺糟糕的。換我，兩球。呃，不是糟糕。法蘭有解說台詞。」
「法蘭是——」
「那個演茱麗葉的女生。你應該來——」
「來**看戲**？」
「對！有何不可！裡面有幾個你認識的人。」
「該你了。」
「海倫．畢維斯，柯林．史馬特——」
「見鬼了，你現在跟小柯林．史馬特混啊？」
「他還不錯。露西．陳，她也很優秀。」
「四十二號？」
「對，不過沒人這樣叫她，因爲是種族歧視——」

「**才不是**。」

「當然是種族歧視，**名符其實**的種族歧視，一直是種族歧視也一直很愚蠢，只因爲她是越南人。但根本不是越南人，她是英國人，她出生在這裡，即使她**是**中國人，仍然是該死的種族歧視和該死的愚蠢。」

「好啦！」

「其實，不要，別來看了。就……算了吧。該誰打了？」

「你還好嗎？」

「是，我剛問該誰打了？」

「你。」

「好吧，右上球袋。我不確定，馬丁，那比起在這裡鬼混、懶散度日、互相虐待顯然有些改變。」

「你認爲我對你不好？」

「**不是你**，是我們所有人一起，我們的方式。你不認爲很**詭異**嗎？一直互罵、惡作劇等等的？我是說，遇到某人生日時，不是應該，我不曉得，買個禮物而不是偷走他們的褲子放火燒掉嗎？那不是非常非常奇怪嗎？」

「我認爲這段對話才奇怪。」

「是嗎？有可能。我不在乎。」

「我是說，對，我認爲有時候玩到失控了。」

「是啊，可以這麼說……」

「但我不認為我們是損友。」

「不是，我也沒那麼說。」

「你媽搬出去的時候——」

「對，我知道，我知道。」

「你搞砸所有考試的時候——」

「我了解。」

「在你心情不好要孤僻的時候——」

「有嗎？或許我有。我想我有點憂鬱吧。」

「你簡直像瘋子。」

「是啊。換你。」

「但我們沒有逃避，對吧？我是說我們都在場。」

「至少**你**在。我很感激。但如果有人再叫我公會或雙層床或無名小卒，或那樣議論我老爸，我會……離開。」

「輪到你。那只是開玩笑。」

「是嗎？」

「夥伴之間的。」

「我知道，但我已經不需要那樣了。」

「現在你有新朋友了？失手了，換我。」

「是有幾個。」
「還有那個女生。」
「法蘭。對。」
「她個性好嗎？」
「她很棒。」
「漂亮嗎？」
「我認為她很美。」
「你們那個了沒有？」
「沒有。只缺那個。」
「只缺那個，嗯？」
「我們有計畫。」
「呃，如果你們有計畫。你喜歡她？」
「是啊，我很喜歡，你懂的。我愛她。」
「……」
「……」
「……」
「……」
「呃，你最好去睡美容覺，查理。」

「我們先打完這局。」

「右上球袋。」

「加油。」

「……」

「……」

「……」

「幹得好，」我說，「你贏了。」

開研討會

「……收回來，每次一個骨節，進入站姿，」艾莉娜說，「現在注意，你們走之前，導演有最後的交代。」

「來了，」亞歷士說。

「是D日演說，」喬治說。

「會**非常**情緒化，」海倫說。

「噓！」邁爾斯說。

果然，伊佛過來站在圓圈中央。「呃，眞棒的體驗。三星期前，我心想——肯定來不及。這裡什麼也沒有，沒人聽我講話，沒有溝通，這是浪費時間。但你們非常努力，**非常**、非常努力，我不介意告訴你們，這次有潛力成爲，呃，挺棒的作品，莎士比亞可能看了會想，對，這**正是**我的意思。下星期會非常著重技術層面，相當緩慢，有些地方無聊又很辛苦。我也知道，對你們某些人是很重要的一週，考試成績要公布了，所以星期一我們會休息幾小時，讓興奮感緩和下來。」

我不會去看。我會留在床上，用枕頭蒙著頭。

「但我們排練時難度會升高，我們會著裝。週二，可能連週三、週四都要著裝排練，修正技術，然後當晚……我們上場！票還有剩，所以拜託，叫你們的阿姨、叔伯、表親、學校的朋友來看。因爲我認爲他們會看到很……」伊佛用指節摸摸嘴唇，壓抑情緒。「很特別的東西。好了。回家吧！」

我們不想回家。

「去酒館？」海倫說。

「或者你們要**對台詞**？」亞歷士說。

「不，我們可以去酒館，」法蘭說。酒館也在計畫之中。「但我們要騎車去。」

「你們的腳踏車。你們眞是**形影不離**。」

「可不是嗎？」法蘭說。

「呃，給我們雙人座，」海倫說。

「雙人座？」亞歷士說，「不好意思，現在是演兒童漫畫雜誌嗎？沒人會說『雙人座』，那叫單車雙載。」

「單車雙載是揑造的字。」

「不，就是載人的意思，」法蘭說。「是個標準詞彙。」

「一定是**切斯波恩**的說法，」海倫說。

「老實說，是後座，」我說。

「名符其實的後座，」法蘭說。

「反正雙人座行不通。我們太大隻了。」

「是啊，謝了，查理，」海倫說。

「不對，我們都很大隻。」

「下坡時可以，」法蘭說。

所以在小路的盡頭，我們四個人像馬戲團團員爬上腳踏車，法蘭和我坐座墊，海倫和亞歷士站在踏板上。途中，亞歷士注意到我的背包——「我的媽呀，那裡面裝了什麼？你在逃家嗎？」我不知道是否該告訴他，**我要跟法蘭過週末，整個週末，就我們兩個。我們要嘿咻**——但我們已經失速，以嚇人的高速衝過小路；如果我們撞到倒下的樹枝或遇到迎面駛來的汽車一定會掛掉。這麼接近嘿咻的時候卻死掉。「我不想死啊！」我大聲說，「現在不行。」「快點！」亞歷士大叫，於是我們加速，大呼小叫，其他團員四散走避。「釣客餐廳見！」我們通過時海倫喊道，「如果我們還活著！」

剩餘的路程我們步行，其他人稍後在啤酒屋跟我們會合。身爲陰謀論者，法蘭和我小心避開彼此。她改找波莉講話，含蓄地吸取我們需要的智慧，同時我坐著聽喬治和邁爾斯鬥嘴。

我還是忍不住看錶，分針慢得令人發痛。**今天真是沉悶，就像某些慶典的前夕**，茱麗葉說，**像有新衣但可能不穿／沒耐心的小孩**。劇中充滿了期待，談論明天，日出與日落，時辰與分鐘，如果角色們有手錶，他們不只會看，還會敲玻璃，渴望它走快一點。如果我要去上大學，或許可以寫成論文——《羅密歐與茱麗葉劇中的時間與性慾探索》。我又看看錶。全套性愛。認爲我們迄今做過的事情毫無性意味當然很蠢，但這可是**全套性愛**，就像大全集、客滿、全套英式早餐；裡面**什麼都有**，這次之後除了重複已經無事可做。我反覆看錶直到晚上八點，按照約定，此時我們道別。

過了一分鐘，我們消失，偷偷微笑。在酒館附近的對手加油站，我停留買了一袋冰塊——我從來沒買過冰塊，總覺得大量冰塊是百萬富翁的作風——我把袋子塞進背包頂端，我們回程掙扎著騎上前往佛雷莊園的山丘時，感到它在我脖子邊融化的涼意。接近入口時，我們停下，像深入敵境的間諜東張西望，把我們的腳踏車藏在圍繞莊園的高大石牆後面。

太陽低垂，我們穿過樹林免得伯納和波莉發現我們從酒館回來了。「他們明天要去倫敦找朋友，」法蘭說，「然後上劇院。很晚回來，週日整天不在家……」我們走近車道，聽到他們汽車的聲音，像玩打仗的小孩蹲在樹林下的植物叢裡。我們看到伯納踏出舊賓士車去打開木造大門，像名流世家的司機嚴肅又直挺，同時前座上的波莉往後仰頭。

「我們可以直接請求她，」我低聲說。

「這樣比較**刺激**，」法蘭說完親我一下，離伯納不到十呎，車子繼續前進之後我們爬牆前往崗哨亭。鑰匙還在門楣上，法蘭把它插進鎖孔緩緩推開門，發出音效似的軋聲。

我想我們都希望有些奇蹟式轉變，昏暗的飯店房間，但這座小屋在夜晚的微弱光線下看來更加陰森，像廢棄多時的出租度假屋，黴臭又破舊。這裡會有老鼠，或許很大，還有大蜘蛛潛伏在角落。「蜜月套房，」法蘭說，我把她拉過來笨拙地吻她。「我們先把東西準備好，」她說，我們都默默開始我們的工作，搬移家具和掃地，擦身而過時暫停一下親吻或愛撫，努力不露出急迫或緊張。

法蘭安排的第一個東西是音樂：索尼的CD隨身聽，兩個神奇迷你喇叭和透明封袋裡的一小疊CD。「打掃聽的音樂，」她說，按鈕播放《猜火車》原聲帶。小廚房裡，自來水斷斷續續卡住，水是混濁褐色，但我們擦掉紅色Formica餐桌上的灰塵，打開我們的補給品。

一把瑞士小刀。香蕉，一瓶品客洋芋片，市面買得到的最大袋花生，酒味口香糖和自有品牌消化餅，一支手電筒，四個麵包捲，一條小黃瓜和一些約克夏火腿薄片，幾包度假飯店的即溶咖啡，酒館偷來的幾塊油膩奶油，喜愛的T恤、內衣褲和一罐鷹嘴豆泥，茶包，兩顆橘子，藥膏，滾珠瓶除臭劑，蠟燭，小夜燈，火柴和一些基本化妝品。我們分享酒類儲備：我有伏特加，兩公升可樂和一袋冰塊，法蘭有西班牙氣泡酒和一些葡萄牙紅酒。我們把老舊冰箱插電，它像發電機似的顫抖，把半融的冰塊塞進小冷凍庫裡。計畫是白天在草地上看書，我挺驕傲地拿出我選的書：《戰地情人》和六百頁的電影衍生版《玫瑰的名字》。法蘭帶了D．H．勞倫斯的《彩虹》和學校圖書館借來約翰．巴頓的《扮演莎士比亞》。我沒有拿出保險套——我準備了六個，這計畫比《玫瑰的名字》更具野心——但即使如此，攤在桌上的東西真是墮落與實用性的奇異組合。「我們是性感探險家，」法蘭說，用手電筒照亮洋芋片。「有一場派對，但是在尼泊爾。」

法蘭也設法帶兩條乾淨床單。出於預感，我們沿著沙發底下摸索拉了又拉，有點擔心它在我們的手上折斷，直到宛如古老農場機器，機關啓動，沙發變成平面床。我們把床單張開鋪上，默默看著它。

「燈光！」法蘭說。

我們決定盡量少開電燈以防萬一波莉或伯納開車經過。我們改在房間邊緣點蠟燭，感覺開始有點像儀式，彷彿接著要用粉筆畫魔法陣了；大破處。

緊張。

「我得去一下……」

浴室不通風，陰暗又有舊絨布氣味。我們費心準備，卻忘了帶肥皂，但我找到一個碎片，粉紅色龜裂，邊緣有點像燧石箭頭，用褐色冷水沖洗身體，刷洗腋下。門外，音樂停掉。「查理！你在哪裡？」

「等一下。」我心跳速度似乎快得破表，耳中聽得到心跳聲，我把掌根放在胸前。現在被迫叫救護車就太可惜了。我用銹色的水潑臉，用我的T恤邊緣擦乾，走到門外。

用小夜燈讓房間像維多利亞時代音樂廳是由下方照明，在牆上照出高大的影子。香檳——氣泡酒——還有兩個缺角的馬克杯，躺在綠色塑膠臉盆的冰塊中。法蘭跪下，換CD。「馬文‧蓋還是艾略特‧史密斯？或著他們都太老套了？我想馬文吧。」她按下播放鍵站起來。我在浴室裡調整心跳的一分鐘內，法蘭居然已經換上一件我沒看過的洋裝，細肩帶、印了紅色大玫瑰的黑衣。還有匆忙不開心地抹到的唇膏，因爲她已經吸著嘴唇想要擦掉了。

「妳看起來很美。」

「謝謝。」

「我沒帶漂亮衣服來穿。」

「那就回家去換！抱歉。太大聲。嗯……」她把頭髮撥到耳後，環顧房間。「對了，呃，我發現了些可以做的事情。桌上遊戲！」她走到架子邊。「他們有塡字遊戲，字母接龍，猜畫游戲。任務最性感了。我是說這簡直是前戲，但是電池可能沒電了。大富翁嗎？」

「或許晚點吧。」

「你不想玩大富翁？」

「現在不想。」

「你可以當莊家。我了解那很花時間。或者也有拼圖。滑鐵盧大橋的風景，五千片。」

「或許明天下雨的話。」

「好吧。那——你現在想做什麼？」

「其實我只想吻妳。」

「是嗎？」

「是。」

「好。那就來吧。」

於是我們接吻了一陣子。我從所有描述慢慢來、讓夜晚延續長久和看到日出的歌曲學到，持久是成功的關鍵，所以我們停下來開酒，說笑話，夠醉之後，跳慢舞，停下來移動某些太靠近窗簾有危險的夜燈。「想像一下標題，」法蘭說，「『處男死於火災』。」我們把酒喝完，我調了兩杯伏特加摻可樂，法蘭把波提斯黑的專輯放進CD隨身聽，又把它拿出來——太黑暗了——改播迷惑之星。但是這些歌都有點彆扭，而且沙發床的白床單一直散發光亮，直到我們終於不知不覺間上去，笨拙地脫衣服然後做愛。

老樣子，這個說法有問題，因為根本沒什麼時間做任何東西。吹噓某種偉大、老套又持續的行爲，像某種史詩交響曲充滿變幻的心情和節奏變化感覺很好。但光是這一點，用特定方式讓事情發生的責任，意味著整件事挺嚇人的，隨時有失控的危險。我被誘導相信在激情的時刻，某些能力會覺醒，情慾的第六感，像跳舞之類的本能——不是我，是別人的舞技。相反地，那是手足無措的史上最極端版本。在不只雙手，還有嘴巴、眼睛和臀部，雖然我還沒學過開手排車，我想像需要的這種協調力會很類似。在我看過的所有性交描述中，爲何每個人動作這麼多又充滿活力？那肯定是謊言，無論長短，唯一維持動作的辦法肯定是以剛強緊繃的專注力對待，努力不被腦中大量的疑問雜音分心。我該保持眼神接觸還是會很詭異？如果我移開目光，是冷淡嗎？我們太靠近床緣了嗎？她的頭那樣子倒吊會不會痛？我們該暫停一下調整位置嗎？「調整位置」——這詞彙很好笑吧？那支蠟燭是否太靠近窗簾底端，而且現在床單亂掉了，我們該停下來整理嗎？如果我閉上眼睛，能不能撐久一點？她在微笑——微笑是好事，還是她正在憋笑？我的表情怎麼樣？我們可以交談嗎？我太重了嗎？結果，危機時刻以危機而言更嚴重一點，是驚悚的恐慌，像是無可替代的東西，例如古董花瓶從架上被碰掉，晃動然後似乎懸在空中那種慢動作時刻，你猜想，它會掉落嗎？拜託別掉落，它太珍貴了，別掉下來，然後遺憾地接受，對，這下無能為力，它會掉下來，所以那個瞬間名符其實令人屏息，也是我可能必須道歉的事。

但即使無比焦慮，強烈的感官經驗真美妙；我竟然被允許跟這樣的人做這種事，她竟然不僅允許而且主動催促。感激這個字眼太過虛弱、謙虛又哄騙，但如果有可能想像一種激烈又熱情的感激，那就是我的感受。彷彿我在商店裡拿到找零說「謝謝」是絕對不行的。我也有個印象，做愛時說「我愛你」會被皺眉，因為這句話在激情的痛苦中脫口而出——尤其第一次——會好像耳邊風：不恰當又會打壞氣氛。我決定兩者都不說，結果成功了，但毫無疑問我真的愛她，只要我活著也永遠不會更愛或想要任何人，在性愛行為中專注與溝通這一點已經作出誠懇的嘗試，不是很成功。

我不確定我能傳達這一點。當然，我無法用言語形容。我只說得出，「喔，天啊。」

「你沒事吧？」她說。

「是。是，只是必須……」

「沒關係。」

「只要一下子……」

「好。不急。」

「我必須……」

我過了一陣子才說得出話來。

「見鬼了。」

「抽筋嗎？」她說。

「不算是。剛才……？」

「『你滿意嗎？』」

「我不會這麼問，」我說，雖然我想問。

「還不錯。」

「挺快的，對不起。」

「沒關係。」

「我以為我可以多點動作的。」

「下次吧。」

「所以妳沒有……？」

「高潮。喔，有啊，大概，呃，九分？」

「喔，天啊。」

「怎麼，你有嗎？」

「哈。」

「噓。躺著別動。我說過，還不錯。第一次多少總是這樣子。就像，我不確定……」

「清喉嚨？」

「不是！好噁。我本來想說，就像……你做過煎餅嗎？呃，做煎餅的時候，第一個總是有點試做性質。」

「喔，天啊，」我說，「我是那個爛煎餅。」

「不是**爛**，仍然很好吃，但下一個會更好。我的意思是，每個人都對第一次大驚小怪，但重要的是第二或第四或第十二次。我們有整個週末。重點是」——她牽我的手注視我的眼睛——「你來找我時只是處男，現在你是個男人了。」

我們笑了，她拉起第二張床單。我們全身貼在一起躺在床上，在某方面，就像性愛本身一樣親密又驚人，我又慶幸這事發生在這裡而不是沙發後面。

「別睡著了，好嗎？」她說。

「一點也不會。妳看起來好美。」

「謝謝。你也是。」

「呃，英俊吧。」

「不，是**美麗**，」她輕輕把手放在我臉上，把嬌小手指滑進我鼻孔裡。

「可以不要這樣嗎？」

「這樣不性感嗎？」

「只是嘗試新東西。那。感覺怎麼樣？當男人？」

「不會。」

「不錯。我看起來有不一樣嗎？」

「世俗上是。還有，這個是新的……」

「喔，抱歉。」保險套仍然像剛剝落的皮膚躺在我大腿上。「我該扔掉嗎？」

「不，戴著。隨時戴著，記得我。」

我脫下這玩意，用先前喪失的靈敏和熟練打了個結。

「男生都喜歡看著它。為什麼呢？」

「不曉得。這很噁心但也有點神奇。」

「看看你，拿起來對著光線看。好像你贏了一隻金魚。很驕傲。他們應該在側面印公釐的刻度。在最頂端寫上，『噗咻！』」

「我該怎麼處理？」

「喔，留著。第一次必須要保留。」

「在我皮夾裡。」

「是啊，像是我的一束頭髮。拿出來看看。」

「但妳肯定該保留。」

「我還好，謝謝。快放下。」

我們重新排好沙發坐墊變成枕頭之類的，伸手拿我們的伏特加可樂，像沒氣的糖水。很快我們就醉到得聽著王子的老歌跳舞，不過法蘭跳起來比我好看，我的裸體成了雙腳不離地的理由之一。我們也沾了一身污垢和灰塵。淋浴時我們擠在忽冷忽熱的微弱水流下，只夠勉強用粉紅香皂邊緣刮掉彼此身上的髒污。「我們好像在〇〇七電影裡，」法蘭在廉價塑膠熱水器的怒吼聲中喊道。沒毛巾，所以我們用昨天的T恤互相擦乾，不久我們回到沙發床上，這次不再驚慌與尷尬，比較自在，法蘭說得對，這才是最重要的一次。

「我買了愛情的豪宅」

我們一定是在第三或第四次睡著了。小夜燈一個接一個熄滅時我們一直聽著音樂，我聽到的最後一首歌是妮娜．西蒙版的「丁香酒」，低沉的撥弦聲。

「我喜歡她唱成『丁想』的方式。」

「用丁香釀酒是個餿主意，」她在我頸邊咕噥。這時我們很醉了。

「又甜又烈，她說的。」

「好吧。我們試試。明天。」

「當成礦泉水喝。」

「哈。」我聽到她的笑聲。「噓。睡覺。」於是我們睡覺。

但是有她在，在炎熱的晚上感受她的體溫，睡夢中她的動作，沙發床的彈簧與支柱的新鮮與奮感，讓我幾個小時後仍睡不著，口乾舌燥，頭顱脹痛。在灰色晨光中，房間又更髒亂了。我們第一夜就喝光了整個週末的存量。空瓶此時躺在床邊靠近我的臉，還有許多保險套空袋，半包吃剩的餅乾，一杯濁水和我們當作菸灰缸的碟子。在其他時候我可能呻吟一聲抱著我的頭，但這似乎像一個全新人的床邊碎片，有經驗的男人，情人的床邊。看著法蘭，我真的笑了起來，我必須伸手摀住瘋狂愉快的笑聲。

她看起來好糟糕，比我看過的她糟糕多了。她愚蠢地張著嘴，我感覺到她的呼氣，又熱又臭的酒味，宛如酒館的包廂，我愛死了，喜歡她眼睛周圍的黑眼圈和她額頭上的油膩，她龜裂嘴唇上的酒漬和她下巴上像蘑菇一夜間冒出的黑點，因爲我喜歡她的頭放我肩膀上和潮濕溫暖大腿橫在我腿上和從汗濕糾纏的床單下散發出體味的發臭眞實感，我猜想——如果我靜止不動，這樣能維持多久？

但是膀胱有話要說，最後我還是抽身。站在浴室裡，同時刷牙和尿尿，暈眩作嘔又充滿神秘痠痛，我聽到輪胎壓碎石的聲音。我不假思索沖馬桶，這時它似乎像恐龍吼叫，同時隔著毛玻璃，看著伯納的抽象身影下車。我蹲著趕回客廳，法蘭用床單蓋住身體坐著。我在嘴唇前豎手指，發現透過窗簾縫隙看得到外面。伯納在幾呎外，摸索著莊園大門的門栓，同時波莉專心看自己在側鏡中的倒影，擦掉嘴角的口紅。

「快點，伯納，」她說，「我們要趕不上火車了，」我近到聽得見伯納低聲嘀咕，然後爬回車上。

接著他們離去。

「安全嗎？」

「很安全。」

「我們不必再耳語了。」

「我們沒有在耳語。」

「我們不必再忘記小聲了，」她大聲說，我跳上床吻她。

「你刷過牙了。」

「嗯哼。」

「作弊。我好臭。」

「才沒有，」我說，雖然她有，我們親吻直到雙方的味道變一樣。

我們穿T恤站著用奶油炒蛋，邊喝即溶咖啡。我們一起擠在可悲的蓮蓬頭下然後回到床上。最後，接近中午時……

「我們要去花園散步嗎？」

我們就像小偷，檢查過四周的警報器。主屋絕對是禁區，但只要我們不被路上的人看見，其餘的果園、樹林和草地都很安全。茱麗葉說，**喔，我買了愛情的豪宅，但不擁有它**。而我們，在隔天早上，完全擁有對方。

但是天色陰暗，光線變柔和，梧桐和橡樹的第一批樹葉已開始蜷曲變色。這或許是秋季的第一天，我們彼此依偎走過樹林前往今天安靜得詭異的主要空地，像一座空舞台。

「想像一下住在這種地方。」

「一定很詭異，不是嗎？」法蘭說，「大房子，有錢。這不是我會想的事情。或許這是年紀比較大時才會想的事。對**物品**的愛。我希望不會。」

「哈波會。他有一堆汽車雜誌，也會去摸摸看他打算買的車子。還有音響等等東西——相機，告訴你身在水下幾呎的大手錶。他不是炫耀，只是喜歡，算是他的嗜好。」

「但你不想要大手錶，對吧？」

「不想。同樣地，我不想要貧窮。」這些話大聲說出來，聽起來又怪又老派，我都懷疑我是否發音錯誤了。我當然希望自己沒說過。

「你現在會擔心錢嗎？」

「以我在加油站的薪水不會。」
「大錢。」
「很飽。但我爸會擔心，我也因爲他擔心而擔心……所以有點傳染性。」
「我只希望錢足夠用，不必再擔心。」
「我也是。」
「還有我喜歡的工作。」
「出名呢？」
「天啊，不要。我是說，工作帶來的出名可以，不是爲了出名本身。名聲就是大手銬。誰想要呢？我寧可就做好一份工作。有很多朋友，能談戀愛多嘿咻。就這樣。這樣說，聽起來很容易。」
「我知道。」
「我是說，眞的，有什麼困難呢？我們都已經在半路上了。」
瞬間，我們陷入沉默。除了未來，我們可以輕鬆地談任何事。九月像個厚重的簾幕掛在我們前方。這個話題令我鬱悶，但不去討論簾幕後可能的東西很荒謬又懦弱。我們太年輕，沒有什麼我們不能談的話題。
過了一會兒，呼吸一下之後，她說，「我認爲你該去上大學。」
「不了，我要去找工作。」
「當然，但即使你的成績不夠——」
「我不夠。」

「——你可以先工作再重考。」
「不適合我。」
「只有數學和英文，所以你可以加強其他科目。」
「不要，那已經過去了。」
「但你眞的很聰明，查理，否則我不會跟你在一起。」
「我們聊別的吧，好嗎？」
「好吧。」
她挽著我手臂，我們丟掉這個話題，但是搖搖晃晃，似要跌倒。
我們帶了書和一個裝滿即溶咖啡的老舊 Thermos 燒瓶，我們穿過庭院前往草地頂端，我們最愛的地點，我們初次相遇的地方附近。
「妳覺得怎樣？第一次見面。」
「我心想——這怪胎是誰啊？」
「說得好。」
「打赤膊鬼鬼祟祟，把大家嚇得半死。」
「我不是在潛伏，我在看書。」
「我沒想太久。冷靜下來之後，我心想，他還不錯。他似乎很安全。」
「『安全』？」
「相信我，女生落單時不一定對男生會這麼想。那是好事。我也認爲你很好笑，你看我腳踝的樣子好像你受過醫學訓練。你急救時我看著你的臉。你看起來好帥。人絕對不能吹牛，但我可能誇大了我受傷的程度——」這時她叫痛一聲，開始左右搖晃跛腳走路，一手放在我肩上。

「對，我有懷疑過。」

「你不相信我？」

「跛腳，有點斷斷續續。」

「才沒有！太失禮了！總之有效。你回來了，不是嗎？第二天我看到你的時候，我只想大笑，一部分因爲好笑，你那樣子傻笑忍耐，我贏了——」

「妳沒有**贏**！」

「呃，不對，我有——一部分是因爲我好高興看到你。我很驚訝我那麼高興。感覺像——我不確定——鬆一口氣。就……」此時她停下腳步，閉上眼睛緩緩呼氣，我承認我也有同感。「我很喜歡跟你走路回家和聊天，我老是希望路遠一點。現在也是。你說過唯一令我不高興的事……」她遲疑了。

「繼續啊。」

「讓我不高興的事就是你假設我跟邁爾斯在交往，彷彿因爲他是那種男生，我就一定是那種女生。我是說，我喜歡邁爾斯，他挺好看的，像個玩具人偶。但你以爲我那麼，怎麼說……膚淺。」

「我只是嫉妒。我心想，羅密歐，茱麗葉，你們不是應該揣摩角色嗎？」

「是啊，但那個方法有限度。特別是他有點混蛋的話。」

「也年長，他有汽車，有錢，高等教育——」

「住口。別再說了。」

「什麼？」

「你不能再說了，教育跟自信這回事。這些人，他們並沒有特權或權力。」

「我認爲他們有。」

「他們沒有！我是說，他們有**優勢**和禮遇，錢也很重要，當然了。即使考試考砸了，我知道你還是能做出了不起、會讓你快樂的事。」

「比方說？」

她笑了。「我不知道！這不該由我來告訴你，對吧？你得自己想出來。但是有……潛力。蠢字眼，學校報告用語，但我就是這個意思。」

之後我們沉默。她的用意很誠懇，我知道，但是被人激勵演講好丟臉，我討厭那樣。我們在草地上找好位子，躺到乾燥的長草上，我們距離變遠了。沉默持續。

然後她伸手握我的手。

「抱歉。我知道你不喜歡談未來，但它還是會來。未來就是這麼回事，一定會發生的事。看。很深奧對吧？」

「是啊。」

「名符其實。」

「**名符其實**。」

「你現在還看不到，因爲這些事情都走偏了，你對你無法控制的事情會感到緊張又憤怒，那不是你的錯。但如果你……**等等**，查理。我不曉得。我就是覺得你內心有些我喜歡的東西。還有你。我愛你，查理。」

來了。她說出來，現在我可以說回去了，最平庸又美好的對話，我們會一再重複，只要我們是眞心的。

回到大門崗哨，我們收拾東西，列出週末剩餘時間需要的補給品清單——伏特加、冰塊和可樂、一些外帶中餐。雖然我讀《玫瑰的名字》沒什麼進度，我發現我們也需要更多保險套，我因此有點驕傲。雖然協商過，我還是必須去加油站上三小時的班，這樣法蘭就能看書和睡覺。如果我快速關店，可以在八點半趕回來，我們可以再度開始派對。

但是推想未來，我們的未來，這件事情好像沒有那麼輕鬆了，我們穿過樹林走回我們藏腳踏車的地方，一路無語。

「我們可以……回我家，」我說。「如果妳想要？我是說，我們不必待兩晚……」

「不！不，我想要。我只是累了。快回來。像風一樣奔馳。我們重新開始。」她吻我，我粗魯地把我的腳踏車拖過石牆。「別忘了丁香酒，」她說，我出發前往市區。一連串災難就此開始，一個比一個嚴重，而且像莎士比亞劇的結尾般高潮不斷。

霍華先生

加油站就算在最好的時段也是個淒涼的地方，但在夏末漫長沉悶又陰暗的週六下午，憂鬱感獨樹一幟。深層的痠痛發作，似乎挺強烈的疲憊感，看來需要特殊的東西才能從昨晚的心情恢復過來。

我皮夾裡有得獎的刮刮卡。少了共犯，兌換風險較高但不是不可能，只要我運用技巧，一旦得手我可以嘗試去烈酒店買香檳——氣泡酒。既然我不再是處男，或許他們會直接賣不多問，或許我可以從金牛餐館買些高檔貨，招牌特餐粉紅色帝王大蝦，再去廁所買三個保險套。氣泡酒，保險套，大蝦，大包米飯；這是年輕貴族的購物清單，我想著這些財富睡著了，頭放在櫃台上，以為加油機的嗶嗶聲會叫醒我。

一個高大金色短髮男子站著俯瞰我，襯衫和領帶被粗脖子撐開，他用指節輕敲我頭邊的櫃檯。

「你還好吧？」

「抱歉——打瞌睡了。很抱歉。加油機號碼……是……」

「二號。」

「二號。三十鎊。」

「昨晚很忙？」他不悅地笑了笑。

「你說什麼？」

「你值班時睡著了。昨晚很忙嗎？」

告訴他我破處了並不得體，但他似乎在等回答，頭歪向一旁站著，豬腳火腿般厚實粉紅色的雙手放在櫃台上。

「是，很忙，」我說，把收據給他。

他還是沒走。

「還有嗎？」

「沒有。我沒事。打瞌睡難免的。」大個子動一動肩膀，轉身離去。

那是我最後一位顧客。接近八點，我關掉前院的燈，設定收銀機印出當班明細表，從機器拿出托盤，站在櫃台和辦公室之間的門框裡，把刮刮卡和一張廿鎊、一張十鎊鈔票調換。氣泡酒，冰塊，大蝦，保險套。在後方辦公室，我把必須處理掉的香檳杯裝進背包裡——我留了兩個裝葡萄酒——回到店內去關燈。

短髮男子在裡面，他背後是——

「麥克！你好！」

麥克沒說話，只難過地緩緩搖頭，我內心湧現可怕、冰冷的暈眩感。

「查理，你認得這位先生嗎？」

「認得！哈囉，你好！二號機，三十鎊。」

他不悅地笑笑，雙臂合抱在厚實的胸前，等待著什麼。「你的刮刮卡！我意外忘了給你！所以你才在這裡嗎？等等，我拿一張給你。」以表演來說，這不是我的最佳表現，但他們能拿誠實的意外怎麼辦？

「查理，這位霍華先生在私人保全公司工作。」

「好。是因為我打瞌睡嗎？」或許只是這樣。

「查理，我僱用他是因為帳目有些不連貫的地方。」

他可能說過的其他話都被眼前恐慌的巨大怒吼淹沒，我猜想著他們知道多少，我可以用什麼藉口，面對必然的錄影證據可以指望如何維持，腦中浮現近期與遙遠未來的狂亂跳接。我預見自己花幾個小時坐在警局和法庭的塑膠椅上，我想像老媽的憤怒，我爸的痛苦恥辱與絕望感。我再過三週就滿十七歲——會進少年感化院或監獄呢？還有法蘭，法蘭會怎麼想？她提過的內心特質，她宣稱看出我有的潛力，結果成了卑劣小賊的欺騙，侵吞公款，無能的詐騙犯，前科紀錄跟糟糕的考試成績釘在一起。

「……似乎該給顧客的大量卡片實際上不知何故跑到了工作人員的口袋裡……」

而且她會怎麼發現我的下落？他們打算把我留在這裡多久？現在陽光已經變暗，我想到她獨自在崗哨亭裡點蠟燭，吃最後的食物，期待變成憤怒，焦慮變成恐懼，像卡普雷家族墳墓裡的茱麗葉。在她發現之前，她會恨我拋棄她。我必須讓她知道，用我自己的話把事情經過告訴她……

「……所以我們必須問清楚。」

我強迫自己專心聽麥克說話。至少他沒生氣，比較像氣餒，像被迫雇用槍手的警長，槍手自稱是代表一家叫做克羅登調查局，簡稱ＣＩＡ的公司——我怎麼可能不認得？虎背熊腰和銳利批判的小眼睛；此人顯然是專業執法者，我咒罵自己屈服於西班牙氣泡酒與金牛餐館特餐的廉價誘惑。

「或許我們可以到後面辦公室談？」霍華先生說，走向櫃台。我拿起背包，隔著尼龍材質，聽到十二個證據香檳杯的碰撞聲。天啊，他們會人贓俱獲。在牢裡關一晚，法蘭獨自在樹林裡，蠟燭逐漸燒光，等著我……

我小心拿起背包，避免杯子發出碰撞聲。

「麻煩你抬起這個，」霍華先生說。櫃檯和辦公室之間有個鉸鍊木板隔開，用收銀機旁的一個滑栓從下方固定住。

「等一下，我得……」我側身進入辦公室，鎖上門。

「快點，路易斯先生，別玩我們了，」霍華先生說。

「等等！只要一下子——」

「查理，快點，老弟，」麥克像攻堅談判員說，「只是聊聊。」

我小心把背包套在背上彷彿裡面裝了炸彈，其實可以算有吧，再猛推逃生門的橫槓。

我來到了晚上戶外的涼爽空氣中。在昏暗中，明亮的店內看上去宛如電影銀幕，我看到麥克的腿水平伸出空中，跟櫃台的門閂搏鬥。我雙手發抖，把店門也鎖上，讓他們關在裡面。發現動靜的霍華先生跑向店門，猛敲玻璃，但我已經騎上單車衝過前院了。

我加速騎上此時沒人、回市區的那條筆直長路。我要是能抵達謀殺森林，丟掉杯子，在花草叢裡等麥克和霍華先生放棄搜索，然後趕回崗哨亭，親吻法蘭把一切告訴她，解釋我做了傻事但是我愛她……如果茱麗葉能原諒羅密歐殺了她堂兄，那麼刮刮卡詐騙肯定也可以救贖。會哭哭啼啼，但我們會難過又激烈地做愛，就像羅密歐和茱麗葉在他流放前夕那樣，爭論雲雀和夜鶯，到了早上我會去找麥克說我很抱歉，麥克，我慌了而且沒錯，我拿了些杯子但沒拿錢。如果有不利我的證據，那我就還錢；大多數現金仍藏在我房間裡，其餘我會工作抵償或借錢……我不知道向誰，我妹的銀行帳戶或哈波或別人但不是我父母，我父母不能知道。麥克會告訴我媽，但不能讓我爸知道。他會難過死的。

我奔向我的藏身處，另一個未來在召喚我，逃亡生活。如果我能拿到我的護照，沒有我不能去的地方。我會買件工作外套和工具袋，加入商船隊，無論那是什麼東西，從新加坡、海參崴和曼圖亞寫出優美愛戀的情書給法蘭，或許有一天，在某個法外之地的遙遠港口的碼頭上——

我聽到背後有汽車聲，等著它超車，但卻看到它跟我並排。我以爲我在高速前進，但這輛龐大黑色Rover休旅車只用到二檔，麥克接近，從車窗探出身子把手放在我手臂上。

「停車，查理，」他說。

「我現在沒空跟你們談。我得趕去別的地方。」

「別踩了，老弟，我們只是想聊聊。」但在麥克旁邊，我看到霍華先生趴在方向盤上大笑，於是我站在踏板上減速。我要跑進樹林裡甩掉他們，我會越過荒野在黑暗中摸到崗哨亭。她不是說她愛我嗎？我轉向離開公路但誤判了衝上路緣石的角度，車子搖晃了一會兒然後完全停住，我飛過龍頭掉落在人行道上。

又來了，怪異彈性的時間特質，讓我注意到翻筋斗的整齊與完整性，還有我如何固執地拒絕放開腳踏車，拖著它好像要表演什麼馬戲團花招。最難忘的——或者是我的想像？——時間甚至讓我感覺到香檳杯的碎裂，以特殊的方式緩衝了我的跌勢，在瞬間感到它們的形狀然後像手捏雞蛋般崩潰，連鎖反應，啪，啪，啪，玻璃大多數回歸爲沙子，但也成了鑽石。

傷疤

「你這些是怎麼來的？」

「這些什麼？」

「你背上。這些疤痕。」

「那個？鯊魚咬的。」

「哦，是嗎？」

「加油站杯子。我十六歲時摔倒在一堆廉價香檳杯上面。」

「**當然了**。」

「疤痕是他們拔出水晶小碎片的位置。」

我們在海灘上，妮亞姆初次注意到疤痕，平滑隆起的疤痕位置比較可能摸出來而非看出來，除了夏天它們會顯出蒼白，像是檯燈下的隱形墨水。

「好吧。我知道應該是廢話，但是……」

「我偷了加油站的玻璃杯，他們發現了，我逃跑然後從車上摔下來。」

「機車嗎？」

「腳踏車。滑步車。」

「天啊。你的黑暗過去。加油站杯子和滑步車。你好像傑森·包恩。」

當時我們在希臘跳島旅行，第一次一起度假，在戀愛的那個階段若有機會展示每個疤痕一定要掌握。我看過她第二與第三根手指間被鷹嘴豆的大罐頭邊緣割傷，她肩上因爲除痣的整齊方格縫線疤，現在輪到我了。碎玻璃像散彈灑在我背後，我躺在熱沙地上讓妮亞姆的指尖摸過那個星座。

「好像盲人點字。」

「妮亞姆，看得出意思嗎？」

「它說……等等……說『什麼……笨蛋……會偷加油站杯子？』不是應該免費嗎？」

「所以才是完美犯罪呀。」

「偷沒人想要的東西？」

「呃，還涉及某個數量的現金。」

「啊。偷收銀機？」

「對，雖然更複雜一點。我是說我偷刮刮卡，不是現金，所以沒人損失。那是無受害者的犯罪，因爲直到刮開卡片錢才會存在。哲學上來說，就像箱子裡的貓[21]。」

「你是這樣告訴他們的？」

「對。」

「結果怎麼樣？」

「不太好。」

---

21. 譯注：用來說明量子疊加狀態的思想實驗「薛丁格的貓」。

「我的天。犯罪大師。我嚇壞了。」

「喔，妳從來沒偷過東西？」

「我嗎？沒有！」

「這麼長時間在餐廳工作，一瓶酒也沒有？冷凍庫裡的牛排？」

「沒有！」

「沒經過收銀機的咖啡？」

「呃。或許。一、兩次，但我的教養讓我總是感覺很不好。」

「呃，我也感覺不好。尤其被逮到時。那個時機很糟。最愚蠢的是，如果我沒逃跑，也不會有事。」

「那你爲什麼跑？」

「呃——妳會喜歡這個答案。」

「請說……」

「是爲了**愛**。」

妮亞姆躺回沙地上。「喔，見鬼了。又是她吧。」

我想我震驚了一會兒。我肯定站不起來也無法克制雙手發抖，所以我們只是默默坐在路邊的暮光下。

「我們只想談一談，傻小子，」麥克說。

「我們只是虛張聲勢，如此而已，」霍華先生說。我已經感覺到背後的流血冷卻硬化，所以我轉動肩膀時，皮膚似乎彆扭地黏在我的T恤上。我相當確定殺過人的霍華先生來安撫我，是他看過一些東西卻沒什麼發現，但血液把我的指尖染成了深褐色，還像鐵銹般碎裂，隨著天色變成黑色。

「我們送你去醫院，看還有沒有玻璃在體內。」

我已經排練過這句「我要找我的律師！」，不過我該上哪裡找律師還是不清楚。有律師處理過老爸的破產，或者是會計師？「我要找我的會計師！」聽起來不太對。

「但是你幹嘛要跑呢？真是傻小子。」

這時我說出了幾個字。「我得去別的地方。就這樣。」然後警察出現了。

訴諸法律不符合麥克的利益，但在晚上安靜的路邊有個發抖流血的男孩想必吸引了路過者注意，所以巡邏車來了，藍色燈光照亮了我們背後的植物。「喔，幹。我們不需要這個。」霍華先生已經站起來，伸出雙手，安撫地手掌朝外，我感到一股強烈恐懼。警察局。法院。前科紀錄。

但進監獄之前，要上醫院。我們開了二十分鐘到全家剛搬來鎮上時我媽上班過的地方，我坐在塑膠椅邊緣被一位疲倦的女警詢問——我本來要去哪裡？去見朋友。是駕駛人把我逼出路面嗎？不，那是意外。他的駕駛有危害到我嗎？沒有，我們在交談。透過行駛中車輛的車窗？只有一下子，然後我就失控了。我背包裡怎麼會有這麼多杯子？我傻眼了。我看見麥克在走廊另一端，臉色灰白又恐懼，按著鬍子彷彿它會鬆脫。

「我要跟我的律師談。」

女警笑了。他們可以這樣嘲笑民眾嗎？「你**有**律師嗎？」

「沒有！」我委屈地說。

「那我們打給你父母吧？」

「不。不，不能這樣。」

「抱歉，孩子，你十六歲而且飽受驚嚇。我們必須通知他們。」

「不行。他們沒住在一起。」

「呃——你跟誰住？」

「我爸。」

「他的號碼是？」

「我們沒有電話。」疲憊的女警低下頭來。「我們負擔不起，」我圓謊說：我們有電話但我們負擔不起。

「呃，你媽有電話嗎？」

「有，她有手機。」

「號碼……？」

「我不知道號碼。」至少這是實話。那張紙條放在我臥室裡，我沒有常用到記起來。

「快點，孩子，別浪費我時間。她的地址是？」

「我知道那棟房子的模樣。」

「那就市話號碼。」

「她跟一個男的住；我從來沒打過去，都是她打來。」

「那給我**你的**地址。我們派人去找你爸。」

我想了一下。「麥克。那邊那個人。他有我媽的號碼。」女警站起來。「我現在必須打電話。」我有印象我只能打一通。

「當然。這次別再跑掉，好嗎？」

時間變晚了，走廊上充滿市中心的傷亡，我不再是唯一穿著染血衣服的男生。我找到電話亭，還有電話簿，這讓我鬆了口氣。我翻過破爛的頁面查到號碼。在電話亭的刮傷鋁金屬上我可以勉強看到我的倒影，臉色蒼白，頭髮黏著汗水和我手上的血。我撥號，想像電話在漫長的木板走廊裡響鈴。我清清喉嚨，準備裝出好青年的語氣。鈴聲響個不停。

「哈囉？」

「哈囉，波莉？」

「是？」

「波莉，我是查理。劇團的？」

「查理？」

「對，班沃里奧。劇中的？」

「是，我知道你是誰。」

「那——妳跟伯納睡了嗎？」

她嘆氣。我似乎讓每個人都嘆氣。「查理，現在很晚了。有什麼問題嗎？」

「不。不，我只是有事要告訴妳。其實是請妳幫忙，幫我傳話。」

「可以等到星期一嗎？」

「不行，必須是現在。是這樣的，妳知道你們車道起點的那棟小屋吧？崗哨亭？其實——很抱歉——但是裡面有人在等我。」

鑷子

我眞希望護士沒讓我看那個鑷子。她丟進腎形盤子時，每顆水晶都發出清脆的聲音，她似乎自得其樂，又挖又戳，哼歌又念念有詞。在西部片或動作片中，她用烈酒沖洗傷口時我會拿到一根棍子咬著。在這裡，我只能把臉埋進覆蓋手推車的紙巾裡。「哇，這顆好大，」護士說，然後盤裡發出叮一聲。

我轉頭看到我媽站在簾幕的空隙中。她穿著她最好的黑色晚禮服，化妝糊掉了，臉色反覆閃爍著憤怒和擔憂，我不是第一次有這種感覺，我打斷她的什麼事情了。我覺得她看起來美極了，也很痛苦失望，我很慶幸有消毒噴霧的刺痛當作我紅眼眶的藉口。

在車上，因爲不舒服我被迫在座位上前傾，彷彿我隨時可能打開車門跳到外面的雙線馬路上。這個選項似乎可行。被迫離開自己的晚宴的老媽——現在她有晚宴了——放棄了擔憂，安心地固定在憤怒上。

「加油站杯子！說眞的，誰會偷加油站的杯子啊？」

「我不是在偷杯子。」

「高爾夫俱樂部遭竊時，他們偷走幾瓶伏特加和琴酒。他們也偷大塊肉！他們會偷錢。」

「我不是在偷杯子，我是要拿去丟掉。」

「是，麥克告訴我了，這樣才能偷錢！」

「我沒有**偷錢**。」

「不然是什麼？」

「那只是……刮刮卡。」

「接著你拿去換成……」

「錢，但是錢不存在，除非有人——」

「怎樣？」

「刮開卡片。」

「啊，所以只是**概念上**的偷竊。或許他們會送你去某種**抽象**，**概念式**法庭，或許會有某種理論上，四度空間的懲罰程序。『對，我有前科紀錄，但那是在平行宇宙。』」

「我不會有前科紀錄吧？」

「如果你被判決有罪，就會！你偷了獎金！跟從麥克口袋裡偷走是一樣的！」

「才不是。」

「在法律的觀點上來說是！」

「妳怎麼知道**法律的觀點**？」

「我知道你有麻煩了，查理，我很清楚。」她指指左邊，離開路面。「麥克說你有個共犯。」

「他什麼時候說的？」

「他在醫院告訴我，有別人進來拿錢，每一次都是相同臉孔。他錄到了。那是誰？是你的朋友嗎？是哈波？」我沒說話。「老實說，查理，怎麼回事？我們家可沒有養小偷。」

「只是顯然有。所以。」

這次她不說話，我們默默開車時我把僵硬、發臭的T恤捏在手裡。更丟臉的是，我的衣服破爛染血到不能穿，所以老媽帶了她情人的舊運動服，灰色寬鬆活像件囚服。我們開進圖書館社區。「很抱歉害妳離開宴會。」

「唉，呃。他們在玩益智桌遊，所以我幾乎寧可來醫院。幾乎啦。」

「妳跟……強納生怎麼樣了？」

老媽瞇起眼睛瞄我，然後回去看路。「就這樣了，查理。就這樣了。」

我們轉進薩克萊月彎，停車在稍遠處免得他聽到汽車聲，但我看得到屋裡有燈光。「老爸知道嗎？」

老媽呼氣。「對了。顯然有個女生打來找你，她很擔心所以**他**也擔心，因爲顯然你**說**你要住在哈波家。」

「然後呢……？」

「所以他打給我——他走投無路——我告訴他了。」

「全部嗎？」

「對，因爲他是你爸。」

「老媽！」

「呃，不然我該說什麼？」

「妳可以說我從腳踏車摔下來了。」

「掉在附近一堆香檳杯上面嗎？拜託，查理，他一定會發現的。」

「喔，天啊。」

「你要我跟你進去嗎？」

「是啊，因爲這樣場面會好一點。」

「不。算了吧。」

「我該走了，」我說，但我們兩人都沒動。

「那個女生是誰？新女朋友嗎？」在此之前，她只會嘲弄斜眼說這個字眼，但這次沒有。

「我想是吧。她是。在我放她鴿子之前。」

「她在劇團裡嗎？」我看著老媽。她知道了。「老爸告訴我你愛上了莎士比亞。」

「她在劇團裡。」

「她是誰？」

「茱麗葉。」

「不，是眞實身分，呆子。」

「妳幹嘛要知道她的名字？」

「這不是什麼奇怪的問題……」

「是法蘭。妳在酒館看過她。」

「法蘭。」她琢磨這個名字。「嗯。她厲害嗎？」

「眞實生活還是——？」

「演茱麗葉。」

「她很棒。」

「你厲害嗎？」

「沒有。」

「我必須去看嗎？」

我暗自竊笑。「老爸也這麼說。」

「不，我想看。」

「不用，妳可以豁免。」現在眞的該走了。

「再打給我。如果有必要，如果他大驚小怪的話。」

「不，我想他會高興。」

「星期一上午也要打給我。」星期一是考試成績公布日。

「爲什麼？」

「呃，因爲我是你媽。或許你會有驚喜——」

「我知道我當掉了。」

她閉目呼氣。「好吧，這個也不用爭了。我們一次只吵一件事，好嗎？」

我打開車門時猶豫了一下，彷彿我們還在雙線道上疾駛。老媽僵硬地微笑，我轉身下車，包紮摩擦到破皮傷口時皺眉，頭也不回走向我家。

恥辱

他背對我站著，一手摸著音響櫃彷彿在撐住它。或許是櫃子撐住了他。大樂團音樂播放中，好像有東西掉下樓似的轟然大響。從鼓聲判斷，我心想，是巴迪·瑞奇。他用指節夾著一根菸，其餘的煙蒂在威士忌酒瓶旁的煙灰缸堆得很高。他舉杯就口時，我看出他的手在發抖。

「嗨，老爸。」

他回頭看我時搖晃了一下。「多少錢？」

我嘆氣。「你是說我**偷了**多少錢？」我判斷，最佳防禦就是攻擊。如果他認為我是壞蛋，我就當壞蛋。

「對，你偷了多少錢？」

「不是『嘿查理，感覺怎麼樣？背傷還好嗎？』」

他迅速轉身，腳步踉蹌，暈眩了一下。「你媽告訴我你沒事，少來這套。」

「試試看『我好擔心你，查理。』」

「喔，你認為我不擔心你？」

「音樂可以關小聲點嗎？」

「你認為我不會失眠擔心你？」

「呃或許你別整天睡在沙發上的話，晚上會比較好睡。」

「你不知道我日子是怎麼過的，你從來不在。」
「幹嘛，我錯過了什麼？」
「別轉移話題。你偷了多——？」
「我不確定。兩百鎊吧。」
「但是你有工作！」
「是啊，時薪三鎊。」
「唉，如果需要更多錢就增加工時，工作就是這麼回事！」
我笑了，看到我爸仰頭大怒。「你在笑什麼？」
「我不確定你有沒有立場教訓我工作倫理。或金錢。」
「什麼？」
「呃，已經一陣子了，不是嗎？」
「你知道我為什麼無法工作！」
「是嗎？因為你從來沒認眞說過。」
「有什麼好說的？你以為我會跟你說什麼？」
「你的床邊有藥丸！你以為我看不懂標籤嗎？」
他表情茫然了一下。「那是有控制的，輪不到你擔心！」
「但是我會擔心！我只能擔心！我怎麼可能不——天啊，我恨死這裡了！」
「查理！」他後退——我看到了——彷彿挨了一拳，我繼續說。「我也討厭跟你一起住！每天都害怕，『他會吼我嗎？他又會發作嗎？』」

又一拳。「沒這回事。」

「我回家會想，**現在下午五點，他會生氣嗎？他哭過嗎？他今天有出門嗎？**你太慘了，老爸，跟你在一起也很慘。」

「查理，我知道，我很清楚。」

「我知道有原因，但是你不說，你什麼都不說！」

「我們幹嘛說這些？偷錢的人是你！爲什麼？」

「因爲我們沒錢！」

音樂終於結束。顫抖又困惑的老爸摸索背後找沙發，讓自己往後倒在上面蜷縮彷彿被打中肚子，在可怕的片刻間我有種恐怖、冷酷的權威感。我心想，**這就是我，我做了而且我不在乎**。

除了時鐘的微弱滴答聲，一片寂靜。

「你們爲什麼不待在一起？」

「那由不得我。」

「但你們可以等等。先擱置個一、兩年，甚至一、兩個月。其他父母就是，爲了孩子或什麼理由，等到我們大一點。」

「我說過了，那由不得我！」

「但是你把她趕跑了！如果你能夠……振作一點！」

時間過去。滴，答。「我讓你丟臉了？」他說。

「沒有。」

「你以我爲恥嗎？」

滴，答，滴。「我不確定。你以我爲恥嗎？」

「當然沒有。你是我兒子，我愛你。」

「但是以我為榮嗎，老爸？主動、眞心的驕傲？」

他沒說話。他只看著地板皺眉，然後相當清楚地說。

「不。現在沒有。不行。」

鄉村節慶

我紅著眼睛全身發抖離開家，連門都忘了關。就我所知，我的腳踏車還在霍華先生的車子行李廂，前輪歪了，我犯罪的另一項損失，所以我走過佛斯特、吉卜林、吳爾芙、蓋斯凱爾和瑪麗．雪萊路。我繞過市中心，那裡仍有深夜醉漢蹣跚地前往金牛或泰姬瑪哈餐館，或癱在市場十字路口的台階上。我知道我當晚不能回家，但要去哪裡？哈波家？海倫家？他們都想知道事情經過，我還不知道該怎麼說，所以我不知不覺間走過寂靜的住宅區街道，前往環狀道路，越過車道陸橋，沿著麥田，到了候車亭再走上樹林小路。

我三點鐘過後抵達崗哨亭。裡面被匆忙清理過，沙發床還攤開著但沒有床單，我想像尷尬又生氣的法蘭坐在前座，床單折起抱在她胸前，讓狩獵外套裡面穿著睡衣的伯納送她回家。在頭上燈泡的亮光下我發現小夜燈也被收走了，在房間邊緣留下一連串燒焦的黑點，宛如在木地板上打了洞。又是要賠償的事情。

我天真地指望波莉會像奶媽那樣回應我們的冒險，對這個計畫改變心意，包容地發笑，高興又驕傲能在小情侶的結合中扮演角色。但她在電話中擺明很生氣，我從沒聽過她那種語氣。我們竟敢這樣濫用她的好意？我們是入侵者，不對，是小偷！她對我有更高的期待——似乎每個人都對我有更高的期待，我不知道我做了什麼讓他們這麼想。

現在清晨四點半。我謹慎地躺到沙發床上，俯臥著保護傷口。沒有寢具，只有污穢的地毯可取暖，我把它拉到下巴處，緊閉眼睛向疲憊與羅密歐式的自憐投降；可憐的我，如此喜悅又悲慘，兩者都在這同一張床上！

又如此畏懼明天。我必須見法蘭。哪個比較糟糕，見到她的痛苦還是拖延的煎熬？在夜晚，僵硬發作，因爲飛身摔車的某種深層肌肉緊繃，我呻吟著收起沙發床。我二十四小時沒刷牙了，仍穿著我媽情人的難看運動服，需要面對法蘭的說詞但毫無準備。我喝廚房水龍頭的銹水，漱口，用手指摩擦我的牙齒和牙齦，然後出發。

夏天回來了，空氣沉重凝滯像是要游過去的東西，還有村子，我抵達時已經變成一個小都會，車陣排列在前往舉辦慶典的教堂的路上，頭上有裝飾彩旗，播放著汽笛風琴，生氣蓬勃的城堡傳出尖叫聲。甚至有個愉快的牧師在握手，如果有噴火式戰鬥機從天上飛過也沒人會驚訝。這是英國田園詩，有汽油割草機和剛割過草的氣味，我匆忙前往法蘭家，我空前地在意借來的運動服是灰棉絨，活像冒汗狡詐的逃亡罪犯，躲著窺探法蘭家正面樹籬的水蠟樹。臥室窗戶開著，我還沒看過也可能永遠看不到的臥室。或許她躺在床上，想著我。

我小心地舉起大門門栓，左顧右盼，走進前院。彷彿被傳送到五〇年代的美國，我有強烈衝動想往窗戶丟小石頭。我從玫瑰花壇選了顆彈珠大小的泥土，像社區頑童丟向窗戶。又一顆，再一顆——

「有什麼事嗎？」

「您好，費雪太太！」

法蘭的母親活潑又健康，戴著園藝手套身穿綠圍裙，一手拿著小鋸子，另一手拿著樹枝。

「哈囉，你哪位？」

「我是查理。法蘭的朋友。」

「喔。哈囉，查理。」她吹吹被汗水黏在額頭上的頭髮。「你知道嗎，可以敲門。差不多是同樣動作。」

「我不想打擾妳。」

「老實說，我想這樣更加打擾。」過了一會兒。「她昨晚很晚回家。」

「是嗎？」

「是；你完全不知情，是嗎？」

「不。不知道。」

「呃，她不在，查理。」

「是喔。」

「她在慶典上。」

「好。」

「我想她是躲起來了。因爲，我們對她不太高興。」

「是嗎？」

「是。」

「……」

「呃。幸會了，查理。」

「是，幸會。」

「下次，記得敲門。」

「我會的，」我說，連忙回頭沿著道路去教堂。

「門票五十便士，」入口的女士說。我感覺口袋裡有鑰匙，但沒有零錢。

「抱歉，我沒帶錢。」

女士皺眉，他旁邊的男士察覺我的壞孩子氣息，湊過來。「這是慈善活動！」

「我知道，只是我出門沒帶錢。」

男士緩緩搖頭，但是強行闖入村莊慶典沒有保全法規。我繼續走過去。

「哈囉？你等等，」女士說。他們會追上來嗎？把我撲倒在地？

「我會還你錢的！我只是得……」

我消失到人群中——這個慶典挺盛大——迅速查看彩券攤，盆栽攤，蛋糕攤，直到我發現她坐在放二手書的高架桌後面，正在看一本企鵝出版的橘色書封底。她抬頭看到我，微笑，又收起笑容。

「哈囉，查理。」

「嗨。」我們隔著滿桌書本說話。

「你怎麼會在這裡？」

「抱歉，我必須見妳。」

「你看起來好慘。」

「我必須解釋。」

「對，確實必須解釋。」

「我知道，對不起。」

「搞什麼鬼，查理！你知道那有多尷尬嗎？」

「我知道！」**我口袋裡有個笑話……**

「波莉氣壞了，連伯納也是。我父母都跳起來了。」

「是嗎？」**如果我在正確時機丟出這個笑話……**

「你想我爲什麼在這裡？哪裡都比在家好。」

我打消念頭。

「比死更糟糕的慶典。」

「**什麼？**」

「比死更糟——我們可以去別的地方嗎？」

「我說了我要顧攤位。」

「只要一下子。」

法蘭嘆氣，然後到隔壁攤位，商量一番之後，她可以離開了。

「好，說吧。」

「我能怎麼辦？我不能丟下妳，我想妳會擔心。」

「我確實擔心！我有，但我麻煩大了，查理。你看起來眞慘。」

「我沒睡。也沒吃飯。」

「你穿這什麼東西？」

「我借來的。其他東西沾了太多血。」

「血！什麼？查理，發生什麼事？」

「我們先找別的地方。」

我們坐在休息區帳篷陰影下的釘子之間。我整晚都在排練既眞實又扭曲的說法，她默默聽著，雙手放腿上，眼睛盯著腳直到我俯身露出繃帶。她驚叫一聲，但同情不足以抹消令人尷尬的事實。

「但是……你在偷錢？」

「是啊。」

「現在你被起訴了？」

「或許。還不曉得。」

「哇。好吧。好吧。」她又牽我的手。「很遺憾。那眞的很慘。」

「那是個錯誤。」

「偷錢嗎？還是被逮？」

「顯然兩者都是，」我說，然後盡量溫和地說，「見鬼了，法蘭。連妳也跟我說教。」

「對，我懂。對不起。」

我們坐著直視前方。隔著背後的帳篷帆布，我們聽到彩券開獎——「藍色彩票，443 號。443 號，獲得這個漂亮的娃娃屋」——一陣喊叫歡呼。我們默默坐著聽完了香檳、食品籃、精選罐頭、土產羔羊腿、免費理髮券，我非常難過短短一天內我們淪落至此，無法交談或看著對方，唯一接觸是她的頭尷尬地靠在我肩上，帶來安慰。

「綠色彩票，225號。綠色，225號。」

法蘭抬起屁股，指尖伸到牛仔褲後口袋打開綠色紙張。「我中獎了。」

「妳最好去領。」

「我晚點再拿，」她回頭看看說。

「綠色225號，獲得攜帶式CD唱機，」主持人說。

「我不介意，」我說。

「我已經有一台。」

「最後叫號，綠色225號。」

「快去，」我說。

「別走開，」她說，站起來鑽過帆布縫隙彷彿踏上舞台。我聽到她大喊「來了！」認出本地乖女孩

之後的一陣鼓掌和笑聲。我站起來走開。

她在蛋糕攤追上我，獎品夾在腋下。「別那樣溜走。別太戲劇化。」

「我必須走了。」

「你想要的話可以回去。到家裡。見老媽和老爸。」

「現在不行。下次吧。」

「好吧。那你怎麼回——」

「我走路。」

「我可以請他們送你一程？」

「不用，沒關係。我有時間。」

她瞄瞄背後，回到攤位。「我剛說我會幫朋友代班。」

「當然。」

「明天見。」

「好，」我說，不過我已經知道我不會回來了。

她又看看背後，再快步走過來吻我。「愛你喔？」她咕噥。

「我也是。」

接著她遞出盒子，是攜帶式CD唱機。「你想要這個嗎？」

「不，我還好。但可以借我一鎊嗎？我出去時得付門票錢。」

「當然。」她把錢給我。「你眞體貼。」

「呃，是做慈善，所以……」

我經過蛋糕攤，花五十便士買兩個巧克力玉米片蛋糕。我轉過身，囫圇吃下，把最後五十便士給了那個女士。

回家

我一路走回家，就像派對後那個早上，立了很多志願而歡欣鼓舞的早上。但是改變似乎是個迷思。沒有新的語氣，也沒辦法在這個世界上行動，只能挫折地回家。我還能去哪裡？

我害怕回家，尤其是今天，不是因爲老爸跟我說過的話，而是因爲我們慢慢回復舊模式之後一切都會被遺忘，單音節的聊天，鬥嘴和暫時休兵，氣氛充滿張力。所以我磨蹭，甚至暫停在田地旁睡覺，除了殺時間之外毫無意義的睡眠，就像把手錶指針調快。

我進入薩克萊月彎時已經是傍晚，發現雖然有陽光，家裡窗簾都拉上了。即使在他最低落的日子，我也沒見過這樣，我感到強烈的恐慌，不禁拔腿奔跑，鑰匙失手掉落，我撿起來插進鎖孔，一路大喊「老爸！老爸！」衝進屋裡，看到樓下的混亂，菸灰缸，太大聲的電視，跑上樓進入老爸的房間，我爸半裸俯臥在床上，地上有威士忌酒瓶。「喔，天啊，」我大聲說，撲向床邊，伸手摸他肩膀——謝天謝地有體溫，但是發燒又濕黏——把他翻過來。他呼出的空氣又熱又有酒臭但仍在呼吸，我翻找床邊的混亂，藥瓶、杯子和鋁箔包，尋找線索。我該叫救護車嗎？「老爸？老爸，醒醒！」我撥開他耳邊的頭髮，彷彿這是他沒反應的理由。「老爸？老爸，說說話啊。聽得到嗎，老爸？」但是沒反應，只有他呼氣碰到橫膈膜的喉音，有片刻間我退縮了，背靠牆坐著，眼泛熱淚。這樣不對；被迫處理這種事太不公平了。

我從電影學到，睡著是大敵，於是我起身回到床邊找到他用來吃藥的水杯。我打定主意：如果他再不動我就叫救護車。我滴水到他臉頰上也滴進耳朵，接著更多，再倒空整杯。他呻吟，我看到角膜突出處在眼皮下動，彷彿被關在裡面。我信心大振準備好，把手伸到他潮濕的腋下試著扶他坐起來，卻只能把他拖到地上發出碰一聲。樓下電視還開著，是《舞王》的〈Songs of Praise〉。我內心的恐慌再度升高，但恐慌有什麼用？水才是關鍵。我跨過他身上進入浴室，兩個水龍頭同時往浴缸放水，把牙刷丟進洗臉盆，水杯裝滿更多冷水，回到房裡再次把水滴到他頭上，臉頰上，嘴裡也倒一點，讓他噴了出來，一個側倒，轉移重心讓他靠著床的長方底座坐著，整張床的腳輪隆隆滑過房間。

現在就是時機。他往後倒時，我伸手穿過他的腋下抱住他，使盡全力用膝蓋往上抬，現在我們都坐在床墊上，我盡力撐住他，像被自己傀儡壓倒的腹語藝人。我感覺重力把他拉回去，我一度以為自己又要挫折地哭出來了，我把他往前滾，搖晃地扶他站起來再扛著他，把他丟向浴室，看著他在裡面往前倒，頭抵著馬桶水箱停住，感謝上帝，這時他激烈又悲慘地嘔吐了一會兒，水水的東西，因為威士忌形成泥炭狀。我一手揉他的背，另一手到浴缸裡試水溫再關掉水龍頭，不舒服的涼水足以把他冷醒而不致引發心臟病。五到十分鐘過去，同時他邊吐邊嘀咕——「喔不，喔，不行不行」——我扶他站起來，他仍穿著內褲，讓他坐在浴缸邊緣像個船上的潛水夫滾進水裡。

樓下吵鬧的電視上，聖歌結束，開始尋找骨董。這週他們在史塔佛郡，所以希望找到當地聞名的上等陶器，但我一直擠在浴缸和門之間，保持注意。老爸的四角褲激起波浪浮在水上，好像穿蘇格蘭服的葡萄牙士兵。緊繃、高聳、隆起的肚子，胸膛瘦削又蒼白，我感到慣例的作嘔，所以抓住他的臉，挖掘熟悉的觸感。我看到深得足以插入一枝鉛筆的彎曲和皺褶，黏膩的嘴巴半張著，鬍碴斑白，像掃帚鬃毛一樣粗，稀疏的頭髮被汗水往後黏住，雙眼下方的皮膚發紫又粗糙。他才三十八歲。

我試著尋找童年午後他年輕時在地毯上演奏的模樣。我找不到，於是我想哭。那個夏天早上我立的許多志願中，這個仍然有效：找個辦法一起生活。我不會再躲著他了。

半小時後，他似乎離開浴室也沒問題了。要有些柔軟度才可能淹死在這麼小的浴缸裡，所以我讓他泡著，整理他的臥室，換床單，拿出乾淨睡衣，清掉藥瓶和杯子，把藥丸藏到抽屜裡。我下樓梳洗，打開所有窗戶，這段時間沒發覺一個事實，我在找一張遺書。找不到令我振奮，瓶裡的藥丸也還有剩，如果他有意自殺一定……算了。我堅持認定這是失控的一人派對，是誤判，我們不必指名或談論，也跟我說過做過的事無關。我回到浴室，發現他在原處，水已經冷了，趁他不動時我動手清洗，再消毒馬桶與地板。

「好啦，該出來了，」我說，拿出他的睡袍，像管家和他的老主人。他站起來謹慎地跨出浴缸，接著穿上睡袍，脫下濕掉的四角褲走向臥室。我抓著他的手肘：「不行——你必須保持清醒久一點」，我們緩緩走下樓梯。我在沙發上用靠墊蓋了個窩，讓他坐直，餵他茶、吐司和柳橙片。他吸著果皮說，「好像職業足球員，」是我回來之後第一句清楚的話。我們陷入週日夜間偵探劇的舒適虐待，我不時偷瞄他，看到他眼皮沉重就問關於情節的問題。你認爲是警察幹的嗎？你認爲是他老婆嗎？最後，我感覺安全了，陪他上樓，打開窗戶扶他就寢。

我換好衣服把該死的運動服丟進垃圾桶。我看到鏡中的自己，污穢又疲倦。即使我有任何驕傲，背後的包袱提醒著我犯的錯誤。我需要人來幫我糾正，但是必須等等。當下，我躺到老爸身旁。我得醒著留意他。但是睡意打敗了我。我閉上眼睛失去意識。

考試成績

跟我爸在同一個枕頭上醒來令人緊張，但至少夜裡他臉上恢復了一些血色。我判斷這是適當的睡眠，所以坐起來伸懶腰，感到背後傷痂的刺痛，全部想起來了。法蘭的尷尬，近在眼前的起訴，放棄表演，考試成績公布：我拼命想克服的這首災難組曲。

我判斷，我的最佳對策是躲藏。考試成績應該已經公布了——學生們聚集，優等生對空揮拳，其他人困惑地紅著眼眶。我已經從電視新聞看到一切了，覺得沒必要加入。我要把全部注意力集中在幫老爸復原，但是那天有一大堆電話和訪客，一個比一個緊急。

「查理，你在哪裡？」電話中是伊佛，「我們現在需要你！」

「對不起，伊佛。我沒辦法。」

「別鬧了，查理。我們週四要開演。」

「我知道，很抱歉。」

「好吧。好吧。呃，我跟法蘭談過，也跟波莉談過。我知道發生了……事件——」

「沒那麼簡——」

「我們要忘了它。你在這裡的時候，就是劇團的一員，很受重視的成員。無意批評。」

「但是沒那麼簡單。不只那樣。」

「不然是怎樣？」

我把嘴湊近話筒。「是家務事。」

「天啊，查理。這很困難，這非常非常難。」

「我知道。很抱歉。」線路上一陣沉默。「我演得很開心。」

「那就回來！」

「我不行。」又是沉默。「呃，如果我被公車撞了你會怎麼辦？」

「我們會……取消演出？」

「不行，就算少了我你也**必須**照常演出。」

「我不確定，也許會一人分飾兩角。」

「我沒有跟巴里斯同台場景。喬治可以頂著。」

伊佛想了一下。「這樣不太好。」

「我知道。」我看到窗戶有人影經過。我還不想吵醒老爸。「祝你好運，伊佛。謝謝你。」我掛斷之後衝向大門。

「你跑哪裡去了？！」哈波站在門口露出伴隨著重大成功的溫馴。

「剛睡醒。你成績還好嗎？」

「好！很好。我是說比我預料的好，因爲你知道的，我完全沒有準備！」即使在得意的時刻，哈波也堅決不承認有看書。「大多數是『B』，兩個『A』。足夠上大學了。」

「那我呢？」

「你不去看嗎?」

「不要,你可以告訴我。」

他從齒縫吸一口氣,那是踢足球受的舊傷。「不太妙,老兄。」

我笑了。「我知道。所以我才不去。」

「裡面有兩個『B』。」

「真的?」

「我想是。你考得比洛伊德好!」

「呃,那倒不錯。」

「反正不重要,是吧?長期來說。」

「對。正是。不重要。」

我們站在門口太久了。「我想請你進來,但是——」

「不用,沒關係。如果你想要,我們要去釣客餐廳試試買酒喝……」

「不要,你們去吧。」

「好吧。」但他遲疑,我察覺還有別的事。「你媽昨天打電話給我。」

「是嗎?」

「是。她告訴我發生了什麼事。包括警察的一切。」

「天啊,老媽。」

「我想她要我來看看你好不好。所以……」

「我很好。」

「你的背傷還好嗎？割傷什麼的。」

「沒事。」

「好。好。」

「你不必來看我。」

「好吧。好。」

但他還沒說完。

「查理，有點難爲情；偷錢那檔事。如果上了法庭，如果是刑事案——你不會提到我的名字，是吧？我寧可不要捲入。」

然後，當場，哈波可以用來對付我的把柄都被破除了，我也可以嘲笑他了。

「這是什麼鬼，查理，你要退出？」

這次是艾莉娜。「對不起，艾莉娜，我向伊佛解釋過了。」

「這樣非常非常不專業。」

「呃，我不是專業演員，所以……」

「嗯。」我聽到她往電話呼氣。「喬治派不上用場。」

「喬治很棒的！」

「你說得對，演技上他比你強多了，但他不適合這個角色。他太突出了。而你，查理，你有正適合的匿名性，平淡無奇的特質。」

「謝謝，艾莉娜。」

「無意冒犯，但這角色需要中性的人。」

「呃，很抱歉。」

「大家都不開心，查理。」

「我說過——」

「我們沒有人開心。不能這樣。你工作得這麼努力。」線路有沙沙聲，偷抽菸。「查理，我合作過的很多年輕人，他們知道自己很行，他們聽說他們很行，也會持續下去。厲害，有能力。呃，他們很棒但是事實上，那有什麼意義？原本不行然後突飛猛進——那才是我們的動機。**你**是我們的動機。少了你——有什麼意義？」

過了一會兒。

「我得走了，」我說，「艾莉娜——很抱歉。」

我掛斷電話。

我爸已經醒了但還沒準備好坐起來。我送茶給他，我拉開窗簾時他呻吟一聲。我又關上窗簾。

「爲什麼電話一直響？還有是誰上門了？」

「只是朋友。」

「你真受歡迎。」

我笑了。「是啊！」

過了一會兒。

「抱歉，我還沒辦法起床。」

「沒關係。」

「我的頭。」

「不用，你睡吧。」

「你去過學校沒有？」

「還沒。沒意義。」

他想說話，但又忍住。「不過值得看看。」

「或許吧。」

又是一陣沉默，好像錯過提詞的時間。我尋思台詞，然後……

「如果你在吃抗憂鬱劑，我看你別喝酒比較好。」

他皺眉。「對，我知道。」

「要是喝酒就沒效了。還有副作用。我會擔心。我們都會。那就是副作用之一，害我們擔心。不公平。」

「我知道。」

「到底怎麼回事？」

「就……失控了。如此而已。」

「我們必須，你想要……討論嗎？」
「不要。」
「因爲我沒辦法再把你扛進浴缸，老爸，眞的好噁。」
他微笑。「呃，你也是。我沒辦法再去野外接你了。」
「好吧，」我說，「我們都改掉幫對方洗澡的習慣。」
他笑了。「好。」
「好。」
「但不需要告訴你媽或你妹。或任何人。」
「我不會說。」
「我要回去睡了，然後就會起床。」
「好。我會去學校。晚點見。」
我走出去關上門。我猜那算是某種對話，表示我可以出門了。我不會去太久。
爲了速度，我從後院拖出老媽的生銹天藍色購物腳踏車然後出發，菜籃一路搖晃作響。學期外的時間，學校有種倒閉工廠的哀傷荒廢氣氛。想看成績的學生早就來過又走了。只有地理科的赫本老師還在，站在櫃台，穿便服一臉鬍碴又曬黑，有股假期教師的奇異魅力。「查理．路易斯先生！回到犯罪現場了！」
「哈囉，赫本老師。」

「你是最後一個！你知道在哪裡。去看看。」

有個笑話我準備了好幾個月。我看到我的成績之後會說「F，F，F，F，U，U，U，U；好像我口吃似的！」這不太好笑，也沒什麼安慰，但可能讓我度過難關。實際成績沒讓我用上這句好台詞，是混亂的「D」、「E」和「F」，是的，有一兩個「U」。今年以來我下的功夫，在我失控之前，讓我免於徹底丟臉，但仍是混亂、差強人意的成果。我迅速看了一下別人的成績：露西是一串「A」，海倫也一樣。「A，A，A，A，A，A，A——好像慘叫」；那是法蘭的台詞。對照之下，我有……

「拼字遊戲的一手好牌。」赫本老師站在我旁邊。「我看過更差的。」

在一個重要方面，哈波說錯了。他提到的兩個「B」其實是一個「B」和一個「A」，電腦科學和藝術。「你看到沒？」赫本老師用手指點點「A」說，「所以才是一手好牌。」

「一定是打字錯誤。」

「別鬧了，路易斯。其他這些」——他用拇指甲刮刮「D」、「E」和「F」——「不是不重要就是可以補救。我保證，都可以彌補的。」

「我還好，謝謝，赫本老師。」

「你會叫我亞當嗎？」

「不，永遠不會。」

「想要的話就回來——」

「或許吧。」

「好啦，查理。你該走了。祝你好運。你知道哪裡找得到我。」

「對，謝謝赫本老師，」我說，第二次也是最後一次離開學校。

那天我陷入深沉的哀愁，好像疾病的初階段。不只證實失敗的哀愁，還有失去法蘭的心痛。我們沒有分手，還沒，但肯定不遠了。她愛的那個人——短短幾天前她說過這句話——不在了，她提到的神祕特質證明只是愚蠢、不誠實和平庸。電話響，門鈴響，每次我都懷疑——來了嗎？「查理，我們必須談談……」

可是來的是老媽和比莉，拿出一個超市蛋糕。「耶！」他們大喊，蛋糕上的字樣堅稱「幹得好！」，不過連糖霜都顯得有點心虛。這時老爸已經起床更衣了，我們四人坐在早餐吧檯的圓凳上，在勉強禮貌的氣氛中吃薄餅。「藝術得了『A』！」老媽每隔幾分鐘就嚷嚷，宛如洪水中的浮木死抱不放。「想像一下。『A』耶。」

「是啊，想想報社裡的美術部門有多少職缺。」

「那不是重點，查理。」

「『誠徵美編，立即上班——』」

「你怎麼沒去排練？」比莉說，想要轉移話題。

「我已經不幹了。」

「不會吧！」

「什麼？」

「喔，眞可惜。」

「可是我們要去看耶！」比莉說。

「你們還是可以看。只是裡面沒有我。」

「你不能現在退出啊！」

「老媽，那是個無聊角色。我的戲分不多。」

「但是我們買了票！」

「我也是，」老爸說。

「那就去吧！」

「別傻了，」老媽說，「如果沒必要我們不會去看舞台劇的。」

「好吧！那就別去！」過了一會兒。「但是你們還是該去。會很精彩。」

又過了一會兒。「一個『A』和一個『B』。還有，嚴格來說『D』也算及格。」

「老媽，拜託別說了……」

她伸手橫過吧檯，握我的手再用拇指揉揉我的手腕。「查理，接受讚美，好嗎？開心接受。」

他們走了以後，老爸和我站在水槽邊洗碗，眼睛盯著後院。「我不認爲我們盡責了，是吧？」他說，「你媽和我。」

我聳聳肩。「你們還有其他事情要忙。」

「不過時機眞不好。」

「是有點糟。」

「我還是以你爲榮。」

「爲了一個『A』和一個『B』？」

「不對。爲了其他事。」他伸手輕輕放在我肩上一會兒，然後我們收好碗盤。

他們還是來了，星期二也是，好多來賓和訪客。

下一個是我的前老闆麥克。老爸開門，我看到他猶豫，在尊重不速之客和對我的忠誠之間掙扎。必須開個會，我們有點不安地在沙發上坐成一排，寬鬆輕便的穿著不太適合這麼嚴肅的討論。

「所以不會有法律程序。那是殺雞用牛刀，從來不是我們的意圖。如你所知，查理受雇是，我們該怎麼說，相當隨興的，算是學徒。」

「違法的，」老爸說，端出律師架子。

「非正式的，路易斯先生，告下去對誰都沒好處。如果我們想要可以這麼做，有很多證據：共犯的影片，帳目的矛盾，但是——呃，其實這是原則。我們只是很失望。」沙發把他往下吸，他必須從凹陷中用指節穩住撐起身體。「我們不期望查理回來工作，也不會寫雇主介紹信，無論好壞。還有財務賠償的問題……」

「喔。眞的？」老爸說，以前的恐懼回來了。「多少？」

「呃，老實說，路易斯先生，很難訂出一個金額。似乎所有員工都多多少少在舞弊，當然每個人都否認……」

「我有一百鎊，」我突然說，「在我房間裡。」

我看到老爸皺眉。「你應該不必——」

「不，沒關係。我想還。」
「一百鎊應該夠了。」
我跑上樓去拿我的逃亡基金，藏在雙層床鐵管裡的那捲鈔票。一百零五鎊——在最後一次犯罪中，我短報金額，雖然五鎊沒辦法幹什麼，我仍把它抽掉跑回樓下。
即使如此，我希望麥克會叫我留著錢。他沒說。反而從沙發的肚子裡站起來，把鈔票塞進他口袋，大概會在球場的酒吧花掉吧，然後伸出手來。「呃，查理，不要見怪。你是個好孩子。」
「他是啊，」老爸說。
最後摸一下他的鬍子。他說「祝你順利。你也是，路易斯先生，」我們站在門口台階目送他離開。
「我本來想請他喝一杯，」老爸說，「但我們的杯子都是偷來的。」
我笑了。「現在不重要了。」
「不過一百鎊……」
「值得的。」
「沒錯。重新開始。」
「明天我會開始找工作。」
「好吧，」老爸說，「我也是。」
我們會沒事的。我們會找個辦法填補白天，夜幕降臨時，有電視，有圖書館的電影可看，我們會回歸我們怪異的家居生活，老爸和我。
但首先還有一批人要上門，就在當晚稍後。

鞦韆與溜滑梯

我看到他們之前先聽到汽車喇叭聲。老爸剛去睡，所以我衝到窗邊看到邁爾斯的舊福斯 Golf 停進死巷裡，車門打開走出來太多人：海倫，然後喬治、亞歷士、柯林、露西、邁爾斯本人，接著法蘭，笑著伸展憋屈的肩膀和抽筋的腿，他們之間有一瓶，不對，兩瓶打開的酒。

我退離窗邊。如果我假裝不在他們會不停按門鈴，但是天啊，我好狼狽，赤腳穿著髒T恤，是四年前去葡萄牙買的紀念品，胸前印著「阿爾加維」，我的除臭劑不在手邊。我看到他們在門口的影子了。

「是這家嗎？」

「對，就這家。」

我可以叫他們回去。像老邁隱士一樣栓上門鍊開門。要求他們別煩我。

「好啦，大家準備好了？一，二，三……」

「紳士們願主賜你平安，別懼怕任何事——」22

我連忙打開門。「噓！」

「因為救世主耶穌基督誕生——」

「安靜！我爸在睡覺。」

22. 譯注：聖誕夜福音歌曲。

「抱歉！」喬治說，「不好意思！」

「我們知道你在想什麼，」海倫說，「你在想，**這群亂七八糟的吉普賽人是誰啊？**」

「我們必須見你，查理，」邁爾斯說。

「很緊急，」露西說。

「你們怎麼沒去排練？」

「我們去過了！」邁爾斯說，「我們剛結束技術檢討。」

「好慘啊！」亞歷士說，用酒瓶喝酒。

「所以我們才必須見你，」邁爾斯說。

「你們都醉了嗎？」

「我沒有，」邁爾斯說，「我要開車。」

「但是沒錯，」喬治說，「我們某個程度上一直借酒澆愁。」

「所以你到底要不要讓我們進去？」海倫說。

「不要。」

「有點粗魯喔，」她說。

「好吧，那你得出來，」柯林說。

「我不行。」

「為什麼不行？」

「沒有意義。」

「查理，」亞歷士說，「我們大費周章練習了這場調解。非常戲劇化又激動，你至少可以聽我們說完。」

「拜託？」法蘭說，「十分鐘。」她站在後方的人群中，這時我猜想，我能讓她吃閉門羹嗎？

「**在遙遠的馬槽裡**，」亞歷士唱道，其餘人加入，「**沒有搖籃可以當床**……」

「好吧！好吧，這條路上有個公園。等我一下。我要穿鞋。」

太陽快下山了，我們走在無人馬路中央前往休憩場時，打開的窗戶傳出電視聲。

「這是他們所謂的狗屎公園嗎？」亞歷士說，太大聲了。

「是啊！」海倫說，「東區還有另一個狗屎公園——」

「『東區』！」

「——但這個是原版的。」

「正宗原創，」喬治說，「我仍然認為是最好的。」

「西狗屎公園。」

「遊戲場，行吧？」海倫說。

在晚上，鋪柏油的區域成為當地年輕人的某種公用會議室，我們確認沒人佔位之後，把空瓶罐搬走，分散坐到蹺蹺板、旋轉木馬、溜滑梯和鞦韆上，我不知不覺坐在亞歷士和海倫中間。

「是這樣的，」海倫說，「查理，我們希望你回來。」

「我沒辦法。很抱歉。」

「沒有別人能演那個角色，」亞歷士說。

「喔，他們可以，」我說。

「但不像你。」

「不一樣的。」

「可憐的老喬治累壞了，」亞歷士說，「對吧，喬治？」

喬治在旋轉木馬上晃過。「分飾兩角行不通。我可以背台詞，但邁爾斯和我沒有火花……」

「眞的，查理，」溜滑梯頂上的邁爾斯說，「他太糟糕了。」

「問題是，」喬治說，「就像跟有天賦的黑猩猩演戲。」

「喬治不算多才多藝，」邁爾斯說，「觀衆會認爲他是同一個角色戴不同的帽子。」

「是眞的，」喬治說，「我的所有表演就像邁爾斯，基本上是一樣的，」邁爾斯跑下溜滑梯把喬治從旋轉木馬拉下來。

「而且伊佛爲你急壞了，」海倫說。

「他沒生氣，」亞歷士說。

「艾莉娜生氣了。」

「伊佛只是走投無路。」

「反正我不能演了，」我說，「事情……太多了。」

「我們全都知道，」亞歷士說。

「成績——誰在乎啊？」

「只有笨蛋在乎高中文憑。」

「笨蛋和雇主，」我說。

「好吧，那就重考或做別的工作，」海倫說，「這齣戲妨礙不了你的。」

「至於詐騙那回事……」亞歷士低聲說。

「小事一樁。」

「其實我覺得挺酷的。」

「反抗權力者。」

「我們都做過更惡劣的事。」

「相信我，惡劣多了。」

「還有其他的事，」我說。

「是啊，」海倫說，「我們知道。」

「我們不知道，」鞦韆上的法蘭說，「不是全部。」

「好吧。不知道。或許，但是——」

「我必須照顧我爸。」

「好，」亞歷士說，「但是你也可以出門。」

「他一定希望你能演。」

「剩四天了。」

「我不行，」我說，「他的狀況不適合——」

「如果你告訴他。」

「跟他商量。」

「我不行，」我說，「我必須在家。」

所有人沉默片刻。「好吧，」亞歷士說，「好吧。」

「但是你會考慮吧，」海倫說。

「少了你就不好玩，查理，」被邁爾斯壓住的喬治喊道，「一點也不好玩。」

我們經過一連串路燈的斷續光亮下走回車上，其餘人刻意迴避直到法蘭和我並肩，就像從前，只是現在我們默默無語。

「慶典的事我很抱歉，」最後她說。

「沒關係。」

「不，我不是很友善——我被波莉，然後老媽和老爸大罵一頓。連伯納都賞我臉色。要是早知道發生什麼事——但我以爲你丟下我跑掉了。」

「我不會做這種事。」

「我知道！我該注意聽的——」

「沒關係。」

「查理，情況不好的時候你不能一直說沒關係。對誰都沒幫助。」

我們繼續走。過了一會兒她牽我的手。

「沒有什麼改變。對我沒有。」

「對，我也是。」

「那就回來吧？」

「對不起，我不能。我不適合劇團。」

「那不是劇團，是合作社！」又走一段路。「我可以問為什麼不行嗎？」

我聳肩。「我想有點憂鬱吧。」

「家裡蹲不是辦法吧？」

「對，但是回鍋也不是。」

「或許不是。除非它就是。」

「劇團真的很慘嗎？」我問。

「技術性問題。你退出後雪上加霜。考慮一下，好嗎？」這時我們回到邁爾斯的車子了，大家爭搶最好的位子。「我想你。我們都想你。」

「我沒有喔，」海倫說。

「除了海倫大家都想你。」

「通告是明天九點，」喬治說，「排練打鬥。如果你改變主意的話。」

「不要有壓力，」露西說。

「有一點比較好，」亞歷士說。

「我坐前座，」海倫說，「你會送我到家對吧？」

「我也要，」柯林說。

「拜託還有我，邁爾斯，」露西說。

「我又不是計程車，」邁爾斯說。

終於，只剩亞歷士和法蘭了。「這場調解眞差勁，」他說，擁抱我然後鑽進車裡。「明天見，阿爾加維先生。」

邁爾斯轉動車鑰匙，鮑伯．馬利的〈三隻小鳥〉開始播放，他們鬥嘴呻吟擠進每個角落時，法蘭吻我──「明天。拜託？」──然後爬過他們大腿上。

我看著被壓低輪軸的車子吃力地三點式掉頭，等待他們開走。轉身面向屋裡，我看到老爸在窗前。

我走進去關上門。

加拿大，馬拉加，里米尼，布林迪西

老媽的購物自行車不適合騎這種山路，輪子太小只有三檔，每檔都一樣，每踩一圈踏板，鬆動的籃子和擋泥板都可能脫落。向上通往佛雷莊園的樹蔭小路上，感覺像跑步機，只有費力，沒有可識別的進度。遲到的我把車子丟在之前沒看過的大帳幕後面——是休息帳篷——跟著喊叫聲，穿過庭院，從活像高中時常見的長凳看台區的兩個大鷹架結構之間鑽出來。我停在路上。

在我上次來的三天之間，出現了一座小鎮，被義大利豔陽烤成髒白色，上面的建築歪曲傾斜似要坍塌。綠色大草坪消失在某種粗糙蒼白又發皺的表面之下，很像骨折打石膏用的粉彩繃帶，在街上發生了刀劍械鬥，是用眞劍，戰士們踢起沙塵同時在空中揮劍，正在忙的其餘團員從上方看著，喊叫跺腳。走道上，我們的音樂家山姆和葛蕾絲在狂打小鼓和彈瓢琴。**「詛咒你們兩家都遭瘟疫！」**亞歷士大喊，苦笑著讓假血從他手上滴落。**「他們害我成了蟲子的糧食！」**我看到了舞台上原本我該在的空位。

「查理！喂，查理，這邊！」海倫從座位區的最上排對我笑，然後克里斯和克里斯豎起拇指。

「噓！」艾莉娜說，轉身看到我。「唷，哈囉陌生人！」

「查理！」伊佛大叫，「查理，好小子！」舞台上的表演剎時中斷，只見亞歷士開始用血腥的雙手鼓掌，接著是喬治，然後全團，然後是我背後的波莉——「我就知道，我知道你會回來。就說吧？」法蘭在笑，伊佛跳起來。「浪子回頭了。查理．路易斯，」他摸摸我說，「我們都很高興。現在呢，先幫你穿上戲服。」

我又回到其中，老套又尷尬的情節，毛很多但有耐心就可以——克服的災難，「我不能演這個角色」和「這服裝不行」和「我們絕不可能趕得上」。我們工時很長很長，每個小時都有新的危機，新的爆炸。一旦邁爾斯放膽批評亞歷士，亞歷士肯定加倍奉還，露西在打鬥中分心，用劍戳到柯林的耳朵，波莉老是忘詞，基斯老是溜去打電話給老婆然後哭哭啼啼回來。滑輪卡住，道具消失，突然颳起大風，像風帆般拉扯布幕，造成鷹架危險地搖晃，喬治自認可能患了流感，直到艾莉娜阻止他，表演總是太安靜、太吵、太快、太慢、太大、太小，在危機和爆炸的空檔中我們到處閒晃，玩牌或玩傳球，曬太陽，聊八卦和互相誇獎，有時候真心，有時候不是。如果有空，法蘭會來找我，有時候我們會找個隱密的地方接吻和聊天——真的純聊天——直到跟以前差不多。雖然排練時很多波折，現在我們之間情況比較平靜，我猜是告白之後的解脫感，我們感覺比五天前的小孩模樣成熟睿智多了。

星期四晚上七點，完成練唱和繞口令之後，我們穿上時髦鬼魂似的淡灰和粉藍色，在舞台背後的草坪上集合，聽伊佛的最後重大演講，基本上是振作士氣、要注意聽彼此講話、必須全力以赴等千篇一律主題的變奏版。

「這種語言，這種詞彙」——這是他宗教體驗的語氣——「這是你們會大聲說出的最佳話語，由史上最偉大的詩人撰寫。所以要珍惜。還有拜託你們」——裝出主持遊戲節目的輕笑聲——「開心一點！」團體擁抱。祝好運！不是真的跌斷腿！我們去等候上場，男生女生在不同帳篷準備，直到七點半……

「開幕人請到舞台！開幕人上場。」

我戴上能神奇地把我變成班沃里奧的眼鏡。途中，我發現法蘭在踱步，緊閉眼睛，雙臂下垂，自言自語同時動動手指。

「嗨，」我說。

「哈囉。」

「我可以跟妳講話還是妳已經進入狀態了？」

「是啊，緊張得快漏尿的狀態。」

「別太害怕。」

「看吧！突然每個人都有提示了。你聽……」在布景另一邊，我們聽到人聲咕噥，鷹架上的木板彈跳聲。

「妳爸媽來了？」

「嗯哼。老媽每晚都來。」

「她很驕傲。」

「這樣很怪。」

「不怪。妳一定會表現得很好。」

「謝謝。你也是。你看這個化妝怎麼樣？」她臉上有粉底光澤，老太太衛生衣的黃褐色。「波莉化的。我看起來像百貨公司的假人。」

「但是在燈光下……」

「對，她也這麼說，然後她在我眼角加這兩個紅點。她說讓眼睛顯得大一點，但看起來好像我有瞼腺炎，兩邊都有。或結膜炎！」

「保持冷靜。」

「看！」她用手背擦額頭上的汗。「會整塊脫落。好像肉汁的顆粒。」

「好了，開幕人預備！」克里斯大叫，「開幕人上台！」

「我可以親妳嗎？妝會弄花嗎？」

「可以。但是別伸舌頭。」

我輕輕吻她；她抓我的臉再吻我一下。「我好高興你回來了，」她說，然後把我推向其他人等候的簾幕門口。

燈光變暗，觀眾逐漸沉默，我們聽到電力流過電線的嗡嗡聲和疑似燈泡上灰塵的燒焦味。舞台上，萊斯莉和約翰在義大利太陽下漫步，演他們的戲份，拇指和魚和處女膜等等。「該我們了，」亞歷士在我旁邊耳語。**分開，蠢才，收起你們的劍**，我咕噥著，**分開，蠢才，收起你們的劍**。有隻手摸我背後：是笑咪咪的露西。「我們上吧！」她說，我把手放在劍鞘上——劍耶！我有一把劍——然後她把我推到燈光下。

這齣戲的錄影帶我保留了很長一段時間。我們人手一捲，是紀念品，閉幕場表演隔天發給我們的，我們在那天到齊，宿醉又難過地拆卸布景，領到錄影帶的時候，我們就知道永遠不會看它。從太遠處拍攝的三小時業餘戲劇：一定會很折磨，像觀賞不認識的小孩演的耶穌誕生劇一樣無聊又疏離。「差強人意的製作，」隔週本地的報紙廣告宣稱，「某些地方詩句有點結巴，演技落差頗大。法蘭西絲．費雪的茱麗葉相當迷人，亞歷士．阿桑特的莫庫修很有領袖魅力，但羅密歐缺乏魅力。評價五分之三。」

但是參與其中非常令人興奮，當我們跌跌撞撞演完，看著彼此的場景，在演員回幕後時像得分足球員拍背激勵，所有冷戰和衝突都被遺忘——幹得好，厲害，演得很好，笑一個！結束之後，我加入跟其他人滿身大汗地擁抱和讚賞。我們都很棒，觀眾也過度誇獎我們，喝采跺腳，讓我們謝幕了太多次，我們離開舞台之前就有人吱吱喳喳走下台階拿出他們的車鑰匙。

當然，週五晚上完全是反高潮。「**放屁**[23]**，蠢才！收起你們的劍！**」是班沃里奧的第一句台詞，一切從此開始走樣。週六的日場也令人失望，我覺得演舞台劇似乎像聽你喜愛的歌，反覆不斷地聽，直到魔力完全消失。日場少了陽光漸暗的浪漫，平淡又走味，像面對在半空觀眾席的一場彩排。溫暖的八月下午點火把完全沒氣氛，爲了彌補魅力，我們改成互相較勁，像觀光客往峽谷大喊「回音！」喬治從舞

23. 譯注：fart 與 part 是諧音。

台側翼看著波莉的第一個奶媽場景說，「這表演也太誇張了。」

「從外太空都看得到的表演，」亞歷士說。

但是不可能不屈服，我吼叫著唸完最後一大段台詞，看到第二排的老妹豎起雙手拇指的眼神，又看到老媽眼睛盯著地板，手指按著太陽穴彷彿要趕走偏頭痛。「我討厭日場，」經驗豐富的專家邁爾斯說。「好像開著大燈做愛，」亞歷士說，連處女都會同意這句話不假。演完之後，在禮貌性的掌聲中收尾，我擠到外面的休息帳篷，找到老媽和比莉，我走近時把皺眉調整成微笑，老媽用兩根手指拍打掌心示意鼓掌。

「呃，挺不錯的，」老媽說。

「你們幹嘛來看日場？夜場比較好看。」

「比較好看？肯定不會。很好看，查理。而且你演得很好不是嗎？」

「哥，你真的很會鬥劍，」比莉說，「我好像很多年沒聽你講這麼多話了。」

「而且他的聲音很好聽吧？」老媽說，「我希望你隨時講話都這麼清楚。」

「你女朋友很棒，」比莉說。

「她非常棒，」老媽說，「也挺漂亮。這才叫越級挑戰！」

「老媽……」比莉說。

「秘訣是什麼，你的個性嗎？」

「老媽！」

「我逗他的，我可以逗他。她化妝或許可以淡一點。這是我唯一的批評。我們可以認識她嗎？」

「不，今天不行，」我說，「我們得去對台詞。」

我們約好在兩場之間的長空檔會合，日場之後溜走，穿過樹林到崗哨亭——我們還能去哪裡？現在好點了，減少儀式性，像在開同學會，事後我們面對面躺在涼爽陰暗的房間裡。

「我永遠不想做這以外的任何事了。」

「我想，」她說，「過一陣子會有點厭倦。」

「我不介意。我會設法克服。」

「我知道你會。」我們親吻。「那我們就待在這裡，」她說，「今晚不用麻煩上台了。」

「我想他們會發現。至少妳失蹤了。」

「你難過嗎？」

「什麼事？」

「最後一晚。我總會有點難過。那麼多努力全都像……蒸發了。你小心——慶功派對上會**非常**戲劇化。」我們蜷縮在一起，像拉緊的繩結。我仍感到不安的顫抖，渴望得到安慰，但也知道就像恐怖片裡，明確表達恐懼就有讓它成眞的風險。我們改談劇情，那個下午她如何搞砸了她認爲羅密歐而非泰伯特被殺的場景。

「我應該要認爲他**死了**，我畢生的摯愛。我演到那邊的時候，試著想像，如果我眞正愛的人死了我會怎麼辦，我會尖叫，我會用頭撞牆，可是在劇中我必須說，**天堂能夠這麼使人羨慕嗎？**這台詞太爛了。到底是什麼意思？」

但我腦中甩不掉一個念頭。「妳想到的是誰？」

「什麼？」

「在那一幕，妳進行表演的時候。」

「『進行表演』？」

「妳想像誰死了？」

她瞄我，再移開目光。

「你。」

「不是邁爾斯？」

「不，不是**邁爾斯**！是你。」

「所以……妳在舞台上想著我？」

「有時候而已。」

「讓自己難過。」

「那樣說聽起來眞的很怪。」

「我，但是死了？」

「**不只**死了。我也想到關於你快樂的事。」或許我微笑了。「別太得意，」她說，「否則我會開始想不同的人。」

「還有什麼時候？」

「我們可以換個話題嗎？」

「好吧。但你還有什麼時候會想到我，念台詞的時候嗎？」

「不告訴你！你得自己注意看。」我們親吻，然後繼續，她補充說，「星期一，你可以帶我出去喝那杯約定好的咖啡。上大學之前我有空。」

「我想我們現在早就超過咖啡的階段了，不是嗎？」

「我們還是可以喝。我們還有東西可以談，對吧？甚至更多東西。沒什麼改變，不是壞的方向。我還是愛你。」

「我也愛妳。」

「嗯，那我們就沒事。」我們用電影的方式親吻，她伸手拿錶，手臂往下伸，拉長脖子，手指拍拍地板，在那一刻，那個姿勢，我認為我無法更愛她了。

「天啊，這麼晚——我們該走了。你準備好了嗎？最後一場？」

但在更衣室裡，每個人都在談派對。伊佛堅持不喝酒精飲料，一樣聊得很起勁，所以開演前我們聚集在男更衣室詳列我們的庫存，從酒櫃剩餘物資偷出來的——義式檸檬甜酒、烹飪用雪莉酒、凝結的蛋黃酒、氣泡紅酒——把酒瓶和容器藏在花園各處灌木叢和樹籬裡，就像松鼠藏堅果過冬。晚上七點我們暖身，唱歌，團體擁抱，伊佛又作了一場熱情演說——我們要全力以赴——然後我們開演。

那晚有很多父母出席，包括我們在密集對話中記得他們犯過的錯誤和失敗的名人父母，在勞倫斯修士演講時，我們從舞台側翼偷窺觀眾把他們指出來。

「他們在那兒！前排！」亞歷士耳語，「我明明叫他們別坐前排的。」

「他們很驕傲！」法蘭說。

「他們是無聊，」亞歷士說，「你看我爸，在看他的節目單。」在他旁邊的是我爸，身體前傾，雙手捧著下巴。我站著看他一路聽完法蘭的「火腳的駿馬」台詞，他只稍微點頭，我想像是隨著台詞的節奏，我們等待大家最愛的台詞時我也盯著他。

「來了，」海倫說。

舞台上，法蘭站在圓錐形燈光下。

「把我的羅密歐給我，」她說，**「等我死後，把他拿去切碎成小小繁星／他會讓天空的面孔無比美麗／所有世人都會愛上黑夜。」**

我看到老爸聞言發笑，隨著腦中念頭一轉而瞪大眼睛——想像自己被切碎成小星星——我覺得彷彿我擁有一個大秘密。

我也演了我的份，像工人交代出身，說我的台詞——**「這是真的，否則讓我班沃里奧死掉！」**——然後下台，除了在最後一景填補空白已經沒事可做。同時，我們聚在兩翼盡情看戲。「他們**很厲害**吧？」亞歷士在巴里斯和茱麗葉的羞辱式求愛時耳語，我猜想還有誰看得出來當喬治親吻法蘭臉頰時的痛苦，明知對方不愛自己但還是同樣愛她。

然後一切似乎快轉，巴里斯和羅密歐在打鬥，巴里斯死了——**喔，我被殺了！**——羅密歐在喝毒藥——**喔好藥師，你的藥效真快！**——這句台詞總是讓我們竊笑，但今晚沒有，因爲天啊，這時茱麗葉醒來用可怕茫然的注視看著他的屍體。她手中的匕首是伸縮式刀鋒。我們都玩過，是我們最愛的玩具，觀眾肯定看得出來這有機關，多麼好笑。**喔，幸福的匕首！**——你聽得到鞘裡的彈簧晃動聲。但我尋找前排的老爸時，看到他雙手合握在面前，臉頰向下拉垮，對這齣糟糕的悲劇眼泛淚光。

最後一次出場時間到了，克里斯把火把遞給我們，讓我們能站著且清醒地面對仇恨的惡果。我總覺得茱麗葉死後那些冗長平淡的場景特別無趣，但這是最後一夜，遵照伊佛「全力以赴」的指示，波莉演的奶媽簡直哀痛得喘不過氣來。我們唱他們教的小調情歌，卡普雷家族擁抱蒙太鳩家族，蒙太鳩也擁抱卡普雷。屍體被抬高，邁爾斯很英俊，我們穿過觀眾時冒汗的頭垂在我肩膀上。伊佛交代我們，看著觀眾的眼睛，因爲即使我們很難解釋具體原因，這齣戲對現代觀眾仍然很有代入感。

「……**因為再也沒有比茱麗葉與她的羅密歐／更悲哀的故事了。**」

我們站在鷹架之下，抬頭看著觀眾的小腿，同時音樂漸弱，最後的燈光熄滅。從這裡聽起來，鼓掌好響亮，頭上傳來木板上跺腳的聲音，我們在笑，然後用體育老師那種得意的小跳步退出舞台準備謝幕，俯身向前顯示這整齣戲有多麼激動累人，朝向復活起來挽著手臂走路的邁爾斯和法蘭伸出我們的手。然後所有紀律崩潰，我們把伊佛和艾莉娜推到舞台前方，超市的花束出現，觀眾或許拍手拍得有點累了，很想趕快回家。我逆光瞇著眼看到亞歷士的父親邊拍手邊看錶。他們大喊「安可！安可！」同時私下想著，拜託，趕快結束吧。

但老爸站起來了，嘗試靠他的賣力鼓掌強迫喝采。看出他不會停手之後，其餘觀眾屈服，我爸歡呼得比誰都大聲，高舉雙臂，再來，再來，再來，我不是那年夏天第一次想要當場逃跑永遠不回來。

最後一夜

在後台，男生女生衝進對方的更衣室偷看內褲，沒有人努力卸妝。我們穿著派對衣服跑出去，發現維洛納的街道點了紅燈和綠燈，觀眾們拿著裝溫白酒的塑膠杯。現場有全家老小，學校朋友，老師們在親吻擁抱。似乎每個人都很好看。我在角落站了一會兒，彷彿看著街上陌生人的婚禮露出微笑；高興看到彩色碎紙但沒有理由加入。

然後我看到老爸穿過人群走來，滿臉歡笑但仍然紅著眼圈地展開雙手擁抱我。

「幹得好，兒子，」他說。「我**非常**以你爲榮。」我本能地回答，「我也以你爲榮，老爸。」

「爲什麼？」他說，然後笑了。「那沒道理。」之後不久老爸離去，拜託阿桑特夫婦讓他搭便車回鎮上，該是派對開始的時候了。克里斯和克里斯裝了燈光把維洛納變成舞池，我們配對狂舞直到滿身大汗，不時散開鑽過樹籬去拿酒。有些感傷的演講拖太久了，我的注意力轉向夜空中，在頭頂上到處盤旋的蝙蝠。然後波莉喝太多白酒必須在草地上躺一下，露西和邁爾斯被看見在洞穴裡擁吻，基斯獨自在跳舞。因爲擔心有人受傷，很醉的喬治在收拾所有酒瓶和杯子。浩室音樂變成了黑暗電音。「我有背包。我找不到我的背包，」柯林．史馬特一直說，「有沒有人看到我的背包？我必須找到才能走！」

「高層會議，」亞歷士把我們四人拉到一起說，「這派對結束了。我們該走了。」

「至少應該道別吧？」法蘭說。

「我有這個，」亞歷士晃晃車鑰匙說，「老媽的車。如果有人想要冒險……」

「要！」海倫說。

「先讓我跟喬治道別，」法蘭說。

「不行，我們得馬上走，」海倫說。

「亞歷士，你醉得沒辦法開車嗎？」我說。

「我發誓，我跟貴族一樣清醒，」亞歷士說，「來吧。我們去看日出，」於是我們逃進夜色中。

我們默默往南開，被我們車頭燈照亮的嚇人小路好像鬼屋的走廊。爲了壯膽，我們一路高唱瑪丹娜和王子的老歌，法蘭和我在後座用脆弱的塑膠杯喝伏特加摻檸檬水，每次一轉彎就灑在我們手腕上。

「我們要去哪裡啊？」法蘭大喊。

「我要跳舞，」亞歷士大叫，「我們去布萊頓！」

這主意似乎不錯，我們歡呼著前往快速道路，海倫點歌調高音量直到喇叭發出雜音。我們感覺不累、永生又無敵。進入布萊頓後，我們不知不覺陷入車陣——半夜兩點大塞車，了不起的城市！——驚訝地窺視仍出門在街上的人群。我們在海灘附近的一座大廣場停車，看到貨眞價實的大海而狂喜，在人行步道底下，我們擠出最清醒的表情加入拱門下夜店門外排隊的人龍，對震撼內臟的咚咚咚低音、湧出來抽萬寶路淡菸喝水的苗條男生渾身冒汗打赤膊令人瞠目的瘋狂，努力裝出厭世的冷漠。相較之下我們的外表和感受宛如小孩，包括亞歷士，很快我們就被他知道的每家店趕走。「沒關係，」亞歷士說，「我們開私人派對，」我們在沙灘上找一個位置跺腳把砂礫踩實。亞歷士和海倫出發遠征去找酒和口香糖、薯條、音樂和香菸，法蘭和我親吻打發時間，跟現場其他情侶一樣笨拙又酒醉，砂礫上的黑暗人影看起來好像海豹棲息地。然後我們躺了一會兒，臉湊近到視野模糊，伸手摸對方的臉頰。

「我說，你的臉……」

「你也是。」

「我們永遠會了解對方嗎？即使我們沒有——」

「噓。希望如此。我看不出爲何不能。」

這時已經凌晨四點，亞歷士和海倫回來後我們鼓起殘餘精力，用從車上拿來的亞歷士的鐵殼CD唱機，再度跟著浩室音樂跳舞。附近，有些徹夜狂歡者圍著一個吉他男子坐著。「麻煩你們可以小聲一點嗎？」其中一人喊道。「嬉皮，」亞歷士嘀咕，但天色變亮了，疲倦與害羞逐漸發作，我們投降，調低音量坐著，擠在一起取暖。

我們又醉又感傷，大聲說出我們喜歡彼此的地方，宣告讓我們隔天回想起來會尷尬但也希望實現的終生友誼。

「海倫——妳在哭嗎？」亞歷士說，「我的天，我沒想到妳哭得出來。」

「海倫，怎麼了？」法蘭說，牽著她的手猛搖晃，海倫笑了。

「我不知道。我只是突然想——萬一不會更好了呢？」她用法蘭的手背擦臉。

「別把鼻涕抹到我手上，」法蘭說，但是也哭了。「好嗯。」

「看，」亞歷士說。我們左方的皇宮碼頭外海上，太陽正在升起。「**夜晚的蠟炬燒盡**，什麼什麼的。」

「……**歡樂的白晝躡手躡腳站在起霧的山頂上**，」法蘭說。

「我不覺得很歡樂，」海倫說，「我不太舒服。」

「我想我們該考慮回家了，」法蘭說。

「等等，」我說，「或許我們應該先睡一下。」

於是我們湊近彼此，閉上眼睛，但我們背後有動靜。夜店裡的音樂突然停止，人潮同時湧到海灘上，像在舉行火災演習。他們徘徊時身體冒出熱氣，互相摟抱，茫然狼狽地抽菸，這時有群夜店客人圍著附近一個漁夫聽他的收音機。一群女生蹣跚走過，高跟鞋陷進砂礫中，有的在哭，有的表情迷亂，有個女孩又哭又笑，喃喃咒罵。「怎麼了？」亞歷士問，但他們沒停下來，搖搖晃晃走向大海，那個又哭又笑的女孩開始涉水走進波浪中。

世界好像到了末日，沒有救贖的希望。洲際飛彈再幾分鐘就要來襲，或許是隕石或太陽閃焰，我們一直在等的劇情。吉他男子那群人想必也聽到了新聞，收拾起他們的東西吃力地走過沙灘。

「怎麼啦？」海倫大叫，「發生什麼事？」

「有車禍！」有個女生大聲回答，然後說了關於黛安娜、巴黎的隧道什麼的。「她死了。」

當然我們不太相信，直到我們回到亞歷士的車上聽收音機的新聞，謹慎地開車駛過清晨的公路，夏季的最後一天艷陽高照，我們四人在回家途中相當沉默。

第四部

冬季

而夏天的租約期間實在太短。

——莎士比亞，十四行詩第18號

一九九八年

我們在一月分手。我們以爲會撐過所有風暴和掙扎的愛情，依舊敵不過法蘭去貝辛史托克的日常通學。

直到那時，還有之後一段時間，我告訴自己我會樂意爲法蘭．費雪犧牲生命。呃，未必樂意但我願意。我會說「殺我，別殺她，」不過重要的前提是她應該知道有人已經犧牲了。如果我要喝毒藥，我不希望是浪費。雖然願意死似乎是相當愚鈍的奉獻方式，我也認爲她會爲我犧牲生命，至少一開始會。有什麼下滑的量表嗎？會不會有一天她心想，**呃，我不確定我願意死，但我肯定會犧牲一條手臂**，然後一隻手，一顆腎然後或許一根腳趾，小腳趾？一些頭髮，直到最後：**殺他，不要殺我！**如果茱麗葉醒來發現她的羅密歐死了，沒有伸手去拿幸福的匕首，而是決定活下去，學習忍受哀傷並努力化解族群衝突，我們會認爲她比較不好嗎？萬一她認識了別人幸福地白頭偕老呢？不行，自殺是黃金標準。在我們的案例中，這種機會沒出現，然後便以沒人願意去把事情搞大的平庸方式，我們分手了。

我們有盡力去防止。法蘭的成績全是優——意思是她會去上表演藝術專長的大學，她開始每日通學時，我也開始找工作。我們都知道情況可能怎麼發展——隨著新世界展開，對我是羨慕與排擠，對她則是尷尬與彆扭——我們採取了策略去避免關係緊張。她可以自由做她想做的事，參加派對，念書，如果喜愛就談論課程，相對地我可以自由隨行去認識她的朋友，如果我不想也可以不去。不會有嫉妒的男友戲碼，我們每週有三晚或至少兩晚碰面。

我正式認識了她父母，逐漸喜歡他們，只是他們從未擺脫眼中的質疑：這是我們眞的必須了解的人嗎？值得投資嗎？但我被允許在同一張床上過夜，憋著呼吸等到他們睡著再謹愼無聲地做愛。我們在週末搭火車去倫敦，上藝廊或看藝術電影——不是movie，是「cinema」——我們的鎭附近從來不放這種電影。我們還上餐廳——餐廳耶！——有時候只有我們倆，有時候跟她朋友，我盡力跟他們相處，就像我融入五嗬劇團。我會「花點時間出門」——這是我們雙方共同選擇遵守的台詞。其實我也是他們的一員，是學生，只是落後了一年。我們都學會開車，我滿十七歲生日時老媽送我一輛破舊的雪鐵龍，手動車窗，窗縫還長青苔。隨著秋季進入冬季，我們會開車去海岸，在懸崖或沙灘上走走，再回到車上，找個隱密地方，在起霧的車窗裡放倒後座半脫衣服做愛。

那段時間相當溫馨，我們有互相照顧的感覺，有一陣子似乎相信我們可以撐過去。但撐過之後呢？我會陪她去開學日嗎？當她發現我沒塡大學申請書時會說什麼？我有新工作，我在鎭上有跟老爸和朋友住的房子，何況幹嘛一直執著高等教育呢？我和她一樣看得懂藝術電影，我看比較多書了，不是每個人都需要A級成績或文憑；要求這種東西就太勢利了。我在腦中排練這個論點，準備好迎接有必要大聲說出來的那一天。

然後，在十一月初，我們發生了意外。我們在車後座做愛，竊笑著碰撞小腿和手肘，但這次我沒戴好保險套，我們癱軟分開之後才發現它像可怕的魔術般消失了，之後不久才黏膩不祥地重新出現。我們都嚇到了，但是法蘭堅持我們先開車去布萊頓買事後避孕藥。「我只想盡快搞定，爲了安心，」她說，我在潮濕陰鬱的週一早上坐在駕駛座上看著她取出藥丸喝水呑下去，彷彿解藥之類的。

那當然了，我們都爲此鬆了口氣。但如果她懷孕，誰的損失比較大呢？我爸二十一歲就當了父母，那也大不了幾歲，不過或許我父母不是好的例子。對法蘭是災難性的意外，對我會是——不理想，不是我渴望的，但我可能會喜歡的事。我只想跟她在一起，但她想要的多很多。成就與潛力、企圖心與慾望的不平等被凸顯出來。

分手在新年當天早上發生——我猜她原本就打算「撐過聖誕節」——所以也算是新年志願吧：（1）多喝水（2）結束交往。場面本身是可預期的傳統，帶有戲劇課臨場發揮的充實與緊張性質。連場地在卡克米爾港的海灘，荒涼的週日下午的毛毛雨中，都讓分手具有場地特定的性質。法蘭說，我變得憤怒又負面；我們對彼此並不自然或輕鬆，我也反過來得以長篇大論指責她的勢利。「查理，」她說，「我什麼時候說過那種話了？」雖然我無法舉出例子，我想她震驚又難過地發現我對她的同學、顯然認為她可以找更好對象的父母，變得那麼惡毒。那個論點讓我們雙方都回不去了，隨著天色變暗，細雨變成大雨，我們只剩下一個實際問題，我們如何逃離這個荒涼又颳風的海灘。她不肯跟我上車，我不肯丟下她，即使我們終於默默出發，仍被迫不時停車互罵、尖叫或繼續哭泣。

之後還有幾次接觸，深夜通電話或在市中心酒館碰面，然後走到街上。你有時候在打烊時間看到哭哭啼啼，不時抓緊對方又把對方推開的情侶：那就是我們。

雖然我為她奮戰過，但我知道這都是戰役已經失敗後、無力回天的小衝突。法蘭．費雪離開去招計程車回家。後來我有二十幾年沒見過她，但我會再見到她。

二倍速、四倍速、八倍速、十六倍速

在老爸的VHS錄影機年代，我的小小天賦之一就是精準快轉的能力，看著動作閃過同時在剛好的時間按下停止鍵，允許捲動的慣性誤差。到了數位時代，事情比較簡單，不用看到每個瞬間快速閃過，變成喜劇默片，我們直接跳到我們想看的東西。這樣比較有效率。所以：

我一到開車年齡就在機場找了個工作，在廿四小時營業的主管貴賓室爲頭等艙乘客清理桌子和餐盤。這個職位可能是爲了讓我滿心厭惡而特地發明的：厭惡顧客把杯子裝滿免費香檳卻從來不喝完，稀有烤牛肉被丟進垃圾桶；厭惡人後的卑劣，滿臉疲憊的工作人員站在門口抽菸，發臭的置物櫃和好像外星人的粉紅色肉塊的眞空密封包燻鮭魚。顧客和員工之間的鴻溝，我們和他們，就像出自蘇聯時代宣傳機構的東西，熬過每一班的唯一方法就是搞點惡意破壞的小動作，演變成其他更惡毒的厭惡方式。有個薩塞克斯大學哲學系學生在過暑假，告訴我沙特的侍者的事，滿臉微笑受他使喚但過著欺詐的生活，我想到兩件事：**對，聽起來就是這樣**。還有：**該死的學生**。

就像企業主管貴賓室的金卡會員，我盡量善用所有資源，但他們只是路過，我每週要上班五十六小時，吃椒鹽餅和鹹乳酪過活。我成爲加班之王，工時越長越好，我用第一份薪水買了一張床換掉我房間的雙層床，然後有計畫地還掉家裡的債務。到了十二月，社會安全局送老爸去郵局分發室工作，這份差事的熬夜、例行公事和老派特質似乎引發共鳴，他成了全職郵差。「兩點前送完，其餘整天都是你的時間！」他說得彷彿不敢相信。他戒了菸，減少喝酒，心情高低起伏不再那麼極端，所以大多數時候我們比較冷靜，比較和睦，比較安定。

在我不用上班的晚上，我們會看同樣的電影和電視節目，吃同樣的餐點，不斷看同樣的書，在廚房洗碗烘乾。我媽在搬走前的最後某次探訪時說，「你和你爸好像老夫老妻，」好像說明她為何離開家居生活的更詭異鬱悶版本。她沒有說得太委婉。那是個警告。

雖然有時候會在街上巧遇，我沒看到太多上大學的老朋友，九月轉眼就到來，他們各自飛去曼徹斯特、伯明罕、赫爾和萊斯特，格拉斯哥、艾斯特和都柏林。我聽說法蘭．費雪在牛津（「在」不是「進了」），讀（不是「攻讀」）英文和法文，我心想，**呃聽起來是真的。那很合理**。

沒人監督時也會穩定努力的哈波，去了紐卡索讀土木工程系，他通常被看到總是頭上扛著交通錐出門。福斯喜歡無情嘲笑任何拿筆的人去接受體育老師訓練，他們會在聖誕節約我在酒館碰面，分享傳奇的拚酒故事。很快哈波就有了認真交往的女朋友，是個無比迷人、讀觀光系的女孩。他們會一起去旅行，或許也去看看洛伊德，洛伊德正在泰國做某種可疑的事情。「除非他坐牢了，」福斯說，我們都同意泰國監獄很可能是洛伊德可以眞正發大財的環境。在禮節與腰圍方面，我們都讓步了一點，發笑的方式也變了。我很喜歡他們，我們甚至試著回想舊綽號和打鬧。但如果我們是個樂團，那我們已經過了巔峰期，改組過，復出過，也還在活動中，但少了一個團員，只能表演暢銷老歌。哈波缺席了一次聖誕節，福斯也有一次，之後我們就不再聚會。

我畢業後的第一個夏天，發現五時劇團製作新戲的海報開始出現。喬治的頭髮往後梳，少了眼鏡讓眼睛顯得又腫又小，但我認得出他扮演愁眉苦臉、駝背的理查三世國王，在某些方面是提升了，也有些方面不是。隔年的戲碼是《皆大歡喜》，然後，因爲隔了夠久，又輪到《仲夏夜之夢》。我不可能去買票，就像我不會去闖入畢業生的舞會，但我還是幼稚地氣他們少了我繼續演出。莎士比亞、表演、書本、音樂、詩歌、藝術；這些東西原本承諾改變年輕人的人生，提供自我價值感，社群感，改變我們在世界上行動的方式。以宗教式的熱誠，這就是伊佛和艾莉娜努力追求的，而且有效。但是過程不可逆轉，現在每當我想起那個夏天，懷舊變成了苦澀。二〇〇一年是《馬克白》，這碰巧成爲他們的告別作。我想像伊佛和艾莉娜賣掉那台廂型車，丟掉懶人沙發和瑜珈墊，看到他們最後沒回來時感到一絲不愉快的解脫。

我身在窠臼中，也知道那是窠臼，在它提供的庇護下感到一些樂趣。在我喜愛的戰爭片和科幻片裡總有個老套角色，勇敢的下士，肚子或脊椎負傷。他說，我只會拖累你們，你們先走吧，然後被爆裂物包圍，胸前抓著一顆手榴彈，坐著等待敵人和最具毀滅性的時機拔掉插銷。我一向崇拜那個角色，高貴的男性氣概。我不確定自己想像誰是敵人，但我很樂意以我的方式留守等待讓其他人逃走，即使根本沒有拖累他們。

老媽和強納生搬去了艾斯特，比較接近他的父母，兩人都找到了主管工作。「精品飯店，上帝保佑，」老媽說。我想念她，我認爲老爸也想念她，但離開不再感覺像拋棄責任，而且她向來不是很喜歡我們的小鎮。比莉的高中學測很棒，也念完預科，去了亞伯丁讀化學系，「因爲離艾斯特很遠」。

我確實想念比莉。她在我們可能成爲朋友的時機離家，我從未告訴她老爸狀況最差時的慘狀。相對地，我相信她在陌生人家裡也有自己的掙扎，雖然她還是我妹，我們不再感覺像家人。我們太早分道揚鑣，她作的每個選擇都跑得更遠。或許未來某個時候我們會重新聚首吧。

我變得很擅長撞球。還有射飛鏢和吃角子老虎。釣客餐廳成爲我的巢穴，以前拒絕賣酒給我的員工成了我朋友，我逐漸在吧檯末端有了固定座位的圓凳。我跟在那邊認識的女孩們發生了一些事，通常在車上完成，或爲了慶祝春天，在附近的教堂庭院。不過在墳墓上起步的戀情不太可能長久，很快打電話就沒人接了。有一次對方把整杯酒倒在我頭上，就像電影那樣，我猜想，天啊，我變成這種人——被人倒酒在頭上？法蘭會怎麼說？

二〇〇二年聖誕夜我在吧檯坐定，暗自痛恨這時候在店裡的兼差員工。這群人就像每年才會在午夜彌撒出現一次的信徒。我納悶，他們的職業道德在哪裡？我右邊的女人把手肘放在吧檯上，大剌剌地往外推，向女酒保大叫，「哈囉？小姐？」

在反覆循環的聖誕流行歌大聲播放中，我還是認出了她的聲音，爲了我無法解釋的原因，把臉別開。這時有個男的來找她。

「我**需要**我的酒！」

「我操，稍候一下，好嗎？」

「你看我該叫一杯伏特加馬丁尼嗎？」

「在釣客餐廳？大杯還是霸王杯？」

如果我向左轉或許可以溜下圓凳，拿著我的酒杯坐到別處……

來不及了。

「歐。買。尬。」

「哈囉，海倫。」

「查理！查理．路易斯，過來！」

「嗨，亞歷士！」他們把我從圓凳抬起來，我往他們肩膀上咕噥。

我們移到一張桌子上。即使有布萊頓海灘的神聖誓約，他們讀大學期間我們還是疏遠了。現在他們理所當然地變了，海倫剪了俐落的軍人短髮，鼻子上有個黑色小鉚釘，亞歷士變瘦了，穩重又相當好看，像穿緊身黑外套的邪惡百萬富豪。

「如果你想知道，是 Thierry Mugler。」

「二手的。」

「你的工作外套才是二手的。**這叫古董衣**。」

要不是我認識他們，我會被嚇到。正是因為認識，我感覺驚嚇之餘，更是如履薄冰般地高興見到他們。可想而知，他們現在都住倫敦，海倫拿到社會學學位，亞歷士還在讀戲劇學校最後一年，跟一群劇作家、畫家和音樂人在布里克斯頓合租一間大房子，只是回來陪家人過聖誕（「節禮日早上七點，我們就要走了」）。輪到我時，我告訴他們我的工作，想要開個黑暗玩笑，聽起來比我打算的更黑暗了點。他們笑了但是面露擔憂。或許我喝多了。當然在他們喝完之前我早就喝光了。我逃到吧檯等待買酒時發現，他們不是因為懷舊回來，而是反諷。釣客餐廳對他們而言是個笑話，我不知道我是否也算，所以我逗留在吧檯聽完〈Last Christmas〉和〈Mistletoe and Wine〉和〈Merry Christmas Everybody〉，不忙著買酒，偶爾瞄向桌位看他們交頭接耳。我給自己買了杯啤酒和一杯收尾酒，我終於回去之後亞歷士起身「去打電話」，海倫和我默默坐著。

「妳還好嗎？」我說。

「是啊，只是看風景。」她往吧檯上成排的三個男性背影歪歪頭，他們牛仔褲背面上方的股溝清晰可見，低著頭，沒有對話。

「別淪落到那樣，好嗎？」

這下我可以說了。「勢利鬼！」

「欸，我不是勢利鬼！全世界沒人比我更不勢利了——」

「可是妳聽起來很像，海倫。」

「回來這裡，用大學的觀點——」

「對啊，就是這樣。」

「只差我**不是**勢利鬼！我不在乎你的工作——隨便你住哪裡，做什麼工作。我是說，我懂，因爲你荒廢了幾年，沒關係的。」

「海倫——」

「但這是怎麼回事？」她敲敲我的小烈酒杯。

「只是收尾酒。」

「**收尾酒**？」

「那有什麼不對？」

「你太年輕不該有巢穴。老實說，查理，去他的。你必須離開，一下子也好。你大可以回來，但你必須做別的事。至少試試看。有很多時間可以痛恨你的人生，等你跟像別人一樣到了中年再說。」

「我沒有『痛恨我的人生』。」

「但你也**不愛**，對吧？」

「怎麼，你愛嗎？」

「我沒有害怕。」

她笑了。「對！對，對，終於，我他媽的愛死了！要不是你這麼害怕，你也可以。」

「呃，好。很高興聽到這句。因爲我接著要說的是……」

瑪麗亞·凱莉在唱〈All I Want for Christmas Is You〉，這時亞歷士回來了，坐在我的另一邊，把我夾住。「妳告訴他沒有？」他問。

「告訴我什麼？」

海倫深呼吸一下。「我們有個空房間。」

「在布里克斯頓的房子。」

「其實那是個爛地方。在地下室；又暗又濕。」

「但是免費。」

「呃，還是要分攤帳單。」

「但你可以找個酒吧工作，或臨時工之類的。」

「到了九月——回去讀大學。」

「我不會這麼做。」

「你不會，但是你**必須**要。」

「你知道你可以，何必抗拒？」

「我不行。老爸——」

「你說過他好一點了。」

「暫時是，不過——」

「反正只有一個半小時車程，查理，又不是去紐西蘭。」

「但我不能就這樣走人。」

「你不用走路。我們會載你。」

「我們要帶你走。」

「節禮日。我們會等到七點。」

「查理，」亞歷士說，「我們聖誕節想要的，是你。」

二〇〇三年九月，二十三歲之齡，我回到了高中。嚴格來說，我是成人學生，不過沒什麼成熟的部分可以展示，只有很多錯誤的起步，錯誤的轉折，宿醉和錯過的期限。首先，我必須填補考砸的落差，然後完成預科同等學力，再找個心胸夠開放願意忽視我履歷表一大段空白的大學，同時週末和晚上在酒吧和餐廳工作，下班時正是派對開始的時候。那些年有點像第二次青春期，努力工作的義務跟完全不工作的慾望互相爭戰，我的教育開始好像一幅巨大未完成的拼圖，被遺留在桌上太久了。放棄計畫把一切掃回盒子裡的誘惑非常強烈。倘若沒有海倫和亞歷士鼓勵我前進，檢查作業，確保我及時填好申請書，我一定撐不過去，我體會到無論在學業上，還是在工作上的好運，比起友誼的好運根本不算什麼。

兩項資格——電腦科學和藝術——提供了這一切的脆弱基礎。在一九九七年八月一場派對上，有個陌生人告訴我人生的秘訣就是找出你擅長的事情然後全力以赴，但電腦和藝術好像洋蔥跟巧克力；兩者不可能結合。在大學裡，我學到我在學術上不聰明也永遠不會。我沒有天賦當工程師，也從不曾感覺自己像個畫家，但我的導師建議我選修視覺特效和動畫的課程，我學習使用像 Premiere 和 Fusion 和 Nuke 等等嚇人名稱的軟體。我當酒保的薪水花在買得起的最強大家用電腦，自學合成和成像，線框模型和接景，當我整合這些技能，我周圍的文化也發生了改變。

我喜歡畫的殭屍和吸血鬼，太空船和外星人走紅，花在看電影和玩《毀滅戰士》的那些時間結果成為意料之外的一部份學習。我已經懂得怎麼畫骷髏眼窩掉出來的眼球，現在用適當的軟體，我學會怎麼讓它噁心地發亮和搖晃，怎麼把二十人的群眾變成二十萬人，怎麼讓主角變年輕。所以這成了我現在的工作：視覺特效。電腦科學兼藝術。

亞歷士．阿桑特追逐工作機會去了洛杉磯。我們仍然常看到他，但主要是在電視上，演警察或有野心願意不擇手段甚至犯法取得勝訴的年輕律師。他挺有名的，不過從未像他希望的那麼出名。

不再是學生後，我們搬出了學生租屋。我認識了妮亞姆，交換餐廳工作和全職後製工作心得，然後在不久前，跟同事成立一間公司。偶爾，我們會受邀看我參與的電影首映，在試片室後排找到我們的座位，遙遠又陌生地俯瞰演員們，接受他們鞠躬。

海倫認識了芙瑞亞，墜入愛河並且「完全跟刻板印象一樣」搬去布萊頓。她走在當地的海灘上告訴我她們要結婚，並且邀我當她的伴郎。

「好啊。非我不可嗎？」

「當然了！那是很大的榮幸，你這恐同的混蛋。還有，亞歷士會拍攝，所以——」

「好吧，但我要致辭嗎？」

「呃，**要**。」

「必須要搞笑嗎？」

「當然要他媽的搞笑，那是伴郎致辭耶。」

「壓力好大。我不是天生藝人。」

「喔，我知道。」

「我沒辦法搞笑。」

「你可以搞笑的，只是必須大聲說。重點是要**誠心**。告訴大家我經常爆粗口，你珍惜我們的友誼。拿去——我寫好了。現在你非答應不可。」

於是我成了海倫的伴郎，時機到來時，我也請她當我的伴郎。

然後在婚禮前一個月，來了一封email，是宣布五噚劇團合作社一九九六到二〇〇一年班要在倫敦辦同學會的臉書頁面截圖。

非辦不可，你不認為嗎？到時候見。

往下挖掘

我穿上外套，同時妮亞姆在門口看著。「那該不會是你的婚禮西裝吧？」

「不是。」

「我不曉得是那種派對呢。」

「總得努力一下……」

「當然。她會很期待。」

「**他們**會很期待，所有在場的人。」

我的行為太反常了嗎？我確實經常抗拒往日的糾纏。我不參加學校同學會，很少回老家，很少拍照，不在網路追蹤前女友的動態。人生就是一連串的以前和以後，每七年左右分隔線會變動：認識法蘭以前和以後，搬家以前和以後，認識妮亞姆以前和以後，每個年代間的分隔像岩石的地質層沉積般清晰又精確。只要「以後」會更好，何必糾結在「以前」？

婚姻會是下一個重大分水嶺，但是我來了，婚禮前三星期，往下挖掘一、二、三層。這不符合我的個性，妮亞姆也知道，我初次解釋這趟遠行時她裝出來的輕鬆，隨著日期逼近逐漸消失。

「我說過，歡迎妳一起來。」

「別人的業餘戲友同學會？那太誇張了。不必，我沒有**發瘋**。」

「海倫會在。」

「我隨時可以見海倫。反正你們都會希望多跟老朋友聊天。做發聲練習，丟靠墊，玩信任遊戲……」

我笑了。「如果是那樣，我也不想待。我可能根本不認識多少人。」

「喔，我想你會認識**某個人**。」

我嘆氣倒在床上。「如果你不希望我去，我不必去——」

「喔，不要，別推給我。你是成年人了，想做什麼都可以。你想去嗎？」

「呃，是，我挺想去。」

「爲什麼？」

「我不曉得。懷念吧。」

「好奇心？」

「有一點。」

「那就去。我自己會過得很開心。Google 前男友。把我的臉用 Photoshop 貼到他們的婚禮照片。」

「再見。」

「別把口紅沾到領子上。」

「就像那首歌。」

「什麼歌？」她說。

「那是典故出處。**你的領子上有口紅／洩漏了你的故事**。妳知道那首歌吧。」

「不知，因爲我不是安德魯斯姊妹之一。也沒在**二戰之前**出生。」

「誰會把口紅沾到領子上啊？怎麼可能？」

「口紅比較可能在你的老二上。那是我會注意的地方。」

「妳真猥褻。」

「是啊。所以趕快回家。」

我們都笑了，我覺得可以出門了，但我在公車上不知不覺莫名其妙地緊張起來。我看過紀錄片描述蝗蟲或蟬會在休眠青春期躲在亞歷桑那，或墨西哥，或撒哈拉沙漠的日曬土壤中，然後，滿十七歲時，形成毀滅性的一大群同時鑽出來。萬一初戀就像那樣呢？休眠但是蓄積力量，然後出來摧毀一切穩定美好的東西？這種事在所難免。

應該不可能。我很愛妮亞姆，況且當年法蘭和我是完全不同的人，古怪的十六歲外星人，反正初戀不是真愛，只是充實、狂熱、幼稚的模仿。這種事你不想要就不會發生，如果我努力回想法蘭西絲·費雪，只感到某種愉快的尷尬。還有別的東西，比較難形容但也算不上具有強大破壞力的激情的東西，但仍足以讓我好好換衣服刷牙，在十一月的潮濕星期日出門。

場地在史托克紐溫頓區一家酒館的包廂，在無害的晚上六點開始。邀請函上說歡迎攜眷參加。我跟海倫先在對街的酒吧會合，以便我們溫習。

「演勞倫斯修士那傢伙是誰啊？」海倫說，「老是在哭。」

「基斯什麼的。」

「還有那兩個音樂家？」

「山姆和……」

「加油。」

「葛蕾絲！」

「你怎麼都記得啊，查理？」

「我就是記得。」

「你知道誰不會來嗎？」海倫說，「波莉和伯納。」

「他們該不會……？」

「對。兩個都是。」

「什麼時候？」

「伯納死了好幾年，波莉在今年稍早。」

「你怎麼知道？」

「臉書。」

「喔，天啊。波莉和伯納。」

「她快九十歲了，不是什麼意外。」

「我知道。人們還是會深植在你心中，不是嗎。我好像從來沒跟伯納說過話，但是波莉——她對我一直很好。幾乎啦。我在波莉的小屋裡破處的。」

「對。我知道。」

「喔天啊。可憐的波莉。爛演員，但個性很可愛。」

「這句可以刻在她墓碑上。還有你破處那件事。」

「敬可憐的波莉。」我們一起碰杯，「我好難過。」

「我們可以留在這裡。」

「不行，走吧。我們都已經來了。」

於是我們把酒喝完過馬路，大步爬上窄樓梯到多功能大廳，隆重出場卻誰也不認識。《馬克白》的卡司來了，《皆大歡喜》、《仲夏夜之夢》（前後兩屆）的班底也來了，談笑講故事，但是《羅密歐與茱麗葉》，沒有任何熟面孔。

「好吧，我們走。」

「等五分鐘，」我說，「然後我們就走。」

爲了顯得不寂寞，我們站在一張歷年黑白舊照的布告板前面。

「或許我們那年他們忘了拍照。」

「那是邁爾斯，」我說，「所以我想這是我的後腦勺，」我補充說。

「很珍貴的團員。」

「我是啊！我扛起了整齣戲。」

「但幾乎毫無存在感，」海倫笑著說，我猜想這算不算同學會的重大風險：發現我們對別人的回憶沒有他們對我們這麼重要。

這不適用於波莉，有另一塊布告板用來貼她六十幾歲時表演的大頭照，剪短頭髮，塗黑眼圈，非常時髦，還有她各種角色與類似表情包的照片，老是把眼睛和嘴巴張大到極限。過了一會兒，有個像柯林．史馬特老爸的人加入我們，原來就是柯林．史馬特。「看我長高了多少！」他說，不過他沒長高。

我們聊了一下，回憶人名，我努力專心不去偷看他背後的會場。我是在期待更狂野的慶功派對嗎？有些小孩在自助餐點桌邊吃薯條，我在吧檯不知不覺站在露西．陳旁邊，她現在是小兒科醫師，活潑開朗又搞笑，直到話題轉到我們母校。我還有聯絡洛伊德或哈波那群人嗎？

「不，很多年沒見了。妳知道怎麼回事。我們疏遠了。」

「好！好消息。那些男生，他們讓我過得很慘。小王八蛋。」

「是啊，他們有時很刻薄。」

「你也是，查理。你沒那麼壞，但你從不違逆他們。」

「唉，這倒是。我有時候會想到。我道歉。」

「好。呃。你變好了。」

「是嗎？天啊，希望如此。」

「你有收到我的留言嗎？」

「什麼留言？」

「我寫在你的制服襯衫上。學期最後一天。」

「有啊。『你讓我想哭』。」

「確實如此。」

「我說過，對不起。」過了一會兒。「總之……」

「你看到她沒有？」

「誰？」

「欸，你不是來見我的吧。」

「沒有，我假設她不會來了。」

「喔，她有來。她不知道坐哪裡了。看——在那邊。」

透過人群的縫隙，我看到她坐在窗邊的椅子上，一手摸著懷孕的大肚子，專心在跟一個小孩講話，十歲左右的女孩，想必是她女兒。我看著她伸出手把小女孩的頭髮撥到耳後。

「噢，你的表情，」露西笑道，「怎麼說的？**喔她真的讓火把燒得更明亮……**」她拍拍我手臂。「祝你好運！」

法蘭．費雪聽了小女孩說的話發笑，然後讓她離開，同時也看到了我。她又笑著睜大眼睛，雙手遮臉。隔著人群縫隙我們交換一連串扭曲的手勢——**看看你！我們幹嘛來這裡？等一下聊。五分鐘？來找我**——這時柯林．史馬特走過來，隔著大肚子擁抱她，我獨自站了一會兒，怪異地呼吸困難不知所措。

「嗨！」有隻手摸我手肘。「你還好嗎？」

「喬治！」我說，我們手忙腳亂了一下，半握手，半擁抱。

「看到鬼了？」

「只有鬼而已。」

「眞詭異，不是嗎？」喬治說，「我們曾考慮過不來。」

「確實詭異，」我說。

接著我心想，「**我們**」？

「我看到海倫了。海倫很棒吧？」

「她很棒。」

「你有沒有去找……？」

「沒有。」

「我知道她會想要跟你聊。」

我又想，**你怎麼知道？**

「你看起來不錯，查理。」

「你也是，喬治。」

他確實看起來變好了，健康又自信，不過即使沒戴眼鏡還是像從前老是眨眼、驚訝的樣子，彷彿被強光照醒。「隱形眼鏡，不吃乳製品。」他照老習慣，把手放在臉上。「皮膚應該會多少改善一些。」

「你的皮膚看起來沒問題。」

「是啊，我聽大家說了二十五年了。」

「抱歉。」

「沒關係。沒關係。」

「那。還有什麼事，喬治？」

「你想知道什麼？」

「告訴我二十年來發生的所有事。」

他沒有全部告訴我，但是夠了。

最後的愛情故事

喬治・皮爾斯照計畫去了劍橋。五噚劇團的具體遺產之一就是對莎士比亞、伊莉莎白和詹姆士一世時代的興趣，第一名畢業後他念了碩士，然後博士。他沒去演戲——行內已經有太多邁爾斯了——也不碰莎士比亞，因為還有什麼好說的？他改研究詹姆士一世時代的劇作家，他們可怕的悲劇和令人困惑的喜劇，有個倫敦劇團要上演韋伯斯特的《白魔鬼》，他應邀去向團員解說這齣戲。現場在後排開朗地微笑，扮演宮女角色的，就是法蘭・費雪。

他差點就語無倫次，事後他們擁抱，去喝咖啡交換近況與敘舊。法蘭嫁給了另一個演員，是在漫長世界巡演中狂野衝動的行為，因為「你總得設法殺時間」。那是五年前，現在他們有個兩歲的女兒，葛蕾絲。從喝咖啡變成喝酒，法蘭開始透露關於婚姻的黑暗線索——她丈夫是酒鬼，可能也是大情聖，不負責任，英俊至極也愚蠢至極。但她愛他也喜歡當父母，以為他們可以繼續在一起，以為他們可以熬過，只要他振作起來。不過她會放棄演戲。當時她快三十歲了，絕對不會出頭的，至少不是能讓她快樂的方式。小時候演那麼多戲是一回事，但現在她覺得愚蠢又無力，家裡有一個演員就夠了。

「我們在羅密歐與茱麗葉的場景，你記得嗎？」

「妳演得很好。」

「我們都是，喬治。老實說，之後就一路走下坡了。」他們在滑鐵盧大橋道別，交換聯絡方式答應保持聯絡，喬治・皮爾斯憤怒又欣喜地離去。他的初戀就是單戀對象也是唯一的摯愛，這些因素加起來可以完全毀掉人生的，看到這樣子實在令人發瘋——感覺他可能會瘋掉。他有她的號碼但是不會打去。有什麼用呢？他不是巴里斯，願意丟掉他的尊嚴、他的生命去愛一個不會也不能愛他的人。

他換工作搬家，碰巧搬到倫敦。認識一個女孩，搬進去，分手，搬出來，五年過去了。某個星期五他受邀參加晚宴；會有個女人在那裡，是法語翻譯，單親媽媽。當然他並不想去，想要留在家裡看書，但是朋友堅持所以……

天啊，我都不知道，我聽著，但我不太能吸收。我有什麼感受？嫉妒嗎？不盡然。當然我知道有其他人、某種錯誤和她會被切成小星星，要比我更鐵石心腸才能夠厭惡喬治明顯的幸福，他的快樂，對這時加入我們掛在他手臂上的繼女的溺愛。

「葛蕾絲，這個叔叔，」他告訴女兒，「在妳媽扮演茱麗葉時就認識她了。」葛蕾絲表情冷漠，我感到身為前男友的強烈憤慨。**她沒提起過我嗎？妳不曉得我是誰嗎？**「查理和妳媽很親近，」喬治說，「當然，我對此**非常生氣**。」

我也生氣嗎？勉強有。這裡面有點道理；他們總是逗對方笑，我很高興喬治擺脫了那股被壓在頭上的氣息，快樂成功又能愛人。我很喜歡的人跟我愛過的人在一起。眞是太好了！

我還是沉默了一會兒，或許是羨慕，不是羨慕法蘭和喬治，而是他們的故事。那是個好故事，比我的故事好；很合理而且結局恰當，意思是它根本沒有結束。即使這麼多年沒見過他們，我知道他們會幸福，葛蕾絲離開之後，我伸手放他肩上猛捏，試著表達這一點。

「喬治，你這混蛋。」

他有點緊張地笑了。「很詭異，對吧？我看得出來很詭異。」

「不會，這很……**浪漫**。」

「那才是真正恐怖的字眼。呃，如果算是安慰的話，其實沒太多愛情成分。妳說對吧，法蘭？」

「是眞的，」法蘭出現在他身邊說，「很殘酷。」

「哈囉，法蘭。」我俯身越過大肚子，用我的臉頰碰一下她的臉。

「跟我來，」她牽我的手說，「我告訴你黑暗面的一切。」

榮幸

酒館有個屋頂可以俯瞰市區的杜廊庭院，空氣因爲起霧和週日晚上的炊煙而一片迷濛。有幾箱空酒瓶，一座生鏽的烤肉架，正在變枯的熱帶棕櫚葉。「我們不該上來這裡吧？」她尋找乾燥可坐的地方說。

「看來不該。妳想要下樓回去嗎？」

「如果我們下去，有人會來攀談。」

我們坐在濕到足以滲透我們大衣的舊長凳上，就像我們初次見面，輪流概述一大段經歷。現在我比十六歲時願意回答問題，她似乎對我的職業有點了解，但我沒問如何得知。

「你幹得很好。」

「暫時還不錯啦。」

「呃，我很高興但不驚訝。我知道你會找到事做，」她說，伸手放在她的大肚子上。

「幾個月了？」

「只剩三週。」

「男孩女孩？」

「男孩。」

「名字叫？」

「我們會叫他……呃，其實我們會叫他查理。」

開玩笑的，她說完就笑了，說他們還沒決定，不過查理是個好名字。我問，她過得好不好？她說，大致上她一直不太快樂，她自己也很驚訝。意外的婚姻，坎坷的事業，爲錢擔心。「我的二十幾歲──**好慘**。我以爲那會是我的巔峰。我對未來有很多希望和期待，就像你思考並計畫在一場派對要穿什麼，於是把衣服全攤開，還有你要怎麼表現。然後你到場，發現賓客不友善，音樂很糟糕，你又一直說錯話……」

「我也一樣，只差大多數時候我喝醉了。」

「呃，我也有一點，跟那個瘋子──我結過婚，喬治有告訴你嗎？有些夫婦，你知道他們會喝醉了一起去刺青？呃，我們結婚了。天啊，我在想什麼？如果我們有刺青，至少它可以長久。有一次我們爭吵──當時我知道我犯了錯──爲了海馬跟馬有沒有親戚關係。你懂的，在**遺傳**層面上。『法蘭西絲，我拒絕接受那只是巧合！』對了，那還算是好的印象。」

「眞可怕。」

「我所有的好印象都在沒人認識的普通人身上。我不該苛責他，他很迷人又英俊，也仍是葛蕾絲的爸爸，但基本上他是白癡。我父母，唉，我父母都**討厭**他。」

「比我更討厭？」

「他們從來沒討厭你！我媽很**喜歡**你。她說有一次她發現你向我的窗戶丟小石頭。她說那是她見過最浪漫的事。」

「我記得。當時她好像生氣了。」

「呃，現在她認爲很可愛。」

「他們對喬治觀感如何？」

「喔，喬治是萬人迷。喬治永遠不會錯。」

「喬治．皮爾斯，嗯？」

「喬治．皮爾斯教授。而且他懂馬和海馬的差別。」

「那就沒黑暗面了。」

「他做過最糟糕的事——如果他上餐廳，我們吃完了，他會開始收拾桌子。收集剩菜，堆盤子。如果可以他還會送進洗碗機，眞的令人發瘋。」

「呃，如果最糟糕也就那樣……」

「是嗎？」

「是啊。現在我快樂多了。找到我想做的工作，找到我想在一起的人。他很擔心你來，你知道嗎。」

「他不知道你能否接受。他認爲你可能會氣炸。」

「二十年前，我會。」

「或者舊情復燃，我們會私奔。」

「呃，我就是爲這個來的。」

她笑了。「盒子上是怎麼寫的？『一旦點燃請勿靠近爆竹。』」

「不過一定有個時限，對吧？」

「我想二十年夠長了。」

「二十年很安全，」我說，但是冒出一個念頭，我知道很偏執，但我還是必須問。「欸，當時妳沒有……喜歡喬治，是吧？」

「我們演戲的時候？當然沒有。」她牽我的手。「我愛的是你，不是嗎？」

「呃，我也愛妳。」

「我是說你一定注意到了？」

「有啊。」

「我很愛你，眞的**很愛**。」

「呃，我也是。」

「相信我，那可不常見。」

「對。我很遺憾結果不好。」

「不好嗎？是痛苦，但沒有**不好**。」

「經常在購物中心互罵。」

「我想是吧。但我認爲如果能和睦收尾，可能一開始就該保持和睦。如果你能投降不爭吵……總之，當年我們才十七歲。是不同的人。」

「完全不同。」

這時我們不知何故牽起手，默默坐著，我不禁希望我們能面對面讓我看著她，而非偷瞄，觀察她眼睛周圍變深的魚尾皺紋，嘴邊的新皺紋好像拇指指甲在黏土上的壓痕，下唇上隆起的小裂縫，牙齒上宛如書頁折角的小缺口。她把頭髮撥到耳後，轉頭微笑。

「妳的牙齒！」我不假思索地說。

「我記得妳門牙上有個小缺口。」

「喔，那個啊！」她咬著拇指展示牙齒。「我去補了。不是虛榮——我經紀人說那樣子接不到拍廣告工作。結果那終究不是問題所在。」

「眞可惜。我很喜歡。」

「如果能安慰你的話，我還補了其他地方，」她把手指勾進嘴裡說。

「沒關係。」

過了一會兒：「在這種場合，當大家說『你一點也沒變，』即使是眞的，你應該要高興嗎？」

「我想那個意思是『你看起來沒有惡化』。」

「但是你看起來好多了，」她說。

「以中年來說？」

「我們算中年嗎？」

「在邊緣。」

「對你適用，查理，你看起來很好。」

「拜託別說我『補上了』。」

「對，那是什麼意思啊？」

「變胖了。」

「才不是。不，你的臉，變得適合你了，就像你……長大追上這張臉了。」

「呃，妳看起來很棒。容光煥發，是這麼說的嗎？」
「高血壓和生氣。屁股也變大了。生小孩會這樣。你沒有小孩嗎？」
「小孩？沒有。我們想要。我是說很想要。我們在努力——我想應該這麼說。我真的在努力。」
「嗯……祝你好運！」
「謝謝。謝謝。」
我想要轉移話題，但是沒什麼好談的。
「那麼，」我說。
「那麼。」
「我們該下樓了。」
「喔。好。」
「見到妳眞好。」
「你也是。」
「看起來很好。」
「呃，有點疲倦。」
「不，我認爲妳很美麗。我可以這麼說吧？」
「我不確定，喬治這個人很暴力的。我想可以吧。」
這時我們該站起來離開，但她卻牽起我的手，看著我們交錯的手指。「眞詭異。」
「是啊。」

「還不壞。」

「對，但是……」

「我想過了，我對這件事的感受，我不想搞得感傷什麼的，」她說，「但是初戀，我認爲就像一首愚蠢的流行歌，你聽了會想，哇我以後只想聽這首歌，它什麼都有，顯然是史上最棒的音樂作品，我不需要別的了。當然我們現在不會放來聽。我們太老太有經驗太成熟了。但是每當收音機播放時，呃，仍舊是一首好歌。眞的。看，很深奧吧？」

「非常深奧。」

「你很快樂，對吧？」

「對。」

「呃，我也是！我也是！你看吧。我們有個圓滿結局。」

「那我們不私奔了嗎？」

「呃，通常我會同意，但是我預約了剖腹生產，你又要結婚了，所以……」

「那我們先擱置。」

「好。我們擱置。」

她用她的頭碰我的肩膀，只有一下，我們回去看風景，黃燈映出了空氣中的雨絲。法蘭在長凳上換姿勢。「雨水滲進來了，所以……」

「我們下去吧，」我說，呻吟一聲喘口氣，她站起來。我們在樓梯頂端暫停。「等等，」我說。我知道這就是告別了，所以我來不及想太多，說出憋了一整晚的話。

「關於我來的目的……」

「請說。」

「眞的很老套。別吐出來。」

「我不保證。」

「呃，那是相當詭異的時機。我們認識的時候，我不是很快樂，我不認爲。然後我變快樂。我是說，樂壞了。所以我想說——謝謝妳。」

她諷刺地鼓起臉頰，但只有一下子。然後她背靠著門框，看了我一會兒，微笑著點頭。

「很榮幸，」她說。

回到派對上，喬治和我交換電話號碼但不指望再用到。「歡迎你來吃晚飯！帶你夫人來！」我站在人群邊緣聽一個年近五十、長髮發胖、穿發皺襯衫的人說話：是我們的導演伊佛。我原本希望也見到艾莉娜。我想像過了二十年她會變得高貴、兇猛又壯觀，我會很高興她記得我是她的成功案例之一。但她不在，倒是伊佛對上我的眼神一會兒，努力回想我——像照片裡他認不出的臉孔——然後繼續說故事。有個《皆大歡喜》的團員發現了酒館的舊鋼琴，彈出坑坑洞洞的和弦，他們用多部和聲和濃厚顫音唱起了〈情郎和他的小姑娘〉[24]，歌詞還沒結束，海倫衝過會場抓住我的手肘。

「媽的我們趕快離開這裡！」

---

24. 譯注：It Was a Lover and His Lass，原是莎士比亞詩作，現代人譜曲之後成為流行歌。

「好，讓我先去道別——」

……唱個嘿！唱個呵！嘿喔咿喔……

「不行，馬上，查理，快走！」

我抓起我的大衣尋找法蘭和她的家人，但他們似乎已經走了。

謝幕

去年，家父過世了。糾纏了我大半個童年和青春期的事情終於發生，不過幸好是跟我曾經的清晰想像不同的情境。心臟病發，我聽說幾乎猝死，不過我不確定所謂猝死算是夠快。誰曉得呢？

他還不滿六十歲，雖然說他完全復原了比較安慰，其實憂鬱症在他人生最後二十年來來去去。但我寧可認爲快樂的時候變多了，而且我──我們──更能預料與應付低潮了。那一大部分要歸功於他的第二任老婆莫琳，是他在職場認識的。莫琳嚴肅、戒酒、會上教堂，好像老媽的某種反面形象，我該承認二十幾歲在倫敦時，我覺得他們平房家裡的氣氛──平房耶！──無聊又催眠到幾乎難以忍受，所以我很少探訪也從不過夜。當時叛逆繼子的角色簡直是爲我量身訂做的。那是把婚姻當作提早退休，我絕對無法忍受在那個整齊、過度保溫的客廳待超過一、兩個小時。莫琳很專心照顧我爸，在他們身邊挺無趣的，但我知道他們也常歡笑，假日會去健行，已經像超長程送信行程般去過南部丘陵步道、哈德良長城、西南海岸步道。莫琳甚至培養出對爵士樂的興趣，我自己絕對做不到的品味，不過我偶爾還是會努力，隨著年歲增長，我開始感激她帶給老爸晚年的相對幸福與穩定。我爸和我沒什麼共通點，除了容易沮喪、反省和濫情，又隱密地相信愛情是解藥，甚至是萬靈丹。這對我爸的反作用就是害怕寂寞、沒人愛，或者最糟糕的惹人厭，但他再婚之後，這種恐懼消失了，我寧可認爲在他猝死前的幾年，在上午送信行程中，是他史上最滿足的時候。我寧可這麼想。

可想而知，他的去世成爲挖掘過去的觸媒，過程經常隱密又痛苦，成果也是。但我想起我爸時，回想的總是那個夏天。現在我活到他當時的年紀了，那幾個月似乎同時包含父子之間發生過最好與最壞的事。

不過少了一段：我爸見到法蘭．費雪。

最後一場演出結束後我從舞台一側看著他們交談，法蘭聽了我爸說的話在笑，手放在他的前臂上，然後低下頭，幾乎像躲避，我想是受到誇獎了。我看著他們一陣子，高興他們相處這麼融洽。我知道他會喜愛她，希望她能看出他內心還沒在他兒子身上表露出來的特質：或許是正直，或善良。

所以我旁觀。加入他們有破壞氣氛的風險，況且，我在當下滿懷希望地假設會有無窮機會跟他們相處，當時我生命中最重要的兩個人。他們通過一、兩次電話但從此沒再見面，如今我驚訝地發現我不會再見到他們兩人了。

算了吧。

算了。

這是個愛情故事，既然現在結束了，我想到其實是四或五個，或許更多故事：家人與父母之愛；朋友間悶燒復活的友愛；短暫又令人盲目的爆炸式初戀，一旦燃盡之後只能正視一次。單字能承載的意義有限，或許該有不同的字眼用在這麼多樣又重大的東西上。目前，這個字只好承載上述全部，算是夫妻之愛了。

我老婆。我會習慣說這個字嗎？從派對回到家時，我發現妮亞姆睡在沙發上，檯燈很靠近她的頭讓房間有股頭髮燒焦味。我把檯燈扭開，她驚醒了。

「蛤？哈囉。」

「這裡有頭髮燒焦味。」

「嗯？對，那是我的新香水。婚禮用的。燒焦頭髮。」

「我喜歡。」

她打個呵欠摸摸頭皮。「現在幾點了？」

「九點四十五。」

「野人。她在哪裡？」

「她在樓下的車子上等著。」

「是嗎？」

「我只是上來收拾行李。」

「是**我們的**車。」

「對，我們要把車子開走。」

「似乎很惡劣。我可以留著電視嗎？」

「不會讓妳想起我嗎？」

「不怎麼會。誰要打電話通知外燴業者？」

「明天再說。」我吻她。「我可以坐下嗎？」妮亞姆挪姿勢，我們互相靠著頭坐著。

「這些事我們能一笑置之眞好，不是嗎？」她說。

「其實，妮亞姆，妳才能一笑置之。」

「是嗎？」

「是，妳可以。」
「好。」
「我們睡覺吧。」
我們沒動。「但是她怎麼樣了？」
「變老了。」
「不意外。」
「她很親切。每個人都是。她很幸福。」
「你也是嗎？」
「我也是。」
「呃，那就對了，」她說，「你也只能指望這樣，不是嗎？這是你想要的。現在你懂了。」
現在我懂了。

謝辭

感謝我的初期讀者 Damian Barr、Hannah MacDonald、Roanna Benn 和 Michael McCoy 的支持、鼓勵與良好評斷。我永遠感激 Jonny Geller、Kate Cooper、Catherine Cho 和 Curtis Brown 公司的全體團隊。

在 Hodder and Stoughton 公司，Nick Sayers 一直是史上最好的編輯，我也要感謝 Amber Burlinson、Cicely Aspinall、Lucy Hale、Carolyn Mays、Jamie Hodder-Williams、Alasdair Oliver、Susan Spratt、Jacqui Lewis、Alice Morley 和作者焦慮來源的四屆老鳥，Emma Knight。

最後，我要感謝 Bruno Wang 的慷慨，Emmanuel Kwesi Quayson、Karen Fishwick——高明的茱麗葉——的洞察力和 Ayse Tashkiran 介紹我們聯絡。我也要承認在基調與內容方面參考了果漿合唱團的一首歌，〈大衛的去年夏天〉。

最後，照例，我的愛與感激歸於內人 Hannah Weaver 與她的幽默、耐心和支持。

《羅密歐與茱麗葉》摘錄

第一幕，第四景

莫庫修：喔，那麼，我想梅布女王必曾跟你在一起。
她是小仙女的接生婆，她的體型
不比市議員食指上
戴的一塊瑪瑙大，
趁人睡覺時駕著微塵小馬拖的馬車
越過他們的鼻樑；
她的車輻是長腳蜘蛛的腿做成，
車蓬是蚱蜢的翅膀做的；
轠繩是最細的蜘蛛網絲；
她的軛圈，是水一般的月光；
她的馬鞭，是蟋蟀的骨頭；鞭子是細絲；
她的車伕，是隻灰衣小蚊，
不到懶女傭指甲縫剔出的
小肥蟲一半大；

她的馬車是榛果空殼，
由松鼠或蛆蟲打造，
它們自古以來便是小仙女的車匠。
以這個陣仗她夜復一夜
在情侶們的腦中馳騁，讓他們夢見愛情；
飛過夢到屈膝獻媚的朝臣的膝蓋；
飛過夢到收費的律師的手指；
飛過夢到接吻的女士的嘴唇，
發怒的女王經常讓她們嘴上起水泡，
因爲呼吸帶有甜食的氣息。
有時候她在朝臣的鼻子上奔馳，
他就夢到嗅出賄賂的味道；
有時候她帶著抵稅的豬尾巴
搔熟睡的牧師鼻孔，
讓他夢到更有油水的聖職。
有時候她飛過軍人的脖子，
讓他夢到割外國人的喉嚨，
夢到突擊，埋伏，西班牙寶劍，

夢到飲酒狂歡；然後忽然
聽見鼓聲，從夢中驚醒，
嚇得要命，咒罵兩句
又睡著了。就是這位女王
在夜晚把馬鬃編成辮子
讓懶女人的骯髒亂髮結成一團，
解開之後帶來許多不幸。
就是這妖婆，在少女仰睡時，
壓在她們身上讓她們學習受孕，
使她們成爲生育的婦人。
就是她——

第一幕，第五景

羅密歐：若是我用這雙賤手
褻瀆了妳神聖的廟宇，就這樣贖罪：
我的嘴唇，害羞的朝聖者，準備好
用溫柔一吻消除粗魯的痕跡。
茱麗葉：好朝聖者，你太冤枉你的手了，

這表現才是最虔誠的信念，
因爲聖像的手也允許朝聖者碰觸，
手掌接觸正是神聖信徒的親吻。
羅密歐：聖人有嘴唇，朝聖者也有不是嗎？
茱麗葉：是，朝聖者，他們必須用來禱告。
羅密歐：喔，那麼，親愛的聖徒，讓嘴唇來負擔手的工作：
他們祈求，願妳答應，以免信仰變成失望。
茱麗葉：聖像不能動，但是有求必應。
羅密歐：那麼不要動，讓我來看禱告的結果。
用妳的嘴唇把我嘴上的罪過洗淨。

親吻她。

茱麗葉：那麼你的罪惡沾到我嘴唇上了。
羅密歐：我嘴唇上的罪惡？喔，倒是侵犯的好藉口！
把我的罪惡還給我吧。

再度親吻她。

茱麗葉：你的吻功眞不錯。

第三幕，第二景

茱麗葉：奔馳吧，你們這些火腳的駿馬，
快到太陽安息之處：像費頓（太陽神）那樣的馭者
會鞭策你們向西，
把昏暗的夜立刻帶來。
張開你緊密的簾幕吧，做愛的夜，
讓漫遊的眼睛閉上，讓羅密歐
跳進我的懷抱裡，沉默又隱密。
情人憑本身的美麗可以看得見，
完成愛的儀式；或如果愛情盲目，
正好和夜晚搭配。來吧，文明的夜，
像樸素的黑衣婦人，
在這爭奪無瑕童貞的遊戲裡，
教我如何以輸爲贏。
尚未馴服的血液在我兩頰鼓動，
請用黑斗篷遮蓋，化羞澀爲大膽，
視純樸爲眞愛的表現。
來吧，黑夜；來吧，羅密歐；來吧，黑夜裡的白晝；

因爲你將躺在黑夜的翅膀上
比烏鴉背上的初雪更純白。
來吧，溫柔的夜，來吧，可愛的，黑臉的夜，
把我的羅密歐給我；等到他死的時候，
把他拿去切成小小的繁星，
他會使天空的面孔無比美麗
讓世人都愛上黑夜
不再崇拜那耀眼的太陽。
喔，我買了愛情的豪宅，
但未曾擁有，已經出售，
尙未享受過。所以漫長的今日
宛如慶典的前夕，
不耐煩的小孩有了新衣
卻不能穿。喔，我的奶媽來了，
她帶來了消息；每根舌頭都能說話
但羅密歐的名字宛如天籟之音。

「喔，查理，
你看不出這是什麼狀況嗎？
走吧！快走，
趁他們唱起
另一首歌之前道別。」

藍小說 343

甜蜜的哀愁

作　者—大衛・尼克斯
譯　者—李建興
編　輯—黃子萍
封面設計—薛慧瑩
內頁排版—芯澤有限公司

總編輯—嘉世強
董事長—趙政岷
出版者—時報文化出版企業股份有限公司
108019臺北市和平西路三段二四〇號三樓
發行專線—（〇二）二三〇六—六八四二
讀者服務專線—〇八〇〇—二三一—七〇五・（〇二）二三〇四—七一〇三
讀者服務傳真—（〇二）二三〇四—六八五八
郵撥—一九三四四七二四時報文化出版公司
信箱—（一〇八九九）臺北華江橋郵局第九九信箱

時報悅讀網—http://www.readingtimes.com.tw
電子郵件信箱—liter@readingtimes.com.tw
法律顧問—理律法律事務所　陳長文律師、李念祖律師
印　刷—勁達印刷有限公司
初版一刷—二〇二三年八月二十五日
定　價—新臺幣五二〇元
（缺頁或破損的書，請寄回更換）

時報文化出版公司成立於一九七五年，
並於一九九九年股票上櫃公開發行，於二〇〇八年脫離中時集團非屬旺中，
以「尊重智慧與創意的文化事業」為信念。

甜蜜的哀愁 / 大衛.尼克斯(David Nicholls)作；李建興譯. -- 初版. --
臺北市：時報文化出版企業股份有限公司, 2023.08
面；　公分. –（藍小說；343）
譯自：*Sweet Sorrow*
ISBN 978-626-374-018-1 (平裝)

873.57　　112009657

ISBN 978-626-374-018-1
Printed in Taiwan